Vaillant en mouvement

KEIRA ANDREWS

Titre original : *Valor on the Move*
Édité et publié par Keira Andrews
Traduit par Alexia Vaz
Illustration de couverture de Dar Albert
Mise en forme par BB eBooks

Copyright © 2015 par Keira Andrews
Print Édition

ISBN : 978-1-998237-00-5

Dédicace

De nombreux remerciements à Anne-Marie, Anara, Becky, Jules, Mary et Rachel pour leur bêta-lecture fantastique et leur amitié. Et un grand merci à toi, Annabeth Albert, qui m'a inspirée pour ressortir cette histoire et lui donner vie.

Chapitre 1

UN JOUR, QUAND on lui demanderait ce qu'il avait ressenti en grandissant en tant qu'adolescent gay à la Maison-Blanche, Rafael Castillo répondrait que c'était comme avoir une couille dans le pâté.

Et pas dans le bon sens du terme, pour information. (Non pas que Rafa ait un quelconque désir de mettre ses boules dans du pâté, mais il était vivement intéressé par l'idée de sucer celles d'un mec avant que les siennes deviennent si bleues qu'elles se friperaient et tomberaient.)

— Chéri, il vaudrait mieux que j'aille dormir. Il est vraiment super tôt, ici, dit Ashleigh en bâillant ouvertement. Je suis contente que tu sois rentré chez toi sans problème, après ce séminaire pourri.

Chez toi. Même après sept ans, il était toujours étrange de considérer ainsi la Maison-Blanche.

— Merci. Amuse-toi bien en mangeant des croissants et en lisant de la poésie existentielle au bord de la Seine. Ou en faisant ce que les gens font à Paris pendant leurs jours de repos.

Rafa enroula paresseusement son pied dans son drap, fixant du regard le vieux poster de surf de Kelly Slater qu'il avait accroché quand ils avaient emménagé. Sa mère lui avait interdit d'utiliser des punaises et avait insisté pour qu'il l'encadre avec un bois rouge élégant contrastant avec le mur crème.

Ashleigh s'esclaffa.

— Je te raconte ce que les gens font à Paris depuis deux heures et je n'ai pas mentionné une seule fois des viennoiseries ou de la poésie névrosée. Mais je dois bien admettre que c'est assez glamour. Même en tant que modeste stagiaire, je travaille pour *Vogue*. J'ai eu le droit de ramener à la maison un négligé tout droit sorti du placard légendaire de *Vogue*, soit dit en passant.

— *Oh là, là*. Tu le portes, en ce moment ? demanda-t-il d'un ton plus grave.

— Évidemment, répondit-elle d'une voix rauque. Il est en dentelle noire et presque totalement transparent.

Elle marqua une pause.

— Que portes-tu, cher amant ?

Il rit.

— Comme d'habitude.

Avec Ash, il pouvait discuter et s'amuser, sans peser chacun de ses mots. Il aurait aimé que ce soit aussi facile avec le reste du monde, mais Ashleigh était véritablement la seule personne qui le connaissait. Qui connaissait la personne qu'il était *réellement*.

— Hmm. Puisque tu es dans ta chambre, où personne ne te voit, j'imagine que tu as échangé ton pantalon et ta chemise habituels pour un boxer et un T-shirt des Yankees avec une tache de nourriture quelconque.

— Tu n'es pas tombée loin. C'est un vieux T-shirt d'UVA qui date de ma première année. Et la tache est celle d'une pizza.

— *Canon*. Hé, remercie encore ton père d'avoir tiré les ficelles pour moi, d'accord ?

— Je le ferai quand il reviendra de Dieu seul sait où.

Rafa jeta un coup d'œil au réveil électronique sur sa table de nuit. Il était à peine plus de vingt-trois heures, le timing était parfait. L'étage inférieur devrait être superbement tranquille.

— C'était quand la dernière fois que tu lui as parlé ?

— Je croyais que tu voulais aller te coucher ?

Ashleigh soupira et il l'imagina lever les yeux au ciel.

— Réponds à la question.

— Je n'en sais rien. Il y a quelques semaines. Il était occupé. Tu sais, avec le G7, les discussions pour la paix en Carélie ou l'encensement de la NRA. Bref, va te coucher. Je suis ravi que tu aies rencontré une amie qui aime l'art de la Renaissance autant que toi.

— Oui, moi aussi. Je crois que cet été sera amusant. Je t'aime, chéri.

— Moi aussi, je t'aime, Ash.

Il tapota l'écran de son portable et le jeta sur le lit à côté de lui en ricanant. Si Ashleigh appréciait Michel-Ange comme tout le monde, les employés qui surveillaient les appels de Rafa devaient s'émerveiller de sa passion pour lui. Bien qu'il sache que les Services secrets et les employés de la Maison-Blanche se fichaient de sa vie privée et voulaient uniquement protéger le président ainsi que sa famille, Rafa prolongeait sans cesse ce simulacre.

Ash et lui avaient inventé un code, peu de temps après avoir commencé à sortir ensemble – ou devrait-il dire « *sortir ensemble* ». Dans leur langue secrète, le mot moto remplaçait les mecs canon. Par exemple, si Rafa disait : *j'ai vu une bécane magnifique aujourd'hui, une Ducati avec une carrosserie rouge*, cela signifiait qu'il avait remarqué un roux sexy qu'il souhaitait se taper. Quant à la personne qui partageait l'intérêt d'Ash pour l'art de la Renaissance, il s'agissait d'une lesbienne avec qui elle voulait coucher.

Au début, il avait été amusant de parler en code, mais à présent, c'était tout bonnement normal. Plus important encore, c'était efficace, car cela faisait trois ans, et personne n'avait encore découvert leur secret. Ils jouaient parfaitement leur rôle de jeunes amants et en bénéficiaient tous les deux. Ashleigh n'avait pas été prête à faire son coming-out à ses parents incroyablement conservateurs, et Rafa ne pouvait pas le faire non plus. Pas encore, en tout cas.

Une grande partie du monde avait peut-être fait du chemin, sur le plan des droits des homosexuels, mais les néoconservateurs aux États-Unis avaient grandement fait machine arrière. Un président républicain avec un fils gay qui vivait à la Maison-Blanche ? Cela aurait été un cauchemar pour son père et encore plus pour lui. Rafa devait encore passer sept mois environ à Washington DC avant l'investiture du nouveau président en janvier, puis il serait libre.

Il aurait aimé qu'Ash assiste au séminaire estival pour jeunes leaders, auquel sa mère l'avait inscrit de force après ses examens. Assister à des cours magistraux sans sa meilleure amie, ça n'était pas pareil.

Tandis que le reste des élèves du cours d'Introduction aux Études américaines d'UVA en première année l'avaient dévisagé et avaient chuchoté furtivement, reportant leur attention à la fois sur Rafa et sur les agents des Services secrets en chinos et polos au fond de l'amphithéâtre (non, ils ne se fondaient pas *du tout* dans le décor), Ashleigh s'était affalée à côté de lui et avait commencé à se plaindre de la pression de l'eau dans son dortoir. Elle avait également demandé si ses « gros bras » pouvaient tuer sa colocataire qui ronflait la nuit en faisant passer ça pour un accident.

Bâillant, Rafa s'étira sur le matelas. Avant qu'il emménage, à quatorze ans, il y avait un véritable lit à baldaquin dans cette chambre. Heureusement, ils l'avaient redécorée avec des tons ocre, un brun roux somptueux et du vert, et son lit était désormais dépourvu de baldaquin. Ils avaient même rénové la salle de bain attenante pour lui, dans des tons blancs et argentés. Mis à part le poster de surf, cela aurait pu ressembler à une chambre d'hôtel.

Il avait déjà défait sa valise et tout était parfaitement rangé dans son placard, ainsi que dans sa commode en acajou brillant. La chambre de sa sœur Adriana donnait typiquement l'impression qu'un ouragan venait de tout détruire, mais Rafa gardait la sienne propre et rangée. Leurs parents avaient insisté sur le fait qu'ils étaient responsables de la propreté de leur chambre et salle de bain, et moins il leur donnait l'occasion de le critiquer, mieux ce serait.

Après s'être levé et avoir enfilé un jean ainsi que des baskets, Rafa jeta un rapide coup d'œil dans le miroir, fronçant les sourcils à cause de ses stupides taches de rousseur, déjà plus visibles, même si l'été venait tout juste de commencer. Ses épais cheveux bruns avaient tendance à boucler, et après sa douche du soir, il ne les avait pas séparés en deux et tirés en arrière avec sa brillantine extra-forte habituelle.

Il écarta les douces boucles de son front, notant dans un coin de sa tête de demander à Henry, l'huissier en chef[1], de faire venir le coiffeur, car des vagues se formaient juste au-dessus de ses oreilles. Et s'il y avait bien une chose que Rafa ne voulait pas, c'était qu'on l'appelle encore *Chia Pet*.[2]

Ses joues rougissaient encore quand il songeait au photomontage représentant son visage sur un animal en céramique, frisottant à cause des touffes de chia qui poussaient dans le pot. Il venait de commencer le lycée à Washington. C'était le milieu de l'année, après l'investiture de son père. À quatorze ans, il était dégingandé et boutonneux, et sa bouche était remplie de métal.

Ses camarades se mettaient subitement à chanter *Ch-ch-ch-Chia !* quand il entrait dans une pièce et il n'avait même pas compris la plaisanterie avant de la chercher sur Google. Les gamins de son école étaient généralement sympas avec lui, mais ils s'étaient éclatés en créant ce photomontage. Même si Rafa avait coupé ses cheveux à ras, le lendemain, le surnom lui était resté.

Il ouvrit la porte et jeta un coup d'œil hors de sa chambre — connue officiellement sous le nom de Chambre 303. Il était inutile de faire preuve de discrétion, car le premier et le deuxième étage de

---

[1] Chef du personnel à la Maison-Blanche.

[2] Figurine en forme d'animal ou de tête humaine dans laquelle on fait pousser des graines de chia. Les pousses font alors office de poils ou de cheveux.

la résidence de la Maison-Blanche étaient l'unique endroit au monde où il était débarrassé des services secrets, mais c'était une habitude.

La chambre de son frère aîné, Christian, se trouvait de l'autre côté du hall central, mais celui-ci avait vingt-sept ans et n'avait jamais vraiment vécu à la maison blanche à plein temps. Désormais, il était à New York et Rafa était seul, au deuxième étage, comme d'habitude. À sa gauche se trouvaient le salon de musique et la salle de sport.

Alors qu'il se dirigeait vers l'escalier, il passa devant la salle en cèdre, un petit espace recouvert entièrement de panneaux de cèdre qui avait été utilisé pour le stockage hivernal, à l'époque. Il y avait aussi la buanderie, qui était exactement ce que l'on pouvait penser. La salle de jeu se trouvait de l'autre côté du hall, et quelques autres chambres étaient éparpillées à cet étage.

Derrière la buanderie se trouvait son endroit préféré au monde : la cuisine privée. On dit dans le dictionnaire qu'une cuisine privée était utilisée afin de préparer des repas spécifiques pour les invalides, à l'hôpital. Franklin Delano Roosevelt avait fait construire cette cuisine privée, car il détestait les plats de la gouvernante et avait souhaité que ses propres repas y soient préparés.

Rafa s'engouffra dans un passage étroit. La petite cuisine rectangulaire était au niveau du portique nord, et la lune brillait depuis les fenêtres sur le toit incliné. Ici, il y avait une cuisinière, un frigo, un évier, un plan de travail et des placards tout autour. Rafa n'avait pas besoin d'allumer les lumières pour naviguer entre les meubles et il glissa une main sur les plans de travail lisses.

C'était une cuisine basique et il n'y avait aucun équipement spécial ou sophistiqué. Mais elle était *à lui*. Du moins, pour l'instant. La plupart du temps, pendant l'année, il était coincé dans son dortoir et le crépitement du beurre dans la poêle ou l'odeur des épices fraîches lui manquait. Il préparerait de la pâte, demain, et la déroulerait en deux plaques pour créer des raviolis, mais il pouvait commencer la garniture ce soir.

Rafa retourna dans le hall central et se rendit au rez-de-chaussée sur la pointe des pieds, utilisant l'escalier secret à côté de l'ascenseur familial. Ces escaliers allaient presque directement dans la cuisine, mais l'un de ses agents apparut tout de même en lissant sa veste de costume.

— Vous sortez ? demanda Brent.

Il était grand, légèrement bedonnant, et ses cheveux bruns grisonnaient.

— Je vais me chercher de quoi grignoter. Je n'en ai pas pour longtemps.

Brent hocha la tête.

— Merci de m'avoir prévenu, Rafa.

Le jeune homme continua son chemin vers la cuisine plongée dans le noir. Elle était merveilleusement déserte et il soupira. S'il avait été Adriana ou leur frère Matthew, Brent l'aurait probablement suivi une minute plus tard pour être certain qu'il n'essayait pas de sortir en douce. Quoi qu'il en soit, ils seraient incapables de franchir la grille, mais il était hors de question qu'ils se retrouvent dehors sans leur protection rapprochée. Toutefois, Rafa n'avait jamais tenté d'échapper à ses agents. Ils ne faisaient que leur travail et il était inutile de se comporter comme un crétin.

De petites lumières sous les placards projetaient leurs ombres sur le plan de travail et l'immense îlot central. Il voyait assez bien où il mettait les pieds pour ne pas avoir à allumer la lumière principale. Alors qu'il ouvrait la porte de la chambre froide, son pouls accéléra. La chair de poule se répandit immédiatement sur ses bras nus et la lumière automatique s'enclencha au-dessus de lui. Il observa rapidement les étagères, examinant les contenants à la recherche de ce qu'il lui fallait. Il était certain que Magda gardait du prosciutto à portée de main et il espérait avoir la chance de trouver du fromage de chèvre. Cela ne la dérangeait jamais, quand il lui empruntait quelques ingrédients.

D'accord, techniquement, il les volait, il ne les *empruntait* pas. Ses parents payaient toute la nourriture que la famille mangeait lorsqu'ils n'assistaient pas à un dîner d'état officiel ou à une fête, et il savait que les ingrédients qu'il piquait étaient ajoutés à leur note. Au début de la présidence, Chris avait fait venir ses amis d'université pour une fête, alors que leurs parents n'étaient pas en ville. C'était l'une de ses rares rébellions. Il avait commandé une tonne de friandises à la cuisine et leurs parents l'avaient obligé à rembourser chaque centime.

Rafa serait ravi d'acheter lui-même le prosciutto et le fromage, mais on lui poserait alors inévitablement des questions. Il ne pouvait pas simplement aller à l'épicerie. Sa protection rapprochée le saurait et si sa mère leur posait des questions, il ne voulait pas les obliger à mentir. De plus, il était même stupide de leur demander de mentir à ce propos. Il était plus simple de faire avec.

Il attrapa une bûche de chèvre et se dirigea vers la salle de congélation. Il garda la porte ouverte, frissonnant alors qu'il scrutait les étagères à la recherche de prosciutto.

— Allez, allez…

Il parcourut le peu de viande rangée là, espérant que Magda avait gardé du jambon à portée de main, en cas d'urgence. La plupart des ingrédients étaient frais, et manifestement, il n'avait pas de chance, cette fois-ci.

Il entendit des talons cliqueter plus fort que la vibration du ventilateur industriel.

— Chéri, ne devrais-tu pas être au lit ?

Il sursauta malgré lui, clignotant des yeux dans l'obscurité imperturbable de la cuisine alors qu'il posait le fromage de chèvre sur l'étagère à portée de main. La grande silhouette de sa mère vint se placer dans l'embrasure de la porte du congélateur et Rafa s'obligea à sourire.

— Je viens juste chercher de quoi grignoter.

Il tendit la main vers le bac de crème glacée le plus proche. Avait-elle corrompu Brent pour qu'il le dénonce ? Enfin, la première dame, Camila Castillo, n'avait pas besoin de graisser les rouages. Elle n'avait qu'à demander et la plupart des gens étaient trop terrifiés pour ne pas obéir dans l'immédiat.

— Bonne idée. Tu dois encore te remplumer, dit-elle en souriant.

Une vague chaude d'embarras le submergea. Il avait presque atteint le mètre quatre-vingt-deux pendant ses années universitaires et même s'il avait pris du muscle au fil des ans, il avait toujours l'impression d'avoir des genoux et des coudes bosselés. Il laissa ses épaules s'affaisser en fermant la porte du congélateur.

Rafa se dirigea vers l'un des nombreux tiroirs à couverts à la recherche d'une cuillère, sentant le regard de sa mère sur lui. Lorsqu'il la regarda, elle leva la main vers le collier de perles autour de son cou. Même sous la faible lumière, elles brillaient. Elle portait une jupe crayon sans aucun pli ainsi qu'un chemisier blanc. Ses cheveux noirs étaient sculptés dans un chignon. Parfois, il la soupçonnait de dormir dans un tube fermé hermétiquement, créé spécialement pour qu'elle ne s'ébouriffe pas.

— Tu travailles encore, Maman ? Tu ne devrais pas être au lit, toi aussi ?

Camila Castillo avait de nombreuses règles et l'une d'elles était de toujours s'habiller en adéquation avec la tâche qui l'attendait. Si elle travaillait, sa tenue était l'incarnation du succès, peu importe l'heure.

— Tu marques un point. Mais oui, je dois m'occuper de certaines affaires pour la fondation, avant mon prochain voyage.

— Pourquoi ne laisses-tu pas le staff le faire ? Ce n'est pas pour ça qu'ils sont payés ?

Elle sourit et son rouge à lèvres luisit.

— Parfois, si on veut que les choses soient bien faites, il faut les faire nous-mêmes.

Comme il avait probablement commis beaucoup d'erreurs ces derniers temps, Rafa changea de sujet et demanda :

— Comment va tante Gabby ?

— Elle va bien. Elle rend visite à ses cousins.

La mère de Rafa avait l'habitude de parler de sa famille comme étant des connaissances de sa sœur et de son frère, mais qui ne la concernaient pas.

— À Mexico ? Elle va y passer combien de temps ?

Rafa fit tourner sa cuillère. Ses grands-parents étaient morts avant qu'il soit assez âgé pour les connaître vraiment et il n'avait pas vu sa tante Gabriella depuis Noël. D'accord, il ne la voyait pas souvent. Elle ne s'était jamais vraiment entendue avec son père et il avait l'impression que sa mère trouvait sa famille simplement bien trop… *ethnique.*

— Peut-être que je pourrais…

— Chéri. Tu sais à quel point ça peut être dangereux, là-bas. Ce n'est pas une bonne idée.

— Mais je n'y suis jamais allé. Ça ne peut pas être *si* dangereux. Enfin, tu as vécu là-bas, quand tu étais petite.

Le nom complet de sa mère était Camila Castillo de Saucedo. Toutefois, quand son père avait quitté un cabinet d'avocats pour se lancer à temps plein dans la politique et se présenter au poste de gouverneur du New Jersey, elle avait laissé tomber la convention traditionnelle et son nom. Rafa et le reste de sa fratrie n'avaient toujours été que des Castillo, comme ils portaient le nom de leur père. Ses parents avaient travaillé dur pour devenir des républicains hispaniques les plus blancs et les moins menaçants possibles grâce à leur argent, tout en courtisant tout de même avec succès le vote des Latinos. Il ignorait comment ils avaient réussi, mais voilà où ils en étaient.

— De plus, j'aurais ma protection rapprochée, Maman.

Elle inclina la tête, le regardant avec une exaspération évidente.

— Nous en avons déjà discuté. Mes parents ont quitté l'ancien monde pour nous bâtir une nouvelle vie, ici, aux États-Unis.

L'espace d'un instant, il craignit qu'elle se lance dans un discours complet sur le rêve américain.

— Pourquoi voudrais-je retourner en arrière ? Et pourquoi souhaiterais-je que mes enfants y retournent ? C'est chez toi, ici. Le meilleur pays du monde.

Avant qu'elle puisse se lancer réellement dans sa diatribe, Rafa hocha la tête.

— Ouais, d'accord. Tu as raison. Comme d'habitude, conclut-il en souriant.

— Évidemment.

Elle gloussa avant de demeurer silencieuse un moment.

— Bien, je voulais te dire que j'ai discuté avec le chef de ta protection rapprochée, aujourd'hui.

Le cœur de Rafa loupa un battement, même s'il n'avait rien fait de mal.

— D'accord.

Il plongea sa cuillère dans le bac et se gava de crème glacée à la menthe et aux pépites de chocolat afin de ne rien dire d'autre.

Elle grimaça.

— Prends un bol, Rafael, s'il te plaît. Soyons civilisés, tu veux bien ?

Il grommela.

— Désolé, dit-il avec la bouche pleine de glace.

Il sortit un bol de l'un des placards.

— Tu en veux ?

— Non, chéri, dit-elle en tapotant sa taille fine. Comme je le disais, il va y avoir du changement dans ta protection rapprochée, dès demain.

Rafa marqua une pause, sa cuillère suspendue au-dessus du bac.

— Quel genre de changement ?

— Cinq agents sont réassignés et en tout, tu n'auras que deux agents à la fois avec toi.

— Qui est réassigné ?

Sa protection rapprochée faisait trois services, en rotation pendant vingt-quatre heures, avec deux agents principaux qui restaient près de lui quand il était à l'extérieur de la Maison-Blanche, et au moins un ou deux agents secondaires sur le pont en fonction de l'endroit où il allait et du niveau de la menace.

— Je n'en suis pas sûre.

Elle agita une main dédaigneuse, ses ongles polis reflétant la lumière.

— Ça n'a aucune importance, n'est-ce pas ?

Il déposa plusieurs boules de glace dans le bol.

— C'est important pour moi. Je peux leur dire au revoir, non ? Je veux leur dire au revoir.

Elle soupira.

— Chéri, tu sais que c'est la raison pour laquelle ils changent notre protection rapprochée tous les ans. On ne peut pas s'attacher. Les agents sont moins efficaces, dans ces cas-là. Nous alternons tous.

Sa mère restant d'un côté de l'îlot central, Rafa se tint devant elle. Il mit de la glace dans sa bouche afin de ne pas ricaner d'un ton moqueur. Les services secrets changeaient leurs équipes tous les ans afin que les agents ne s'attachent pas trop à *eux*, mais personne ne se berçait d'illusions : ça n'arriverait pas avec Camila. Le seul moment où elle se souvenait de leurs noms, c'était pour leur ordonner une tâche ingrate qui ne faisait pas partie de leur fiche de poste.

Il ne pouvait qu'imaginer à quel point ses agents avaient hâte d'être réassignés. Mais les agents protégeant Rafa avaient toujours semblé l'apprécier. Dans le cas contraire, ils ne le montreraient certainement pas.

— Mais on est en juin et l'élection est en novembre. On sera partis en janvier. Pourquoi changer maintenant ? On a presque fini.

— Les agents les plus expérimentés sont occupés par les familles des candidats, surtout que l'élection se rapproche. Livingston a six enfants et un tas de petits-enfants. Apparemment, ils ont besoin de renforcer la sécurité. Nous savons tous qu'il va gagner, que nous le souhaitions ou non.

Camila Castillo n'aimait certainement pas l'idée. Rafa mangea une autre cuillère de glace afin de ne pas sourire. Sa mère s'agripperait à ses perles si elle savait qu'il allait clairement voter pour Stephen Livingston, le démocrate, plutôt que pour le successeur républicain de son père, Tom Margulies. Le pays était prêt pour un changement de régime, même si rien ne changeait vraiment avec un parlement et un sénat si partisans. Comme il avait été au cœur du gouvernement américain la moitié de sa vie, Rafa trouvait ça déprimant que les choses s'améliorent rarement.

— Je veux tout de même dire au revoir à mes agents.

Avec un pincement au cœur, il espéra que Joanna et Stuart ne le quitteraient pas.

— Mais j'imagine que c'est logique.

Elle soupira et sa voix devint inhabituellement triste.

— Oui, j'imagine. Bientôt, on sera obligés de partir.

Si elle le pouvait, sa mère s'accrocherait sûrement à la Maison-Blanche jusqu'à ce qu'on l'arrache de ses mains mortes et froides. Le fantôme d'Abraham Lincoln finirait certainement par avoir de la compagnie. Rafa imaginait déjà sa mère flotter dans les couloirs paisibles, jugeant le choix de service en porcelaine des futures premières dames.

— Maman, nous avons eu deux mandats. Ce n'est pas si minable. Ça ne sera pas sympa de retrouver une vie normale ?

Il était plus qu'étrange de penser que ses parents retourneraient dans le New Jersey.

— Ça doit te manquer, non ? Même un peu ? demanda-t-il, plein d'espoir.

Il n'aimait pas penser qu'elle était malheureuse.

Elle sourit.

— Un peu.

Se penchant au-dessus du plan de travail, il lui tendit une cuillère de crème glacée.

— Allez. Une bouchée ne te fera pas de mal.

— J'imagine que non.

Elle le retrouva à mi-chemin et prit gracieusement la cuillère. Lorsqu'elle eut avalé, elle fixa du regard le métal courbé.

— Tout me semble simplement si… petit, et je…

Elle s'interrompit.

— Quoi ? chuchota à peine Rafa en retenant son souffle.

Il ne se souvenait pas de la dernière fois où il avait vu sa mère autrement que digne et fidèle à sa réputation.

— C'est une sensation étrange de savoir que les jours les plus importants de ta vie sont passés. Que tu ne feras jamais rien d'un tant soit peu comparable, conclut-elle en gardant les yeux rivés sur la cuillère.

— Maman…

Rafa eut envie de tendre la main vers elle, mais alors qu'il s'avançait, elle leva les yeux et sourit, son masque s'étant remis en place.

— Bref, c'est idiot. Tu as parlé à Ashleigh ? Est-ce qu'elle aime Paris ?

Elle tendit la cuillère au-dessus du plan de travail.

Il la saisit et joua avec la glace fondue dans son bol.

— C'est sympa. Elle adore.

— Tu ne vas pas te sentir seul tout l'été ?

— Ce n'est pas grave. On discute tout le temps.

— Rafa, assure-toi de rester en contact avec elle. Ce moment est crucial dans votre relation, car tu t'engages dans ton dernier semestre d'université. Tu dois planifier l'avenir. Nous devons discuter de la manière dont tu aimerais entamer ta carrière, l'année prochaine. Ton père et moi avons quelques idées. Pourquoi tu ne m'en dirais pas plus sur ce que tu as appris pendant le séminaire ? Nous n'avons pas eu l'occasion d'en discuter convenablement.

— Je t'ai dit que c'était bien.

Elle arqua un sourcil délicatement dessiné au crayon.

— C'est tout ce que tu as à dire ?

En réalité, il avait envie de dire : *honnêtement, j'en ai détesté chaque minute. Je ne veux pas être un jeune leader, ou me faire des relations, sourire et faire comme si je m'intéressais à la fichue politique ou au parti républicain. Mais ça m'a donné des points supplémentaires et j'ai travaillé comme un dingue pour obtenir mon diplôme plus tôt.*

Il haussa les épaules.

— C'était intéressant, j'imagine. Ça m'a aidé à penser à l'avenir.

Effectivement, ce séminaire avait consolidé sa détermination à rester loin, très loin de la politique et du monde de l'entreprise.

— T'es-tu fait des relations prometteuses ? Tu sais que tu ne peux pas simplement rester dans le sillage de ton père. Tu dois te faire un nom, comme Christian l'a fait.

— Hum.

Il mangea sa bouchée de douceur mentholée et son estomac se crispa. Il savait qu'il devrait avouer la vérité à ses parents dans peu de temps, mais il avait encore quelques mois.

— Et une jolie jeune femme comme Ashleigh n'attendra pas éternellement pour se mettre en ménage. Ne la prends pas pour acquise, mon cœur.

— Je n'en ferai rien. Je te le promets.

Ash et lui avaient déjà planifié leur rupture après l'investiture du nouveau président. Ils avaient assisté à tous les cours d'été et obtenu tous les points supplémentaires qu'ils avaient pu récolter afin de finir les cours au mois de décembre.

En janvier, ils feraient tous les deux leur coming-out auprès de leurs parents et, avec un peu de chance, Rafa partirait à l'autre bout du monde, sans que les services secrets suivent chacun de ses mouvements. Ses parents seraient protégés à vie, mais il serait enfin libre. Penser à ce plan secret accéléra son pouls. Il ne lui restait plus longtemps.

— Il faut la garder, Rafael. Ne la laisse pas partir. Ne fais rien que tu regretteras.

Rafa scruta son bol, et le regard de sa mère, de l'autre côté de l'îlot central, semblait si pesant que c'en était insupportable. Il avait toujours été si méticuleux pour cacher les indices sur la personne qu'il était vraiment. *N'est-ce pas ?* Ici, dans l'obscurité, il était certain que sa mère pouvait voir au plus profond de son cœur. Et elle lui disait de rester caché ? Ou laissait-il son imagination prendre le dessus ?

— Bien, nous devrions aller nous coucher, tu ne crois pas ? dit-elle avec un petit rire chantant. Je sais, je sais, tu n'es plus un bébé.

Rafa rinça le bol et la cuillère dans l'un des éviers.

— Je monte tout de suite, Maman.

Il devait sortir le fromage de chèvre du congélateur.

Comme si elle pouvait lire son esprit tel un bandeau d'informations en continu, elle répondit :

— Chéri, tu ne comptes pas encore utiliser la cuisine privée pour tes petites… expériences, n'est-ce pas ?

Il haussa les épaules alors qu'il continuait à rincer le bol désormais propre.

— J'allais juste préparer quelques petites choses. Pour m'amuser.

— Nous en avons déjà discuté. Tu devrais vraiment consacrer ton temps à des activités plus concrètes. J'aimerais que tu assumes un plus grand rôle dans la fondation, cet été.

— Hum.

La fondation de sa mère faisait du bon boulot, et tant qu'il n'avait pas besoin de parler en public, il était ravi d'aider.

— Je le ferai.

Il posa enfin le bol et ferma le robinet, affichant un sourire sur son visage alors qu'il se retournait.

— Ce n'est qu'un hobby.

— J'aimerais que ta sœur s'intéresse autant à la cuisine. Son pauvre futur mari ! s'amusa Camila avant de laisser échapper un rire guttural. Mais honnêtement, ce n'est pas juste d'aller salir l'autre cuisine, chéri. Les domestiques ont déjà tant de choses à faire.

Comme si tu t'intéressais à la charge de travail des domestiques.

— Je nettoie toujours derrière moi.

Le sourire de sa mère s'atténua.

— Tu sais que ton père et moi, nous trouvons que ce n'est pas un passe-temps approprié. Demain, nous aborderons tes nouvelles responsabilités au sein de la fondation. Je crois que ce que nous avons préparé t'enthousiasmera grandement. D'accord ?

Elle n'attendit pas de réponse.

— Excellent. Allons nous coucher, maintenant.

Il était inutile de protester. Même si Camila Castillo avait dégusté les plats de centaines de chefs masculins, la cuisine n'était pas un passe-temps convenable pour son fils. Point final. Rafa abandonna avec regrets le fromage de chèvre dans le congélateur et la suivit hors de la cuisine, puis dans le couloir. Le seul bruit était celui de ses talons hauts qui faisaient écho sur le sol poli. Alors qu'elle montait les marches, Brent grimaça d'un air compatissant et Rafa lui lança un sourire fugace.

Sur le palier du premier étage, la mère de Rafa l'embrassa sur la joue, laissant indubitablement une marque écarlate à cause de son rouge à lèvres brillant.

— Va dormir. C'est ton dernier été à Washington et nous allons le rendre mémorable. Ne te lève pas tard, d'accord ? Merveilleux.

La tête haute et le dos aussi droit que celui d'une ballerine, elle marchait déjà vers la chambre parentale alors qu'il répondait.

— D'accord.

Son dernier été à Washington.

Après plus de sept ans, la liberté était si proche qu'il la sentait presque comme le soleil sur son visage. L'année prochaine, il serait à des millions de kilomètres, en Australie. Il apprendrait à cuisiner et sortirait enfin avec des hommes. L'idée de pouvoir s'envoyer en l'air propulsa un frisson dans sa colonne vertébrale, suivi d'un picotement poisseux de désir qui emplit chacun de ses pores.

Rafa prit une profonde inspiration. *Bientôt.* Pour l'instant, il n'avait qu'à faire profil bas. Sept années étaient déjà écoulées, et il n'avait plus que sept mois à passer en tant que fils du président.

C'était du gâteau.

Chapitre 2

— Ohhh, c'est le canon ?

Shane ignora Darnell, enfilant son boxer et enclenchant son rasoir électrique. Évidemment, Darnell n'était rien d'autre qu'un salopard obstiné. Nu, il sauta du lit et vint s'appuyer contre le chambranle de la porte de la salle de bain.

Avec son mètre quatre-vingt-quinze, il était fait de muscles et pouvait afficher un renfrognement qui intimidait suffisamment les suspects afin qu'ils se confessent dans les salles d'interrogatoire de la police métropolitaine. Il était le plus jeune inspecteur afro-américain de la brigade et s'était bâti une personnalité rigide et efficace sur le plan professionnel. Mais pour l'instant, dans la minuscule salle de bain de Shane, à cinq heures du matin, il était une vraie commère.

— D'accord, je vais prendre ton silence pour un non. Oh, oh, c'est l'athlète ? Le nageur de Berkeley ? Matthew ? Il est succulent. Tu as vu ses abdominaux lors des essais olympiques l'année dernière ? Miam.

Darnell fronça les sourcils en regardant le rasoir.

— Dommage que la barbe ne soit pas autorisée. Elle te va bien, dit-il avant de sourire. Je la sens encore me brûler là où le soleil ne brille pas. Shane Kendrick, tu en fais des choses avec ta bouche.

Shane lui lança un sourire narquois.

— Désolé, les vacances sont finies.

Il releva le menton et se rasa le cou. À cause de sa calvitie naissante, il rasait son crâne. Il n'était pas totalement chauve, mais il les tondait à ras. Il aurait préféré avoir une barbe pour équilibrer le tout et il pouvait se le permettre lors de ses congés. C'était ce qu'il s'était passé de mieux lors de la semaine qui s'était écoulée et qui aurait dû être un temps de relaxation avant sa nouvelle mission. Comme s'il pouvait se *détendre* avant d'entrer dans cette protection rapprochée. Il inspira pour chasser cet élan d'adrénaline nerveuse.

— Alors ?

— Alors quoi ?

Darnell haussa les sourcils.

— C'est le nageur ou pas ?

— Non.

— Oh. C'est l'autre.

L'enthousiasme de Darnell diminua visiblement et il agita dédaigneusement la main.

— Je ne sais plus son nom. La grande perche.

— Rafael.

Shane tourna la tête et s'assura qu'il avait rasé tous les poils sur sa joue. Il récita alors les informations du briefing.

— Vingt et un ans. Vient juste de finir sa troisième année à UVA. Spécialisé en Études américaines – peu importe ce que ça signifie. Petite amie, Ashleigh Hastings, fille de dentistes très riches de Caroline du Sud. Blonde avec de beaux seins. Actuellement à Paris. Rafael passe le plus clair de son temps à étudier dans son dortoir, à la fac. Cet été, il sera bénévole pour la fondation de sa mère – le Conseil Castillo sur la Santé des Enfants.

Darnell se faufila dans la pièce pour pisser.

— On dirait que tu vas vivre des sensations fortes chaque minute.

— On dirait bien.

Il était tout de même important de monter en grade. Protéger un enfant présidentiel était un pas qui le rapprochait de la protection même du président des États-Unis d'Amérique. Il avait fait ses preuves dans les bureaux délocalisés et avec un séjour dans le Montana. Lors de l'année qui venait de s'écouler, il avait protégé des sénateurs et des dignitaires en visite à Washington DC. Désormais, il était prêt pour la Maison-Blanche. Cela valait la peine de coller un gamin barbant au train.

Darnell lui donna un coup de coude devant le lavabo et s'éclaboussa le visage. Il fessa légèrement Shane et tendit la main vers la serviette.

— Merci pour ce coup d'un soir. C'était exactement ce dont j'avais besoin, hier.

— Moi aussi, dit Shane en lui souriant dans le miroir. J'espère que tu n'es pas trop courbaturé.

— Je le suis agréablement. La prochaine fois, je te rendrai la pareille et je m'enfoncerai dans ton cul blanc comme neige, pour changer.

Darnell lui sourit en retour et pivota pour s'en aller.

— Tu viens regarder le match des Orioles, ce week-end ?

— J'attends de voir à quoi ressemble mon planning. Je serai beaucoup plus de garde qu'avant, maintenant. Et tu te rends compte qu'on n'est même pas encore en juillet ? Les Orioles sont tout en haut du classement, en ce moment, mais c'est un peu tôt pour s'emballer.

— Et voilà cette attitude optimiste et enjouée qui te permet d'avoir tant d'amis et qui influence tant de gens.

— C'est toi qui dis ça, Inspecteur Peigne-Cul.

— Mon cul est bien beau et bien tendre, comme tu le sais. Passe une bonne première journée, mec. Tu sais, je me souviens quand je t'ai rencontré, quand tu étais en formation. Tu m'as dit que tu allais protéger le président, un jour. Je sais que tu n'en es pas encore là, mais tu as travaillé tellement dur pour ça. Essaie d'en profiter, d'accord ?

— J'imagine. C'est le boulot.

Shane haussa les épaules.

Darnell leva les yeux au ciel.

— Ouais, mais tu t'es cassé le cul pour ça, alors accorde-toi un peu de mérite. Tu en as le droit, tu sais. Tu serais peut-être même fier de toi.

Il hésita.

— Je sais que tu n'aimes pas en discuter, mais ils seraient vraiment très fiers.

Shane se concentra sur son menton et y fit glisser le rasoir. Il déglutit difficilement.

— Merci.

Darnell pinça l'épaule de Shane et lorsqu'il reprit la parole, son ton était redevenu léger.

— Et bon sang, tu as fait plus d'efforts que jamais à la salle de sport. Tu es bien charpenté, mon ami.

— Merci.

Shane mit de côté cette pensée sur ses parents. Être sentimental ne lui faisait aucun bien.

— J'ai arrêté drastiquement les glucides.

Il n'était pas trop costaud, mais il avait accentué ses séances de sport et devait admettre qu'il était fier des nouvelles crêtes de ses abdominaux.

— J'aimerais le faire, mais tu sais à quel point j'aime les pâtes.

— Heureusement que tu peux manger tout un buffet tout en restant la reine de la salle de sport.

Il marmonna ensuite dans sa barbe.

— *Salopard.*

Les dents de Darnell scintillèrent.

— Les haineux n'ont qu'à se tirer. Ou peu importe ce que les gamins disent de nos jours.

— Va attraper des méchants. Tu devrais avoir largement le

choix dans cette ville.

Quand Darnell ferma la porte d'entrée derrière lui quelques minutes plus tard, il cria :

— Allez les Orioles !

Shane gloussa dans le silence. Ce bon vieux Darnell.

C'était un bon ami, et une fois tous les trente-six du mois, un bon coup. Leur relation n'était jamais allée plus loin et elle ne le ferait jamais. C'était exactement ainsi qu'ils voulaient la vivre. Ils s'approchaient des quarante ans et étaient à l'apogée de leurs carrières. De plus, faire de leur amitié quelque chose de plus profond serait le meilleur moyen de la gâcher. Ils s'entretueraient en une semaine.

Spontanément, Shane entendit l'écho distant de la voix de sa mère, le jour où Darnell l'avait conduit, avec ses parents, en visite, jusqu'à Monticello. « *Pourquoi n'êtes-vous qu'amis ? Il est si beau et intelligent. Il a aussi un bon travail. Qu'est-ce que tu attends, Shane ? Noël ?* »

Des années s'étaient écoulées, à présent, et il n'avait jamais rencontré quelqu'un à côté de qui il voulait se réveiller tous les jours.

Alors qu'il entrait dans la chambre, il se rendit compte que Darnell avait laissé quelque chose sur le lit. Il éclata de rire lorsqu'il récupéra le livre à la couverture rigide. Cette libération fut comme l'ouverture d'une valve pressurisée. Un petit mot jaune était collé sur le devant.

Astuce de pro : Ne pas péter, ne pas roter. Et ne te cure pas le nez.

Le livre s'intitulait *Protocole des États-Unis : le Guide de l'Étiquette diplomatique*. D'après le résumé, il s'agissait du guide « parfait pour n'importe quel événement officiel ». Shane prit une profonde inspiration alors qu'une nervosité idiote le traversait. Il allait vraiment travailler à la *Maison-Blanche*.

Et il ne serait pas simplement sur le terrain en tant que garde fixe, surveillant le périmètre lors d'un dîner d'État. Il allait être à l'intérieur du Château, comme ils l'appelaient. Même à l'intérieur de la Couronne, la résidence de la première famille d'Amérique. Bien que protéger Rafael Castillo s'annonce sacrément ennuyant, cela valait la peine.

Il jeta un coup d'œil à sa montre et sortit rapidement son costume du placard. Après avoir attaché son holster, il sortit son revolver Sig Sauer de sa boîte en métal et s'assura qu'il fonctionnait. Il attacha ensuite son badge à sa ceinture, ainsi que ses menottes. Il sentit le café couler dans la minuscule cuisine et alla s'en servir une tasse.

Il alluma la télé pour se distraire tout en préparant rapidement des blancs d'œufs brouillés avec du bacon de dinde. L'appartement meublé comportait un écran plat accroché au mur, ce qui l'avait convaincu de le prendre. Les tableaux étaient des représentations de scènes pastorales dignes de chambres d'hôtel.

Ce n'était pas du goût du Shane, mais il ne savait même pas ce qu'était son goût. Il était inutile de décorer ou de s'enraciner alors qu'il pouvait être transféré n'importe où, demain. Mangeant une pleine bouchée d'œufs, il laissa son regard dévier vers l'unique décoration qui était la sienne, posée sur une table basse à côté du canapé fleuri.

Le cadre était argenté. Shane le récupéra et glissa les doigts sur ses bords, voyant qu'il avait besoin d'être nettoyé. Sur la photo, il se tenait entre ses parents, le jour de sa remise de diplôme universitaire. Il était plus grand qu'eux, surtout sa mère qui n'atteignait que son épaule. Elle venait tout juste de retirer le chapeau de la tête de son fils et l'avait enfilé, la pampille jaune pendant devant son visage. Ils riaient tous les trois. Son père portait un costume neuf qu'il avait acheté pour l'occasion, même si Shane lui avait assuré que ce n'était pas nécessaire.

« Comment ça, ce n'est pas nécessaire ? Mon unique enfant obtient son diplôme universitaire. On ne peut pas faire plus important que ça, mon garçon. »

Son petit déjeuner eut un goût de gadoue lorsqu'il reposa le cadre sur la table, le retournant. Cela faisait maintenant six ans et, parfois, il avait l'impression que cela faisait une éternité. Mais parfois, leur perte le heurtait comme une tonne de briques. Il se frotta impatiemment les yeux pour chasser les picotements. *Si j'avais été là…*

Non. Ce n'était pas le jour pour ça. Il était temps d'aller travailler. Il était temps d'être à son maximum et son maximum n'incluait pas… *ça*.

Un titre rouge apparut sur l'écran de CNN, alertant les spectateurs d'une menace terrible pour la vie et la liberté des États-Unis : une tempête imminente. Debout devant l'entrée de sa cuisine en long, Shane regarda les présentateurs de la matinale et leurs visages pincés. Il ne prit pas la peine de mettre le son.

Le trajet jusqu'au quartier général, dont le bâtiment n'arborait aucun nom, sur H Street, fut rapide. L'aube était heureusement l'un des seuls moments de la journée, à Washington DC, où le trafic n'était pas un foutu cauchemar.

Après avoir passé la sécurité, il conduisit son Yukon jusqu'au garage sous le bâtiment, souriant alors qu'il repérait Alan Pearce appuyé contre une Chevrolet Suburban noire. La majeure partie des véhicules officiels, qu'ils appelaient des Caisses, étaient des Suburban ou des berlines. Il y avait aussi quelques limousines. Toutes étaient noires, bien sûr.

Quand Shane se gara et le rejoignit, Alan tendit les bras en souriant.

— Prêt pour le grand spectacle, agent Kendrick ? Enfin, c'est plutôt une répétition, mais on n'en est pas loin. C'est bon de te voir, Kenny.

Pearce tendit la main, puis attira Shane contre lui pour lui asséner une claque dans le dos.

— Apparemment, tu es encore coincé avec moi. On peut revivre les jours glorieux du bureau d'Albany.

Shane recula et le scruta exagérément de haut en bas.

— Ça fait combien de temps ? Tu as l'air vieux.

Merde. Dès que la blague franchit ses lèvres, il se rendit compte que la dernière fois qu'il avait vu Alan, c'était aux funérailles de Jessica.

Toutefois, ce dernier se contenta de sourire.

— Ouais, va te faire foutre, toi aussi. J'ai quarante et un ans, et si je me souviens bien, tu n'en es pas loin.

En réalité, Pearce était canon, avec des mèches grises sur ses tempes au milieu de ses cheveux châtain clair. Ses yeux verts ressortaient encore et son sourire était enfantin. Sa carrure dégingandée emplissait joliment son costume noir et, si Alan était gay, Shane se serait tapé ce cul depuis des années.

— J'ai encore trente-neuf ans pour quelques mois.

Il marqua une pause. *Devrais-je lui demander ? N'est-ce pas malpoli de ne pas demander ? Ou est-ce malpoli de demander ?*

— Comment vont Julianna et Dylan ?

Le sourire d'Alan se crispa et il haussa une épaule.

— Bien. Nous faisons de notre mieux. Un jour à la fois, toutes ces conneries.

Il plongea ses mains dans ses poches et se pinça les lèvres.

— Ça a été difficile. Surtout maintenant, avec le diagnostic de Dylan.

Merde alors. La vie savait vraiment s'acharner encore et encore sur certaines personnes. Perdre ses parents avait été plus difficile que Shane ne l'aurait cru, mais c'était tout de même l'ordre naturel des choses. Il ne pouvait qu'imaginer ce qu'Alan ressentait après la perte de sa fille – et maintenant de son fils aussi, probablement.

— Mon Dieu, je suis désolé. Je peux faire quelque chose ?

— Non, je te remercie. C'est génétique, dit-il avant de rire sèchement. Ce sont mes gènes, pour être plus précis. Je leur ai passé cette maladie de merde, mais je vais bien. Je vais simplement finir par tuer mes enfants. J'imagine que c'est une bonne chose que ma femme et moi n'en ayons eu que deux.

— Mon Dieu, je suis désolé. Les médecins ne peuvent rien faire ?

Alan frotta le sol en béton du garage avec l'extrémité de sa chaussure en cuir.

— Il y a un traitement expérimental. Avec un médecin suédois. On économise.

Shane n'avait jamais eu d'enfant et n'y avait jamais vraiment pensé. Mais il avait rencontré Jessica, un jour, quand elle était bébé. Elle s'était agrippée à son doigt et lui avait lancé un sourire tordu. Son cœur se serrait quand il pensait que ce sourire avait disparu, à présent. Il n'imaginait même pas ce que ce serait de voir son enfant mourir. De le voir maigrir à vue d'œil.

— Si je peux t'aider, tu n'as qu'à le dire.

Il ne se souvenait pas clairement du visage de Dylan, mais le gamin devait avoir environ sept ans, aujourd'hui. Shane ne se souvenait pas du nom de la maladie rare dont il était atteint, mais il ne comptait pas le demander.

— Merci. J'essaie de ne pas trop y penser. C'est difficile de sortir du lit, si j'y pense. Alors si ça ne te dérange pas, je préférerais me concentrer sur le boulot. Ou le sport. Ou même la politique. Plus ou moins n'importe quoi.

— Compris.

Alan lui jeta les clés en souriant.

— Allez. C'est l'heure du spectacle.

Au portail sud-ouest de la Maison-Blanche, on voyait le soleil s'élever au-dessus de l'Aile Est. L'un des officiers de la division en uniforme sortit de son poste de garde. C'était le portail utilisé par tous ceux qui avaient déjà une autorisation, mais bien sûr, leur véhicule devait tout de même être fouillé. Il baissa sa vitre et donna leurs cartes d'identité, attendant ensuite qu'un chien renifleur accomplisse rapidement sa mission.

— Vous êtes les nouveaux gardes du corps de Vaillant, hein ? demanda l'officier.

On aurait dit qu'il n'avait que seize ans, avec sa peau tachetée, mais il fallait avoir au moins vingt et un ans pour entrer dans les services secrets. Les officiers en uniforme n'avaient besoin que de leur baccalauréat et avaient tendance à être plus jeunes que les autres.

Shane garda un ton neutre, malgré l'insulte.

— Ouais.

Le meilleur moyen d'affliger un agent des services secrets était de l'appeler « garde du corps ». Il avait entendu dire qu'il y avait parfois quelques frictions avec la division en uniforme, mais il ne pouvait leur en vouloir s'ils étaient jaloux. Ils étaient en bas de la hiérarchie.

— La petite poule mouillée ne vous causera aucun ennui. On dit qu'il se comporte encore mieux que Chelsea Clinton.

L'officier bâilla et jeta un coup d'œil à son collègue, dans sa guérite, qui vérifiait leur identité alors que le maître-chien se mettait au travail.

Shane observa l'animal dans son rétroviseur. Il ressemblait à un berger allemand, mais s'appelait un… Son esprit tourbillonna. *Merde alors, comment s'appelait-il ?* Il se creusa les méninges, qui étaient si vides que c'en était alarmant. Il le savait. Il le *savait*. Bien sûr qu'il le savait ! Depuis des *années*.

Alors que la réponse lui venait enfin, il résista à l'envie de hurler *ah-ah !* Il s'agissait d'un berger belge, que les services secrets avaient déterminé comme étant les meilleurs renifleurs et les meilleurs assaillants.

Bon sang, les papillonnements dans son ventre étaient ridicules. Il n'avait pas été aussi nerveux depuis la formation. Alan paraissait calme à ses côtés. Il avait déjà participé à ce qu'ils appelaient « le petit spectacle » par le passé, comme il avait travaillé dans la protection rapprochée du vice-président. C'était donc le train-train pour lui.

Le chien finit son inspection et l'officier retira une balle de sa poche.

— Maintenant, il peut s'amuser quelques minutes.

Il leur redonna leurs cartes d'identité et tapota le capot de la Suburban.

— Amusez-vous bien.

Le portail se ferma derrière eux et Shane se gara à l'emplacement numéroté qu'on leur avait assigné. Alan et lui contournèrent l'Aile Ouest avant de rentrer dans la résidence par l'ancienne serre. Ils arrivèrent ensuite dans le hall central au rez-de-chaussée, qui était auparavant considéré comme le sous-sol, étant donné que la résidence était construite en hauteur.

Leurs chaussures de cuir étaient silencieuses sur l'épaisse moquette orange alors qu'ils passaient sous le plafond voûté où de simples lustres pendaient à intervalles réguliers. Des bustes de marbre faisaient la sentinelle.

Shane vibrait à cause d'une impatience électrique. Il travaillait comme agent de la protection rapprochée régulière à la *Maison-Blanche*. Admettons, Rafael Castillo retournerait à la fac en Virginie en septembre, mais pour l'été, Shane aurait la chance d'être vraiment à l'intérieur de la demeure présidentielle.

Ils passèrent l'entrée de la cuisine sur leur gauche et le pouls de Shane accéléra quand ils atteignirent la porte du commandement des services secrets.

— Viens, allons rencontrer notre nouveau patron, dit Alan en le guidant.

Dans le bureau, une petite femme asiatique avec des cheveux attachés en chignon tendit la main.

— Kendrick. Ravie de vous rencontrer. Je suis Sandra Nguyen, SAIC.[3] Les créatures de la guérite vous ont causé des ennuis ? Ils peuvent être arrogants avec les nouveaux agents.

---

[3] Special Agent in Charge : *Agent spécial responsable*

— Non, répondit Shane. Aucun souci.

En tant qu'agent spécial responsable, Shane espérait que Nguyen était à la hauteur de sa réputation qui la disait juste et féroce. Il avait fallu des années pour que ce bon vieux réseau de garçons puissants cède enfin la place à plus de diversité.

Elle le présenta à quelques autres agents gérant la console et le mur d'écrans qui affichaient les retours des caméras de sécurité. Lorsqu'elle eut parcouru le protocole, elle donna des oreillettes à Shane et Alan, ainsi que des micros et des transmetteurs radio qu'ils devaient attacher à leur ceinture. Un cordon transparent torsadé reliait l'oreillette au transmetteur sous la veste de leur costume.

Quand ils furent prêts, un agent plus âgé entra et se présenta comme étant Brent Harris.

— Je vais rester et devenir le chef de la nouvelle protection rapprochée de Vaillant, alors si vous avez des questions, n'hésitez pas. C'est bon de vous voir de retour au boulot, Pearce.

— Merci, dit Alan. Devrions-nous surveiller quelque chose en particulier ? Vaillant a quelques tours dans son sac, ces temps-ci ?

L'un des agents devant les écrans gloussa et Harris répondit.

— Impossible. Ce gamin est une poule mouillée. En revanche, Vertu et Vitesse sont ceux qu'on doit surveiller. Mais ils ne viennent à Washington DC que quelques fois par an à présent, donc ce n'est pas notre problème.

Shane parcourut la liste dans sa tête. Vertu était Adriana Castillo, vingt-cinq ans. Après l'université, elle avait voyagé et obtenu des « stages » dans des entreprises de relations publiques de renommée internationale. Elle était désormais associée dans une entreprise de Los Angeles qui travaillait avec des stars de cinéma. C'était une grande fêtarde.

Vitesse était Matthew Castillo, vingt-trois ans, nageur star de l'UC Berkeley. Il avait été à deux doigts de rejoindre la dernière équipe olympique en nage libre et papillon. Il était resté en

Californie pour s'entraîner après sa remise de diplôme. Il faisait partie de l'équipe nationale de natation.

— Et Vacances ? demanda Shane.

Christian Castillo, vingt-sept ans, avocat à New York, marié à une actrice et mannequin blonde à longues jambes. Il avait fait partie de la liste des hommes les plus sexy de l'année dernière et Shane ne pouvait contredire cette affirmation.

— Il ne vient pas souvent dans le coin, lui non plus ?

— Non. Il n'a jamais vraiment été là et n'a pas été un problème, répondit Nguyen. Il est l'enfant prodige de Vagabond et Vénus.

Vagabond était le président et Vénus, la première dame.

— Et Vaillant ? Quelle est leur relation avec eux ? s'enquit Shane.

Nguyen et Harris s'échangèrent un coup d'œil.

— C'est un gamin très gentil, répondit Harris. Il est timide. Assez renfermé. Il ne fait jamais un pas de travers et ne dit pas grand-chose. Vagabond ne lui prête pas beaucoup d'attention et Vénus est toujours occupée avec les autres enfants. Mais, visiblement, Vertu se calme un peu par rapport à l'époque où elle faisait la fête, et il serait étonnant qu'elle se fasse arrêter pour possession de cocaïne. Donc Vénus s'intéresse un peu plus à leur cadet.

— Elle a l'air merveilleuse. C'est vrai, ce qu'on raconte ? demanda Alan.

Les agents présents dans la pièce émirent des bruits affirmatifs, y compris Nguyen qui soupira ensuite.

— Honnêtement, elle peut parfois se comporter comme une pétasse exigeante. Elle vous traite comme une bonniche et ne vous remercie jamais. Mais elle est équitable, je dois bien lui accorder ça. Elle ne dit peut-être pas merci, mais elle ne nous tape pas sur le système sans raison. Et si ses agents lui disent qu'elle ne peut pas aller quelque part, elle les écoute. C'est une femme très intelligente et elle ne va pas emmerder quelqu'un juste par plaisir. Mais

« chaleureuse » et « doucereuse » ne font pas partie de son vocabulaire.

— Elle est l'une de ces personnes qui sont toujours *à fond*, ajouta Harris. Vous voyez ce que je veux dire ? Elle ne baisse jamais la garde. Peut-être dans les quartiers familiaux, mais d'après ce que me disent ses assistants, elle ne le fait pas non plus là-bas.

— Compris, dit Shane en hochant la tête.

— Avec Vaillant, la situation la plus grave, c'est quand il se faufile dans la cuisine tard, le soir, expliqua Harris. Mais il ne vous mènera pas en bateau. Quand ses parents sont absents, il s'affaire comme un dingue dans la cuisine du deuxième étage, sauf qu'il doit chourer les ingrédients dans la cuisine principale. Les employés ont ordre de le dire à Vénus, s'il le fait, mais ils le couvrent.

Shane haussa les sourcils.

— Pourquoi n'a-t-il pas le droit de cuisiner ?

Nguyen leva les yeux au ciel.

— Qui peut le savoir ? C'est trop servile ? Pas assez macho ? Il s'est toujours intéressé à ça, mais sa mère a tenté d'étouffer sa passion depuis qu'il est petit garçon, apparemment.

— Que craint-elle ? Il n'est pas gay, n'est-ce pas ? demanda Alan.

Il jeta un coup d'œil à Shane et celui-ci s'attendait presque à ce qu'il ajoute « *non pas que ce soit un problème* ». Bien que Shane n'agite pas des drapeaux arc-en-ciel, ça n'avait jamais été un problème avec les agents qu'il connaissait, comme Alan.

— Pas d'après ce qu'on sait, répondit Harris. C'est un gamin sensible et je pourrais certainement le croire. Bien sûr, n'importe qui peut être gay. Mais si c'est son cas, je vous assure qu'il l'a extrêmement bien caché. Je n'ai pas vu le moindre indice. Pas de sortie clandestine pour rencontrer des amants secrets. Et nous l'aurions su s'ils se faufilaient en douce pour des coups rapides dans les toilettes. Sa petite amie et lui se ressemblent comme deux gouttes d'eau.

— Et elle ? demanda Alan. Nous causera-t-elle des ennuis ?

— Non. Comme vous le savez, elle est à Paris pour l'été. Elle reviendra en septembre, quand vous irez à Charlottesville avec Vaillant. Elle est amicale. Respectueuse. Elle dort dans son dortoir, de temps en temps. Pas de problème. Ils traînent parfois avec d'autres étudiants, mais Vaillant n'est pas très sociable. Il est toujours poli, mais repousse les autres. J'imagine que c'est plus simple comme ça. Il était pareil au lycée. Il invitait des enfants, allait à des fêtes, mais visiblement, il n'était proche de personne.

— Nous réduisons sa protection rapprochée pour que certains de ses agents aillent protéger Livingston, dit Nguyen. Deux agents suffiront. Il ne sera pas ravi d'apprendre que les autres sont déjà partis, mais Vénus voulait que ça se passe ainsi. Elle pense qu'il est plus facile d'arracher le pansement d'un seul coup.

Elle consulta sa montre.

— Il devrait bientôt se lever. Faisons le tour du rez-de-chaussée et assurons-nous que vous maîtrisiez totalement les protocoles. Ensuite, vous pourrez rencontrer Vaillant.

LES CARREAUX DE couleur taupe et crème à l'entrée de la Maison-Blanche étincelaient vivement, parfaitement polis. Des colonnes de marbre s'élevaient sur six mètres et d'énormes lustres étaient allumés. Le soleil filtrait par de grandes baies vitrées couvertes d'épais rideaux rouges et dorés.

Les salles rouge, bleues et vertes s'ouvraient sur un couloir qui allait d'est en ouest et où les présidents sur leurs peintures à l'huile les regardaient depuis des cadres dorés alors que Shane et Alan suivaient Nguyen vers ce qui était officiellement connu comme la salle à manger familiale dans l'aile ouest. Il y avait une salle à manger au premier étage de la résidence, mais apparemment, madame Castillo préférait le rez-de-chaussée pour des raisons inconnues.

Au bout d'une table en bois, qui avait été mise pour huit – la plus petite taille possible, selon Shane –, Rafael Castillo leva la tête d'une tablette et d'un bol de Cheerios ramollis qu'il poussait sans enthousiasme avec sa cuillère.

À l'autre bout de la table, à côté d'un petit bouquet de tulipes roses, se trouvait sa mère ainsi qu'une jeune assistante qui lisait l'emploi du temps matinal de la première dame. Des portraits impressionnistes étaient accrochés sur les murs jaunes et des rideaux jaunes pendaient devant les fenêtres. Le lustre au-dessus de la table était une explosion de cristal taillé. Shane ne pouvait qu'imaginer à quel point la salle à manger officielle était décorée, dans la pièce suivante.

Rafael fronça les sourcils, mais il posa sa tablette et sourit poliment.

— Salut.

Nguyen sourit.

— Bonjour. J'espère que nous n'arrivons pas trop tard, ajouta-t-elle en direction de la première dame.

— Non, répondit Camila Castillo. Rafa était en train de finir. Chéri, il est temps de rencontrer tes nouveaux agents.

Sur ces mots, elle se reconcentra sur son agenda, l'assistante lui murmurant quelque chose alors qu'elle feuilletait les pages.

Rafael repoussa sa chaise et contourna la table pour les guider dans le couloir.

— Joanna et Stuart prennent la prochaine garde ? Je voulais leur dire au revoir avant qu'ils soient réassignés.

Nguyen secoua la tête.

— Je suis désolée. Ils sont déjà en route pour le quartier général de Livingston en Caroline du Nord. Brent sera toujours dans ta protection rapprochée, et tu auras quelques nouveaux agents lors des prochaines rotations. Je te présente Shane Kendrick et Alan

Pearce. Ils prendront bien soin de toi.

— Oh. D'accord. Euh, salut, dit Rafael en tendant la main.

Shane la serra fermement. Alors qu'Alan en faisait de même ensuite, Shane scruta rapidement Rafael, cataloguant automatiquement ses caractéristiques. Ce gamin restait généralement loin de la presse, alors cela faisait un moment qu'il ne l'avait pas vu.

Sa voix était étonnamment grave et il était grand – il devait faire presque un mètre quatre-vingt-deux, et ne faisait donc que quelques centimètres de moins que le mètre quatre-vingt-cinq de Shane. Darnell l'avait qualifié de grande perche, mais sous le pantalon décontracté, la chemise bleu ciel et la cravate de Rafael, il avait visiblement pris un peu de muscles, bien qu'il soit toujours mince.

Ses mocassins n'avaient besoin que de quelques centimes[4] à l'intérieur pour compléter ce look BCBG parfait. Les cheveux courts de Rafael étaient nettement séparés en deux et tirés en arrière. Ses yeux marron étaient encadrés de longs cils. Il donnait presque l'impression de porter de l'eyeliner tant ils étaient épais. Des taches de rousseur étaient éparpillées sur son nez et sur le sommet de ses joues bronzées.

Il n'était clairement pas mal, comme gamin, mais Shane supposait qu'il n'y avait pas de quoi en faire toute une histoire, comparé à ses frères aînés sur qui se portait toute l'attention.

— Pouvez-vous remercier Joanna et Stuart de ma part ? demanda Rafael à Nguyen. Les autres agents qui sont partis aussi.

Il jeta un coup d'œil à Shane et Alan, ajoutant à la hâte :

— Je ne sous-entends pas que vous ne serez pas géniaux.

— Nous comprenons parfaitement, répondit Alan. Et je sais que je parle au nom de votre ancienne protection rapprochée quand je dis que nous apprécions votre considération.

---

[4] Tradition de la fin des années 1930 consistant à mettre des centimes dans ses chaussures pour le côté pratique (ils étaient utiles dans les cabines téléphoniques ou pour prendre le bus).

Rafael jeta un coup d'œil à sa montre.

— J'imagine qu'on devrait y aller, dit-il avant de grimacer. Je dois faire un discours. Ça ne vous dérange pas de m'y conduire pour que je puisse relire mes notes ? Maman m'a plus ou moins surpris avec ça.

Nguyen sourit.

— Ce n'est pas un problème. Comme vous le savez, c'est toujours à vous de décider si vous voulez prendre votre propre véhicule ou être conduit. Je vais vous laisser vous en occuper. Passez une bonne journée.

Shane hocha la tête, prenant une profonde inspiration. Les papillons s'étaient calmés et la confiance refit surface en lui alors qu'ils traversaient les halls de la Maison-Blanche.

Intégrer cette protection rapprochée serait du gâteau.

Chapitre 3

— VAILLANT EN mouvement.

Tandis que le nouvel agent – Shane, le rêve érotique incarné – murmurait dans la radio sur son poignet, Rafa résista à l'envie de rire. Il monta à l'arrière de la Suburban tandis que son surnom faisait écho dans son esprit.

Vaillant.

S'il y avait bien un nom de code qui ne convenait pas, c'était le sien. Le courage et la bravoure n'étaient pas exactement la première ou la deuxième (ou la troisième ou la quatrième ou la cinquième) de ses qualités citées par les autres. Chaque famille protégée avait des noms de codes commençant par une même lettre et il se demanda quels autres noms avaient été envisagés pour lui. Vegan. Vomi. Vagin.

Vierge.

Gigotant sur la banquette arrière alors qu'ils s'éloignaient du centre-ville, Rafa passa une main dans ses cheveux et tenta d'annihiler l'énergie nerveuse qui le traversait. Il détestait prendre la parole en public, ce dont sa mère avait naturellement conscience.

Son estomac se noyait dans l'acide. Il savait que, selon elle, c'était une bonne chose de surpasser sa peur, comme cela l'aiderait dans sa future carrière. Mais dans une cuisine, il ne serait pas obligé de faire des discours. Il soupira lentement et se rappela que, dans tous les cas, ce serait terminé dans une heure. Même s'il merdait et se ridiculisait, ce serait terminé.

Il avait griffonné des notes sur des fiches ringardes, et désormais, il les sortait de la poche de sa veste bleu marine. Il répéta les mots dans sa tête, sans vraiment les entendre. Son esprit passait d'un sujet à l'autre et il tapota du pied le tapis en caoutchouc alors qu'il faisait défiler ses fiches une par une.

Il aurait aimé qu'Ashleigh soit là pour lui dire de se détendre, *bordel*, comme elle le formulerait sûrement. Il devait se concentrer. *Des enfants en bonne santé. Le soutien de la communauté. Guider par l'exemple.*

Soupirant, il regarda par la vitre. Merde, il était excité. *Il aurait dû se débarrasser de son excitation en se branlant sous la douche, ce matin.* Il regarda l'arrière du crâne de Shane, tandis que les agents discutaient du rapport de sécurité pointilleux sur le parc. Shane faisait défiler le document sur son téléphone d'agent – noir, bien sûr – tandis qu'Alan conduisait.

Ils étaient beaux, tous les deux, mais Rafa se demanda quelle serait la sensation s'il glissait la main sur la tête presque rasée de Shane. Il se demanda si ce dernier avait des poils sur le torse et sur son corps musclé. Rafa fantasmait sur les hommes poilus – pas *trop* poilus, mais pas imberbes non plus – depuis qu'il avait emménagé à la Maison-Blanche. Même au lycée, il n'avait jamais vraiment fait attention aux autres mecs. Pourquoi reluquer des garçons quand il avait tous ces hommes en costume autour de lui ?

Alors qu'ils s'approchaient du site de la future aire de jeux, Rafa s'obligea à se reconcentrer sur son discours. Il relut une dernière fois ces mots qui paraissaient hypocrites, grimaçant déjà alors qu'il ne les avait même pas prononcés. Adriana et Matthew n'avaient jamais eu à faire grand-chose, comme Christian était si doué. Rafa avait presque réussi à survivre aux deux mandats sans avoir à faire plus que sourire et agiter la main derrière ses parents lors d'événements.

Désormais, on s'attendait subitement à ce qu'il fasse des discours seul ? Bien sûr, il avait tenté de protester auprès de sa mère, mais cela ne menait jamais personne nulle part, lui y compris.

— Hum, puis-je vous demander ce que vous pensez de ça ?

Les agents demeurèrent silencieux à l'avant du véhicule. Alan lui jeta un coup d'œil dans le rétroviseur.

— Bien sûr. À quel propos, en particulier ?

— Oh, dit Rafa dont les joues rougissaient. Le discours. C'est, euh… attendez.

Il s'éclaircit la voix et balança son baratin sur l'importance des espaces communautaires dans la promotion d'un style de vie actif.

— Est-ce que cette dernière partie ne vous paraît pas trop… Je ne sais pas. Nulle ?

— Non, je trouve que ça sonne bien, répondit Alan. Vous faites clairement passer le message.

— Je n'ai pas l'air hypocrite ?

— Bien sûr que non, répondit Alan.

Shane ouvrit la bouche pour parler, et le cœur de Rafa loupa un battement. Il était idiot de s'inquiéter davantage de ce qu'il pensait parce qu'il était canon. Toutefois, l'homme indiqua simplement à son collègue de tourner à droite. Ils recommencèrent à discuter à mi-voix de tactiques, et Rafa ne voulait pas les interrompre.

Bien qu'il soit habitué aux agents et à leur présence constante, c'était toujours bizarre avec les inconnus. Ils n'étaient pas censés lui parler de quoi que ce soit qui n'avait aucun rapport avec la protection. Ils n'avaient certainement pas le droit de commenter ce qu'ils entendaient de la bouche de la personne qu'ils protégeaient. Naturellement, ils entendaient un million de conversations quand ils conduisaient la famille ou prenaient l'avion avec son père, mais ils n'étaient supposés répondre que si le client initiait la conversation. Cependant, même dans ce cas, le jeune homme ne pensait pas qu'ils lui diraient le fond de leur pensée, s'il était négatif.

Lorsqu'il était entré à l'université, les autres étudiants croyaient que les agents appelleraient les flics pour qu'ils les arrêtent parce qu'ils buvaient sans avoir l'âge légal, mais les services secrets se foutaient sincèrement de tout ça. Il avait fallu un moment pour que ses colocataires se rendent compte que les agents n'étaient pas là pour dire à Rafa quoi faire ou pour se comporter comme ses parents. Ils s'intéressaient seulement à sa sécurité. Stuart avait aidé Rafa à porter Ashleigh sur trois volées de marches, avant les vacances de Noël, quand elle avait bu un – ou cinq – verre de lait de poule alcoolisé de trop, et il était resté sympa à ce sujet.

Rafa tenta de se concentrer sur ses notes, mais son esprit vagabondait. Il se demanda si Stuart et Joanna appréciaient les Livingston. Il aurait aimé leur envoyer un message afin de les remercier pour tout ce qu'ils avaient fait pour prendre soin de lui, mais bien sûr, il n'avait pas leur numéro. Non pas que quiconque essaierait de le kidnapper, parmi tous les enfants du président, et il savait que les agents faisaient simplement leur boulot. Cela ne signifiait pas qu'ils l'*appréciaient*. Ils n'étaient pas *amis*.

Il sortit son téléphone, s'assurant que le bouton d'alarme, qui envoyait une alerte à sa protection rapprochée et au quartier général des services secrets, était toujours bien rangé dans sa poche. Il n'avait encore jamais eu besoin d'utiliser ce petit rectangle noir, mais ses parents lui avaient inculqué l'importance de ne jamais quitter la maison sans l'avoir. Rafa envoya un bref SMS à Ashleigh, espérant recevoir une réponse réconfortante avant son discours. Cependant, le message resta opiniâtrement envoyé, mais pas lu.

Ils arrivèrent et il dut afficher son plus beau sourire tout en serrant des mains alors que la directrice de la fondation, Marissa, le retrouvait devant la Suburban et le guidait vers la scène de fortune installée dans le coin du nouveau parc. Marissa était une rousse minuscule, avec une coupe au carré et des lunettes noires rectangulaires. Elle avait à peine la trentaine, mais dirigeait la fondation de Camila *et* gérait toutes ses demandes. Rafa se disait donc que cette femme devait être une merveille d'efficacité et de patience.

L'herbe était encore en train de pousser dans certaines zones protégées par des cordons et de jeunes arbres étaient éparpillés dans le parc. Une cage à écureuil luisait près des balançoires et des tape-culs. Il sourit et songea à cette journée humide d'août, des années auparavant, quand Matthew et lui avaient tenté d'en battre le record mondial et avaient misérablement échoué, n'abandonnant qu'après une heure alors qu'ils avaient eu l'impression d'en faire pendant dix heures.

Lorsqu'il monta pour faire son petit discours, la communauté rassemblée l'applaudit comme si elle était sincèrement enthousiaste à l'idée de le voir là, ce qui était mignon. Bien sûr, il n'avait absolument rien fait pour aider à réunir les fonds pour le parc ni pour le construire, mais il sourit et agita la main alors qu'il saisissait le micro.

Oh mon Dieu, je suis si nul. Pourquoi Chris n'est-il pas là ? Pourquoi doit-il vivre à New York ? Pourquoi maman ne pouvait-elle pas faire ce fichu discours toute seule ? Pourquoi ma vie ressemble-t-elle à ça ?

Alors que les gens attendaient, il cligna des yeux à cause de l'intensité du soleil matinal, et la sueur coula le long de sa colonne vertébrale. Il repéra Shane, à l'extrémité de la foule. Il ressemblait totalement au stéréotype de l'agent des services secrets, avec son costume noir, son oreillette et ses lunettes de soleil. Alan était positionné de la même manière, quelque part derrière Rafa.

Le jeune homme s'éclaircit la gorge et le micro crépita à cause des parasites.

— Bonjour. Je suis Rafael Castillo et je suis honoré d'être ici aujourd'hui, pour fêter l'ouverture de ce beau parc.

Ses fiches étaient dans sa poche et il se rendit compte qu'il aurait dû les sortir avant de commencer à parler. Son cœur tambourinant, il sourit d'un air gêné en tentant de les attraper.

— Euh, je…

Il tâtonna avec ses fiches et les fit tomber à ses pieds.

Tuez-moi tout de suite. Enfin, pas littéralement.

Il les récupéra alors qu'un murmure traversait la centaine de personnes réunies.

— Euh, désolé. Comme je le disais…

Il serra les fiches dans sa main et, évidemment, elles n'étaient plus dans l'ordre. Son regard parcourut les mots, mais rien n'entra dans sa tête à cause d'un bourdonnement.

— Je… ce parc est génial. Bien sûr.

Un rire nerveux s'éleva de l'assemblée.

— Je sais que vous avez tous travaillé dur et… pour que les enfants soient en bonne santé, ça aide, un parc, parce qu'ils peuvent faire des trucs, ici. Des trucs bons pour la santé.

Oh mon Dieu. Abandon de la mission, abandon, abandon !

Il commença à avoir le vertige et son souffle se coupa.

— Et je… euh…

Rafa soupira longuement.

— Je ne suis vraiment pas doué pour parler en public, mais ça, vous le savez déjà.

Un rire sincère résonna, et quand le jeune homme se concentra sur les personnes présentes dans la foule, elles lui souriaient. Tout le monde se mit alors à applaudir pour l'encourager, et ce geste lui délia quelque peu la langue. *Et puis merde.*

— Euh, quand je suis arrivé et que j'ai vu cette merveilleuse aire de jeux toute neuve, je me suis souvenu de cette fois où mon frère Matthew et moi avons essayé de dépasser le record mondial de balançoire à bascule. Bon, il faut dire que le record mondial est complètement fou. Soixante-quinze heures.

La foule murmura.

— Ouais, c'est dément, hein ? Mais Matty et moi, nous étions convaincus que nous allions y arriver. Notre père nous a fait un petit discours motivant, ce matin-là, en disant que nous devions réaliser nos rêves. Je suis sûr que vous savez à quel point ses discours sont motivants. J'avais sept ans et mon frère neuf. Notre sœur, Adriana, est venue avec nous pour superviser, ce qui voulait dire : envoyer des SMS à ses amis et faire bronzette.

L'assemblée s'esclaffa à nouveau et Rafa enchaîna.

— Eh bien, j'aimerais vous dire que nous avons fait un bon parcours, mais nous étions très loin du record. Cette heure m'a semblé interminable, surtout que je devais déjà faire pipi.

Je suis en train de parler d'urine. Maman va me tuer. Toutefois, la foule ne rit que davantage. *Reviens-en à nos moutons. Fais passer ton message.*

— Même si nous n'avons pas battu de record, ce jour-là, nous nous sommes tout de même amusés et nous avons bougé. Ce parc, près de notre maison, était comme notre second jardin, et je sais que ce nouvel espace sublime sera le lieu d'innombrables activités et de souvenirs pour votre communauté. Et peut-être que deux d'entre vous peuvent tenter de battre le record de balançoire à bascule.

Marissa arriva alors à ses côtés et lui prit le micro en souriant.

— Quelle bonne idée ! Qu'en pensez-vous, les enfants ?

Le reste de l'événement se déroula dans un brouillard de mains serrées et de photos prises. Les habitants de cette communauté s'alignaient en attendant leur tour tandis qu'Alan et Shane surveillaient Rafa de près et demandaient aux gens de sortir les mains de leurs poches. Les joues du jeune homme étaient douloureuses tant il souriait et il fut ravi quand cela se termina sans *trop* d'humiliation.

— *Usted ha crecido mucho*, s'exclama une toute petite femme aux cheveux gris alors qu'elle lui serrait la main.

— *Gracias.*

Il sourit et hocha la tête. Elle avait dû dire qu'il était devenu plus gros ou plus grand, mais à vrai dire, Rafa, sa sœur et ses frères étaient les hispaniques les plus blancs de ce pays et parlaient à peine un mot d'espagnol. Son père était né à Miami, de parents portoricains, et sa mère au Mexique avant que ses parents emménagent à Chicago. Ils parlaient donc couramment espagnol. Néanmoins, ils avaient été déterminés à s'intégrer et avaient limé leur accent comme un criminel le ferait avec le numéro de série d'une arme. À la maison, ils n'avaient toujours parlé qu'anglais.

La gorge de Rafa était sèche, lorsque Marissa le raccompagna vers la Suburban, Shane et Alan non loin de lui. Elle lui donna une bouteille d'eau.

— C'était du bon boulot. Tu m'as un peu inquiétée, mais tu t'es rattrapé. Les gens aiment la sincérité. Ça a bien fonctionné. Passe directement à cette partie-là, la prochaine fois. Tant que tu abordes toujours les sujets importants. D'accord ?

— La prochaine fois ?

Le cœur de Rafa plongea dans ses talons.

Marissa lui lança un sourire compatissant.

— C'est l'idée de ta mère. Je vais essayer de la convaincre en lui disant qu'elle doit rester la porte-parole principale. C'est sa fondation, après tout.

— Merci.

Rafa but une gorgée d'eau.

Tandis qu'il se retrouvait subitement collé au trottoir en béton, il entendit le *bang* qui résonna. Il s'étouffa, cracha de l'eau, et la bouteille en plastique lui échappa quand quelqu'un de lourd lui tomba dessus, le privant encore plus d'air. Il ressentit un souffle chaud dans sa nuque et entendit l'ordre de Shane, prononcé d'une voix grave.

— Restez couché !

D'une main, l'agent appuyait la tête de Rafa contre le trottoir et du gravier s'enfonça dans sa joue. L'adrénaline et la terreur le traversèrent dans un rugissement.

Oh mon Dieu. Est-ce vraiment en train d'arriver ?

Des cris et des exclamations vibrantes s'élevèrent autour d'eux et Rafa entendit quelqu'un – Alan – crier.

— R. A. S !

Ils entendirent alors davantage de hurlements. Shane le poussa à l'arrière de la Suburban et glissa au-dessus de lui tandis que la portière claquait et qu'ils s'en allaient à toute vitesse. Rafa ne pouvait respirer. Sa tête était collée contre la portière et il avait désormais du cuir sous la joue. Ses longues jambes étaient repliées et emmêlées avec celles de Shane. La main de ce dernier était toujours posée sur son crâne. Son cœur était sur le point d'exploser.

Alan dit quelque chose et Shane répondit. Mais on aurait dit la voix des adultes dans les dessins animés de Charlie Brown. Leurs voix émettaient des bruits, mais on ne pouvait discerner aucun mot. Rafa tenta de parler.

— C'est qu…

Sa voix était sèche comme du papier de verre.

Le véhicule ralentit avant de s'arrêter. Le moteur tournait toujours. L'espace d'un instant, personne ne bougea ni ne dit mot.

Shane releva alors gentiment Rafa pour qu'il s'asseye. Leurs jambes étaient toujours emmêlées, mais l'agent était concentré sur le visage du jeune homme et l'observait intensément.

— Vous allez bien ? demanda-t-il en lui serrant les épaules.

— Euh… ouais.

Rafa cligna des yeux. Il faisait sombre, à présent, et il regarda par les vitres ce qui ressemblait à un parking souterrain. Alan était sur son téléphone et parlait à voix basse. Le jeune homme se concentra sur Shane, qui était assis près de lui et semblait occuper presque tout l'espace sur la banquette arrière. D'aussi près, on aurait dit que ses yeux pouvaient être bleus. Lorsqu'il soupira, son souffle balaya le visage de Rafa, dont le pouls tambourinait.

— Une voiture qui a pétaradé ? demanda-t-il.

— Hein ? dit Rafa en clignant des yeux.

— Je crois, répondit Alan. Ils se rendent sur les lieux en ce moment même pour en être sûrs.

Shane relâcha alors Rafa et leurs jambes se démêlèrent. L'agent s'enfonça sur le siège et gonfla ses joues.

— Seigneur. C'est le premier jour.

Alan haussa les épaules depuis le siège conducteur.

— Il vaut mieux prévenir que guérir. On a suivi le protocole. C'était une bonne répétition. La fuite a été efficace.

Il se retourna et regarda Rafa avec un sourire en coin.

— Désolé, gamin. On n'est jamais trop prudent.

— Ce n'est pas grave. Je… merci. Je suis content que personne ne m'ait tiré dessus.

Alan gloussa.

— Eh bien, on est trois.

Il pivota et repassa la première vitesse.

— Retournons au Château.

Tandis qu'ils rentraient à la Maison-Blanche, Rafa fixa du regard sa paume gauche, remarquant des entailles. Il ne se souvenait pas d'avoir senti quoi que ce soit, mais il avait dû s'érafler la main quand Shane l'avait poussé sur le trottoir.

— Je vous ai fait mal ?

Rafa leva les yeux et vit Shane en train de froncer les sourcils à côté de lui.

— Ce n'est rien. Ne vous inquiétez pas pour ça.

Toutefois, Shane se rapprocha de lui et tendit la main vers la sienne pour la saisir. Alors qu'il effleurait les écorchures du bout des doigts et délogeait quelques gravillons, Rafa frissonna. Les mains de l'agent étaient calleuses et musclées, mais il examina la paume du jeune homme comme si elle était faite de verre. Quand la Suburban rebondit sur un cahot de la route, leurs genoux se touchèrent.

L'adrénaline qui le traversait fit un détour brutal vers l'excitation et Rafa retira brusquement sa main.

— Je vais bien. Merci.

Sa voix n'était rien de plus qu'un couinement et son visage était en feu. Ses vêtements avaient été froissés et il priait pour que la veste de sport qu'il portait couvre son entrejambe. Son aine devenait plus serrée et il savait qu'une érection n'était pas loin. Il n'osa pas baisser les yeux pour le vérifier.

— Je m'en excuse, si j'ai fait preuve de trop de zèle.

Rafa s'obligea à croiser le regard de Shane et à sourire.

— Ne vous excusez pas. J'apprécie vraiment tout ce que vous faites. Honnêtement.

Shane acquiesça. Ils arrivèrent au portail et Rafa tourna la tête pour regarder par la vitre. Il se dit qu'il allait voir sa mère d'une minute à l'autre. Il n'y avait rien de mieux pour anéantir une érection potentielle.

AVEC SA MAIN dans son boxer, cette nuit-là, Rafa regardait son ordinateur portable avec envie. Sa paume gauche était bandée, même s'il avait été mille fois plus égratigné quand il était enfant. *Au moins, ma main droite n'a pas été blessée. Je serais probablement mort à cause de mes bourses bleues.* Mais sa mère avait appelé un médecin.

C'était exagéré, mais il devait admettre qu'il était agréable qu'on s'inquiète pour lui. Shane et Alan s'étaient une nouvelle fois excusés et Rafa avait été soulagé que sa mère ne soit pas en colère contre eux. Elle avait même dit qu'elle préférerait une centaine d'entailles et d'hématomes plutôt qu'une balle.

Contractant sa main gauche et ressentant un élancement, il sourit en pensant à Shane en train de l'examiner. Il se mordit la lèvre et observa l'écran de son ordinateur. Peut-être que ça ne serait pas grave, rien que cette fois.

Il pouvait se contenter de regarder du porno et de se masturber comme n'importe quel mec en Amérique sans avoir à s'inquiéter que l'équipe de surveillance de la Maison-Blanche le remarque. Ils s'en *fichaient*, d'ailleurs, mais le porno était… eh bien, c'était personnel. Le fait qu'il soit gay était personnel. Il valait mieux garder ce secret en sécurité jusqu'à ce qu'il retrouve sa liberté. De plus, de nos jours, *rien* de ce qu'on trouvait sur Internet n'était sûr.

Quand les comptes d'Adriana avaient été piratés quelques années plus tôt, en plus de ses sextos et de ses selfies à moitié nus, les sites de potins avaient joyeusement dévoilé qu'elle visitait des sites contenant de gros pénis noirs. Et connaissant la chance de Rafa, il savait qu'un crétin de hacker répandrait la rumeur jusqu'à TMZ en affirmant que le fils du président aimait regarder des minets se faire prendre le cul par des mecs plus âgés et poilus.

Parce que *bon sang*, il adorait regarder ça.

Mais il avait toujours été vigilant en le faisant sur l'ordinateur d'Ashleigh. Elle lui accordait du temps, seul, quand il en avait besoin. Elle ne le jugeait jamais, même si, parfois, elle le taquinait impitoyablement. Et la plupart du temps, il était heureux de se masturber avec ses fantasmes. Toutefois, ce soir, ça ne fonctionnait pas. Enfin, si, mais chaque fois qu'il fermait les yeux et prenait son membre en main, Shane apparaissait dans son esprit. Le grondement de la voix de l'agent et son poids sur Rafa… Un frisson le traversa et il saisit ses testicules.

Il grogna, frustré, et ouvrit les yeux.

S'il devait fréquenter Shane pendant plusieurs mois, il ne pouvait absolument pas utiliser ce mec dans sa réserve de fantasmes. Non pas parce qu'il avait une morale ou un dilemme éthique – les rêves ne faisaient de mal à personne –, mais parce qu'il allait probablement jouir spontanément dans son pantalon la prochaine fois que Shane l'effleurerait.

Malgré lui, il songea à la main calleuse de Shane, sur sa tête, alors qu'il le collait contre le trottoir. Son souffle, dans sa nuque, avait été chaud, et son corps immense l'avait complètement couvert. Il avait été prêt à mourir pour lui.

Le sexe du jeune homme tressaillit et il s'y agrippa. Il savait que c'était stupide. Shane était prêt à mourir pour n'importe quel salopard qu'on lui demandait de protéger. Cela ne signifiait pas que Rafa était spécial. Cela ne signifiait pas que Shane *tenait* à lui. Cela ne signifiait pas qu'il y avait quoi que ce soit entre eux. L'étudiant aurait pu être un labradoodle, ça n'aurait fait aucune différence pour l'agent.

Il devait tuer ce coup de cœur dans l'œuf. Adriana s'était éprise de l'un de ses premiers agents donc, évidemment, le pauvre avait été réassigné. Rafa pouvait le cacher comme il le faisait avec tout le reste, mais il vaudrait mieux ne pas avoir de faible pour ce mec.

Je vous ai fait mal ?

Retirant son boxer, Rafa céda et écarta les jambes. Il attrapa le lubrifiant qu'il avait rapporté de la salle de bain (acheté par Ash, bien sûr). Fermant les yeux, il imagina le contact chaud et réconfortant de Shane. Dans son esprit, ses mains rêches parcouraient tout son corps, désormais. Shane l'embrassait, ses lèvres étaient douces, comparées à l'éraflure de sa légère barbe sur la peau de Rafa. Il murmurerait de cette voix rauque qu'il irait doucement.

Mais alors que le jeune homme se pinçait les tétons, il voulut que ce soit plus violent. Dans son esprit, on le mettait à quatre pattes. Ses cheveux n'étaient pas dominés par de la brillantine et Shane passait les mains dedans, tirant la tête de Rafa en arrière alors qu'il lui mordait l'épaule. Sa légère barbe provoquait des frissons sur la peau du jeune homme tandis qu'il l'embrassait le long de sa colonne vertébrale. Rafa glissa un doigt lubrifié en lui, imaginant qu'il s'agissait de la langue de Shane.

Gémissant, il ravala un grognement en plongeant un autre doigt. La première fois qu'il s'était fait jouir uniquement avec ses doigts, il avait cru que c'était un miracle. C'était curieusement encore plus intense que lorsqu'il masturbait son membre.

Dans son esprit, il maintenait ses fesses ouvertes pendant que le visage de Shane y était enfoui et il suppliait son amant de plonger sa verge à l'intérieur. Bien sûr, dans ses fantasmes, il n'y avait pas de préservatif. Quand Shane s'enfonçait en lui, la brûlure de la chair contre la chair enflammait chacun de ses pores. Haletant, il se masturba plus rapidement, ses doigts décrivant des va-et-vient dans son anus. Il imagina la lourde présence de Shane derrière lui, ses cuisses poilues et ses testicules claquant contre lui, son pénis tel un tison ardent.

Roulant sur le côté, Rafa se mit à genoux et plongea son visage dans l'oreiller afin d'étouffer ses cris. Il était difficile de s'enfoncer profondément dans son orifice, à présent, alors il se concentra sur son membre et ses testicules avec son autre main, imaginant que c'était Shane qui le touchait.

Il tira sur le prépuce et taquina son gland. Pendant tout ce temps, dans son imagination, Shane s'enfonçait en lui, grognant et murmurant une litanie de paroles obscènes, disant à quel point Rafa était serré, que c'était une traînée et qu'il allait le remplir jusqu'à ce qu'il déborde.

Grognant contre l'oreiller, Rafa jouit, ses orteils se recourbant alors que son orgasme vibrait violemment en lui. Après quelques halètements, le jeune homme leva la main et la lécha pour la nettoyer, imaginant que c'était Shane qui le nourrissait de sa propre semence tout en emplissant son corps. Il aurait du sperme dans son anus et dans la bouche. Le liquide serait chaud en lui et salé sur sa langue.

S'effondrant sur le ventre, il avala les gouttes amères, sachant qu'il était probablement taré de lécher sa propre jouissance. Mais jusqu'à ce qu'il ait celle d'un autre, il n'avait que ça. Il gémit doucement en se demandant quel serait le goût de Shane.

Je m'agenouillerais à ses pieds et le laisserais me prendre la bouche. Je le sucerais jusqu'à ce qu'il jouisse au fond de ma gorge, ses mains tirant sur mes cheveux. Peut-être qu'il sourirait…

Alors que l'éclat diminuait, Rafa se hâta dans sa salle de bain et se nettoya, remerciant Dieu, car Shane serait incapable de lire dans ses pensées quand il le reverrait.

Chapitre 4

— KENDRICK.

Brent Haris lui fit signe d'entrer dans le bureau des services secrets alors qu'il s'approchait du couloir central.

Une fois à l'intérieur, Shane jeta un coup d'œil au localisateur des personnes protégées, une boîte électronique listant la localisation du président, du vice-président et de leur famille directe. Rafael était en haut, au deuxième étage.

— Qu'y a-t-il ? Pearce devrait bientôt arriver.

Le message d'Alan indiquait seulement qu'il serait en retard et qu'il ne fallait pas l'attendre. Être en retard n'était pas acceptable, mais c'était leur deuxième semaine en garde de nuit et ils n'avaient vu Vaillant qu'une fois. Il y avait de grandes chances pour que Rafa reste en haut.

Lors des trois semaines depuis la fausse alerte au parc, il n'avait assisté qu'à des événements de la fondation et à des réunions, en plus d'un barbecue organisé par un vieil ami de lycée. Il avait discuté et ri avec ses anciens camarades, tout en mangeant des hot-dogs et en buvant de la bière, mais Shane avait eu l'impression qu'il n'y mettait pas son cœur. Il semblait appuyer sur un interrupteur quand il devait être poli et amical. Autrement, il ne parlait pas beaucoup et restait renfermé la plupart du temps. Au moins, il était facile de s'occuper de sa protection rapprochée.

— En fait, Pearce ne va pas venir, répondit Harris.

Ils se tenaient dans le coin du bureau, les autres agents surveillant les images transmises en direct par les caméras de sécurité. Aussi tard, le soir, il y avait peu de domestiques, mais le bâtiment était évidemment surveillé vingt-quatre heures sur vingt-quatre, sept jours sur sept.

— Il a eu une urgence familiale, poursuivit Harris.

L'estomac de Shane tomba dans ses talons.

— C'est sérieux ?

— Son fils a une infection. Il a été hospitalisé.

— Mais Al disait qu'il allait bien.

Peu de temps avant, son collègue lui avait montré la vidéo du garçon en train de rire et de jouer au ballon avec lui, dans leur jardin. Il y avait un trou dans la dentition de Dylan et il avait été impatient de le montrer à la caméra.

— Bon sang.

Haris hocha la tête, maussade.

— Je lui ai dit de rester à l'hôpital, je le remplacerai, si nécessaire. J'ai contacté Nguyen et nous en avons discuté. Si Pearce ne peut pas venir le reste de la semaine, tu te sens prêt à assumer la garde de nuit tout seul ? Bien sûr, les officiers en uniforme viendraient en renfort, si tu en avais besoin, mais Vaillant n'est pas du genre à s'enfuir à trois heures du matin pour aller faire la fête. Il y a des chances pour que tu le voies à peine de toute la semaine. Heureusement, tu t'occupes de la protection de cette poule mouillée et pas de sa sœur.

— Ça me va. Ça devrait aller. Vous n'avez trouvé personne pour remplacer Pearce ?

Harris soupira et se frotta le visage.

— On est en manque d'effectif. La saison des élections nous tue. Entre Livingston, Margulies et leurs vice-présidents, on est tous éparpillés.

Il rit sans avoir l'air amusé.

— Putains de coupes budgétaires. Ils ne cessent de nous en

demander plus en nous donnant moins de moyens. Et qui sera blâmé si quelque chose se passe mal ? Mon pote qui gère la protection rapprochée de Livingston dit qu'ils sont constamment sur la route. Il a à peine dormi, ces derniers temps. Il travaille dix-huit heures par jour, mais bien sûr, officiellement, il ne fait qu'une garde de huit heures.

— Je te comprends. Écoute, tu peux rentrer. Je gère. Comme tu l'as dit, ce gamin ne va nulle part en pleine nuit. Pearce et moi, on tuerait simplement le temps, de toute façon. Je peux m'en occuper.

— Génial, dit Harris en lui donnant une claque dans le dos. Passe une bonne nuit. Appelle-moi s'il y a un quelconque problème.

— C'est noté.

Shane attrapa sa radio et partit vers le rez-de-chaussée. Dans la partie résidentielle, lors d'une nuit tranquille comme celle-ci avec une seule personne à protéger sur site, ils utilisaient de petits talkies-walkies accrochés à leur ceinture au lieu des oreillettes connectées à leur micro au poignet et à leur radio.

Le président était toujours à l'étranger et Vénus était partie ce matin pour Los Angeles, afin de soutenir la campagne de Margulies. Tout était calme. Il resta près de l'escalier caché, car il s'agissait de celui que Vaillant était le plus enclin à utiliser. Tandis qu'il s'asseyait sur une chaise en bois laissée ici pour les agents, son portable vibra. Il répondit discrètement.

— Al ?

— Oui. Je voulais juste m'assurer que tout va bien.

Seigneur, la voix d'Alan était brisée, rauque et tremblante.

— On te couvre. N'y pense pas, d'accord ? Comment va Dylan ?

Il avait presque peur de poser la question.

— Il n'est pas en très grande forme. Il a beaucoup de fièvre. Ce n'était pas censé arriver si vite. Il devait avoir encore un an avant de tomber vraiment malade. Au moins.

— Je suis sûr que tout ira bien pour lui.

Il n'en était pas sûr du tout, mais il ne savait pas quoi dire d'autre.

— Oui. Merci. Merde, mec. On vient juste d'obtenir cette mission de protection rapprochée et je te cause des ennuis. Ils vont me virer à la première occasion. J'ai besoin de ce boulot.

— Ne t'inquiète pas pour ça. Ils comprennent.

Pearce rit amèrement.

— Nguyen et Harris, bien sûr. Mais les hauts gradés s'en tamponnent totalement. J'ai déjà eu du mal à revenir après… la dernière fois. Mon ancien patron s'est battu pour que je revienne dans la protection rapprochée. Ils rejettent les agents qui ne peuvent pas être appelés à tout instant ou faire double, voire triple service. Ils rejettent les agents qui ont une vie en dehors de leur boulot.

Il marqua une pause.

— Merde, je suis désolé. Écoute-moi… Je suis dans un sale état. Je ne voudrais pas de moi à ce poste non plus.

— Tout va bien. On s'occupe de tout, ici. Concentre-toi sur Dylan et sur ta famille.

— Désolé, mec. Ça m'a vraiment pris de court. Comme si je venais de me faire renverser par un trente-trois tonnes.

Shane ne pouvait que l'imaginer.

— Tu n'as pas à t'excuser pour quoi que ce soit. Je t'appellerai demain matin pour prendre de tes nouvelles.

— Tu es un bon ami. Merci, Kenny.

Il fut difficile de rester immobile après avoir entendu la voix d'Alan si teintée de douleur. Shane fit donc les cent pas sur un petit circuit de la porte de la Salle rouge jusqu'à l'escalier caché. Il songea au sourire édenté de Dylan. Personne ne devrait voir son enfant de sept ans mourir. Surtout qu'Alan avait déjà perdu sa petite fille. Shane ne croyait pas en Dieu, mais il pensait sinistrement que s'il y en avait un, ce salaud était sadique.

Merde, il devait se concentrer sur autre chose que sur des enfants en train de mourir. Il sortit son portable et tapa le nom du président sur Google afin de se renseigner sur les dernières nouvelles. Vagabond avait fini les flatteries au G7 et se trouvait désormais à Vienne, la ville neutre choisie pour les négociations de paix avec la Carélie. Toutefois, elles ne se déroulaient pas bien. Le dictateur russe compliquait les choses, mais ça n'avait rien d'inédit.

Shane fit défiler d'autres articles sur le président Castillo avant de faire le tour de l'étage et de transmettre par radio qu'il n'y avait rien à signaler au rez-de-chaussée. Il finit sur Google Images et cliqua sur une photo de la famille Castillo, à Noël dernier. Il se laissa entraîner dans une spirale et fit défiler des pages et des pages de photos. Le président était bel homme. Il faisait environ un mètre quatre-vingt-deux. Il avait d'épais cheveux bruns accentués de gris sur les tempes. Il faisait régulièrement du jogging et, d'après les agents qui s'occupaient de sa protection, il était en forme pour un homme de cinquante-quatre ans.

Sa femme avait quelques années de moins et elle était également fine. C'était vraiment une belle femme. Jusqu'ici, il n'avait pas vraiment interagi avec elle, mais la semaine précédente, il l'avait vu aboyer sur l'un de ses agents pour qu'il fasse attention avec une housse de vêtements, alors que sa protection rapprochée trimballait ses valises jusque dans la voiture. Quand il s'agissait de travailler avec la première famille d'Amérique, Shane était plus qu'heureux de rester avec Vaillant.

Toute la famille était sacrément belle, même si Shane grimaça en faisant défiler d'anciennes photos de Rafael. Les années les plus gênantes de Vaillant étaient certainement bien documentées. Même si, sur les photos plus récentes, il se fondait toujours dans le décor, les épaules légèrement avachies, comme s'il essayait de se rendre un peu moins visible. Shane fit défiler les clichés, se demandant distraitement ce qu'il se passait dans la tête de Rafael Castillo.

Sur une photo de la chasse aux œufs de la Maison-Blanche, le jeune homme tenait la main de sa petite amie et souriait, alors qu'ils regardaient les enfants courir. C'était une jolie fille, blonde et enjouée. Ils ressemblaient au jeune couple républicain idéal.

Shane ferma son application et transmit par radio un autre rapport pour dire que tout était calme. La nuit serait longue.

IL ÉTAIT PRESQUE deux heures du matin quand un bruit sourd de verre brisé fit écho au loin, dans la cage d'escalier.

Shane bondit, montant les marches quatre à quatre et tendant la main vers son revolver tandis que la vibration résonnait encore dans l'air. Il attrapa son talkie-walkie.

— Verre brisé au deuxième étage. Confirmez position de Vaillant. En attente.

Il vérifia ses angles morts en contournant la dernière volée de marches pour arriver sur le palier. Le hall central était dégagé. Il arriva au coin de la buanderie et tendit l'oreille. Il entendit des marmonnements agacés en direction de la cuisine privée. Progressant silencieusement sur le parquet, il s'approcha, son arme à la main. Il jeta un rapide coup d'œil dans la cuisine avant de soupirer et de ranger son pistolet dans son holster.

Rafael bondit, les éclats de son plat à gratin et de son couvercle en verre brisés étaient éparpillés sur le sol, tout comme son contenu, qui était manifestement un genre de recette à la tomate.

— Qu'est-ce que vous faites là ? C'est *mon* endroit ! Vous n'avez pas le droit ! Nous n'avons pas besoin de protection ici !

Shane leva les mains.

— J'ai entendu quelque chose se briser. Je ne fais que vérifier.

Il sortit sa radio.

— Tout est OK. Vaillant est sain et sauf.

Rafael ricana.

— Évidemment que je le suis. Quoi ? Vous croyiez que

quelqu'un avait plongé sur le velux pour me kidnapper ?

Ses joues étaient rougies et il était pieds nus. Son boxer et son T-shirt blancs étaient tachés de rouge. Ses cheveux, généralement tirés en arrière avec une précision extrême, étaient ébouriffés et retombaient sur son front.

— Vous pouvez y aller, maintenant. Je vais bien.

Il reporta son regard sur le sol.

Ce gamin n'aimait manifestement pas regarder Shane dans les yeux, mais il n'avait jamais été hostile. Peut-être que Shane s'était porté la poisse.

— Je suis navré de vous mettre en colère. Je ne fais que mon travail.

— Eh bien, c'est fait. Vous pouvez partir, s'il vous plaît ?

Il tenta de faire un pas et grimaça.

— Ne bougez pas. Y a-t-il un balai ?

— Je peux nettoyer. C'est mon bazar.

Shane ravala une montée de frustration.

— Oui, mais vous n'avez pas de chaussures et il y a du verre brisé, des morceaux de vaisselle et de la purée de tomate partout. Alors, dites-moi où est le balai. Et les serviettes en papier.

Soupirant, Rafael hocha la tête en direction d'un placard.

— Il y a une pelle et une balayette au fond.

Il s'accroupit et commença à récupérer les plus gros morceaux du plat.

S'abaissant à ses côtés, Shane balaya ce bazar avant de vider la pelle dans la poubelle plus d'une fois et d'utiliser des serviettes en papier pour ramasser les tomates grasses. Alors qu'il s'attaquait à quelques éclats de verre opiniâtres, une question lui échappa.

— Que prépariez-vous ? Ça sent bon.

— Pas grand-chose.

Shane haussa un sourcil.

— Si vous le dites.

— Ça ne vous regarde pas.

— Vous avez raison.

Shane balaya les alentours avec force. Si ce gamin souhaitait se comporter comme un petit morveux, ça ne lui faisait ni chaud ni froid.

— Ne bougez pas. Je ne suis pas sûr d'avoir tout récupéré.

— C'est bon.

Rafael fit deux pas avant de réprimer un cri.

— Merde.

Il leva son pied et une goutte de sang tomba sur le sol carrelé.

Difficilement, Shane ravala un *je vous l'avais dit* et fit un signe vers le plan de travail.

— Attendez, faites-moi voir.

Cette fois-ci, Rafael fit ce qu'on lui dit. Son visage était écarlate, ce qui assombrissait ses taches de rousseur, alors qu'il levait son pied pour le montrer à Shane. Celui-ci toucha l'éclat de verre incrusté dans la plante de ses pieds.

— Y a-t-il un kit de premiers secours ?

Rafael hocha la tête vers le placard sous l'évier.

Shane retira sa veste et la pendit sur l'une des poignées de placard, avant de remonter ses manches. Il s'assura que sa radio et ses menottes étaient bien attachées à sa ceinture. Son holster en cuir était accroché sur son torse et le revolver était un poids à la fois familier et réconfortant. Il se lava et se sécha rapidement les mains avant d'ouvrir le kit. Lorsqu'il leva les yeux, Rafael tourna brusquement la tête, son regard se reposant sur ses doigts entrelacés.

— Ça ne vous rend pas nerveux, n'est-ce pas ? demanda Shane.

— Non, insista-t-il rapidement.

— Je me disais que vous deviez être habitué aux armes, maintenant.

Rafael fronça les sourcils.

— Aux armes ? Oh, ouais, je n'y pense même plus. Mes parents nous ont emmenés au stand de tir, avant que nous emménagions à Washington DC pour que nous apprenions leur fonctionnement et que nous les comprenions. Parce que, vous voyez, on est constamment entouré de personnes armées. Ils ne nous encourageaient pas à acheter notre propre revolver et à tirer sur des trucs. Ils voulaient simplement nous instruire.

— C'est logique. Levez, dit doucement Shane.

Rafael s'exécuta lentement. Tenant sa cheville avec la main gauche, Shane retira le bout de verre avec la droite et appuya promptement un bandage pour contenir le saignement.

— Je crois qu'il n'est pas allé trop profondément.

Il tint fermement le bandage en place.

— On va attendre une minute pour arrêter le plus gros du saignement.

— Hum, répondit Rafael en acquiesçant. Bref, ce n'est rien. Je me rends compte que vous savez carrément ce que vous faites. Avec les armes, je veux dire.

— Oui. À Washington DC, nous devons repasser un examen tous les mois avec nos revolvers. Nous le faisons tous les trimestres pour les fusils et les armes automatiques.

— Vous devez savoir viser. Vous vous entraînez tous beaucoup. On dirait que vous n'arrêtez jamais.

— Ouais, c'est un travail en continu. Nous devons rester en forme. Nous devons effectuer des exercices pour tous les scénarii possibles.

Il déplaça sa main sur le pied de Rafael et l'appuya plus fort contre le bois.

Le jeune homme rit faiblement.

— Ouais, jusqu'à imaginer qu'un détraqué pourrait nous kidnapper. J'imagine qu'il y en a plein.

Dans le silence de la cuisine, Shane entendait la nervosité accélérer légèrement la respiration de Rafael. Il s'éclaircit la gorge.

— J'espère que vous n'avez pas été trop ébranlé après notre

fausse alerte, le premier jour. Je sais que ça n'était pas de bon augure, comme début. J'ai l'impression de vous avoir rendu nerveux. Si vous avez du mal à me faire confiance…

— Quoi ? Non, pas du tout. C'est juste que… Je suis désolé de m'en être pris à vous quand vous êtes arrivé dans la cuisine. C'était totalement déplacé.

— Pas de problème.

Protéger des personnes impatientes ou agacées était un risque du métier. Shane leva le bandage un instant, avant de le remettre en place. Des poils noirs étaient éparpillés sur les bras et le bas des jambes de Rafael et ils taquinaient la paume de l'agent là où il tenait sa cheville en l'air. Il eut l'envie absurde de passer la main sur la jambe du jeune homme et faillit lui relâcher la cheville comme si c'était une patate chaude.

— Je ne suis pas censé être ici, en fait. Ma mère est partie une semaine. Je ne devrais pas cuisiner, mais je me suis dit qu'elle ne le découvrirait pas si je faisais attention.

Il rit d'un air sardonique.

— Comme vous le voyez, ça a très bien fonctionné.

Shane rit et Rafael lui lança un sourire hésitant.

— Ne vous inquiétez pas, répondit Shane. Vous pourrez réessayer demain. Et vous savez que votre secret est en sécurité avec moi.

— C'est bête, de toute façon.

— De quoi ? La cuisine ?

Shane savait qu'il devait finir de lui porter secours et redescendre, mais quel mal y avait-il à mettre ce gamin à l'aise ? Après cette fausse alerte lors de leur première journée, il voulait que le garçon qu'il protégeait se sente en sécurité avec lui.

— Je ne trouve pas ça bête.

Rafael croisa son regard, ses yeux sombres et lumineux.

— Ah bon ?

— Non. Surtout quand vous préparez un plat qui sent aussi bon.

Shane releva le bandage et baissa la tête afin d'inspecter

l'entaille. Il glissa le bout de ses doigts sur la plante des pieds de Rafael, s'assurant qu'il ne restait plus d'éclats de verre. Rafael s'exclama légèrement, frémissant au contact de Shane. Lorsque celui-ci croisa son regard, le jeune homme le gratifia d'un sourire tremblant.

— Ça chatouille, marmonna-t-il.

Shane ouvrit un pansement.

— Enfin, au moins, cette blessure n'était pas ma faute.

— Ce n'était rien. Et merci pour votre aide.

— Aucun problème.

L'agent lissa le pansement, conscient du regard de Rafael rivé sur lui. Il s'agissait peut-être de l'immobilité de cette heure tardive ou de leur proximité, mais cet instant parut subitement si intime que c'en était troublant. Il relâcha le pied du jeune homme et recula en abaissant ses manches.

— Comme neuf.

— Merci.

Le jeune homme ne descendit pas du plan de travail et il fixa du regard le sol entre ses pieds pendants.

— Laissez-moi passer le balai encore une fois, pour être certain qu'il ne reste plus rien.

Shane s'affaira avec la pelle et la balayette.

— Je préparais des tomates cerises rôties avec du basilic et du fromage de chèvre, annonça Rafael après quelques instants. Je m'apprêtais à ajouter le fromage et à remettre le tout au four quand je l'ai fait tomber.

— Ça m'a l'air délicieux.

Shane rangea la pelle et le kit médical avant de remettre sa veste de costume. Il s'était suffisamment attardé ici.

— Si j'en refais demain, vous voudrez bien goûter ?

Shane marqua une pause en lissant son col.

— Je ne devrais pas le faire.

— S'il vous plaît ? Ça m'aiderait tellement de connaître votre opinion. En plus, comme ça, vous saurez exactement où je suis et vous serez sûr que je ne suis pas sur le point de me faire kidnapper.

C'était sans doute une mauvaise idée, mais Rafael lui lançait un regard implorant. Ce gamin se sentait clairement seul.

— D'accord. Je viendrai aux alentours de minuit pour goûter. Quelques minutes seulement.

— Merveilleux. Merci.

Shane se hâta de descendre l'escalier, mais tout était calme et tranquille. Lorsqu'il contacta le poste de commandement, tout était en ordre et la nuit se poursuivit comme s'il n'était jamais monté à l'étage.

Chapitre 5

R AFA AVAIT UN sérieux problème.

Personne d'autre n'avait semblé remarqué que le temps avait ralenti pour adopter l'allure d'un paresseux rampant sur le ventre dans une cuve de mélasse. Les employés et le staff s'affairaient dans tous les sens comme s'il s'agissait d'une journée ordinaire, alors que ce n'était clairement pas le cas. Il allait cuisiner, ce soir, et Shane allait goûter son plat. Cela arrivait dans la vraie vie et pas simplement dans sa tête.

Il n'arrivait pas à croire qu'il avait prononcé ces mots à voix haute et avait demandé à Shane de revenir. Et bien qu'il sache que l'agent se montrait simplement gentil, l'enthousiasme bouillonnait tout de même en lui. Depuis que ses parents avaient quitté la ville, Magda n'avait fait qu'une brève apparition dans la cuisine et elle avait eu la gentillesse de lui donner de quoi manger et même de lui donner une petite leçon sur la préparation d'une chiffonnade aux herbes.

Marissa appela pour discuter d'un événement imminent de la fondation qu'il devait présider, selon le souhait de sa mère. Rafa s'obligea à prendre des notes, sachant qu'il ne se souviendrait pas d'un seul de ces mots plus tard. Ce fut une bonne distraction, pendant au moins quinze minutes.

Il était tard, dans l'après-midi, quand son portable vibra. Rafa était affalé sur son lit, nu, après une autre séance de masturbation en pensant à Shane et à son membre épais qui était tour à tour circoncis et non circoncis dans son imagination. Bien sûr, il n'avait aucun moyen de savoir à quoi ressemblait vraiment le pénis de l'agent et il ne le saurait jamais, mais dans sa tête, il était spectaculaire.

Rafa tendit la main vers son portable, s'attendant à ce que ce soit Ashleigh et espérant que ce n'était pas encore Marissa. Au lieu de ça, un SMS de son frère s'afficha sur son écran.

M : *Comment ça va ?*

C'était Matthew, un homme de peu de mots. L'affection et la nostalgie surgirent en Rafa. Il se rendit compte qu'il n'avait pas vu Matty depuis Noël. Ses pouces voletèrent au-dessus du téléphone.

R : *Bien. Maman me fait travailler avec sa fondation, mais c'est une bonne expérience, j'imagine. C'est comment, la vie dans la piscine ?*

M : *Mouillé.*

Rafa sourit fébrilement. Matthew avait toujours aimé nager, mais avant son année de terminale, c'était devenu une obsession. Même maintenant, Rafa ne pouvait s'empêcher de lui en vouloir un peu. Comme ils n'avaient que deux ans de différence, ils avaient été inséparables, enfants. Désormais, ils se voyaient lors des fêtes, quand Matty ne trouvait pas une assez bonne excuse pour rester loin de sa famille.

R : *Tu travailles sur ton dos crawlé ?*

M : *Surtout le papillon. Mec, pourquoi tu n'es pas allé à Paris avec ta copine ? Comme ça, maman aurait au moins eu besoin de traverser l'océan Atlantique pour se mêler de tes affaires.*

La nausée le submergea. Non seulement il voyait à peine Matty et lui parlait rarement, mais son frère ne le connaissait même plus. Quand Rafa avait été prêt à lui annoncer son homosexualité à voix haute, en terminale, Matthew était parti depuis longtemps en Californie. Adriana également, et Chris n'avait jamais vraiment vécu à la Maison-Blanche. Ce n'était que lorsque Rafa avait rencontré Ashleigh qu'il avait été capable de prononcer ces mots.

R : *Ce n'est pas si terrible.*

M : *Maman passe par chez moi en retournant à Washington DC la semaine prochaine. Encore plus de costards autour de moi. Exactement ce qu'il me fallait.*

Parmi tous les membres de la famille, c'était Matthew qui s'était le plus rebellé contre la protection constante. Rafa se souvenait du moment où il avait été en train de fixer son assiette du regard et de transpercer des petits pois avec les dents de sa fourchette alors que Matty et leurs parents se disputaient sur la présence d'agents au bal de promo. Bien sûr, leurs parents avaient gagné. Ils gagnaient toujours. Il tapa à nouveau sa réponse.

R : *Au moins, ce sera terminé en janvier. Il ne reste plus long-temps.*

M : *LOL, tu es toujours optimiste. Ça va même probablement te manquer, espèce de taré.*

Même s'il savait que Matty plaisantait sûrement, ce fut dou-loureux. Il avait envie de répondre : *Ce n'est pas parce que je n'ai pas crié et tapé des pieds que j'aime ça.*

Il répondit plutôt : *Ouais. Probablement.*

M : *À plus. Ma séance commence. Ne bois pas trop de boissons sucrées.*

Rafa voulut répondre, mais il jeta son portable sur le matelas. Quelle serait l'utilité ? Il s'étouffa avec sa rancœur. Matty n'avait jamais compris pourquoi Rafa respectait les règles et ne faisait pas de vagues.

De plus, il enfreignait les règles en ce moment même, n'est-ce pas ? Demander à Shane de venir au deuxième étage était… Eh bien, il supposait que ce n'était pas contraire aux *règles*, à propre-ment dit. Et Shane pouvait-il réellement dire non ? Il craignait probablement que Rafa appelle son père et lui attire des ennuis s'il ne faisait pas ce qu'on lui demandait.

Pfff. Était-il en train de harceler Shane sexuellement ?

Non. Ce n'était pas comme si Rafa le draguait ou s'attendait à autre chose qu'à quelques avis sur son plat. Ce n'était rien de grave. Ça ne prendrait même pas longtemps. Ce n'était pas comme si Shane était…

Son portable vibra et il le saisit à nouveau. Matty lui avait peut-être écrit un nouveau message. Toutefois, alors qu'il fixait du regard la photo de son père, riant lors d'une randonnée qu'ils avaient faite la dernière fois qu'ils s'étaient rendus à Camp David, l'estomac de Rafa se retourna. Il appuya sur l'écran.

— Papa ?

— Salut, Rafa. Comment vas-tu ?

La ligne était si distincte que son père aurait pu être avec lui, dans la chambre. Une culpabilité irrationnelle submergea Rafa puisqu'il s'était tout juste masturbé en pensant à un homme – son agent des services secrets, rien de moins. Il tira la couverture sur lui, comme si son père pouvait voir qu'il était nu et poisseux.

— Euh, très bien. Comment vas-tu ?

— Oh, bien. Ces Caréliens sont têtus. Les Russes, aussi, mais ça n'est pas nouveau.

Rafa s'obligea à rire.

— Je suis sûr que tu vas les avoir à l'usure. Tu y arrives toujours.

— Eh bien, j'essaie. Mais je veux parler de toi, Raf.

Génial. Depuis quand ?

— Ah bon ? Tout va bien.

Ce n'était pas que son père ne l'aimait pas. Il l'aimait beaucoup. Mais Ramon Castillo était un homme sacrément occupé.

— Tu profites de tes vacances d'été ?

— Hum-hum. Je travaille pour la fondation de maman.

— Bien, bien. Quand je rentrerai, j'aimerais qu'on discute de ton avenir.

J'ai hâte.

— Bien sûr. Enfin, tu sais qu'il me reste encore un semestre universitaire, donc…

Merci, mon Dieu.

— Évidemment, dit-il avant de marquer une pause. Raf, es-tu certain que tout va bien ?

Son cœur loupa un battement.

— Oui. Pourquoi ?

Depuis des années, il disait à son père que tout allait parfaitement bien, et ça n'avait jamais été remis en question.

— Ashleigh doit te manquer.

Le soulagement le submergea.

— Eh bien, oui. Mais elle vit une merveilleuse expérience. Elle voulait encore te remercier de l'avoir aidée à décrocher ce stage.

— Pas de problème.

Rafa imagina le sourire plein d'autodérision de son père et son mouvement de main dédaigneux, comme pour dire : *qui, moi* ? En tant que conservateur, il avait perfectionné son incarnation de l'humilité depuis des années. Rafa ne pensait pas qu'il avait aidé Ash par malhonnêteté, mais parfois, il était difficile de savoir ce que son père pensait réellement.

— On apprécie le geste, Papa.

— Peut-être que tu devrais prendre l'avion pour aller lui faire une surprise. On pourrait facilement te réserver un vol.

— Oh ! Euh… ce serait génial, mais comme je l'ai dit, je m'occupe de beaucoup de choses pour la fondation. En fait, je préside un événement en août.

Soudain, il fut incroyablement reconnaissant envers Marissa de l'avoir appelé. Certes, Ashleigh lui manquait et il souhaitait visiter Paris, mais cela le mettait curieusement mal à l'aise.

— Je veux juste m'assurer que tu es heureux. Nous nous inquiétons pour toi.

Ah bon ?

— Je vais bien, Papa. Honnêtement.

— Très bien.

Sa voix devint distante l'espace d'un instant alors qu'il s'adressait à quelqu'un d'autre.

— Raf ? Je te vois la semaine prochaine. Je t'aime.

— Je t'aime aussi. Amuse-toi bien avec les Caréliens.

Après avoir raccroché, Rafa s'allongea sur son lit, observant le tourbillon artistique de peinture sur le plafond couleur crème. Seigneur, comment allait-il leur dire la vérité ? Il aurait dû le faire au lycée, mais la campagne de réélection de son père avait été brutale. Il avait gagné de justesse ce second mandat et Rafa n'avait pas voulu le distraire.

Et *la* loi avait ensuite fait son apparition. Son estomac bouillonna quand il y songea.

S.J. Res.[5] *19 : Une résolution commune proposant un amendement de la Constitution des États-Unis d'Amérique au sujet du mariage.*

La lutte pour le mariage des couples homosexuels avait fait rage pendant des années, même une fois que le verdict de la Cour Suprême l'avait déclaré légal dans les cinquante États. Un jeune sénateur de l'Oklahoma avait ensuite présenté un projet de loi pour amender la constitution et passer outre la Cour Suprême. Il souhaitait instaurer le qualificatif de « mariage constitutionnel », et bien sûr, aucun couple de même sexe ne pouvait y prétendre.

Même maintenant, presque quatre ans plus tard, Rafa en était malade quand il se souvenait de cette soirée de la semaine de Thanksgiving.

Les projecteurs étaient aveuglants alors qu'ils se tenaient sur la scène et saluaient de la main les centaines de personnes réunies dans une salle de conférence ou une salle de banquet quelconque. La sueur gouttait sur sa tempe et il espérait que ses cheveux parfaitement dominés resteraient en place. Le bracelet en opale de sa mère brillait discrètement alors qu'elle saluait la foule. Il y avait tant de bruit qu'il s'entendait à peine réfléchir...

Quand le père de Rafa s'était adressé à l'assemblée de la Coali-

---

[5] « S.J. Res » signifie qu'une loi est étudiée simultanément par le Congrès et le Sénat américains.

tion nationale des Familles, Rafa avait écouté avec un sourire robotique. Son père parlait de mariage, de famille, de Dieu et de ce nouveau projet de loi. Il disait savoir ce qu'il fallait faire, au fond de son cœur. Pendant tout ce temps, Rafa était resté planté là, figé sous l'intense lumière des projecteurs, souriant toujours alors qu'un morceau de son âme était mort.

Suite à cela, Adriana avait crié sur leur père, dans la limousine, tandis que Chris et Matthew s'étaient également disputés avec lui. Leurs parents avaient insisté sur le fait que ce n'était que de la politique, une décision du parti. Rafa était resté immobile dans le coin, ne les entendant même plus après un moment puisqu'un bourdonnement envahissait son crâne. Sa gorge avait été sèche, ses paumes moites. Il avait gardé la tête baissée et aurait aimé pouvoir disparaître, tout simplement. Même maintenant, la terreur dont il se souvenait s'enfonçait jusque dans ses os. Il avait toujours eu peur d'annoncer la vérité à ses parents, et après cette soirée-là, cela lui avait paru absolument impossible.

Soupirant, il passa une main sur son visage. Il *allait* faire son coming-out. Il n'allait pas vivre toute sa vie dans le placard, pas même si cela signifiait qu'il perdrait l'amour de ses parents. Il se disait qu'ils reprendraient leurs esprits, après un certain temps, et qu'au moins, ils ne lui tourneraient pas complètement le dos. Ils étaient catholiques, mais ils ne s'étaient jamais rendus régulière-ment à l'église, sauf en période de campagne. Ses parents avaient toujours été plus religieux dans leurs paroles que dans la vraie vie, pour attirer les votants.

Le mariage gay avait été mis en suspens pendant les campagnes électorales de son père, et même si Rafa savait que ses parents n'étaient pas franchement du genre à surfer sur une vague arc-en-ciel pendant une marche des fiertés, il ne se serait jamais attendu à… *ça*.

Il savait que ça n'avait pas été personnel. Comment cela aurait pu l'être quand ses parents ignoraient qu'il était gay ? Toutefois, ce projet de loi l'avait blessé plus qu'il ne l'aurait jamais cru possible. Il y avait également de la culpabilité, car s'il avait fait son coming-out avant la fac, il aurait pu influencer les idées de son père à ce sujet. Mais il n'aurait sûrement pas pu influencer le parti républicain, et ses membres étaient ceux qui prenaient les décisions de son père, quand il le fallait. C'était ainsi que fonctionnait la politique. Merci, mon Dieu, les démocrates avaient réussi à rejeter ce projet.

À présent, le deuxième mandat était presque terminé et Rafa était sur le point d'obtenir son diplôme avant qu'ils quittent tous la Maison-Blanche. Peut-être qu'ils pouvaient redevenir une famille normale. Ensuite, il discuterait avec eux et leur avouerait. Jusque-là, il devait s'en tenir au plan. Le plan qui avait fonctionné toutes ces années.

Soupirant longuement, il vérifia l'heure sur son portable. Il était encore tôt, mais il devait faire une chiffonnade de basilic.

JETANT UN COUP d'œil à son reflet dans le micro-ondes, Rafa lissa ses cheveux d'une main. Il les avait dominés avec de la brillantine après sa douche, ce matin, comme d'habitude, mais désormais, il plissait les yeux d'un air critique. Était-ce trop ? *Peut-être devrais-je les mouiller légèrement ou…*

— Oh, mon Dieu, marmonna-t-il. Ce n'est pas un foutu rencard. Détends-toi.

Le minuteur sonna et il mélangea les tomates avec le basilic. Il ajouta le fromage de chèvre avant de remettre le tout prudemment dans le four. Heureusement pour lui, il avait trouvé un autre plat à gratin qu'il pouvait utiliser. Il surveilla ensuite les raviolis, fourrés d'oignons caramélisés et de champignons bruns rôtis, qui étaient en train de bouillir.

Il s'était rendu compte que Shane était peut-être végétarien, alors il avait joué la carte de la sécurité. La sauce crémeuse au gorgonzola épaississait correctement. Il la mélangea et éclaboussa légèrement la manche de sa chemise vert foncé. Il s'essuya avec son doigt, qu'il mit ensuite dans sa bouche.

— C'est bon ?

— Seigneur !

Rafa fit volte-face et trouva Shane dans l'embrasure de la porte. Son cœur tambourina bêtement et il sourit.

— J'imagine que c'est vous qui allez en juger.

Il tapota nerveusement ses mains sur son pantalon beige.

— C'est presque prêt.

Shane regarda sa montre.

— Génial.

Le sourire de Rafa s'atténua.

— Désolé, vous devez retourner en bas ? Je suis un peu en retard. Le timing est délicat… J'y travaille encore. Vous pourriez revenir dans un moment ? Ou alors, on pourrait oublier. Vous êtes occupé.

Pourquoi avait-il posé la question, déjà ? Tout cela était idiot. Ses plats étaient probablement mauvais, de toute manière.

Shane secoua pourtant la tête.

— Ce n'est rien. En plus, maintenant que je sens cette odeur, il est hors de question que je parte sans goûter.

— Cool. Vous ne manquerez pas à Alan ?

Le visage de Shane se pinça.

— Il n'est pas ici. Il ne viendra probablement pas jusqu'à la fin de la semaine. Son fils est à l'hôpital.

Rafa arrêta de remuer la sauce.

— Oh. Je suis désolé de l'apprendre. Tout ira bien pour lui ?

— Avec un peu de chance. Il est atteint d'une maladie rare. C'est en rapport avec son système immunitaire.

Shane demeura silencieux un moment, comme s'il se demandait s'il devait en dire plus.

— C'est brutal. La fille d'Alan, Jessica, en est morte l'année dernière.

— Mon Dieu. C'est terrible.

Pauvre Alan. Il était visiblement quelqu'un de très bien. Voir son enfant mourir, c'était ce qu'il y avait de pire. Rafa gigota, mal à l'aise.

— Vous lui direz que j'espère que son fils s'en remettra.

— Je le ferai. Merci.

Le minuteur sonna à nouveau et il enfila ses maniques pour sortir le plat à gratin et le poser sur une plaque afin qu'il refroidisse.

— Il faut que ça repose un peu. Vous voulez transmettre un message radio à son remplaçant ?

— Ça va aller.

Shane se tenait toujours dans l'embrasure de la porte.

— On manque de personnel, alors je suis tout seul. On s'est dit que vous n'alliez sûrement pas courir dans tous les sens en pleine nuit.

— Oh. Ouais, ce n'est pas vraiment mon genre. Mais pourquoi Brent ne me l'a-t-il pas dit ? Je peux faire en sorte de rester à l'intérieur, si c'est plus facile pour vous.

Il avait vu Brent et Raul au rez-de-chaussée, plus tôt, mais ils ne lui avaient pas soufflé mot.

— Ce n'est pas votre responsabilité de nous simplifier les choses, Rafael.

Le jeune homme haussa les épaules.

— Pourquoi pas ? Vous êtes responsables de ma vie. C'est bien le moins que je puisse faire. Oh, et appelez-moi Rafa. Tout le monde le fait.

Shane l'observa un moment avant de hocher la tête.

— Alors, il n'y a que vous et moi toute la nuit ?

Les mots venaient à peine de franchir ses lèvres et pourtant Rafa souhaitait désespérément les reprendre. *C'est la raison pour laquelle tu ne devrais pas parler.* L'extrémité de ses oreilles le brûlait et il se concentra sur la sauce qu'il mélangea vigoureusement.

— Eh bien, vous, moi et tout le reste de l'équipe de sécurité. J'imagine que vous n'êtes jamais vraiment seul.

Bon, il n'y a manifestement rien de grave. Shane se comportait normalement et il n'avait lu aucun sous-entendu sexuel dans ce qu'il avait dit. Rafa soupira.

— Oui. Pas vraiment. À l'école, ma protection rapprochée est toujours dans le couloir. C'est dans ces moments-là que je suis le plus seul, en fait. Le deuxième étage est à moi, en grande partie. Et quand mes parents ne sont pas là et que le premier étage est désert, je peux presque imaginer qu'il n'y a personne sur des kilomètres.

Maintenant, tu divagues. Arrête. Il égoutta les raviolis dans une passoire et la curiosité prit le dessus.

— N'est-ce pas ennuyant ?

Comme d'habitude, l'expression de Shane était impassible.

— De quoi ?

— De protéger les gens. De passer des heures et des heures avec moi ou quelqu'un d'autre. De rester devant des portes ou dans le coin des pièces. De scruter des foules à la recherche de danger. Vous arrivez à manger pendant que vous travaillez ?

— Parfois.

— Parfois vous arrivez à manger ou parfois c'est ennuyant ?

— Les deux.

— Eh bien, j'espère que vous avez faim, là.

— Je pourrais manger constamment.

— Nous sommes de la même trempe.

Rafa sourit et – merde alors – Shane lui sourit en retour. Cela ne dura qu'un instant, un éclat de dents et la commissure de ses lèvres qui se relevait, mais c'était un sourire. Des papillons s'éveillèrent dans le ventre de Rafa et il eut envie de faire sourire Shane à nouveau. Il se demanda ce que cet homme aimait. Avait-il des hobbies ?

Arrête de le percevoir de cette manière. Ce n'est PAS UN REN-

CARD, espèce de loser.

Maintenant le regard rivé sur ce qu'il faisait, Rafa déposa délicatement trois raviolis au centre d'une assiette creuse. Il versa ensuite de la sauce dessus et les saupoudra de quelques noix de pécan torréfiées.

— Voici. Vous pouvez goûter ça pendant que je coupe le pain.

Il récupéra son couteau à pain et s'affaira sur la baguette chaude. La planche à découper était déjà dans la cuisine quand ils avaient emménagé et Rafa avait adoré toutes les vieilles marques de coupure sur le bois usé. Pour une étrange raison, elle lui procurait un sentiment de… sécurité, peut-être. Il leva les yeux. Shane était encore à peine dans la cuisine.

— Vous pouvez rentrer, vous savez. Je ne vais pas vous mordre.

Merde. Est-ce que cela ressemblait à du rentre-dedans ?

— Devrais-je manger avec les mains ?

— Quoi ?

Rafa laissa tomber le couteau qui glissa de la planche et s'écrasa par terre, évitant de peu son pied dans son mocassin en cuir. Il s'esclaffa.

— Oups. Je vais vous chercher une fourchette. Désolé.

Il rit nerveusement une nouvelle fois.

Shane ne haussa qu'un sourcil.

— Devrais-je aller chercher le kit de premiers secours, au cas où ? Au moins, ce soir, vous portez des chaussures.

— J'ai clairement appris de mon erreur.

Après avoir récupéré le couteau à pain par terre, Rafa ouvrit et ferma des tiroirs, soudain incapable de se souvenir de l'endroit où se trouvaient les couverts. Lorsqu'il les repéra, il sortit un couteau et une fourchette qu'il lança à Shane. Celui-ci se pencha en arrière.

Génial. Poignarde-le. Ça arrangera carrément les choses.

— Désolé. Euh, voilà pour vous.

Shane prit les couverts. Avec son assiette creuse sur le plan de travail, il coupa un ravioli et le mangea.

— Hum, marmonna-t-il après un instant.

Rafa soupira et recommença à s'occuper du pain. *Il aime. Aime-t-il ? J'ai l'impression qu'il aime. Sois cool.*

— Vous aimez ? lança-t-il.

Ouais. Super cool.

— Oui.

Shane prit une autre bouchée et mâcha pensivement.

— Il y a une bonne douceur avec l'oignon. Le champignon… est bon.

— Non, dites-moi, qu'est-ce qu'il a le champignon ? Ne me dites pas simplement ce que j'ai envie d'entendre. J'ai assez de lèche-bottes dans ma vie.

Les commissures des lèvres de Shane tressaillirent.

— Très bien. Les champignons sont peut-être un peu salés.

— D'accord. Je vais vérifier. Merci.

Rafa transperça un ravioli et le goûta sans la sauce ni les noix de pécan.

— Vous avez raison, un peu trop salé.

Il se précipita vers son carnet de notes et griffonna. Un jour, il aurait le plat signature parfait avec des saveurs idéales. Il retourna vers le pain et servit les tomates rôties, le basilic et le fromage de chèvre.

— C'est un peu comme une bruschetta, j'imagine. Mais en plus chaud. En plus consistant, surtout avec l'huile d'olive. Elle est censée imbiber le pain.

Pendant que Shane prenait une bouchée, Rafa jeta nerveusement un morceau de pain dans sa bouche. Les tomates et le fromage étaient bons, tandis que la chiffonnade de basilic ressemblait à celle d'un professionnel.

— Hum. C'est excellent. Délicieux.

— Vous trouvez ? demanda Rafa avec un sourire radieux.

— Absolument.

Après avoir mangé quelques instants, Shane hocha la tête en direction de la chemise de Rafa.

— Pourquoi vous êtes-vous mis sur votre trente et un ?

— Ça ?

Rafa baissa les yeux vers son torse.

— C'est une tenue habituelle.

Il avait essayé quatre chemises presque identiques avant de choisir finalement celle qu'il portait.

Shane ne fit aucun commentaire et prit plutôt une autre bouchée de pain et de tomates. Le petit bruit de satisfaction qu'il émit au fond de sa gorge menaça de transformer le picotement d'excitation de Rafa en érection totale.

Le jeune homme chercha quelque chose à dire.

— Avez-vous toujours souhaité travailler dans les services secrets ?

— Non.

Shane coupa un autre ravioli en deux.

— Alors que vouliez-vous devenir ?

Le regard rivé sur son assiette, Shane lui lança un sourire narquois.

— Astronaute. Mais qui ne voudrait pas le devenir ?

— Moi. Je crois que je vomirais en apesanteur. J'aime trop la nourriture pour prendre ce risque.

Cette fois-ci, Shane ricana et ce grondement poussa presque Rafa à s'agripper au plan de travail. L'agent jeta un coup d'œil à sa montre.

Non, ne pars pas maintenant.

— Je vais en Australie, l'année prochaine, lâcha Rafa. Après l'investiture.

Shane sembla y réfléchir quelques instants, puis il appuya sa hanche contre le plan de travail tout en récupérant davantage de purée de tomates avec un morceau de pain, le fromage de chèvre coulant.

— Pourquoi l'Australie ?

— C'est bête, vous allez rire.

Rafa joua avec le couvercle de la casserole. Pourquoi avait-il entamé la conversation ? Il avait presque l'impression d'être sorti de son corps et de regarder cette discussion irréelle.

— Je ne rirai pas, dit Shane avec sa voix rauque habituelle teintée d'autre chose.

S'agissait-il d'une compassion sous-jacente, peut-être ?

— D'accord, eh bien… il y a une école Cordon Bleu, à Sydney, et d'autres écoles de cuisine. Et en Australie, presque personne ne me reconnaîtra. Ou du moins, ce ne sera pas aussi terrible qu'ici. Je pourrais aller en Europe, mais l'Australie a toujours semblé… Je ne sais pas. Magique, d'une façon ou d'une autre. Comme si c'était une autre planète aussi loin que possible de Washington DC. Je pourrai enfin apprendre la cuisine avec de vrais chefs et…

Shane attendit.

Rafa déglutit difficilement.

— Moi aussi, j'ai toujours rêvé d'autre chose.

Il s'obligea à souffler et les mots roulèrent en même temps hors de sa bouche.

— Je veux surfer. C'est idiot, je le sais.

— Le surf n'est pas idiot.

Rafa se risqua à jeter un coup d'œil à Shane, qui souriait. À vrai dire, ses yeux pétillaient et son sourire était si large que des fossettes jumelles creusaient ses joues.

— Vous ne trouvez pas ? demanda Rafa.

— J'ai fait du surf dans mon enfance. C'est ce qui me manque le plus, de la Californie.

— Vraiment ? Vous savez surfer ?

L'électricité crépita dans le corps de Rafa.

— Je savais. Ça fait longtemps, maintenant.

— Où viviez-vous, en Californie ?

— Dans le comté d'Orange. Dans les quartiers ordinaires, pas dans les communautés protégées. Laguna Beach était à quelques arrêts de bus. Je vivais quasiment là-bas en été.

Rafa adorait écouter Shane parler. Il y avait quelque chose de plaisant dans sa voix rocailleuse et il voulait en entendre plus.

— C'est vraiment cool. J'ai toujours eu envie d'apprendre. Les sites Internet qui parlaient du surf m'obsédaient quand j'étais gamin. Vous avez des frères et sœurs ? Ils surfaient aussi ? Ma famille a toujours cru que c'était un centre d'intérêt étrange, étant donné que j'ai grandi au milieu du New Jersey.

— J'étais enfant unique.

Le visage de l'agent se pinça et il s'éclaircit la gorge, sans rien dire d'autre. Il regarda sa montre.

— Je devrais redescendre.

Rafa mourait d'envie de lui poser plus de questions, mais il ne voulait pas non plus que Shane parte parce qu'il était trop indiscret.

— J'ai essayé, une fois, à Atlantic City, et je me suis carrément planté.

L'humiliation le submergea, atténuée par le temps, bien qu'elle soit toujours présente.

— Quelqu'un m'a filmé avec son téléphone et la vidéo est devenue virale. Je n'ai jamais réessayé.

Shane fronça les sourcils.

— Vous ne devriez pas laisser les opinions des autres vous arrêter.

Avec un rire incrédule, Rafa mit toute la vaisselle dans l'évier pour la laver. Il aimait nettoyer derrière lui quand il cuisinait. C'était un bon entraînement avant d'obtenir un boulot dans un restaurant, quand il emménagerait à Sydney.

— J'essaie, mais…

— C'est plus facile à dire qu'à faire. Je comprends.

— J'aimerais simplement pouvoir essayer sans que les gens me regardent. Ça me manque de passer du temps dehors. Quand j'étais gamin, parfois, j'allais camper avec les voisins. Mes parents n'ont jamais compris pourquoi je voulais le faire. Franchement, Camila Castillo de Saucedo ne fait *pas* de camping.

Shane rit.

— Non, j'imagine que non.

— Mais j'ai toujours adoré ça : être sous les étoiles et préparer un feu de camp. Même partir en randonnée pendant un après-midi. Ce serait si merveilleux d'aller me promener tout seul, dans les bois, dans les montagnes ou sur la plage… n'importe où, à vrai dire. Et être seul. *Complètement* seul. Sans personne sur des kilomètres à la ronde ou, du moins, personne à portée de vue. Avoir la liberté de marcher dans la direction que je veux sans que des agents me collent au train ou que les gens prennent des photos.

Il ajouta rapidement :

— Mais je sais que vous ne faites que votre travail. Je ne veux pas avoir l'air ingrat ou pleurnichard.

— Ce n'est pas le cas. Je n'imagine pas ce que c'est de vivre avec une protection rapprochée vingt-quatre heures sur vingt-quatre et sept jours sur sept. Ça me rendrait fou. Vous êtes le préféré de tout le monde, parce que vous êtes si gentil avec nous.

Rafa baissa les yeux vers son assiette creuse, ses oreilles rougissant.

— Vraiment ? C'est agréable à entendre. Et vous avez toujours été cool. Mais bon sang, j'ai hâte de pouvoir sortir tout seul. J'ai une immense liste de choses à faire, en Australie. Faire de la randonnée, nager et enfin apprendre à surfer.

Il se rendit compte qu'il souriait comme un idiot, rien qu'en pensant à sa liberté.

— Bref. Je suis désolé, je vous casse les oreilles.

— Ça ne me dérange pas. Ça rend la garde de nuit beaucoup plus intéressante.

Shane vérifia une nouvelle fois sa montre.

— Mais je devrais y retourner. Merci pour ce repas. C'est sympa de manger du « fait maison », pour changer. Vous êtes vraiment doué pour ça.

— Votre femme ne cuisine pas ?

Il avait souhaité opter pour un air nonchalant, mais avait totalement échoué.

Shane apporta son assiette creuse et ses couverts dans l'évier.

— Je n'ai pas de femme. Je suis gay. Je n'ai pas de mari non plus. Avec ce boulot, j'ai tendance à avoir de longues journées et à voyager sans être prévenu très à l'avance. Ce n'est pas propice aux relations sérieuses.

Comme s'il en avait trop dit, il recula rapidement.

— Encore merci.

Oh. Mon. Dieu.

Le cerveau de Rafa court-circuita. *Est-ce qu'il vient tout juste de dire qu'il est gay ? Et célibataire ? Suis-je mort ? Suis-je au paradis ?*

— Euh… ouais. Bien. Génial. Enfin, de rien.

Son esprit bourdonna. *Reprends tes esprits ! Dis quelque chose !*

— Oh, et pour demain ? J'ai tant de choses à essayer. S'il vous plaît ? Vous me rendriez un immense service.

Jouant avec ses manches, Shane ne le regarda pas.

— Je vais essayer. Vous avez vraiment fait du bon boulot, ce soir. Merci.

Sur ces mots, il disparut dans le petit couloir et Rafa écouta ses pas jusqu'à se retrouver plongé une fois encore dans le silence.

— Merde alors.

Son esprit rejoua la dernière minute et, oui, Shane l'avait dit. Il avait dit qu'il était gay. Et il l'avait dit comme si ça n'était *rien*. Même si de nombreuses personnes soutenaient les droits LGBT de nos jours… ce n'était tout de même pas rien. Du moins, aux yeux de Rafa.

Beaucoup de gens pensaient encore que c'était une mauvaise

chose, et même si lui, il savait que ce n'était pas le cas… l'idée de le dire avec tant d'aisance dépassait l'entendement. Il se demanda si ce serait un jour aussi simple pour lui.

Waouh. Shane était gay. Son fantasme, l'incarnation de son rêve érotique, était *gay*, lui aussi. Shane avait indubitablement couché avec des hommes. Pour de vrai. C'était arrivé. Souvent. Des images traversèrent l'esprit de Raf et son sang se hâta vers le bas.

Souriant, il se hâta de finir la vaisselle afin de retourner dans sa chambre. Il n'y avait rien de mal à fantasmer, n'est-ce pas ? Il ne faisait de mal à personne. Rafa se rappela que Shane était simplement gentil avec lui, mais il siffla peut-être un peu en faisant le ménage.

Chapitre 6

— SALUT, KENDRICK.

Harris hocha la tête alors que Shane arrivait sur le palier de l'étage principal. Son partenaire de patrouille, Raul Guzman, en fit de même.

— Quelque chose à me signaler ? demanda Shane.

— Non, répondit Guzman.

Il passa une main dans ses courts cheveux noirs et siffla doucement.

— Ce gamin est horriblement barbant. Tu es parti pour une autre longue nuit.

Harris lui lança un sourire en coin.

— Tu préférerais prendre l'avion jusqu'à Vegas sans brosse à dents et ces simples vêtements sur toi ?

Guzman leva les mains.

— Tu as raison. Après avoir protégé sa sœur, je ne devrais pas me plaindre. Tu connais l'histoire, Kendrick ?

— J'en ai entendu des bribes.

Guzman secoua la tête.

— Vingt-deux heures. C'était presque l'heure du changement de garde. Vertu saute dans sa voiture et se dirige vers l'aéroport. Sans prévenir, sans rien dire. On se dépêche, pour être sûrs de pouvoir la protéger jusqu'au terminal. Et bien sûr, on doit aller avec elle à Vegas. C'était l'anniversaire de ma femme, le lendemain. Je ne suis rentré à la maison que trois jours plus tard.

— La vie glamour des services secrets, dit Harris. Voyager sans être prévenu, faire des heures supplémentaires qui ne seront pas rémunérées et ne pas avoir assez d'argent pour gérer ces conneries. Surtout maintenant, comme ils ont fait des coupes budgétaires. Le pays des hommes libres et des employés surmenés et mal payés.

Shane se demanda quand Harris avait commencé à devenir aigri. Lui-même ressemblerait-il à ça dans dix ans ?

— Très bien, on va te laisser t'en occuper, Kendrick. Je n'ai rien entendu de la part du petit. Passe une bonne nuit.

Guzman asséna une bonne claque sur le bras de Shane, puis Harris et lui disparurent au rez-de-chaussée.

Shane s'assit sur la chaise en bois, au coin, et se demanda ce que Rafa lui avait préparé pour le dîner. Ce gamin semblait réellement avoir un don pour la nourriture, bien que Shane n'ait jamais été difficile avec ce qu'il mangeait, il fallait bien l'admettre. Tout de même, il se surprit à avoir hâte d'y aller. Ce qui n'aurait pas dû arriver, car être le cobaye de Rafa ne faisait pas partie de sa description de poste, initialement. Mais quel mal faisait-il si Rafa était en sécurité ?

De plus, ce n'était pas une mauvaise manière de passer certaines des longues heures de sa garde de nuit. Aucune règle n'indiquait qu'un agent n'avait pas le droit de s'amuser, de temps en temps. Il avait passé beaucoup de moments très agréables dans le ranch du Montana, en protégeant l'ancien président Hamilton. Heureusement, la plus grande menace là-bas avait été un terrier dans lequel l'ancienne première dame avait mis le pied, se causant ainsi une vilaine entorse à la cheville.

Il se demanda si Rafa avait pu trouver le vieux livre de surf qu'il lui avait recommandé. Shane aurait aimé avoir son exemplaire à lui donner, mais il était parti en fumée. Le picotement de douleur et de culpabilité, sourd et familier, le noua quelques instants.

Alors qu'il s'évanouissait, Shane se demanda s'il devrait chercher le bouquin d'occasion sur Amazon. Mais non, ce ne serait pas approprié d'acheter un livre pour la personne qu'il protégeait. Tout de même, il était agréable de recommencer à parler de surf. Rafa n'avait aucune expérience pratique, mais il était bien plus au fait que Shane de ce qui se passait dans ce sport, actuellement.

Quand le jeune homme apparut dix minutes plus tard, il sourit nerveusement en enroulant l'un des cordons de son pull à capuche bleu marine autour de son doigt et en frottant le bout de sa basket sur le tapis couvrant l'escalier.

— Salut. J'ai enfourné des lasagnes aux fruits de mer. À la béchamel. Je me disais que, pour l'instant, je pourrais aller au bowling. Et vous devriez venir avec moi, évidemment. Enfin, si ça vous convient.

— Bien sûr. Vous êtes libre de faire ce que vous souhaitez.

Shane réalisa que c'était sans doute la raison pour laquelle Rafa portait une tenue décontractée au lieu de sa chemise habituelle et de ses vêtements parfaitement repassés. Néanmoins, ses cheveux étaient toujours tirés en arrière. *Dommage qu'il ne laisse pas ses boucles retomber.* Shane cligna des yeux après cette pensée étrange. Pourquoi la manière dont Rafa se coiffait devrait-elle avoir de l'importance ? Quoi qu'il en soit, il ne pouvait s'empêcher de se dire que cela ferait du bien au garçon de se lâcher un peu.

Rafa le guida dans les marches en direction du bowling au sous-sol, tandis que Shane transmettait par radio leur nouvelle localisation au bureau. Quand ils passèrent devant la porte ouverte, l'un des agents en service de nuit hocha la tête dans sa direction.

Au sous-sol de la partie bureau, près de l'aile ouest, se trouvaient deux pistes de bowling. Shane avait entendu dire que c'était là que s'organisaient des tournois entre les employés de la Maison-Blanche et des services secrets, mais ici, dans la partie résidence, il n'y avait qu'une pièce étroite avec une seule piste.

Rafa ouvrit la porte et alluma les néons au-dessus de leurs têtes.

— C'est un peu nul, hein ?

Shane cligna des yeux. Il s'était déjà rendu dans chaque pièce de la Maison-Blanche, ou presque, mais pas dans celle-ci.

— C'est très… patriotique.

Rafa sourit, froissant ainsi son nez, et s'assit dans l'une des chaises en plastique avant de défaire ses lacets.

— Lorsqu'on a emménagé, les murs étaient peints dans une couleur corail immonde, avec de grosses quilles kitsch accrochées au mur. Alors mon père a demandé à Henry de faire repeindre la pièce et j'imagine que ses instructions ressemblaient à : « imaginez ce qui se passerait si un drapeau américain vomissait dans toute la pièce ».

Shane ne put réprimer son éclat de rire et le sourire de Rafa s'élargit. L'agent scruta les étoiles et les bandes peintes au mur – du rouge, du blanc, du bleu de partout. Il y avait même un aigle prenant son envol au bout de la piste.

— C'est une bonne description.

— Quelle pointure faites-vous ?

En chaussettes, Rafa s'accroupit devant un casier en bois dans lequel se trouvait une vingtaine de paires de chaussures de bowling de toutes tailles.

— Oh, je ne peux pas jouer au bowling. Mais, faites.

Rafa ne quitta pas le casier des yeux.

— Comment ça, vous ne pouvez pas ? Le bowling est au-delà de vos capacités ou vous n'êtes pas censé le faire ?

— La deuxième option. En cas d'urgence, je ne peux pas sortir en courant avec des chaussures de bowling. Mais, faites. Je retiendrai le score.

— L'ordinateur retient le score.

Il plongea les pieds dans ses chaussures.

— Allez, vous pouvez le faire sans porter les bonnes godasses.

Je n'en dirai rien. Presque personne n'utilise cette piste de bowling, de toute façon. Ce n'est pas marrant de jouer contre moi-même.

— N'avez-vous pas d'amis qui pourraient venir ?

Clignant des yeux, Rafa baissa la tête.

— J'imagine que si. Pas vraiment. Désolé, je sais que je vous dérange.

Il écrasa sa paume contre un bouton sur le mur et la piste de bowling s'éveilla, le mécanisme à l'extrémité replaçant les dix quilles et l'écran d'ordinateur s'allumant sur le mur. Rafa tapa son nom sur une console posée sur une petite table et appuya sur entrée.

Merde. Shane détestait voir les épaules de Rafa ainsi affaissées.

— Ce n'est pas ce que je voulais dire. Vous ne me dérangez pas du tout.

C'est quoi ce délire ?

— Très bien, ajouta-t-il avant de rejoindre la console et d'ajouter son nom. Voyons voir ce que vous avez dans le ventre.

Rafa sourit, hésitant.

— Ah oui ? D'accord. Cool.

Il récupéra un globe vert et alla se placer au bout de la piste. Levant la boule devant lui, il prit quelques inspirations silencieuses. Il fit ensuite trois pas et relâcha gracieusement la boule, ses jambes se pliant et son bras décrivant un arc de cercle vers le haut tandis que son pull remontait sur ses muscles fins. La boule renversa les quilles, les éparpillant toutes les dix. Rafa leva le poing et fit volte-face.

— Essayez de me battre, le vieux.

Son sourire s'adoucit.

Shane se rendit compte qu'il avait été en train de dévisager le jeune homme et il voyait l'inquiétude dans son regard. Rafa se demandait probablement s'il était allé trop loin. Toutefois, l'agent récupéra sa propre boule et passa devant lui.

— Regardez et apprenez, Rafael-San.

— San ? demanda le jeune homme en plissant le nez. C'est dans un film ?

— Une vieille saga sur le kung-fu. J'ai dû chercher cette expression sur Google quand l'un de mes instructeurs nous a appelés comme ça pendant notre entraînement.

Il élança son bras vers l'arrière et fit quelques pas.

Shane n'avait pas joué au bowling depuis des années et il sut, dès que la boule quitta sa main, que sa trajectoire ne serait pas bonne. Alors qu'elle fonçait sur la piste en bois et partait vers la gouttière, Shane grinça des dents.

— Euh, que suis-je censé apprendre, exactement ?

L'ignorant, Shane récupéra une autre boule. Il ajusta sa ligne de mire et rejeta le bras en arrière. Celle-ci roula dans l'autre gouttière.

— Si vous le souhaitez, je peux mettre les rails de protection ?

Shane fusilla Rafa du regard, ce qui ne fit que l'encourager à sourire davantage.

— Bel effort. Continuez comme ça, dit le jeune homme en récupérant sa prochaine boule. C'est ce que mon coach en ligue mineure avait l'habitude de dire quand je me plantais pendant mes passages à la batte.

Shane s'esclaffa.

— Très bien. Voyons voir ce que vous savez faire. Prouvez-moi que ce n'était pas un coup de bol extraordinaire.

Rafa s'exécuta, marquant un *spare* avec ses deux tentatives lors du deuxième tour. Shane prépara son prochain coup. Cette fois-ci, il toucha pitoyablement une quille sur la gauche.

— Vous tordez trop votre bras, remarqua Rafa.

— Très bien, Rafael-San. Comment puis-je arranger ça ?

— Bon, prenez la boule.

Shane obéit et soudain, le jeune homme se retrouva derrière lui. Très près. Il posa une paume sur le dos de Shane et glissa l'autre sur son bras droit. Lorsqu'il parla, son souffle chatouilla le cou et l'oreille de l'agent.

— Quand votre bras part en arrière, maintenez-le droit, comme ça.

Il guida le bras de Shane dans la bonne position.

— Vous voyez ?

— Hum.

Le cœur de Shane battait trop vite.

— Ensuite, quand vous lancez…

Rafa se rapprocha encore davantage, sa hanche heurtant les fesses de Shane.

— Faites le dernier pas et gardez votre bras droit en même temps.

La bouche de l'agent était si sèche que c'en était alarmant et il s'élança vers l'avant, ses doigts s'agrippant aux trous dans la boule.

— Je gère. Merci.

Il tenta de se concentrer sur les quilles et les flèches dessinées sur la piste, mais son esprit était brouillé par un bruit blanc alors que son corps palpitait. Mais qu'est-ce qui n'allait pas chez lui ? Clairement, il avait besoin de s'envoyer en l'air si un contact physique purement innocent l'excitait.

Son prochain coup fit tomber trois quilles, il s'agissait donc d'une grande amélioration.

Rafa applaudit.

— Et voilà ! Vous voyez, je vais vous donner des conseils au bowling et vous pourrez me parler du surf.

Shane réussit à faire tomber une autre quille pendant son tour et secoua la tête quand le jeune homme fit tomber presque toutes les siennes avec sa boule suivante.

— Je crois que pour le moment, vos conseils sont bien plus utiles que les miens. Je ne suis pas monté sur ma planche depuis une éternité.

Avec un pincement au cœur, il repensa à sa fidèle Infinity,

disparue depuis longtemps, à présent. Ses parents l'avaient gardée dans le garage. Il entendait encore les taquineries de sa mère.

On garde cette planche en otage pour que tu nous rendes visite. Reviens vite !

Mais il n'était pas venu. Il s'était laissé déborder par le travail. Il s'était plongé dans tout le reste sauf dans ce qui comptait réellement.

— Pourquoi ?

— Hein ?

Shane cligna des yeux pour se reconcentrer.

Rafa lança sa prochaine boule, faisant tomber les deux ultimes quilles pour faire un autre *spare*.

— Pourquoi n'avez-vous pas surfé ces dernières années ?

— Après la formation, ma première mission a été de me rendre au bureau délocalisé d'Omaha. Il n'y a pas de vagues dans le Nebraska. Ensuite, je suis allé à Greensboro, puis à Albany. Et dans le Montana. J'imagine que le surf et moi, nous n'étions pas faits pour être ensemble, c'est tout.

Rafa s'appuya contre le mur en observant Shane prendre une boule.

— Vous ne retournez jamais en Californie ? Vos parents vivent encore là-bas ?

— Non.

Il fit rouler la boule, l'envoyant dans la gouttière vers l'extrémité de la piste. Cette douleur le tiraillait encore, poisseuse et contradictoire, ce qui était stupide, même maintenant.

— Je suis désolé. Ai-je dit quelque chose qu'il ne fallait pas ?

Shane s'obligea à croiser le regard du jeune homme.

— Non. C'est… Mes parents ont été tués. Il y a six ans. Un incendie dans leur maison à cause d'une installation électrique défectueuse.

— Mon Dieu. Shane, je suis vraiment désolé.

Rafa fit un pas en avant et tendit la main en direction de

l'agent avant de la laisser retomber le long de son corps.

— Ça a dû être terrible.

— La maison était complètement détruite, expliqua Shane d'une voix calme alors même qu'il préparait son tir. Tout a brûlé. Mon père avait une photo de notre famille sur son bureau, à l'école où il enseignait. C'est la seule chose qu'il me reste d'eux.

Pourquoi suis-je en train de lui raconter ça ?

Il jeta la boule et réussit à la maintenir sur la piste.

— Bref, comme je l'ai dit, je n'ai pas eu l'occasion de surfer depuis la fin de l'université.

Reculant, il attendit que Rafa prenne une boule, mais celui-ci se contenta de le regarder tristement. Shane s'éclaircit la gorge.

— C'est à votre tour.

— Oh ! Euh, ouais.

Rafa joua, sa boule tombant dans la gouttière.

Shane s'efforça de lui lancer un sourire triomphant et d'adopter un ton léger.

—Ah, le maître montre sa faiblesse. La partie peut tourner à l'avantage du vieux.

Rafa afficha lui-même un sourire tremblant.

— Ça vous plairait. Mais je ne faisais que vous pigeonner.

Il saisit la boule suivante et effectua un strike.

— *Bam.*

— C'est un retour impressionnant, je vous l'accorde. Mais voyons voir ce que nous réservent les tours restants.

Ils lui réservèrent une défaite retentissante. Lorsque la partie fut terminée, Shane secoua la tête.

— D'accord, vous remportez cette partie.

Rafa sortit son portable de sa poche et jeta un coup d'œil à l'écran.

— Juste à temps pour les lasagnes. J'espère que vous avez faim.

— Toujours.

Alors qu'il changeait de chaussures, Rafa leva les yeux vers Shane.

— Dans quelle université êtes-vous allé ?

— UCLA.

— Quelle était votre spécialité ?

— Anglais. J'ai toujours aimé lire et j'avais besoin d'un diplôme pour rejoindre les services secrets.

— Cool. Quel est votre livre favori ?

— *À la poursuite d'Octobre rouge.*

Le visage de Rafa s'illumina.

— Vraiment ? La plupart des gens donneraient un titre bien vieux et prétentieux.

Gloussant, Shane haussa les épaules.

— J'ai certainement apprécié un bon nombre d'œuvres littéraires, mais pour mon plaisir, c'est le roman de Clancy que je lis. Et vous ?

— Eh bien, habituellement, je dirais *Les Raisins de la colère*. Enfin, je dois bien donner une œuvre américaine et je trouve que c'est un bon livre. Mais pour mon plaisir de lecture ? Harry Potter.

Il rit et baissa la tête, comme s'il s'attendait à ce que Shane se moque de lui.

— Lequel, en particulier ? J'ai un faible pour le quatrième tome.

Bondissant, Rafa sourit.

— Moi aussi ! Le Tournoi des Trois Sorciers, c'est le meilleur. Toute cette séquence dans le cimetière est mortelle. Euh, excusez le jeu de mots.

Shane se surprit à rire, ce qui était… bon sang, c'était *agréable*.

— Et la scène dans le cimetière était une vraie claque. Il faut vraiment que je relise toute la saga.

— Oui, moi aussi. Nous devrions la lire ensemble.

Il agita la main et son sourire s'estompa.

— Enfin… pas *ensemble*. On devrait la relire tous les deux. Même si j'imagine que nous ne devrions pas parler de livres, de toute manière.

Il tourna le dos à la piste de bowling.

— Mais maintenant, il faut que je sache. Quel est le livre que vous détestez le plus ?

— Tout ce que James Joyce a écrit, à part *Les Morts*. Je sais qu'on dit qu'*Ulysse* est digne d'un génie, mais je suis un fan de ponctuation.

— Oh, mon Dieu, *n'est-ce pas* ? Je n'ai eu à lire que quelques chapitres pour mon cours de rétrospective de littérature anglaise et c'était une torture. Je ne vois pas où est le génie.

— À mon avis, personne ne le voit, mais les gens ont trop peur de l'admettre.

— Exactement ! s'exclama Rafa.

Tandis que Shane ouvrait la porte, le jeune homme éteignit les lumières et marqua une pause dans l'ombre.

— Vous croyez que vous réessaierez de surfer, un jour ?

Cette pensée le combla à la fois d'une bouffée de joie et du lourd tiraillement du chagrin. Il ne s'était pas rendu en Californie depuis les funérailles. Il pouvait surfer ailleurs, bien sûr, mais pour une raison ou une autre, le surf était lié à l'incendie et s'était perdu dans les cendres.

— Je ne crois pas.

— Mais on ne sait jamais, n'est-ce pas ?

— Je ne suis pas très optimiste.

Rafa sourit, d'un air à la fois triste et adorable.

— Ce n'est rien. Je le serai pour vous.

Shane suivit Rafa qui remonta l'escalier, tentant de bannir cette vague de bonheur qui envahissait sa poitrine.

Chapitre 7

APRÈS AVOIR PLONGÉ un doigt dans le pot de brillantine, Rafa s'attaqua à la boucle rebelle au-dessus de son oreille, jurant dans sa barbe.

— Reste en place, maudite sois-tu.

Bien sûr, elle n'obéit pas. Ça n'avait franchement aucune importance, comme il ferait noir. Et ce n'était pas comme si Shane se préoccuperait de ses cheveux. Peut-être devrait-il prendre une autre douche et les laisser boucler naturellement. Fronçant les sourcils en regardant son reflet dans le miroir, Rafa l'imagina.

Ch-ch-ch-Chia.

Il éteignit brusquement la lumière de la salle de bain et attrapa son pull à capuche bordeaux. Il avait fait un peu plus frais, ce jour-là, et il en aurait peut-être besoin au bord de l'eau. Il remonta la fermeture éclair par-dessus son T-shirt et hésita. Il devrait sans doute porter de plus jolis vêtements, comme d'habitude. Il espérait qu'ils ne rencontreraient personne, mais quelle importance si c'était le cas ?

Quelle importance si c'est le cas ? Personne ne s'y intéressera, espèce de taré. Et Shane t'a déjà vu en boxer. Quelle importance ?

L'idée d'être en sous-vêtements devant Shane fit gonfler son pénis, comme on pouvait s'y attendre, même si la situation n'avait été nullement sexuelle. Jetant un coup d'œil à sa montre, Rafa envisagea de se masturber avant de descendre – ça ne serait pas

"

long –, mais il était presque minuit.

Il laça ses baskets avant de récupérer sa besace et de descendre l'escalier secret. Alors qu'il atteignait le rez-de-chaussée, son cœur loupa un battement. Shane se tenait dans le couloir et jetait un coup d'œil à sa montre. Il fronça les sourcils.

— Tout va bien ? Je m'apprêtais à monter.

— Oui. En fait, je voulais faire quelque chose de différent, ce soir. Aller marcher.

Shane fronça les sourcils encore davantage.

— D'accord. Dans les jardins ?

— Près du fleuve, en fait. Le Potomac, ajouta-t-il avant de grimacer intérieurement.

Sans déconner.

— Près des monuments commémoratifs ?

— Non. Plus en amont. Mais ce n'est pas très loin. Il ne devrait y avoir personne, à cette heure de la nuit. Ou du matin, j'imagine.

Shane fronçait toujours les sourcils.

— Pourquoi voulez-vous aller au bord du fleuve au milieu de la nuit ?

— La lune est presque pleine et il y a une belle petite cascade. C'est paisible. Je ne sais pas. J'ai juste envie d'y aller.

Rafa se sentit soudain bête, avec le pique-nique qu'il avait prudemment emballé dans sa besace. Il l'avait planifié toute la journée, comme si Shane et lui avaient un rencard, et c'était ridicule. L'agacement le rongea.

— J'ai le droit d'aller où je veux. Je ne suis pas prisonnier.

Le renfrognement de Shane céda la place au demi-sourire apaisant que les services secrets devaient inculquer aux agents lors de leur formation.

— Bien sûr que vous pouvez y aller. Laissez-moi prévenir les responsables au rez-de-chaussée et passer un coup de fil au centre opérationnel. Ils surveillent la localisation des personnes que l'on protège. Il faudrait sans doute que nous demandions à l'un des soldats en uniforme de nous accompagner.

Le cœur de Rafa plongea dans ses talons.

—Je pense que c'est inutile. Sérieusement, il n'y aura pas un chat. Et personne ne s'intéresse à moi, de toute façon.

—Je reviens dans une minute.

Grommelant dans sa barbe, Rafa attendit. Si quelqu'un d'autre venait, cela… *Quoi ? Gâcherait ton rendez-vous qui n'en est pas un ?* Rafa devrait mettre un terme à la mission. C'était une idée horrible. Ils pouvaient retourner dans la cuisine et y manger leur pique-nique. Il n'avait rien fait de très sophistiqué. Il aurait pu préparer quelque chose de meilleur que des sandwichs au rôti de bœuf, même s'il avait fait lui-même la mayonnaise à l'ail et au raifort et avait emprunté une machine à pain auprès de Magda pour les petits buns au levain. Il ne s'agissait tout de même que de sandwichs. Pourquoi avait-il…

Tandis que Shane refaisait son apparition, Rafa tenta de sourire.

—Très bien. Je vais vous conduire avec la Suburban. Comme cette improvisation tombe à cette heure, nous devrions nous en sortir sans un autre agent. Juste cette fois-ci.

Rafa savait que c'était ainsi qu'ils qualifiaient l'excursion imprévue de l'une des personnes qu'ils protégeaient.

—Génial, dit-il en mettant les mains dans ses poches afin de ne pas se mettre à gigoter. Cool. Merci.

Le trajet jusqu'au fleuve se fit dans le silence et ne fut pas long. Rafa indiqua le chemin à Shane, qui gardait les yeux sur la route et les rétroviseurs, ainsi que ses mains à dix heures dix sur le volant. Comme il était l'unique agent, il ne portait pas d'oreillette, mais lorsqu'ils arrivèrent à la cascade, il appela immédiatement quelqu'un d'autre et eut une brève conversation qui ne dura pas plus de dix secondes.

Le silence régna ensuite quand ils restèrent assis à l'avant de la

Suburban. Rafa avait eu raison –, manifestement, il n'y avait pas âme qui vive à des kilomètres et la petite cascade scintillait à la lumière de la lune tandis que le fleuve s'écoulait sur les formations rocheuses. Ils pouvaient peut-être faire une randonnée, mais il devait faire trop sombre, dans les bois.

Shane s'éclaircit la gorge.

— Nous y sommes. Voulez-vous sortir ?

— Oh. Ouais.

Les paumes de Rafa étaient moites et il tenta de respirer calmement alors qu'il sortait du véhicule. Cette idée était stupide. À quoi s'était-il attendu ? Il emmènerait Shane au bord du fleuve et... *quoi* ? Et *rien*.

Une part de lui souhaitait simplement dire à Shane de le ramener à la Maison-Blanche, mais il passerait alors encore plus pour un idiot. Il attrapa donc sa besace et la posa sur un rocher avant de s'approcher du rivage.

— Faites attention.

Rafa ravala un soupir agacé.

— Je sais. Je ne vais pas tomber.

Lorsqu'il jeta un coup d'œil derrière lui, Shane se tenait là avec les mains jointes, tournant la tête pendant qu'il observait calmement leur environnement. Rafa soupira à nouveau.

— Il n'y a personne, ici. Je suis sûr que tout va bien.

Shane pinça fermement les lèvres.

— Je dois quand même faire mon travail.

— Personne ne veut me kidnapper. Faites-moi confiance.

Les narines de Shane se dilatèrent.

— Pourquoi faites-vous cela ?

Il se retourna pour observer les arbres derrière la Suburban.

— Faire quoi ?

Shane répondit après un long moment.

— Vous dénigrer.

— Je ne me dénigre pas.

Rafa se pencha et récupéra une pierre qu'il jeta dans le fleuve s'écoulant dans un doux fredonnement.

Dos à lui, Shane émit un bruit qui aurait pu ressembler à un ricanement.

Rafa voulait lui demander ce qu'il y avait de si génial chez lui, mais il manquait bien trop de confiance en lui pour prononcer ces mots à voix haute. Il jeta un autre caillou.

— Parmi les enfants du président, je ne suis pas celui auquel s'intéressent les gens, c'est tout. Ma sœur a toujours été un peu déchaînée. Christian est le mec canon et Matthew l'athlète, dit-il avant de hausser les épaules. Moi, je suis l'*autre*.

Shane demeura silencieux quelques instants en continuant de scruter les arbres.

— C'est peut-être ce que vous désirez. Rester caché. Mais ça ne signifie pas pour autant que vous êtes moins important.

Rafa ne put s'empêcher de sourire et de se sentir… eh bien, de se sentir *bien*.

— Vous vous entendrez à merveille avec Ashleigh quand elle rentrera. Elle dit que je ne me valorise pas assez.

Shane tournait toujours le dos à Rafa et au fleuve.

— Elle a l'air d'être une jeune femme intelligente.

Rafa sourit. Ainsi, Shane pensait également qu'il devrait davantage se valoriser ?

— Ouais. Ash est merveilleuse. J'ai vraiment de la chance.

— Elle doit vous manquer.

— Bien sûr, mais elle passe un séjour incroyable à Paris. Elle est stagiaire chez *Vogue*. Mon père a tiré quelques ficelles. Au début, elle ne voulait pas que je le lui demande, mais je l'ai convaincue que les gens se servaient constamment de leurs relations.

Shane fit une nouvelle fois face à Rafa et fronça les sourcils.

— Vous ne vous inquiétez pas ?

— Hein ? À quel propos ? répondit le jeune homme en récupérant un autre caillou.

— Vous êtes séparés plusieurs mois. Une jolie fille comme elle, à Paris, avec tous ces Français… ?

Jetant la pierre, Rafa s'esclaffa.

— Non. Les Français perdent leur temps avec Ashleigh. En revanche, les Français…

Il évita l'accord au féminin juste à temps. Maintenant son regard sur le fleuve, Rafa rit à nouveau, cette fois-ci d'une voix nasillarde.

— Euh, c'est avec les pâtisseries françaises qu'elle se fait plaisir. Elle ne me tromperait jamais. Pas d'inquiétude.

— Hum. Ravi de l'entendre.

La voix de Shane était calme, mais il paraissait légèrement… sceptique ? Suspicieux ?

Lui aussi, il est gay. Il comprendrait. Peut-être devrais-je lui dire la vérité. Peut-être même qu'il…

Secouant la tête, Rafa attrapa une autre pierre près de ses pieds et la lança. Peut-être que Shane ferait quoi ? Qu'il l'aimerait en retour ? Rafael était fou de le fantasmer. Mais il ne pouvait nier qu'il serait merveilleux de faire son coming-out auprès d'un homme en qui il pouvait avoir confiance. Non pas qu'Ashleigh ne le comprenne pas, mais parfois, il avait vraiment envie de discuter avec un autre mec.

Il retourna vers sa besace et récupéra le thermos d'eau fraîche. Il en but quelques gorgées avant de le tendre à Shane, qui jeta un coup d'œil au récipient. Le jeune homme rougit.

— Oh, désolé. J'ai oublié les verres. Merde.

— Ce n'est rien, dit Shane alors que ses doigts effleuraient ceux de son protégé quand il prit le thermos. Merci.

Rafa regarda la pomme d'Adam de l'agent remuer lorsqu'il avala, et la chaleur le sillonna. Baissant la tête, il s'occupa avec la nourriture.

— J'ai préparé des sandwichs et d'autres trucs. Rien

d'extraordinaire. Vous n'en voulez probablement même pas.

— Vous avez apporté de quoi manger ? demanda Shane en souriant. Évidemment que j'en veux.

— Ah oui ? Cool. Euh, voilà.

Il leva l'un des sandwichs emballés dans de l'aluminium.

Lorsqu'il l'eut saisi, Shane regarda une fois encore autour d'eux.

— Merci.

Rafa s'assit sur une pierre plate, au bord de l'eau.

— Pourquoi vous ne vous asseyez pas ?

Shane secoua la tête avant de manger une bouchée. Il gémit légèrement et Rafa enfonça ses ongles dans sa paume.

— Ça alors ! C'est délicieux. Vous avez fait le pain ?

Rafa ne put s'empêcher de lui lancer un sourire radieux.

— Ouais, tout à l'heure. Il était encore un peu chaud quand j'ai emballé les sandwichs.

— La mayonnaise, aussi ?

Shane jeta un coup d'œil à gauche, puis à droite.

— Oui. Mais je n'ai pas préparé le bœuf. Ni le provolone.

Shane sourit et ses joues se creusèrent.

— Ce serait un défi de fabriquer une vache, dit-il avant d'observer les arbres.

— Sérieusement, tout va bien. Il n'y a personne, ici.

Shane baissa les yeux vers lui.

— C'est ce qu'on appelle généralement « les derniers mots passés à la postérité », Rafa.

Entendre Shane prononcer son surnom lui provoqua un frisson hautement inapproprié.

— Pas faux.

Il se leva, afin que l'agent ne soit plus penché au-dessus de lui.

— Il y a aussi des cookies. Beurre de cacahuète et cannelle. Oh, j'aurais dû vous demander si vous aviez des allergies.

— Je n'en ai pas. J'adore le beurre de cacahuète.

Shane mangea une autre bouchée de son sandwich.

— Alors, pourquoi sommes-nous ici au milieu de la nuit ? demanda-t-il après avoir avalé.

Parce que je voulais aller quelque part où il n'y aurait que nous deux sur des kilomètres à la ronde.

Rafa haussa les épaules.

— J'aime cet endroit. Je me disais que ce serait joli avec la lune. J'imagine que je commence à devenir fou, à la maison. Probablement parce que ce n'est pas vraiment une *maison*. Même quand j'ai le deuxième étage rien que pour moi, des domestiques continuent d'y venir. On n'est jamais vraiment seul à la Maison-Blanche.

Shane le scruta intensément.

— Vous n'êtes pas seul, ici non plus.

— Je sais, mais c'est différent avec vous.

— Comment ça, différent ? demanda Shane en continuant de le regarder.

Rafa récupéra le thermos par terre et but une gorgée.

— Je ne sais pas. Vous êtes cool, je crois.

Il reposa l'eau et le reste de son sandwich avant de monter sur un rocher, juste au bord du fleuve.

— C'est paisible, ici. J'adore l'eau.

— Ne vous approchez pas trop.

Rafa leva les yeux au ciel.

— Je ne vais pas tomber.

— Faisons en sorte que ce ne soient pas non plus de dernières paroles qui passeront à la postérité.

— Je sais que vous ne me laisseriez pas tomber.

Alors que ces mots franchissaient discrètement ses lèvres, le sourire de Rafa s'estompa et l'air devint soudain électrique. Le fleuve fredonnait et Shane l'observait, son sandwich à moitié mangé toujours à la main.

Pour briser cette tension étrange, Rafa s'obligea à sourire et se plaça à l'extrémité du rocher avant de tenir en équilibre sur un pied.

— Pas même si je faisais ça. Ou…

Rafa balança les bras pour rester en équilibre alors que cette pierre traîtresse tanguait sous son poids. En un clin d'œil, il se retrouva dans l'eau, le froid privant ses poumons d'air alors que ses fesses heurtaient le fond rocailleux et que le courant tirait violemment sur son corps. Shane arriva pour le soulever, posant les mains en haut des bras du jeune homme.

Battant des paupières, Rafa regarda l'agent, puis baissa les yeux vers l'eau qui coulait hâtivement autour de leurs genoux. Levant la tête, il croisa le regard de Shane et après un instant figé, ils éclatèrent de rire.

— Je crois que je vais bien, déclara Rafa en ricanant. Je peux juste… vous savez. Me lever.

Ses épaules tremblant, Shane s'agrippait toujours aux bras du jeune homme.

— Je vous ai dit de ne pas trop vous rapprocher du bord.

— Vous l'avez dit. Vous me l'avez carrément et explicitement dit.

Il tenta d'arrêter de rire, mais comme ils se tenaient là, l'eau coulant autour de leurs genoux, la situation était trop absurde.

Shane le tira ensuite vers le haut et enroula ses bras autour du dos de Rafa. Un gloussement s'éteignit dans la gorge du jeune homme alors qu'il retenait sa respiration. Ses bras étaient collés contre ses flancs et Shane… Shane l'*enlaçait*.

— Je vous tiens, murmura l'agent.

Il était chaud et grand. Le visage de Rafa était appuyé contre le col de la chemise de cet homme. S'il tournait la tête, il serait contre sa peau et…

D'un mouvement brusque vers l'arrière, Shane tituba sur les cailloux, mais réussit à retrouver son équilibre quand il atteignit la terre ferme. Son regard se posa de tous les côtés et il passa une main sur son crâne presque rasé.

— Je… Il vaudrait mieux que nous rentrions. Vous allez attraper froid.

Le pouls de Rafa battait rapidement dans ses oreilles, couvrant le bruit de l'eau. *Que vient-il de se passer ? Est-ce qu'il… Pourquoi a-t-il fait ça ? Est-ce qu'il… ? Non. C'est impossible. Ferme-la.* Rafa remonta prudemment sur le rocher. Il détacha son pull trempé et l'essora.

— Je suis désolé. Je ne voulais pas… Désolé.

— C'était un accident, répondit Shane d'une voix tendue. Venez.

Rafa remballa rapidement le thermos et leurs moitiés de sandwichs abandonnées avant de se hâter vers le véhicule. Dans l'habitacle, Shane démarra le moteur et régla la température.

Rafa sortit son bouton d'appel d'urgence de sa poche.

— Euh, ils fonctionnent encore quand ils sont mouillés ?

Shane lui jeta un coup d'œil.

— Oui. Ne vous inquiétez pas.

— Je ne m'inquiète pas. Vous êtes là, donc…

En silence, Shane retira sa veste et remonta les manches de sa chemise blanche. Se penchant, il effleura Rafa pour ouvrir la ventilation. L'air qui en sortait était tiède, comme le moteur se réchauffait.

La gorge de Rafa était sèche et il frissonna.

— Est-ce que… êtes-vous vraiment mouillé ? Je suis désolé. Allez-vous devoir porter un costume humide toute la nuit ?

— C'est bon. J'ai été éclaboussé, mais ce sont surtout mes jambes qui ont pris.

Rafa tendit la main et la glissa sur l'avant-bras trempé de Shane, comme s'il pouvait le sécher.

— Je suis désolé.

Il arrêta de bouger la main, qui resta ainsi sur le bras de Shane. *Qu'est-ce que tu fais ? Arrête de le toucher !* Rafa demeura immobile.

Il sentait les poils humides sous sa paume et résista de peu à l'envie de les faire glisser entre ses doigts.

Shane fixa du regard la main de Rafa sur son bras, et sa pomme d'Adam rebondit dans sa gorge. Lorsqu'il leva les yeux, ils étaient si sombres et si intenses qu'un frisson essoufflé traversa le jeune homme.

Shane se mit alors en mouvement, passant la première vitesse de la Suburban, et Rafael retira sa main pour la poser sur ses genoux. Il s'éclaircit la gorge, priant pour être capable de parler sans partir dans les aigus.

— Et vos chaussures. Beurk, les chaussettes et les chaussures mouillées, c'est ce qu'il y a de pire. Elles sont en cuir, en plus. Je les remplacerai.

— Elles sécheront. Tout va bien, Rafa.

Shane maintint son regard sur la route déserte alors qu'ils zigzaguaient entre les arbres, mais son visage s'adoucit pour laisser apparaître un soupçon de sourire.

— Tant que vous allez bien, tout va bien.

Il savait que c'était le boulot de Shane. Il savait que l'agent ne voulait rien dire de plus que ça. Toutefois, Rafa en fut tout de même réchauffé de l'intérieur.

Chapitre 8

AU PIED DE l'escalier, Shane consulta sa montre. Vingt-trois heures cinquante-neuf.

Il leva son talkie-walkie jusqu'à sa bouche pour faire le point.

— Rapport. Vaillant en sécurité. Terminé.

La radio crépita.

— Bien reçu.

En dehors de la soirée au bord du fleuve – à laquelle Shane avait tant essayé de ne pas penser –, cela faisait quatre nuits désormais qu'il se glissait au deuxième étage à minuit pour déguster les créations de Rafa et s'attarder bien trop longtemps en écoutant le gamin parler.

Rafa.

Il devrait penser à lui comme étant Vaillant ou Rafael, mais désormais, ce surnom lui venait toujours à l'esprit en premier. Ce qui n'était pas grave – la plupart des gens appelaient ainsi Vaillant. Néanmoins, ce n'était pas son rôle de passer autant de temps avec le garçon qu'il protégeait, dans cette cuisine.

Et ce n'était clairement pas son rôle de l'*enlacer*. Même s'il avait été bêtement soulagé que Rafa aille bien après être tombé de la pierre. *Bien sûr que j'étais soulagé. Le garder en un seul morceau, c'est mon putain de travail. Voilà tout.* Pourtant, la situation avait paru si naturelle quand ils avaient ri, qu'il avait pris Rafa dans ses bras, et c'était donc alarmant.

Il soupira. Heureusement qu'il avait un jour de repos avant de passer à la garde de jour. Alan reviendrait également et les choses reprendraient leur cours normal.

Toutefois, Shane ne pouvait s'empêcher de ressentir un pincement à l'idée de ne plus passer de temps seul à seul avec Rafa. Il avait sincèrement apprécié leurs discussions et dégustations nocturnes. *Peut-être un peu trop*.

Il ne s'était rien *passé*, mais petite amie ou pas, il était maintenant convaincu que Rafael Castillo était gay ou au moins bi. Le désir émanait quasiment de ce gamin par vagues. Shane n'aurait jamais dû mentionner sa propre sexualité, mais il n'avait alors pas pensé que ce serait un problème. Enfin, ce n'en était toujours pas un. Mais le gamin avait clairement un faible pour lui.

D'un côté, c'était mignon et inoffensif. Rafael Castillo était probablement dans le placard et se sentait seul. Shane ne voulait pas lui faire de mal, mais il s'aventurait sur un terrain glissant. Une telle situation pouvait lui exploser en plein visage. Mis à part quelques incidents malheureux impliquant de l'alcool et des prostitués lors de protection à l'étranger, il n'y avait eu aucun scandale dans les services secrets, au cours de cette dernière décennie. Il n'allait certainement pas en provoquer un maintenant en encourageant ce coup de cœur et en laissant les choses dégénérer.

Surtout que ce terrain glissant devenait de plus en plus traître chaque jour qui passait. Si Rafa avait un faible pour lui, c'était inoffensif. En revanche, cela ne l'était certainement plus si Shane avait lui-même un coup de cœur. Mais, bien sûr, ce n'était pas le cas. Cette idée était parfaitement absurde.

Pourtant, cette nuit-là, au bord du fleuve, quand Rafa l'avait touché – d'un contact purement innocent de la main sur son bras –, Shane l'avait ressenti jusque dans ses testicules. Et lors du trajet de retour jusqu'au Château, il avait été obligé de partager une histoire embarrassante sur une chute dans la piscine alors qu'il essayait de faire tenir un pack de bières en équilibre sur sa tête, lors d'une fête autour d'un barbecue à l'époque de la fac. Rafa avait ri et froissé son nez, ce qui avait donné envie à Shane de raconter d'autres histoires personnelles.

Il secoua la tête. Il ne se souvenait pas de la dernière fois qu'il avait rencontré quelqu'un et souhaité passer autant de temps avec cette personne. Bien sûr, l'ironie voulait qu'il passe des heures chaque jour avec Rafa. Il était donc temps de reprendre ses esprits et d'arrêter de brouiller les frontières.

Mais il ne pouvait pas lui faire faux bond ce soir, pas quand Rafa préparait de la soupe d'avocat, car c'était la préférée de Shane. Il imaginait le visage du jeune homme se décomposer s'il ne se présentait pas. Alors qu'il montait les marches, son pouls palpita péniblement. *Seigneur. Pourquoi suis-je nerveux ? Va manger la soupe et contente-toi de ça.*

L'odeur des tomates rôties – et hum, du bacon – envahissait le deuxième étage. Shane s'arrêta dans l'embrasure de la porte lorsqu'il atteignit la cuisine, et il observa Rafa verser de la soupe dans un bol avec une grande concentration. Le jeune homme portait un jean, un T-shirt vert usé, ainsi que des tongs. Ses cheveux étaient malheureusement toujours tirés en arrière et Shane se demanda, avec un étrange pincement de regret, s'il les reverrait un jour bouclés. Le jean ceignait ses hanches fines et la courbe de ses fesses. Shane songea au genre de sous-vêtement qu'il portait…

Tandis que la chaleur montait en lui, Shane releva les yeux et s'éclaircit la voix.

Le visage de Rafa s'illumina quand il le regarda.

— Oh ! Salut, Shane. La soupe est bientôt prête. Je dois juste…

Il tendit la main vers un petit bol.

— J'ai cuisiné et coupé en dés quelques tranches de bacon en guise de garniture. Je me suis dit que ça valait la peine d'essayer.

— Ça vaut toujours la peine d'essayer avec le bacon.

Rafa rit.

— C'est ce que je me suis dit. Et j'ai encore préparé des tomates rôties au basilic, mais cette fois-ci avec du fromage ail et fines herbes plutôt que du chèvre. Vous pourrez me dire quelle recette est la meilleure. Mais tenez, goûtez d'abord la soupe.

Il tendit une cuillère et le bol à l'agent.

— Vous n'allez pas en manger ? demanda Shane d'une voix hésitante.

Rafa avait l'habitude de le scruter intensément et cela était parfois perturbant. Surtout parce qu'il regardait Shane comme Fred Pierrafeu le ferait avec des côtelettes de brontosaure.

— Oh, si.

Rafa retourna vers la louche.

Shane prit une grande gorgée de soupe.

— Hum. Bon sang, c'est bon.

Le crémeux de l'avocat froid et le soupçon salé du bacon chaud étaient parfaits.

— Vraiment ?

Hochant la tête, Shane but une autre gorgée. Puis une autre. Tandis qu'il mangeait, Rafa parlait. Tout le monde le pensait trop discret, mais une fois qu'il se lançait, il n'était pas si timide et avait beaucoup de choses intéressantes à dire.

— Et nous parlons du véritable Roi d'Angleterre. Sérieusement, j'ai failli le faire tomber dans le hall de l'entrée, mais il était genre « Reste debout, vieille branche. Hip, hip. ». Ou quelque chose d'aussi ridicule et britannique. Et cette autre fois, vous ne croirez jamais ce que j'ai vu dans la salle bleue.

Shane gloussa tandis que Rafa poursuivait. Celui-ci parlait avec ses mains, n'élevant jamais la voix, mais ses yeux pétillaient. Ses dents étaient droites et blanches et elles scintillaient alors qu'il souriait.

— Oh, j'ai regardé ce film… *L'été sans fin* ? Vous aviez raison, c'était vraiment cool, même s'il est vieux.

— Ravi de l'entendre. Il date un peu, mais c'est un classique.

Pourquoi devrait-il se préoccuper de savoir si Rafa aimait le film ou non ? Ça n'avait absolument aucun sens, mais Shane était ravi.

— Il y a eu un deuxième film, aussi. Dans les années quatre-vingt-dix, je crois. Les débuts de Kelly Slater.

Le visage de Rafa s'illumina.

— Kelly Slater ? C'est une légende. J'ai encore un poster de lui dans ma chambre, expliqua-t-il avant de rire nerveusement. Waouh. Ça a l'air super nul. Je l'ai accroché quand on a emménagé. Je n'ai jamais pris la peine de l'enlever. Je ne suis pas… Je ne mets plus de poster.

— Ce n'est rien. Ma chambre, chez mes parents, était comme une machine à voyager dans le temps.

Alors que les mots franchissaient ses lèvres, il se crispa. Il ne parlait jamais de ses parents, mais avec Rafa, les mots sortaient curieusement. D'une manière ou d'une autre, il se sentait… en sécurité. Shane maintint son regard rivé sur ses chaussures.

Toutefois, Rafa n'insista pas et dit simplement :

— Merci de me comprendre. Bon, le film est clairement le prochain sur ma liste. Avez-vous vu *Riding Giants* ? Laird Hamilton était un phénomène. Je me demande s'il surfe encore. Il doit être assez vieux, maintenant.

Shane recommença à respirer aisément.

— Probablement. Il sera encore sur l'eau quand il aura besoin d'un déambulateur.

— Avez-vous déjà surfé au Rincon à Santa Barbara ? J'ai vu un documentaire à la télé, sur le *point break*, là-bas. Ça a l'air cool.

— Non, mais j'allais à Trestles, quand je pouvais m'y rendre. C'est à une demi-heure au sud de Laguna et c'était un périple pour rejoindre la plage. Mais c'était bien noueux. Ça valait la peine.

Rafa éclata de rire et leva la main.

— Excusez-moi.

Shane se surprit à sourire.

— Qu'y a-t-il de si drôle ?

— Entendre ces termes dans votre bouche.

— Ce n'est pas faux, répondit Shane en riant. Mais les *hodads* n'ont pas le droit de se moquer.

— Attendez, c'est quoi un *hodad* ? demanda Rafa avant de jeter un morceau de tomate dans sa bouche.

Shane l'observa en avalant.

— Euh, c'est… un *hodad*, c'est une personne qui ne surfe pas, mais qui passe du temps à la plage. Un frimeur.

— Hé, je ne suis pas un frimeur ! s'offusqua Rafa dans un éclat de colère feinte. Faites-moi confiance, je vais surfer comme un dingue, l'année prochaine. Je serai un, comment ils les appellent ? Un junior ?

— Vous êtes un peu trop âgé pour être un junior, mais ne soyez pas un *kook*.

— C'est quoi, un *kook* ? Je n'ai vraiment pas envie d'en être un.

Rafa avait repris son sérieux et donnait l'impression qu'il était prêt à prendre des notes dans un coin de sa tête.

— Un novice qui cause des ennuis. Il se met en travers du chemin des autres et ne suit pas les règles. Peu importe où vous allez surfer, assurez-vous de découvrir avant comment agissent les habitants du coin. Ne vous mettez pas sur le chemin de qui que ce soit.

Rafa hocha la tête.

— Je ne le ferai pas.

Il mangea un morceau de pain avec de la tomate.

— Je crois que je préfère avec le chèvre.

— Moi aussi. Le fromage ail et fines herbes, c'est bon, mais je trouve qu'avec le chèvre c'était plus… Ça n'effaçait pas le basilic.

— C'était plus neutre, mais dans le bon sens du terme.

Hochant la tête, Rafa ouvrit son carnet et nota une ligne. Il joua avec sa cuillère à soupe et la fit tourbillonner dans son bol.

— Vous aviez un *spot* préféré, à Laguna ?

Cette vieille douleur était toujours présente, mais Shane sourit.

— Brooks Street. Les rouleaux étaient généralement parfaits. Pas trop petits, mais pas trop gros non plus. En plus, il y avait Chez Maddie. Ce n'était rien de plus qu'une cahute, mais elle préparait les meilleurs granités. Je pourrais en boire un, au goût pastèque-pistache, tous les jours, expliqua-t-il avant que son sourire s'estompe. Ça fait longtemps, maintenant.

— Ça m'a l'air génial. Alors, vous ne faisiez pas les grosses vagues ? Vous ne *ridez* pas les géants ?

— Non. Je n'étais pas assez doué. Je ne voulais pas finir avec la tête dans le sable, répondit-il avant de grimacer. Je suis tombé dans les chutes de Trestles, une fois – j'ai été aspiré à l'avant de ma planche quand la vague s'est brisée. J'ai été traîné au fond.

— Aïe. Vous avez été blessé ?

— Un peu. J'ai eu une cicatrice trop cool à montrer à mes amis. Ce n'était pas si terrible.

Il se souvenait de la fellation que lui avait faite Jimmy Clarkson, derrière le fast-food. Cette journée s'était assez bien terminée, tout compte fait.

Le regard de Rafa s'illumina.

— Je peux la voir ?

Ses joues rougirent.

— Euh, je veux dire, si vous pouvez me la montrer. Genre, si elle est sur votre main. Oubliez. C'était une question stupide.

— Ce n'est rien.

Tirant sur sa cravate, Shane détacha le premier bouton de sa chemise et abaissa son col pour montrer la cicatrice pâle et irrégulière à la jonction de son cou et de son épaule droite.

— Le corail m'a joué un sale tour.

— Waouh.

Rafa se rapprocha et se pencha. Son souffle était chaud sur la peau de Shane.

— Ça a dû être douloureux.

Ils n'étaient qu'à un souffle de distance et la respiration de Shane se coinça dans sa gorge tandis que Rafa traçait la cicatrice de plus de sept centimètres du bout des doigts, la parcourant de haut en bas. Un frisson parcourut la colonne vertébrale de l'agent et il recula, reboutonnant rapidement sa chemise et arrangeant sa cravate. *Mais qu'est-ce que je fous ?*

— Je me disais… si je rendais visite à ma sœur à Los Angeles ou à mon frère à Berkeley, peut-être que je pourrais essayer de surfer. Vous seriez obligé de venir sur les vagues avec moi, n'est-ce pas ? Au cas où un requin essaierait de me kidnapper.

Il sourit, hésitant.

Avant que son cerveau ne puisse se mettre en marche, une joyeuse impatience enfla en Shane, chaude et picotante. Pour une fois, le chagrin coupable n'apparut qu'un instant avant de s'évanouir. Il imaginait Rafa à côté de lui, tout sourire, ses taches de rousseur contrastant sur ses joues et ses cheveux bouclant sur son front. Il sentait presque l'air salé et la chaleur du soleil tandis qu'ils avançaient au-delà de la vague…

Non.

Ce n'était pas ce qu'il était supposé ressentir concernant son travail. Il n'était pas censé avoir hâte de passer du temps avec la personne qu'il protégeait. C'était une chose de ne pas la détester ou de la trouver agréable. Mais c'en était une tout autre de rêvasser comme s'il n'était qu'un enfant avec un coup de cœur. Il y avait bien une raison pour qu'on ne veuille pas que les agents s'attachent. Leur jugement était embrouillé. Cela mettait le client en danger. Tout comme les autres agents.

Je n'aurais jamais dû venir. C'est bon. J'en ai fini.

— On verra, dit-il d'une voix calme et évasive.

Finis ton assiette et redescends au rez-de-chaussée. Une goutte d'huile tomba alors que Shane mettait le dernier morceau de tomate dans sa bouche et il essuya sa lèvre inférieure du doigt. Il leva les yeux et découvrit Rafa en train de le regarder avec des yeux écarquillés. L'air fut soudain chargé et lourd, comme si une tempête approchait.

Shane s'essuya les mains sur une serviette en papier, son cœur accélérant malgré lui et sa peau le picotant.

— Il vaudrait mieux que j'y retourne. Bonne nuit.

Rafa se contenta de le dévisager. Les quelques mètres qui les séparaient disparurent et leurs lèvres entrèrent en contact. Ses doigts s'enfoncèrent dans les bras de Shane et il écrasa désespérément leurs bouches l'une contre l'autre. Il était chaud et adorable. Il sentait le bacon et le citron. Shane voulait le pencher au-dessus du plan de travail et plonger en lui comme s'il était l'océan à marée haute.

Mais plus que ça, il voulait pousser sa langue entre les lèvres de Rafa et le goûter réellement. *Merde*, il voulait que Rafa se sente bien. Lui montrer à quel point il pouvait être merveilleux. Il souhaitait se perdre.

Shane ouvrit la bouche pour prendre une inspiration et briser leur baiser, mais les lèvres alléchantes de Rafa s'entrouvrirent contre les siennes. Il donna un coup de langue dans la bouche du jeune homme tandis que son esprit lui hurlait d'arrêter.

Rafa gémit contre lui, sa langue tentant de venir à la rencontre de celle de Shane, et tout le sang de ce dernier se précipita vers son membre. Rafa s'appuya davantage contre lui et l'agent glissa les mains dans son dos, visant ses fesses…

Reculant subitement, Shane brisa le baiser et laissa ses mains retomber le long de son corps. Le jeune homme le suivit, son regard sombre, ses lèvres rouges et entrouvertes alors qu'il prenait de petites inspirations haletantes qui envoyèrent hâtivement plus de sang dans le sexe de Shane.

Mais celui-ci poussa fermement le torse de Rafa avec ses paumes.

— Non, lança-t-il à travers ses dents serrées. Ça ne peut pas arriver.

Il secoua la tête.

Mon Dieu, il ne se souvenait pas de la dernière fois où il avait ressenti cela. S'il avait *déjà* ressenti cela. Il avait fréquenté des dizaines d'hommes au fil des années, mais il ne les avait jamais désirés comme il désirait Rafa. Il ne s'était jamais *intéressé* à eux. Qu'est-ce qui clochait, chez lui ?

Le rouge sur le visage de Rafa s'accentua et il recula, laissant retomber ses mains et sa tête.

— Je suis vraiment désolé, dit-il d'une voix rocailleuse. Je ne sais pas ce que… Je ne voulais pas… Je suis désolé.

Shane se concentra pour garder une voix et un visage sereins. Il laissa son masque se mettre en place.

— Tout va bien. Je vais y aller, maintenant.

— Shane…

Respirant difficilement, Rafa leva la tête, la douleur et le désir brillant dans ses grands yeux.

— C'était ma faute. Ça n'arrivera plus.

Il tourna les talons, car l'envie de prendre Rafa dans ses bras et de lui dire que tout irait bien était horriblement écrasante et *inacceptable*. Shane réussit à sortir calmement de la cuisine, bien que son cœur tambourine douloureusement. Il aurait dû savoir que cela arriverait. Si cela lui coûtait son boulot, il le méritait.

— ENCORE TROIS burgers. Compris ! cria Darnell en refermant la moustiquaire derrière lui.

Il jeta un coup d'œil aux nuages en rejoignant Shane près du barbecue.

— Tu crois que le temps va se maintenir assez longtemps ?

Shane haussa les épaules et rajouta trois steaks hachés sur la grille.

— Probablement pas. J'imagine qu'on va le découvrir.

— Oui, j'imagine, Monsieur Philosophie.

Il donna un coup d'épaule à Shane.

— Qu'est-ce qui t'arrive, aujourd'hui ? Pourquoi es-tu si ren-frogné ?

Maintenant son regard sur la viande, Shane haussa à nouveau les épaules.

— Pas plus que d'habitude.

— Mmm-mmm. Si tu le dis. Je t'ai invité tout l'été et tu n'es jamais venu. J'étais choqué que tu aies lu mon message, encore plus que tu y répondes et que tu nous honores de ta présence.

— Ha. Ha.

Darnell ricana.

— Tu crois que je plaisante ? Parfois, ça dure des semaines.

Il leva son pouce et son index, très légèrement écartés.

— J'étais même à *ça* d'entrer par effraction dans ton apparte-ment pour vérifier que tu n'étais pas en train de te faire dévorer par des chats affamés.

— Quand ai-je déjà eu des chats ?

— Bien sûr, parce que c'était *ça* le sujet de ma diatribe. Pour-quoi tu ne rentres pas pour regarder le match ? C'est moi qui suis censé cuisiner. C'est mon barbecue, après tout.

— Ça ne me dérange pas. C'est toi, le fan des Orioles, D.

— Ouais. Et… ?

Les sourcils de Darnell disparurent sous sa casquette.

Shane soupira.

— J'imagine que je ne me sens pas particulièrement sociable. J'aurais dû rester au lit.

Il en avait été incapable, car bon sang, il s'était réveillé en bandant terriblement et en pensant à Rafael Castillo ainsi qu'à ce baiser. Mon Dieu, il avait pensé au gamin toute la journée, se demandant ce qu'il faisait et s'il allait bien.

Seigneur, il lui *manquait*.

— Eh bien, j'aurais pu annuler pour te rejoindre.

Darnell lui fit un clin d'œil.

C'était exactement ce dont Shane aurait eu besoin, mais cette pensée le fit seulement hausser les épaules.

— Je vais essayer de ne pas prendre personnellement ton manque d'enthousiasme. Bon, crache le morceau. Il s'est passé quelque chose au travail ?

Se frottant le visage, Shane hocha la tête. Après quelques instants d'hésitation, il confia :

— Il m'a embrassé.

Darnell fonça les sourcils.

— Qui ? Ton partenaire de patrouille ? Celui avec le gamin malade ?

— Non. J'aimerais bien. Enfin, non. Merde.

Shane but une gorgée de bière, s'agrippant à la glacière.

— Rafael Castillo.

Écarquillant les yeux, Darnell siffla discrètement.

— L'Autre t'a embrassé ?

Un élan protecteur soudain le submergea et il grogna.

— Rafa n'est plus ce gamin dégingandé.

— Waouh, dit Darnell en levant les mains. C'est Rafa, maintenant ?

— Tout le monde l'appelle comme ça, répondit Shane en balayant sa remarque d'un geste de la main.

— Mais tout le monde ne l'embrasse pas.

— *C'est lui qui* m'a embrassé.

Darnell le dévisagea silencieusement après quelques instants.

— Tu ne l'as pas embrassé en retour ? Pas même un petit peu ?

— Eh bien…

Shane soupira, se souvenant de la langue chaude et hésitante de Rafa, de la sensation de son corps et de son petit gémissement.

— Juste quelques secondes. C'était comme si mon cerveau s'était temporairement éteint et que ma queue avait pris le dessus. Mais j'y ai rapidement mis fin.

— D'accord. Bien rattrapé. La question est : tu voulais continuer de l'embrasser ? Et même plus ?

Shane demeura silencieux trop longtemps.

Darnell soupira lourdement.

— C'est un terrain glissant, mon ami.

— Je sais. Merde, je le sais. Je ne l'ai rencontré qu'il y a quelques semaines, mais il y a quelque chose… Je ne peux pas l'expliquer. Franchement, il n'est même pas mon type. Je ne sais pas ce qui m'a pris. C'est plus qu'inapproprié. J'ai quasiment deux fois son âge.

Bien sûr, Rafa avait vingt et un ans et était adulte, mais il était encore un gamin. Un gamin malin et réfléchi auquel Shane aimait parler, mais c'était hors de propos. Carrément hors de propos.

— Sauf que ce n'est pas une situation ordinaire. Fais attention, Shane. Tu es peut-être plus âgé, mais c'est ce gamin qui a le pouvoir. Il pourrait raconter n'importe quoi à son père. Et qui croirait-on ? Ta carrière serait terminée.

— Je sais. Merde, mec. J'ignore totalement ce qui ne va pas chez moi. J'ai protégé des mecs bien plus canon. Bon sang, une fois, j'ai conduit Bradley Cooper dans tout Washington DC avec un sénateur californien. Je l'ai à peine regardé. Je n'ai jamais laissé cet aspect-là me distraire. Mais Rafa me rend…

— Excité ?

Shane le fusilla du regard.

— Non. Enfin, oui, dit-il avant de grogner. Ce n'est pas comme ça que j'agis, normalement. Seigneur, il est probablement vierge. Du moins, en ce qui concerne les relations avec les hommes, sinon ses autres agents l'auraient su. J'ai presque quarante ans. Je n'ai aucun intérêt à m'amuser avec un puceau. Mais…

Il se rendit compte qu'il sentait une odeur de fumée et retourna rapidement les steaks grillés.

— Mais il se sent si isolé. Si refoulé. C'est un très bon cuisinier, mais ses parents ne veulent pas qu'il s'approche d'une cuisine. Il veut emménager en Australie et apprendre à surfer. Et pour une raison bizarre… j'ai envie de lui apprendre.

Darnell siffla discrètement.

— Aussi vrai que je respire, Monsieur Indépendant tombe amoureux.

— Ferme-la, répondit Shane en levant les yeux au ciel. Je ne suis pas amoureux, merde alors.

— Pas encore. Mais tu le pourrais par la suite, n'est-ce pas ? Tu as toujours dit que tu ne trouverais jamais quelqu'un aux côtés de qui tu aimerais te réveiller tous les jours. C'est comme ça qu'on sait que c'est la bonne personne. Tu te demandes à quoi ressemble Rafael Castillo au saut du lit ?

— Ne sois pas ridicule. Je le connais à peine.

Ses boucles seraient ébouriffées, retomberaient sur son front…

— Eh bien, tu le désires certainement et tu ferais mieux de te maîtriser rapidement.

Il soupira.

— Je sais.

— Tu pourrais demander un transfert ?

Saisissant la spatule, Shane haussa les épaules.

— Je le pourrais. Généralement, ils refusent. Ils préfèrent nous transférer sur un coup de tête, plutôt que d'accepter nos caprices. Ils m'ont intégré dans trois bureaux délocalisés différents en sept ans, et j'ai ensuite rejoint la division présidentielle dans le Montana.

— C'est vrai. Pour la garde rapprochée de notre illustre ex-président. Je veux toujours savoir à quel point ce mec est timbré, en réalité.

Shane tenta de sourire.

— Peut-être un jour, si tu me fais suffisamment picoler. Bref, j'ai enfin réussi à rejoindre Washington DC pour la première fois depuis ma formation. Pour être honnête, je n'ai vraiment pas envie d'aller dans un autre bureau délocalisé. Washington DC, c'est spectaculaire. Je pourrais rejoindre la PPD[6] dans les années qui viennent. Et protéger le président.

— C'est spectaculaire. J'ai compris. Eh bien, alors, tu ferais mieux de reprendre ton contrôle habituel. C'est une phase. Tu peux la surmonter. Enferme toutes ces pensées et garde les yeux rivés sur la récompense. Et arrête de mater le petit cul ferme de Rafael Castillo.

Shane s'esclaffa.

— Je croyais t'avoir entendu dire que ses frères étaient les canons de la famille ?

— Il a quand même un beau popotin. Je ne peux pas admirer tous les petits culs. Alors, il est gay, hein ? Ou bi ? Il était temps que nous ayons une personne queer à la Maison-Blanche. Bon sang, je parie que ses parents n'en seront pas ravis. Sa mère va peut-être même s'étouffer avec ses perles.

L'un des mecs les appela depuis l'intérieur du bungalow de Darnell.

— Hé, les coureurs sont à la première et troisième base sans moyen d'avancer !

— J'arrive ! cria Darnell.

Il empila les steaks sur une assiette.

— Bon, assure-toi de ne plus t'approcher de Rafael Castillo.

— Merci pour tes sages conseils, comme d'habitude.

Shane le suivit à l'intérieur, espérant que la bière, les burgers et le baseball l'aideraient à s'éclaircir les idées.

Rafa et lui étaient peut-être gay tous les deux, mais rien ne se produirait. Ça ne pourrait jamais être le cas. Jamais. Il était inutile d'y penser. Inutile de songer au fait que quelque chose chez Rafa l'attirait d'une manière qu'il ne pouvait expliquer. Inutile de penser à la manière dont le nez de Rafa se plissait quand il souriait

---

6 « Presidential Protective Division » : équipe chargée de protéger le président des États-Unis.

sincèrement, plutôt que de le faire pour le public, sa mère ou n'importe qui d'autre.

Inutile de songer à quel point Shane avait envie de l'embrasser à nouveau. Inutile de se dire qu'il avait envie de faire sourire Rafa. Et de remarquer que celui-ci *le* faisait sourire et le faisait sentir plus léger que depuis bien, bien longtemps.

Tout à fait inutile.

Chapitre 9

TANDIS QUE RÉSONNAIT la sonnerie ressemblant à une mélodie immergée indiquant un appel entrant sur Skype, Rafa coupa le son de la télé et récupéra sa tablette. Il s'agissait d'Ashleigh, bien sûr. Son doigt resta suspendu au-dessus du bouton pour répondre, mais la culpabilité intervint et il finit par appuyer. Il ne lui avait pas parlé depuis plus d'une semaine, en dehors d'un SMS étrange. Il récupéra la tablette et la plaça sur ses genoux, ses pieds sur la table basse.

— Bonjour, *ma chérie* ! Ou *cher*, peut-être ? Je ne sais pas, mon français est encore *très* basique.

Ashleigh sourit en enroulant ses cheveux blonds dans un chignon au sommet de sa tête.

— Je m'apprête à me coucher, mais nous n'avons pas discuté depuis une éternité. J'ai un tas de choses à faire, ici, je suis désolée.

Elle inclina la tête.

— Où es-tu ? Je pensais que tu serais dans la cuisine.

Derrière elle, il voyait des coussins et la partie basse d'un tableau accroché au mur et représentant des chaussures à talons.

— Dans la véranda. Je regarde la télé.

En plus des canapés traditionnels et des plantes en pots dans cette pièce, ils avaient une télé à écran géant avec un système de son surround. La Maison-Blanche avait sa propre petite salle de cinéma, ce qui avait été amusant quand il était plus jeune, mais désormais, Rafa préférait s'installer sur le canapé. Surtout lors d'une journée comme celle-ci.

— D'accord, qu'est-ce qui ne va pas ? Tu as une tronche de mollard.

Il rit dans un soupir et passa la main dans ses boucles emmêlées. Il n'avait pas pris la peine de les tirer en arrière, comme il ne prévoyait nullement de s'aventurer hors du deuxième étage, et il n'avait clairement pas besoin de se coiffer pour Shane. Même si celui-ci était de service, il était impossible qu'il monte à l'étage après ce que Rafa avait fait.

— Tu es bonne pour mon ego, Ash.

Elle fronça les sourcils.

— Mais sérieusement, qu'y a-t-il ? Tu es malade ?

Il voyait à son expression que s'ils s'étaient trouvés dans la même pièce, elle aurait appuyé le dos de sa main contre son front.

Un mensonge était sur le bout de sa langue, mais il secoua plutôt la tête.

— Ce n'est pas ça. Je vais bien. Je suis un peu mélancolique, un truc du genre. Raconte-moi des anecdotes amusantes sur Paris. Tu as vu de belles expositions ?

Elle l'ignora.

— Dis-moi ce qui ne va pas.

Il soupira.

— J'ai merdé. Énormément.

— Tu as merdé, genre… tu-as-dit-quelque-chose-qui-était-humiliant-pour-toi-mais-personne-d'autre-n'y-repense-depuis ? Ou tu as merdé comme en deuxième année de fac, quand tu as accidentellement supprimé ton examen de fin d'année et que tu as dû engager des techniciens de la Maison-Blanche pour qu'ils le retrouvent ?

— C'est bien pire que ça.

Son estomac se retourna et il se dit alors qu'il était hautement probable qu'il pleure avant la fin de cette conversation Skype.

— Je parie que ce n'est pas aussi horrible que tu le penses. Voyons voir ça. Saute dans la machine à remonter le temps et commence par le début.

— Je ne peux pas, Ash. C'est… on ne peut pas en parler comme ça. Seulement en personne.

Elle écarquilla les yeux une seconde.

— Oh. D'accord. Eh bien, laisse-moi te parler de ma merveilleuse semaine dans la Ville de Lumières.

Elle parla quelques minutes, le faisant sourire et même rire quelques fois. Puis, comme il l'avait deviné, elle reporta la conversation sur lui.

— Tu aurais adoré cette moto que j'ai vue. Une petite Japonaise, élégante et ornée de chrome. Tu as vu de belles bécanes à Washington DC dernièrement ?

La bouche de Rafa était sèche et il but une gorgée dans sa bouteille de soda.

— Ouais, en fait. Une très belle bécane. La plus belle que j'ai jamais vue dans la vraie vie.

— Waouh. Dis-m'en plus. Contemporaine ou classique ?

— Classique. Une Harley. Un peu rustre sur les bords. Elle est robuste, mais… très cool. Intrigante.

— Hum. Tu avais terriblement envie de monter dessus pour la tester ?

— Je… J'ai essayé, en fait.

Son visage s'enflamma et il aurait aimé qu'elle ne puisse le voir.

Ashleigh haussa les sourcils.

— Waouh. Sérieusement ? C'est une première.

— Et une dernière, marmonna-t-il. C'était une erreur. Je suis si bête.

— Pourquoi ? La bécane… ne te correspondait pas ?

— Si. Si, *terriblement*. Mais c'était franchement inapproprié. Ce n'était pas la bonne pour moi.

Il cherchait des moyens de continuer cette métaphore sur le thème de la moto. Il n'avait jamais embrassé d'homme, par le passé.

— Je le savais, mais je n'ai pas pu résister.

— D'accord, dit Ashleigh qui semblait comprendre. Où l'as-tu vue, cette bécane ?

Il gigota.

— Euh, ici.

Elle cligna solennellement des yeux.

— Waouh. C'était inattendu.

— Je le sais. Crois-moi.

— Eh bien, ça explique pourquoi on a l'impression que quelqu'un vient d'écraser ton chien et de l'exposer au-dessus de la cheminée. Cette Harvey classique... Elle est classique à quel point ? Combien d'années de plus que toi ?

Rafa se mordit la lèvre.

— Euh, deux décennies, je pense.

— Eh bien, c'est une classique, effectivement, Rafael Castillo. Mets le paquet ou ne fais rien, hein ? Tu vas la revoir, cette moto ?

— Carrément. Tous les jours. Surtout quand je sors.

La mâchoire de la jeune femme se décrocha et elle plissa les yeux.

— Attends. Cette Harley a sa propre radio ?

Fermant les yeux, Rafa hocha la tête.

— *Raf* !

On avait l'impression qu'Ashleigh ne savait pas si elle devait rire ou non.

— C'est clair que la virée en moto serait risquée. Et dire que je me pensais vilaine parce que j'ai vu trois fois la même peinture au Louvre, cette semaine.

Elle grimaça et grinça des dents.

— Je l'ai peut-être même touchée, ce qui va totalement à l'encontre des règles. Les alarmes se sont mises à sonner.

Ashleigh avait toujours insisté sur le fait que son vibromasseur lui suffirait parfaitement jusqu'à ce qu'ils quittent la fac et fassent leur coming-out à leurs parents, surtout après qu'une fille avec qui elle avait couché au lycée avait tenté de les faire chanter. Elle était sûre que sa mère conservatrice et son père auraient plus de mal à l'accepter que ceux de Rafa, et ils avaient parié une bouteille de Dom Pérignon là-dessus. Ils avaient toujours discuté de leurs coups de cœur, mais désormais, cela devenait subitement réel.

— Peut-être que tu devrais te lancer, Ash.

— Je ne sais pas.

Elle laissa dépasser sa lèvre inférieure et souffla sur quelques mèches pour les écarter de son front.

— Une part de moi pense que nous devrions attendre. Mais merde. Ça me semble encore si lointain, tu vois ? On a toujours eu notre plan sur quatre ans.

— Ouais. Moi, je serai bien trop humilié pour regarder une autre Harley avant au moins cinq ans.

Elle grimaça.

— C'est si horrible que ça ?

— Pire encore. Peu importe ce que tu imagines, multiplie par cent.

Il s'était rejoué le baiser encore et encore. Chaque fois, l'humiliation décuplait, froide et poisseuse au fond de son estomac. Même s'il avait eu l'impression… rien que quelques secondes… que Shane l'avait embrassé en retour. *Il l'avait fait, n'est-ce pas ?* Cette idée provoquait des bouffées de chaleur et des frissons en lui. Leurs bouches avaient été ouvertes et il imaginait encore la chaleur du contact de Shane dans son dos, glissant vers le bas de son corps…

Toutefois, le souvenir des mains de l'agent le repoussant fermement éclipsait tout le reste. Il ne lui en voulait pourtant pas. Même s'ils n'avaient été quc deux personnes ordinaires qui se seraient rencontrées dans un bar, pourquoi Shane se serait-il intéressé à *lui* ? Un puceau maladroit n'était probablement pas bien haut sur la liste des préférences de Shane.

— C'était comme… J'ignore franchement ce qui m'a pris. Une crise de folie passagère.

— Merde, chéri. Je suis désolée.

— Comme si un geek maigrichon comme moi avait le droit d'emb… de monter sur une Harley.

Mon Dieu, le boulot de Shane consistait à passer du temps avec lui, et Rafa l'avait mis dans une position terrible.

— Les Harley ne jouent vraiment pas dans la même catégorie que moi.

— Hé.

Ash fronça les sourcils et lui lança son expression signifiant : *je suis sérieuse.*

— Tu racontes des conneries. Tu as peut-être toujours la même opinion de toi que lorsque tu avais quatorze ans, mais tu as grandi. Tu es canon. Tu ne le vois pas, pour une raison étrange – tu as probablement besoin d'un psy pour comprendre pourquoi –, mais fais-moi confiance. Tu mérites une Harley.

— Mais…

Il voulait croire que c'était vrai. Il savait qu'il avait bien grandi, mais il avait toujours ces taches de rousseur, ces cheveux et…

— Arrête de cataloguer les défauts que tu perçois chez toi.

Rafa fut obligé de glousser.

— D'accord, d'accord.

Il soupira.

— Je redoute la journée de demain. Maman rentre de Californie et la Harley sera de nouveau dans les parages. Elle n'était pas là, aujourd'hui. Je ne peux pas me cacher ici pour toujours.

Il grogna.

— Et je te parie que ma mère va encore me demander de parler en public. J'aimerais simplement faire avance rapide, tu vois ?

— Je sais. Sois fort. On peut y arriver. Tiens-moi au courant, d'accord ?

— Oui. Va te coucher, la stagiaire. Ces cafés au lait ne vont pas se servir tout seul, demain.

— C'est tristement vrai. Mais Raf ? Tout ira bien. Je parie que ce n'est pas aussi horrible que tu le crois. Ça ne l'est jamais. Alors, arrête de te torturer, c'est un ordre.

Il feignit un salut militaire.

— Madame, oui, Madame. Je t'aime.

Ashleigh lui souffla un baiser et la conversation prit fin. Il jeta la tablette à côté de lui et grogna légèrement. Peu importait ce qu'elle disait, c'était aussi horrible qu'il le croyait. Le contraire était impossible.

C'ÉTAIT CLAIREMENT, À cent pour cent, aussi horrible qu'il l'avait craint.

À vrai dire, c'était encore pire. En effet, quand Rafa s'obligea à descendre l'escalier jusqu'au rez-de-chaussée, Shane et Alan étaient près de la salle rouge et discutaient avec quelques-uns des agents de sa mère. Lorsque Rafa entra dans le couloir, ils lui jetèrent un coup d'œil et cessèrent de discuter.

Sont-ils au courant ? Leur a-t-il dit ? Oh, mon Dieu, ils se sont probablement bien marrés, et maintenant, ils se disent que je suis un vrai loser.

Leur regard collectif lui donna l'impression qu'on pointait des lasers dans sa direction, même s'il savait que Shane serait fou de raconter à quiconque que son professionnalisme avait été compromis. La panique enserrant sa gorge, Rafa baissa les yeux et continua de marcher vers l'escalier principal, se hâtant et hochant la tête en direction des domestiques qui passaient par là.

Il savait qu'Alan et Shane le suivraient. Il s'arrêta devant le salon des Porcelaines quand il arriva au sous-sol. Cette pièce était l'un de ces endroits dans la Maison-Blanche qui avait semblé une bonne idée à l'époque, mais qui était juste bizarre, à présent. Qui avait besoin de vitrines décorées remplies de porcelaines de Chine ?

— Bonjour, Rafa. Allez-vous quelque part ?

C'était la voix d'Alan. Il ne supportait pas l'idée de lever les yeux.

— Te voilà, mon chéri.

Ses talons cliquetant, sa mère descendit l'escalier dans un pantalon de costume bleu marine, ses assistants et ses agents à sa suite.

— As-tu déjeuné ?

— Ouais, mentit-il.

Il avait tenté de manger une tranche de pain grillé et avait abandonné après s'être étouffé avec sa première bouchée.

— Je vais accueillir quelques invités dans mon bureau et leur faire visiter. Aimerais-tu te joindre à nous ? Je suis certaine qu'ils en seraient ravis.

Évidemment.

— Désolé, je ne peux pas. Je vais retrouver Marissa, mentit-il. À propos du projet.

— Excellent.

Elle le gratifia d'un sourire radieux – vraiment radieux – et la culpabilité submergea Rafa.

— Passe une journée productive, dit-elle avant de s'éloigner vers l'aile est.

Rafa hocha la tête et tenta de sourire en direction des domestiques qui passaient. Pendant la journée, il y avait de nombreuses personnes présentes. Il aurait aimé courir jusqu'au deuxième étage et se cacher dans sa cuisine. Mais il ne pourrait donc pas discuter avec Shane, alors il allait devoir faire avec.

— Souhaitez-vous que nous vous y conduisions ? demanda Alan.

— Non, je vais prendre ma voiture. Ça fait un bail.

Rafa voyait Shane dans sa vision périphérique, mais il resta concentré sur son collègue, qui avait des cernes noirs sous les yeux.

— Comment va votre fils ?

— Mieux, dit Alan en souriant sincèrement. Merci.

— Je suis ravi de l'apprendre. Euh…

Il jeta un coup d'œil autour de lui.

— En fait, je veux voir un film. Pas retrouver Marissa. Pas tout de suite, en tout cas. Je la vois cette après-midi.

— D'accord.

Alan jeta un coup d'œil à l'aile est, qui abritait la salle de cinéma.

— Après vous.

— Oh, non. Je veux sortir. Dans un vrai cinéma. L'AMC ? Il n'est pas loin.

Alan et Shane se jetèrent un coup d'œil et semblèrent avoir une conversation silencieuse.

— Une improvisation ne devrait pas être un problème, affirma Alan.

— Cool. Merci.

Il commença à avancer vers l'aile ouest, quittant l'ancienne serre et marchant le long du chemin extérieur couvert, devant une rangée de colonnes blanches. L'aile ouest fourmillait d'activités. Rafa sourit et hocha la tête en se frayant un chemin devant le bureau de la porte-parole et la salle du Cabinet. Il arriva de l'autre côté et se hâta vers le parking, plus loin. Shane et Alan le suivaient. Rafa résista à l'envie de regarder derrière lui.

Sa Toyota bipa quand il appuya sur la télécommande électronique. Malgré le nœud de tension qui menaçait de le priver d'air, il sourit en se glissant derrière le volant. Il avait hâte de pouvoir conduire où il le voulait, quand il le voulait, sans que quiconque le suive ou ait besoin de savoir où il allait. Il attrapa sa casquette des Yankees sur le siège passager et la posa sur ses cheveux tirés en arrière.

La Suburban démarra, l'attendant. Il ne distinguait pas ses agents au travers des vitres teintées, mais il se demanda à quoi Shane pensait. Il continua de se le demander en conduisant jusqu'au cinéma.

Est-il... ?

A) *Furieux*

B) *Embarrassé*

C) *Dégoûté*

D)   *Toutes les réponses précédentes*

Rafa savait que si quiconque découvrait qu'il avait embrassé Shane, ce serait ce dernier qui en souffrirait. Il perdrait probablement son travail ou finirait dans l'horrible bureau délocalisé d'un bled paumé au fin fond des États-Unis. Son geste avait été si égoïste que c'en était insupportable. Vraiment. Shane avait été si gentil avec lui, et c'était ainsi que Rafa le remerciait. L'envie urgente de s'excuser et de calmer le jeu brûlait son estomac vide.

Sur le parking de l'AMC, il attendit que Shane et Alan s'approchent pour sortir de son véhicule, comme il était censé le faire. Alan avança vers le cinéma, examinant le terrain et parlant dans son poignet. La présence de Shane derrière Rafa ressemblait à... il l'ignorait. C'était à la fois gênant et électrique, curieusement.

Après le signe de tête d'Alan, Rafa entra. Dans le hall calme, il acheta son billet sur une machine tandis que l'agent achetait les leurs. Le jeune homme aurait pu acheter les trois, mais ses agents avaient toujours insisté sur le fait qu'il s'agissait du protocole. Alan déclarerait les billets en note de frais et serait remboursé. Portant toujours sa casquette, Rafa s'approcha de la personne qui s'occupait des tickets, évitant le comptoir des friandises, car vomir des pop-corns et des M&M's n'aiderait pas son cas.

Un gamin, qui devait avoir une quinzaine d'années, lui prit son billet.

— Bon film.

Il le regarda ensuite par deux fois et écarquilla les yeux en voyant Alan et Shane qui lui tendaient leurs tickets.

— Euh… bon film à vous aussi, bafouilla l'adolescent.

Alors qu'ils avançaient vers la salle de cinéma, une jeune femme en tenue professionnelle décontractée s'approcha et le gratifia d'un large sourire. Shane fit un pas devant elle afin qu'elle ne s'approche pas trop. Rafa lui sourit.

— Bonjour.

— Bonjour ! Bienvenue à AMC. C'est merveilleux de vous recevoir. Si je peux faire quoi que ce soit pour améliorer votre visite, n'hésitez pas à me le dire.

Alan prit la parole.

— Si vous pouviez empêcher tous les badauds indiscrets d'entrer dans le cinéma, cela nous aiderait beaucoup. Et assurez-vous que vos employés ne commencent pas à tweeter que le fils du président est ici.

— Absolument. C'est comme si c'était fait.

Elle sourit une nouvelle fois à Rafa.

— Voulez-vous de quoi grignoter ? Cadeau de la maison, bien sûr.

— Je vous remercie beaucoup, mais j'ai pris un bon petit dé-jeuner.

Devant la salle numéro treize – Rafa espérait que ce n'était pas de mauvais augure –, il attendit avec Shane, le temps qu'Alan fasse un tour. Les bandes-annonces défilaient déjà, d'après le bruit qu'il entendait, mais cette fois-ci, cela ne le dérangea pas de les louper. Il ne pensait qu'à une seule chose : Shane. Il aurait pu le toucher, mais il garda plutôt les mains dans les poches de son chino. Celui-ci observait le lobby en silence.

— Rien à signaler, dit Alan en réapparaissant.

Ils entrèrent et remontèrent un étroit couloir plongé dans le noir du cinéma disposé tel un stade. Comme Rafa l'avait deviné, il n'y avait presque personne en cette matinée de semaine, pour la projection du dernier Superman sorti depuis plus d'un mois. Ash et lui l'avaient vu à Charlottesville avant qu'elle parte pour Paris. Il était assez nul, mais ça n'avait aucune importance.

Un homme âgé était assis à l'avant de la salle et un couple plus jeune était blotti au milieu, gloussant et s'embrassant. Ils ne levèrent même pas les yeux. Rafa monta jusqu'en haut et Alan murmura à Shane :

— Je m'occupe de l'avant.

Il redescendit et s'assit à quelques rangées de l'entrée.

Tout au fond, Rafa commença à avancer vers le milieu, mais s'arrêta quand Shane ne le suivit pas. Il avait l'impression d'avoir avalé du verre.

— Vous venez ?

— Je vais rester à côté de l'allée.

Rafa resta planté là jusqu'à ce que Shane croise enfin son regard.

— S'il vous plaît ? Je veux vraiment vous parler. Et ce n'est pas comme si je pouvais vous envoyer un SMS comme une personne normale.

Après un instant qui ressembla à une éternité, Shane hocha la tête. Il laissa tout de même un siège entre eux lorsqu'ils s'installèrent. Avec le mur derrière eux, Rafa savait au moins que personne ne les écouterait en douce. Shane murmura dans son poignet et appuya ensuite dessus. Rafa comprit qu'il avait éteint le micro. Il jeta un coup d'œil au plastique transparent enroulé qui partait de l'oreillette de Shane et disparaissait sous son col.

Il décida de commencer par quelques banalités.

— Pourquoi ne pas utiliser des oreillettes sans fil ? Je me suis toujours posé la question.

Shane continua de regarder devant lui.

— Elles ne sont pas assez fiables. Trop de choses pourraient dégénérer. Si mon oreillette tombe, elle pendra de mon col et je ne la perdrai pas. Une autre en Bluetooth pourrait disparaître en un instant dans une foule. Ils ont tout testé. Les vieilles radios sont encore les meilleures. Nous pouvons éteindre et rallumer les micros, maintenant. Ça aide à étouffer les conversations qui polluent le canal.

Le verre pilé dans la gorge de Rafa était accompagné de sable granuleux. Il aurait peut-être dû acheter quatre litres de soda, après tout.

— Oh. Cool. Je n'y avais jamais pensé. Je ne sais pas pourquoi, comme je suis entouré par des agents des services secrets.

Il rit mollement. Une bande-annonce pour le prochain *Wonder Woman* commença sur l'écran et il prit son courage à deux mains.

— Euh… Je souhaitais… Je suis vraiment désolé pour ce que j'ai fait. Désolé de vous avoir embrassé.

— Inutile d'être désolé. Nous n'avons pas besoin d'en discuter. Mais… Moi aussi, je suis désolé.

Cela signifie-t-il qu'il désirait *m'embrasser en retour ?*

— D'accord. Vous n'en avez parlé à personne, n'est-ce pas ? Enfin, je suis sûr que vous n'avez rien dit. Je voulais juste m'en assurer.

Shane regardait devant lui, tournant de temps en temps la tête à droite et à gauche.

— Bien sûr que non. De plus, il n'y avait rien à dire. C'est déjà oublié.

Cette déclaration n'aurait pas dû lui faire mal, mais bon sang, c'était le cas. Les yeux de Rafa le brûlaient. *N'envisage même pas de pleurer.* Avant qu'il puisse s'en empêcher, il laissa échapper :

— Je ne peux pas oublier mon premier baiser.

Oh, ouais. Ça, ça aide. Dis-lui que tu es un crétin de puceau. Bien joué, génie.

Il bafouilla.

— Enfin… ce n'était pas *véritablement* un baiser. Je sais que vous ne vouliez pas qu'il se produise et je vous ai plus ou moins sauté dessus, ce qui n'est pas cool du tout. C'était franchement mal de faire ça.

Le film commençait, et après le rugissement des bandes-annonces, la pièce devint soudain très calme. Même s'il n'y avait personne à portée de voix, il chuchota :

— Je souhaitais juste… C'est difficile. Quand Ashleigh n'est pas dans le coin, je ne peux parler à personne. Ce qui n'est pas du tout votre problème. Bref, je suis désolé. Ça n'arrivera plus. Plus rien de tout ça ne se produira.

Shane demeura silencieux alors que Superman traînait dans la Forteresse de la Solitude et se morfondait visiblement.

— Je sais que vous devez vous sentir seul. Confus. Ce n'est rien. Tout ira bien pour vous.

— Je ne suis même pas confus. Simplement… J'en ai franchement marre de ce placard. Et… je vous aime bien. Je n'ai jamais ressenti ça à propos de quiconque. Mais ce n'est pas une excuse.

Les narines de Shane se dilatèrent.

— Je…

Il parcourut le cinéma du regard.

— Vous savez que ça n'arrivera jamais.

Le pouls de Rafa tambourina. Cela signifiait-il que si la situation avait été différente, Shane *voudrait* effectivement qu'il se passe quelque chose ? Avant qu'il puisse rassembler le courage de le demander, Shane poursuivit.

— Arrêtez de vous autoflageller, murmura-t-il d'une voix rauque. Tout va bien entre nous. D'accord ? J'ai laissé la situation dégénérer. Ça n'arrivera plus et je ne suis pas en colère.

— Ah bon ?

Rafa étudia le profil de Shane, éclairé par le film qui se reflétait sur sa peau.

— Merci. J'aime vraiment discuter avec vous. Vous êtes cool.

Il grimaça intérieurement. Il parlait comme un gamin idiot. Mais il semblait que Shane l'avait *clairement* embrassé en retour et pas simplement par instinct.

Ça n'a pas d'importance, de toute façon, parce que ça ne se reproduira jamais.

— Je suis désolé de vous avoir mis dans cette position. Mais, pour être honnête, je ne suis pas désolé que ce soit arrivé. Parce que je n'imagine pas quelqu'un avec qui j'aurais préféré partager mon premier baiser.

Shane le regarda alors, son expression stoïque indéchiffrable. Était-il furieux ? Touché ? Partagé ?

Rafa poursuivit.

— Euh, je voulais juste que vous sachiez que je ne ferais rien qui pourrait vous attirer des ennuis. Enfin, j'en ai parlé à Ash, mais dans un langage codé. Et elle ne parlerait jamais.

Shane hocha la tête et ils se tournèrent tous les deux vers l'écran. Rafa retira sa casquette et glissa une main sur ses horribles cheveux, espérant qu'ils ne rebiquaient pas. Il devrait peut-être remettre sa casquette. Peut-être…

— Elle sait qui vous êtes vraiment ?

Alors que Superman s'envolait pour combattre la dernière version de Lex Luthor, Rafa hocha la tête. Il jeta un coup d'œil à Shane, qui ne le regardait pourtant pas.

— Nous n'avons jamais été un vrai couple. Nous n'étions que meilleurs amis. Ni l'un ni l'autre, nous ne pouvions faire notre coming-out.

Oh, merde, il n'était pas censé dévoiler l'homosexualité d'Ash.

— Mince, vous ne pouvez le dire à personne, ajouta-t-il rapidement. Non pas que vous le feriez, mais…

Leurs regards se croisèrent dans l'obscurité.

— Je n'en dirai rien.

Quelque chose dans la voix et le regard sereins de Shane conférait une grande impression de sécurité à Rafa. Il hocha la tête.

— Je sais.

— Ça doit être difficile. De cacher qui vous êtes.

— Vous n'avez jamais eu à le faire ? Avec vos parents ?

Quelque chose, peut-être de l'affection et un soupçon de douleur, apparut sur le visage de Shane. Sa pomme d'Adam remua lorsqu'il déglutit et détourna les yeux.

— Ils étaient très tolérants. Ça n'a jamais été un problème.

— C'est bien.

Rafa avait encore envie de lui poser un million de questions sur eux, mais il ne serait plus à sa place.

— Nous avons un plan. Ash et moi. Nous avons tout résolu, comment nous allons nous séparer et enfin faire notre coming-out auprès de nos familles. Il ne nous reste plus qu'un semestre et le mandat de mon père se termine en janvier. Ensuite…

Shane lui jeta un coup d'œil et attendit.

— Et puis, il peut se passer n'importe quoi, j'imagine. Il peut tout se passer.

Ce frisson d'impatience dessina un sourire sur son visage.

— Ma vie va enfin commencer. En Australie, je pourrai surfer et cuisiner. Ce sera parfait.

Shane lui sourit et l'estomac de Rafa se retourna comme s'il était sur un grand huit.

— C'est un bon plan, Rafa.

Shane reporta son attention sur le film, bien que Rafa sache qu'il ne s'y intéressait pas. Son regard se posait partout, il surveillait toujours les environs et protégeait le jeune homme de toute menace potentielle. Rafa se demanda comment il était lorsqu'il n'était pas en service. Quand il était détendu et lui-même. Pas de costume, pas d'oreillette, ni de regard d'aigle. Juste Shane.

Bien sûr, quand il l'imagina sans costume, ses pensées se muèrent en un Shane nu, et il valait mieux ne pas emprunter ce chemin mental, à moins que Rafa soit seul dans sa chambre avec la main dans son short. Il s'obligea à se concentrer sur le film et la scène d'action médiocre impliquant un monorail et des passagers criant alors qu'ils se dirigeaient vers une mort tragique certaine. Naturellement, Superman sauva tout le monde.

L'homme à l'avant de la salle se leva et quitta le cinéma. Il revint quelques minutes plus tard et Shane leva le poignet pour dire quelque chose à Alan. Rafa ne l'entendit pas, à cause d'une explosion de verre sur l'écran. Shane jeta un coup d'œil et lui lança un sourire rassurant, ses lèvres s'étirant rapidement.

Rafa releva ses pieds et respira enfin profondément pour la première fois depuis des jours.

<h1 style="text-align:center">Chapitre 10</h1>

Bien que la Maison-Blanche fourmille toujours de monde et d'activités pendant la journée, généralement, elle passait à la vitesse supérieure quand le président revenait de déplacement. Shane se tenait sur la pelouse sud avec Alan et d'autres agents alors que Marine One[7] et les deux hélicoptères qui l'escortaient s'approchaient, leurs rotors vibrant. Les tireurs d'élite en position stratégique sur le toit firent leur rapport et Shane appuya sur son oreillette pour mieux entendre la réponse du centre opérationnel, alors que le bruit des pales s'accentuait.

Rafa, sa mère, sa sœur, l'un de ses frères, quelques tantes et oncles attendaient sur la pelouse avec de larges sourires et des vêtements bien repassés. Le frère aîné, dont le nom de code était Vacances, était en route pour les rejoindre, avec sa femme, depuis New York. Le dernier rapport indiquait qu'ils arriveraient plus tard après un vol annulé la veille au soir à cause de pluies torrentielles sur le bord de mer à l'est du pays.

On s'était inquiété à l'idée que le président en personne ne puisse revenir d'Europe à temps pour sa fête d'anniversaire, ce soir-là, mais le voilà. Il serait sans doute sacrément affecté par le décalage horaire, songea Shane.

Tandis que l'été se poursuivait, la chaleur s'était installée sur Washington DC et la sueur coulait sur la nuque de Shane. Le

---

[7] Hélicoptère transportant le président des États-Unis.

soleil brillait au-dessus de sa tête et même avec ses lunettes de soleil polarisées, il devait plisser les yeux en observant les jardins autour de lui. Parfois, les gens se posaient des questions sur les agents des services secrets et se demandaient s'il y avait une raison cachée pour laquelle ils portaient des lunettes de soleil, mais à vrai dire, elles étaient simplement là pour bloquer ce fichu soleil.

Les photographes du service de presse étaient amassés sur la pelouse avec des zooms déjà brandis, et l'équipe d'intervention d'urgence était dissimulée dans les buissons autour du périmètre. Au-delà de la fontaine se trouvaient la clôture et la rue. Plus loin encore, sur une longue étendue d'herbe avec vue sur le Washington Monument, Shane voyait des touristes rassemblés, sans aucun doute avec des iPhone, tandis que les hélicoptères passaient au-dessus de leurs têtes.

Lorsqu'il eut fini son contrôle visuel, Shane reporta son attention sur Rafa. On avait l'impression qu'il s'était fait couper les cheveux, même s'il était difficile d'en être certain, comme ils étaient tirés en arrière. Dans son uniforme BCBG habituel, le jeune homme rit après que sa sœur lui avait dit quelque chose. Shane fut ravi de le voir sourire, même s'il savait qu'il ne devrait pas s'en préoccuper. Même s'il savait que Rafa n'était probablement pas sincèrement heureux et qu'il ne le serait pas avant de faire son coming-out.

Ces deux dernières semaines, les choses étaient presque revenues à la normale. En grande partie. Leurs échanges avaient été polis et corrects. Alan et lui traînaient Rafa aux rendez-vous de la fondation et, autrement, le jeune homme restait à l'étage de la résidence. Shane remplissait ses rapports et donnait des nouvelles à Harris et Nguyen, ainsi qu'aux gradés du centre opérationnel. Tout se faisait dans les règles. Il ne montait plus au deuxième étage pour goûter les dernières créations de Rafa. Ils ne s'affrontaient plus au bowling. Son service se déroulait exactement comme il le devait.

Alors pourquoi était-il si follement malheureux ?

Marine One plana au-dessus de la pelouse sud, les bourrasques s'accentuant et le vent soufflant sur les jupes et les cheveux. Le bruit était assourdissant. Les deux autres hélicoptères tournèrent en rond autour de la zone et les tireurs d'élite donnèrent le signal pour que Marine One atterrisse en toute sécurité. Les rotors ralentirent quand les marches furent abaissées, et le président Castillo apparut, souriant et faisant un signe de la main tandis que les photographes se mettaient en action.

Ramon Castillo – nom de code Vagabond – accueillit sa famille avec des baisers et des étreintes. Tandis qu'il enlaçait Rafa, Shane se surprit à se demander ce que cet homme dirait en découvrant que son fils était gay. Il avait soutenu cette connerie de texte de loi anti-gay, concernant le problème du mariage, et il avait toujours été assez conservateur, même pour un républicain.

En tant qu'agent, Shane essayait de ne pas trop y penser. Son boulot était de protéger, peu importait de qui il s'agissait et ce que représentait cette personne. Les services secrets ne favorisaient aucun parti politique, ce qui faisait probablement d'eux la seule agence de Washington DC à ne pas le faire.

Alors que la première famille d'Amérique entrait dans la Maison-Blanche, Shane, Alan et les autres agents les suivirent, désormais rejoints par une partie de la protection rapprochée de Vagabond. Un brunch attendait la famille dans la salle à manger, et Shane s'arrêta dans le couloir avec d'autres agents pour qu'ils prennent leurs positions. Se rassembler n'était pas efficace, ils se dispersèrent donc, tentant de se fondre dans le décor pour ne pas gêner. Alan hocha la tête en direction de Shane, à l'autre bout du large couloir.

Chang, l'un des agents de protection rapprochée du président, parla du voyage de retour d'Europe, qui avait été retardé par une tempête venue de l'est.

— Je n'ai pas dormi depuis quarante-huit heures. Je suis prêt à retrouver mon lit.

— J'imagine. Vous vous occupiez de la protection rapprochée, là-bas ?

Chang grimaça.

— Ouais. Il est clair que les Russes ne nous ont pas aidés. Ils connaissent nos protocoles et je jure qu'ils font de leur mieux pour les foutre en l'air.

Il passa une main sur son visage ridé. Il devait avoir la cinquantaine et ses épais cheveux noirs étaient enviables.

— Et, bien sûr, Vagabond a décidé de faire une excursion de dernière minute pour serrer des mains et embrasser des bébés. Il est sorti au milieu d'un tas de gens en Autriche pour un bain de foule improvisé après la signature du traité de paix avec les Caréliens.

Shane secoua la tête. Les bains de foule improvisés étaient incroyablement dangereux – sans parler du fait qu'ils étaient sacrément stressants pour les agents de protection –, mais le président ne semblait pas s'en préoccuper.

— Parfois, c'est comme s'ils avaient envie de se faire descendre.

— Ouais. Dommage que Vénus n'ait pas été là. Elle aurait ramené son cul dans la limousine *pronto*. Mais non, il prenait des selfies et la foule n'arrêtait pas de grossir. Il y avait un homme, qui portait un trench et qui se rapprochait sans arrêt. On n'avait même pas assez de place pour le fouiller.

— Vous l'avez coincé ?

Shane l'avait déjà fait, au milieu d'une foule. Il passait les bras autour d'un suspect, coinçant ainsi ceux de l'individu, afin de le maintenir immobile.

— Ouais. Il sentait la bière et le poisson. Il s'avère qu'il n'avait pas d'armes. À mon avis, il s'attendait juste à ce qu'il pleuve dans la journée. Comment ça se passe, pour Pearce et toi, avec Vaillant ?

— Bien. On n'a pas à se plaindre.

Ce qui était vrai, au moins. Shane songea au test du détecteur de mensonges qu'il avait dû passer pendant le processus de candidature pour devenir agent. Il se demanda à quel point il échouerait, à présent, si on lui posait des questions sur Rafa.

— Tu as eu de la chance sur ce coup-là. La poule mouillée, hein ? Il est facile à protéger.

Shane s'étira le cou.

— Ouais.

Il se sentait étrangement déloyal à l'idée de parler de Rafa.

— Il se fera probablement arrêter avec de la coke et des prostituées, un jour. Il est trop tendu, celui-là.

Shane ravala une vague d'agacement.

— Je ne sais pas. Je pense qu'il s'en sortira très bien.

— Ouais, j'imagine que les prostituées et la coke, c'est notre rayon, lança Chang avec un sourire moqueur. Du moins, c'est ce que les gens aiment penser. L'un des amis de ma femme m'a demandé, lors de notre dernier dîner, si on organisait souvent des fêtes délirantes financées par le gouvernement.

— Ne serait-ce pas sympa ? demanda Shane en secouant la tête. Tu lui as expliqué que ça n'était arrivé que quelques fois en plusieurs décennies et que la dernière remonte à plus de dix ans, maintenant ?

— Ça aurait été une perte de temps. Je lui ai brodé une histoire sur des shots avec les stagiaires de la Maison-Blanche dans les tunnels d'urgence. On s'est carrément enjaillés, comme dirait mon fils.

— Je parie que oui.

Les employés du traiteur et ceux qui s'occupaient de la décoration entraient et sortaient de la salle est, au bout du couloir, comme ils préparaient la fête d'anniversaire de Vagabond ce soir-là. Shane et Alan effectuaient un double service, puisqu'on s'attendait à recevoir un grand nombre de visiteurs. Quand Chang et le reste de la protection rapprochée du président partirent pour l'aile ouest, Rafa, sa sœur et son frère furent accompagnés dans la salle bleue ovale pour un entretien avec un journaliste du magazine *People*.

Shane se faufila pour se tenir dans l'embrasure de la porte tandis qu'Alan restait dans le couloir. Le journaliste avait bien sûr été approuvé par la sécurité, mais chacune des personnes protégées avait un agent à son service dans la pièce.

Les attachés de presse de la Maison-Blanche étaient assis sur le côté, sur un canapé décoré de bleu et de doré, tandis que Rafa, son frère et sa sœur étaient perchés sur des fauteuils assortis, positionnés en demi-cercle face au journaliste. Le parquet était lustré au point de briller, et lorsque Shane baissa les yeux vers ses pieds, il put observer son faible reflet.

De là où il se tenait, à l'écart, il voyait le profil de Rafa. Vertu était assise entre ses frères, et Vitesse était à l'autre extrémité. Le journaliste commença avec quelques banalités sur leur frère Christian, coincé à l'aéroport, et sur Mère Nature qui ne laissait aucun répit à la première famille d'Amérique.

Ils rirent tous, comme s'ils avaient reçu un signal, et Rafa joua avec l'une des cuticules sur ses ongles. Il jeta un coup d'œil sur la droite, en direction de Shane, et ses lèvres se tordirent dans un rapide sourire avant qu'il se reconcentre sur le journaliste. L'agent conserva son expression impassible. Mais bon sang, il aurait souhaité lui sourire en retour.

Les choses avaient beau être redevenues normales, si Shane était honnête – ce qu'il n'avait pas beaucoup tenté ces derniers temps –, ceci n'était toujours pas un détail ordinaire. Il gardait ses distances et suivait le protocole à la lettre, mais Rafa était comme une démangeaison sous sa peau qu'il n'arrivait pas à soulager. C'était insensé. Même s'ils avaient été deux inconnus qui se seraient rencontrés par hasard, Rafa était trop jeune pour lui. Qu'avaient-ils en commun ?

Il se surprenait pourtant à chercher des recettes en ligne et à se demander si Rafa aimerait les préparer. Il songeait tous les jours à surfer, les souvenirs de sa jeunesse se mêlant à présent inextricablement avec Rafa. Alors qu'il avait essayé de s'endormir, la veille, son esprit avait tourbillonné, tandis qu'il s'imaginait le jeune homme dans une combinaison, des boucles mouillées retombant sur son front alors qu'il riait sous le soleil. Shane mourait d'envie de voir ça.

Seigneur. Il se comportait comme un adolescent.

Mais il ne pouvait oublier la sensation des lèvres de Rafa contre les siennes et le bruit de son petit gémissement soufflé. L'audace de la jeunesse, dans ce baiser, ne l'avait rendu que plus adorable, et savoir que Shane était le premier homme que Rafa ait jamais embrassé faisait ressortir un instinct possessif dont il n'était pas fier. L'idée que quelqu'un touche ce jeune homme fit monter sa pression sanguine en flèche.

Les membres de la fratrie Castillo répondirent tour à tour aux questions légères habituelles sur la vie en tant que première famille d'Amérique. Adriana fit un signe de la main quand le journaliste lui demanda comment c'était de grandir à la Maison-Blanche.

— Vous allez devoir poser la question à Raf. Chris et moi, nous avons fui à l'université, et Matthew nous a rejoints quelques années plus tard. Mais Rafa a réussi à persévérer.

L'intéressé rit, mais Shane comprenait qu'il n'était que peu enthousiaste.

— Oui, ils m'ont tous abandonné dès qu'ils l'ont pu.

Le journaliste ne sembla pas remarquer la tension dans le sourire de Rafa.

— Cela devait être terrible d'avoir votre propre cinéma et une piste de bowling, n'est-ce pas ? Même un chef pour vous cuisiner votre dîner tous les soirs. Qu'est-ce qui vous manquera le plus, à la fin du mandat de votre père ?

Après un silence qui menaçait de devenir gênant, Rafa réussit à sourire une nouvelle fois.

— La piste de bowling. Clairement.

Lorsque le journaliste passa au sujet des relations amoureuses, Matthew fit un signe du pouce en direction de Rafa.

— Comme Chris n'est pas encore arrivé, vous feriez mieux de le demander à mon petit frère. Il est quasiment marié, alors qu'Ade et moi, nous en sommes encore loin.

Shane aurait aimé qu'ils laissent Rafa tranquille. Il jeta un coup d'œil aux attachés de presse, mais ils ne semblaient pas inquiets. Le cadet Castillo lui lança un nouveau sourire nerveux. Ces gens étaient-ils incapables de voir qu'il ne souhaitait pas parler ? Son frère et sa sœur étaient-ils ignorants ou cruels ?

— Hum, il n'y a pas grand-chose à dire. J'ai une petite amie géniale, répondit Rafa. Ashleigh est ma meilleure amie. J'ai beaucoup de chance.

— Et c'est une vraie beauté, s'extasia le journaliste. Elle doit vous manquer, cet été. Que pense-t-elle de Paris ?

— Elle adore. Elle a toujours eu une passion pour le monde de la mode, mais elle a également la chance d'explorer des œuvres d'art et tout ce que Paris a à lui offrir.

Il jeta un coup d'œil à sa sœur.

— Mais vous devriez poser des questions à Adriana sur cette star de télé-réalité avec qui elle sort.

Il se pencha en avant et fit semblant de chuchoter :

— On dit que c'est un peu un bad-boy.

Tandis que les yeux du journaliste scintillaient quasiment, les attachés de presse se mirent en action, redirigeant l'entretien vers les quelques questions finales sur le dernier anniversaire du président à la Maison-Blanche.

Lorsqu'ils eurent terminé, Adriana jeta un regard noir à Rafa qui saisit rapidement l'occasion de se hâter hors de la salle bleue. Le côté ouest de l'entrée était bondé d'employés. Ainsi, plutôt que de traverser vers l'escalier caché, il prit l'escalier principal. Alan et

Shane le suivirent pour s'assurer qu'il montait sans encombre. Lorsqu'il arriva au premier étage, Rafa se retourna.

Shane lut le trouble sur son visage, mais il ne put que rester planté là alors que le jeune homme ouvrait et fermait la bouche, avant de disparaître dans l'aile sécurisée de sa famille, les épaules avachies.

L'oreillette de Shane crépita quand le centre opérationnel répondit.

— Négatif. Requête refusée. Tous les invités seront examinés. Sans exception.

À côté de lui, Brent Harris leva les yeux au ciel. Il garda son poignet contre son flanc et ne parla pas dans son micro, mais il murmura à Shane.

— Et dites aux employés de la Maison-Blanche que si nous sommes chargés de la sécurité, ce n'est pas pour rien.

Il secoua la tête.

— Ils veulent toujours faire des économies. Que se passera-t-il si nous ne faisons pas passer tout le monde sous un détecteur de métaux et que quelqu'un a une arme ? Eh bien, ce sera notre faute. Ils sont toujours dans une telle précipitation.

Shane hocha la tête. L'utilisation de magnétomètres était chronophage et il s'agissait souvent d'un sujet de discorde entre les services secrets et les employés de la Maison-Blanche, qui semblaient s'intéresser davantage aux apparences et à la presse qu'à la sécurité.

— Ils pensent qu'une vérification sur la liste d'invités est suffisante. Comme si le numéro de sécurité sociale d'une personne et un casier judiciaire vierge nous racontait toute son histoire. Comme si une star de cinéma ne pouvait pas devenir folle et tenter quelque chose.

Selon eux, personne n'était au-delà de tout soupçon.

— Je commence à en avoir assez de tout cet endroit. De tout ça.

Harris gonfla ses joues en soupirant.

Shane fronça les sourcils.

— Des services secrets ?

— Ouais, répondit Harris en secouant la tête. Ah, bon sang. Ne m'écoute pas. Je suis de mauvaise humeur.

— Tout va bien.

Shane regarda Rafa, qui se tenait aux côtés de sa mère dans l'entrée, hochant la tête de temps à autre alors que les invités avec lesquels ils discutaient leur disaient quelque chose. Avec un smoking moulant, Rafa donnait l'impression qu'il aurait pu être une star de cinéma. *Arrête de penser à lui de cette manière. Arrête.* Shane n'avait jamais compris quand les gens disaient qu'ils étaient incapables de se sortir quelqu'un de la tête. Les gens venaient et partaient, et généralement, il ne pensait pas beaucoup à eux. Alors pourquoi Rafael Castillo était-il différent ?

Shane releva son col, ajustant le cordon enroulé qui pendait de son oreillette vers le transmetteur accroché à la ceinture dans son dos. Les services secrets procuraient des tenues formelles aux agents, et cela faisait longtemps que Shane n'avait pas porté de smoking. Il préférait son costume habituel, comme le col de celui-ci était trop serré.

Il s'éclaircit la gorge.

— Qu'est-ce qui te dérange ?

Il est clair que je ne peux pas parler de ce qui me *dérange, moi.*

— Qu'est-ce qui ne me dérange pas ? répondit Harris. J'ai toujours adoré ce boulot, Kendrick. Servir mon pays. Éviter que des gens soient blessés. Et, bon sang, évidemment, nous sommes tous des drogués à l'adrénaline, ne serait-ce qu'un peu. Quand j'ai rejoint l'agence, tous ces voyages et ces longues gardes semblaient grisants. Mais je n'ai pas vu mes enfants grandir. Et maintenant, ils sont tous partis en Californie et les salauds de responsables ne veulent pas me transférer. J'ai proposé de payer moi-même les coûts de mon déménagement. C'est hors de question, pour eux.

Shane avait entendu parler d'agents qui s'étaient retrouvés confrontés à la même opiniâtreté de la bureaucratie.

— Que font-ils en Californie ?

— L'entreprise de Sharon l'a transférée à Santa Barbara. Alors, je me suis dit : *bon. Je suis à Washington DC depuis plus d'une décennie. Il est temps d'aller au soleil.* Le bureau délocalisé à Los Angeles est encore grand et actif, et il est bien plus près de Santa Barbara que Washington DC. J'ai donc candidaté pour un transfert. Il a été refusé, bien sûr. Ils ne peuvent pas me remplacer et il n'y a pas de poste disponible à Los Angeles. D'accord, très bien.

Il se pinça les lèvres.

— Alors je leur ai demandé de me mettre sur liste d'attente.

Shane maintint son regard rivé sur Rafa, tout en observant les gens autour de lui. Alan était de l'autre côté du hall d'entrée et en faisait de même.

— C'est merdique.

Harris éclata de rire.

— Ouais, surtout que ces salauds ont fait passer une note en interne, moins d'un mois plus tard, pour demander à des agents de postuler pour le bureau de Los Angeles. Ils allaient payer les coûts de déménagement et tout le toutim. Je me suis presque cassé le bras en l'agitant pour me porter volontaire. Non. Ils ont dit qu'ils ne pouvaient pas me remplacer. Écoute, je sais que je suis une superstar, mais franchement. Cette protection ne demande pas d'avoir la science infuse. Pourtant, ils m'ont servi tout un baratin sur « les besoins des services » et sur le devoir, qui devait passer en priorité.

— C'est un tas de conneries, franchement.

— Tu veux entendre la cerise sur le gâteau ? Ils ont fini par obliger l'un de mes potes, à Philadelphie, à faire le transfert. Il n'avait même pas envie d'y aller, mais tu vois, le service en avait besoin. Ça n'a aucun sens.

Secouant la tête, Shane siffla légèrement.

— J'imagine que j'ai de la chance de ne pas avoir de femme ni d'enfants. Je peux aller n'importe où.

Toutefois, l'idée de déménager à nouveau et de quitter Rafa l'emplissait d'une peur immanquable.

— Parfois, je crois qu'ils essaient de nous virer pour que nous ne touchions pas nos pensions. Ils nous usent totalement et nous recrachent. Après tout ce que j'ai sacrifié pour ce travail, je mérite plus.

Shane cligna des yeux. Il était normal pour les agents de se plaindre auprès des autres, mais l'amertume de Harris l'obligea à marquer une pause. En tant que chef de la protection, il n'était pas professionnel pour lui de se plaindre auprès d'un subalterne. Ne voulant pas l'encourager, Shane dit :

— Je te comprends. Mais on devrait sans doute arrêter de discuter. Je vais surveiller depuis l'est.

Harris leva les mains.

— Tu as raison. Bon sang, ne m'écoute pas, Kendrick. Comme je l'ai dit, je suis de mauvaise humeur, aujourd'hui.

— Pas de problème. Nous connaissons tous de telles journées, n'est-ce pas ?

— Ouais.

Harris demeura silencieux quelques instants, son regard focalisé vers l'autre côté du hall.

— Pearce et toi, vous faites du très bon boulot avec Vaillant. Mais comment va Pearce ? Il insiste sur le fait qu'il va bien, mais il a l'air au bout du rouleau. C'est compréhensible, étant donné sa situation familiale.

Shane jeta un coup d'œil vers la position d'Alan. Il était vrai que les cernes sous les yeux de son collègue ne faisaient que s'assombrir. Il était de plus en plus distrait et même distant, parfois, mais Shane garda cette réflexion pour lui.

— Il va bien. Il ne nous laissera pas tomber.

— D'accord. Si quoi que ce soit change sur ce plan-là, dis-le-moi.

— Je le ferai.

Tandis qu'il faisait le tour du périmètre du hall, il adressa un signe de tête en direction d'Alan, qui gardait sa position. Shane se plaça près d'une colonne en marbre blanc et rose, observant la foule. *Comme si j'allais critiquer Harris pour son manque de professionnalisme ou Alan parce qu'il est distrait.* En regardant Rafa jouer avec ses boutons de manchettes, on aurait pu croire qu'il aimerait être n'importe où sauf ici. Shane aurait souhaité pouvoir l'emmener bien loin.

Chapitre 11

— Pourquoi tu finis toujours avec les canons ? dit Adriana en feignant de bouder alors qu'elle jetait un coup d'œil à Shane et Alan dans un coin de la grande salle est.

Des drapés dorés entouraient tout le périmètre, ainsi que des candélabres, des portraits en peinture à l'huile, et des agents en smoking tous les quelques mètres. D'autres, en costume et cravate noire, étaient dispersés parmi la foule.

Rafa tentait de ne pas dévisager Shane, qui était déjà merveilleusement beau dans un costume ordinaire, mais qui était extraordinairement sexy dans un smoking. Il se réprimanda mentalement lorsqu'il commença à l'imaginer *sans* son smoking.

— Parce que les services secrets te connaissent trop bien, répondit-il en ajustant les boutons de manchette sur sa veste pour s'assurer que ses poignets étaient couverts.

Ses bras avaient toujours été un peu trop longs, et même si le smoking avait été fait sur mesure, il le vérifia d'un air gêné.

Adriana se contenta de sourire, écartant une mèche de cheveux noirs qui venait d'être joliment bouclée.

— Touché.

Une flûte de champagne à la main, Christian apparut et donna un léger coup sur l'épaule de Rafa.

— On s'amuse déjà ?

Ils faisaient environ la même taille et Rafa lui donna également un petit coup.

— On est sur le point d'assister à la première représentation de Céline Dion depuis cinq ans, répondit Adriana. Qu'est-ce qui pourrait être plus appréciable ?

— Quoi donc, en effet ?

Quand Chris sourit, ses joues se creusèrent de fossettes parfaites. Ses cheveux courts et noirs étaient épais et bien coiffés, sans la moindre boucle à l'horizon.

— Je dirais que regarder un match des Knicks en sous-vêtement avec une bière fraîche et un bol de bretzels, c'est mieux.

Rafa chercha autour d'eux la femme de Chris, Hadley, et il repéra sa chevelure blonde en chignon près de la scène. Sous les immenses lustres, ses cheveux luisaient grâce à plusieurs bijoux incrustés qui réussissaient à être à la fois clinquants et de bon goût.

— Ne me dis pas que Hadley préférerait être sur le canapé.

Chris rit.

— Non, non. Ça, c'est son idée du paradis. Où est notre frère ?

Adriana soupira.

— Ce petit crétin reste hors de portée de vue. Il est apparu cinq foutues minutes avant de partir. Maman bouffera ses couilles au petit déjeuner s'il ne revient pas à l'heure pour le gâteau. Bien sûr, les agents savent où il est, alors je suis sûre qu'ils iront le chercher sous peu.

Elle sirota une gorgée de champagne.

— Je me demande si Maman et Papa engageront une protection permanente une fois que tout sera terminé.

Rafa fronça les sourcils.

— Bien sûr que oui. Tu crois que Maman laissera Papa le lui refuser ? C'est trop dangereux.

Elle haussa les épaules.

— Si quelqu'un veut vraiment donner sa vie pour tuer le président – ou un ex-président –, les agents ne peuvent pas tout empêcher. J'ai hâte d'être enfin libre.

— Tu l'es déjà, dit Rafa en ricanant. Los Angeles est à un million de kilomètres de Washington DC.

— J'ai quand même des agents qui me regardent couler un bronze.

— Adriana, arrête, siffla Chris en regardant autour de lui. Tu sais que la presse est ici.

— Ouais, ouais. Ils sont occupés avec ta femme, ne t'inquiète pas. Parfois, j'aimerais simplement qu'on puisse chanter *joyeux anniversaire* à Papa sans des centaines d'inconnus et cette Céline Dion à disposition.

— C'est presque terminé. Il ne reste que quelques mois, maintenant, dit Chris en plissant les yeux pour observer la pièce. Oncle Juan est déjà pompette ?

— Ouaip, répondit Rafa. Maman va adorer.

Ils avaient mangé un petit déjeuner conséquent avec ses oncles et tantes. Il était agréable de les revoir, mais ces gens n'étaient pas vraiment plus que des inconnus.

Chris but une autre gorgée.

— Sérieusement, qui parmi nous n'a pas besoin d'un peu de courage liquide pour supporter cette fête ?

Il soupira.

— Il vaudrait mieux qu'on arrête ce genre de discussion. Il ne faudrait pas qu'on ait l'air ingrats.

— Tu as raison, confirma Rafa. Mais parfois, c'est juste si…

— Follement épuisant de vivre sous les projecteurs ? termina Adriana avant de vider sa coupe. Il vaudrait mieux que j'aille aux chiottes.

Sa robe verte ornée de perles virevolta quand elle s'en alla, ses agents en smoking la suivant discrètement. Adriana faisait à peine un mètre cinquante-deux, mais avec ses talons aiguilles et son assurance, elle était truculente.

Rafa et Chris ne purent qu'en rire. Le cadet de la famille savait que si Adriana avait commencé à jurer comme un charretier, c'était en partie pour agacer leur mère, et il se demanda si elle arrêterait un jour. Elle avait la merveilleuse capacité de lancer un sourire adorable au public tout en dissimulant ses véritables sentiments. Il se dit alors qu'ils se ressemblaient plus qu'il ne l'avait imaginé.

Chris et lui récupérèrent de nouvelles flûtes de champagne sur le plateau d'un serveur déambulant, et le premier secoua la tête.

— J'oublie toujours que tu es assez vieux pour boire de l'alcool, maintenant. Tu aimes ? As-tu déjà goûté une bière à l'université ?

Rafa sirota sa boisson pétillante.

— J'aime bien. Ash m'a fait boire jusqu'à l'ivresse le jour de mon anniversaire. C'était marrant. La gueule de bois l'était moins, mais que peut-on y faire ?

— Je suis ravi de l'entendre, petit frère. Tu aurais dû commencer à t'amuser depuis longtemps. Matty engloutissait tous les verres que je lui passais, mais pas toi.

Rafa gloussa.

— Tu te souviens, lors de la seconde investiture, quand il a dégobillé dans un ficus ? Franchement, je n'étais pas pressé de suivre son exemple.

— Comment pourrais-je l'oublier ? Nos agents l'ont totalement couvert et ont nettoyé ce bazar. Ils ne paient pas suffisamment ces gens pour qu'ils s'occupent de toutes nos conneries. Enfin, toi, tu ne leur attires sûrement aucun ennui.

Il jeta un coup d'œil au coin de la pièce.

— Adriana a raison, poursuivit Chris. Ils sont canons.

Le champagne faillit ressortir par les narines de Rafa alors qu'il toussait et s'étouffait. Il lança un sourire tendu et quelques personnes regardèrent dans sa direction. Il attendit que leur attention se reporte sur autre chose avant de demander, avec le ton le plus décontracté possible :

— Quoi ?

Mes oreilles doivent être bouchées. Ou cassées.

— Tes nouveaux agents. Surtout celui avec les muscles et le regard d'acier ?

Les joues enflammées, Rafa tenta de garder une voix calme. Il s'agrippa à son verre pour empêcher sa main de trembler.

— Pourquoi dis-tu une telle chose ?

Chris inclina la tête et soupira. Il jeta un coup d'œil autour de lui avant de reprendre la parole d'une petite voix.

— Franchement, Raf.

Ce dernier plaça subitement un pied devant l'autre et s'ordonna de ne pas courir alors qu'un bourdonnement emplissait son crâne. Il rejoignit la salle est, mais, bien sûr, le hall était bondé d'invités. Il était trop difficile d'atteindre l'escalier et il dévia donc vers la gauche pour rejoindre la salle bleue.

Chris cria son nom tandis que le cadet atteignait la fenêtre à l'extrémité sud de l'ovale et ouvrait les petites portes doubles vers l'intérieur. Peu de gens connaissaient cette porte secrète donnant sur le portique, mais il n'avait pas passé sept ans et demi à la Maison-Blanche pour rien.

Tandis qu'il se précipitait dans l'escalier vers la pelouse sud, Chris lui attrapa le bras.

— Raf, attends. Je suis désolé. Tu vas bien ?

Rafael libéra brutalement son bras. En haut de l'escalier, Shane, Alan et les agents de Chris apparurent.

— J'ai simplement besoin de prendre l'air, annonça Rafa d'une voix forte. Je vais bien.

Bien sûr, Chris le suivit sur la pelouse. Malgré la canicule, l'herbe était luxuriante sous leurs chaussures de ville. Rafa se demanda quand les arroseurs automatiques se mettraient en marche. Il espérait qu'ils s'enclencheraient d'une minute à l'autre, car s'il était malencontreusement trempé, il aurait une excellente excuse pour s'échapper dans sa chambre.

— Rafa, tu veux bien t'arrêter et me parler ?

Soupirant lourdement, le jeune homme fit volte-face.

— D'accord. Mais il n'y a rien à dire.

Chris haussa les sourcils.

— Tu en es certain ?

Il continua de parler discrètement, même si leurs agents étaient hors de portée de voix, en haut des marches du portique, près de l'une des épaisses colonnes blanches.

— Évidemment. Pourquoi dis-tu une telle chose ?

Son cœur tambourinait et il était convaincu que Chris l'entendait.

Le scrutant avec une immanquable tristesse, son aîné secoua la tête.

— Je ne voulais pas te mettre en colère. Je n'aurais rien dû dire. Du moins, pas à l'intérieur. Pas ce soir. Mais c'est sorti tout seul, j'imagine.

La bouche de Rafa était horriblement sèche et il n'arrivait manifestement pas à trouver ses mots. *Comment le sait-il ? Il ne peut pas le savoir. Personne ne le sait. N'est-ce pas ?*

— Ça fait longtemps que j'ai envie de t'en parler. Je veux simplement que tu saches que tu n'as pas à avoir peur. Je t'aime et je t'accepte comme tu es.

— J'ai une petite amie, lança Rafa d'une voix rauque.

— Je sais. Et je ne dis pas que tu ne l'aimes pas ou que tu ne tiens pas à elle.

— Alors qu'est-ce que tu dis ? Pourquoi dis-tu tout ça ?

Ses paumes étaient moites et sa peau le picotait.

Chris se frotta le visage.

— Je m'y prends vraiment mal.

Il prit une profonde inspiration avant de souffler.

— Très bien, annonça-t-il avant de soutenir calmement le regard de Rafa. Ce que je dis, c'est que je crois que tu es gay. Je le pense depuis un bon bout de temps.

Ces mots furent comme des éclats de verre dans la gorge de Rafa.

— Pourquoi ?

— Je ne sais pas. Il y a toujours eu quelque chose, chez toi. Quand tu étais gamin, tu avais une voix douce et il y avait quelque chose de… léger, chez toi. Et je sais que les gays ne sont pas tous les mêmes et que je ne devrais pas me fier aux stéréotypes, mais tu avais cette manière de… scintiller. Au fil des ans, ça a commencé à disparaître, petit à petit. Peut-être que tu es dans le déni, ou alors je me trompe complètement et tu n'es pas gay du tout. Mais je vois que tu es malheureux. Tu as toujours souri et tu es resté discret et… on t'a laissé faire. Mais tu n'es pas heureux, n'est-ce pas ? Et je déteste ça, parce que je veux que tu le sois. Ce n'est peut-être pas à moi de te dire tout ça, mais tu es mon petit frère. Je t'aime.

La gorge de Rafa était si serrée qu'il arrivait à peine à déglutir.

— Moi aussi, je t'aime.

Il battit rapidement des paupières, jetant un coup d'œil vers l'escalier. Il ne pouvait pas laisser Shane le voir pleurer comme un bébé.

— Je suis navré de te confronter ainsi. Je sais que ce n'est pas l'endroit ni la manière. Hadley dit toujours que j'ai un horrible timing. Mais tu n'as jamais semblé intéressé par les filles et tu n'as même jamais eu de petite amie avant de rencontrer Ashleigh. Et je sais que tu tiens à elle. Mais si tu refoules qui tu es vraiment pour son bien, ou pour Maman et Papa…

— C'est faux, répondit Rafa avant de s'éclaircir la gorge. Je ne suis pas dans le déni.

Chris hocha la tête.

— D'accord.

— Je sais que je suis gay.

Les mots restèrent en suspens dans l'air terne de ce mois de juin, sans qu'un soupçon de brise les fasse flotter loin d'eux, dans la nuit.

Clignant des yeux, Chris gratifia son frère d'un sourire hésitant.

— Vraiment ? Raf, c'est génial !

Il tendit les mains pour serrer brièvement les bras de son cadet.

— Tu n'imagines pas à quel point je suis heureux de t'entendre dire ça.

— Ah bon ?

Rafa ne s'était jamais vraiment autorisé à penser à la réaction de sa famille, quand il ferait son coming-out. La perspective avait été trop terrifiante. Son cœur gonfla et il rendit le sourire de son frère.

— Bien sûr ! répondit Chris dont les dents blanches scintillaient dans l'obscurité. Je m'inquiétais à l'idée que tu refoules ça encore plusieurs années. Est-ce qu'Ashleigh et toi…

— Elle est lesbienne. Tout est faux, depuis le début. Enfin, je l'aime. C'est ma meilleure amie.

— Oui, bien sûr. Je dois dire que vous êtes doués. Si je n'avais pas grandi avec toi, je ne l'aurais probablement jamais deviné.

Rafa avait le vertige. *Chris sait. Je viens juste de le lui dire. À voix haute. Je l'ai dit.*

— Mais tu ne peux pas en parler. Tu ne peux rien dire sur moi ou sur Ash. Nous avons tout planifié.

— Je n'en soufflerai pas un mot, je te le promets, affirma Chris en l'attirant dans une étreinte. Dis-moi simplement ce dont tu as besoin de ma part, et quand tu auras besoin de moi, et je serai là.

Rafa s'autorisa à se détendre dans les bras de son frère et l'enlaça en retour.

— Je n'aurais jamais cru… Je suis surpris que tu aies remarqué.

Lorsque Chris recula, son visage était pincé.

— Je sais que je n'ai pas été assez présent. Quand le mandat de Papa a commencé, j'ai eu hâte de m'échapper à Yale. Ade et Matty étaient là, avec toi, mais ils ne sont pas restés longtemps. Matty a obtenu cette bourse précocement et tu es resté seul, jusqu'à ce que tu partes enfin pour la fac. Maman… eh bien, c'est Maman, et Papa est un peu trop occupé à être le chef du Monde Libre et tout le toutim. J'étais si concentré sur moi-même. Tu ne t'es jamais attiré d'ennuis, alors je crois… qu'on t'a tous laissé vivre ta vie.

— C'est ce que je voulais. C'était plus facile que de me retrouver constamment dans *People* ou *US Weekly*, ou de faire la fête comme Ade ou de tenter de me présenter aux Jeux olympiques comme Matty. Tu n'as rien fait de mal.

— C'est discutable, mais je vais me rattraper, maintenant, d'accord ? Bon sang, nous devons discuter de tant de choses.

Chris sourit et son regard scintilla.

— Tu as un petit ami secret ?

— Tu es fou ? répondit Rafa avant de s'esclaffer. C'est impossible. Nous n'avons aucun secret, ici. Tu le sais bien. Ash et moi parlons dans un langage codé. Quand ce sera terminé et que nos vies redeviendront normales – ou retrouveront un semblant de normalité –, je pourrai avoir des rencards. Mais pas pour l'instant. Tu imagines ce que Papa dirait ?

Chris grimaça.

— Ouais, je crois que Papa a peur que tu ramènes une reine musclée en pantalon sexy, comme si les gays s'habillaient tous les jours comme s'ils étaient sur un char de la Marche des Fiertés.

Il leva les yeux au ciel.

Rafael rit, mais repassa ensuite les mots de Chris dans son esprit, encore et encore.

— Attends… Papa ? Mais il n'est pas au courant.

Son pouls accéléra à nouveau et la sueur perla sur son front. Alors que Chris détournait le regard et prenait une profonde inspiration, la bile monta dans la gorge de Rafa.

Chris soupira.

— Raf, écoute… Je sais que c'est difficile.

— Il ne le sait pas. Évidemment qu'il ne le sait pas, s'exclama le jeune homme en secouant la tête. Il ne peut *pas* le savoir.

— Il n'en est pas certain. Mais nous en avons discuté, une fois.

Le scrutant intensément, Chris serra l'épaule de son frère.

— Je sais que ça doit être un choc pour toi, mais…

Rafa recula subitement.

— Et Maman ? Ade et Matty ? Sont-ils au courant ?

— Raf, écoute-moi une minute.

— Merde alors, ils sont au courant.

L'humiliation pure avait un goût acide sur sa langue.

— Est-ce que vous vous réunissez pour parler de moi ? Pour vous moquer de ma stupidité, parce que je croyais que c'était un secret ? Parce que je faisais tant d'efforts pour faire semblant ? Ça doit être hilarant.

— Non ! répondit Chris en secouant sincèrement la tête. Je jure devant Dieu que nous n'en avons jamais discuté. Ça n'est arrivé qu'une fois, entre Papa et moi. Il était tard et il avait bu quelques verres.

— Quand ?

Rafa croisa les bras, ses doigts s'enfonçant dans ses manches.

— Tu étais encore au lycée, admit l'aîné.

La nausée s'accentuait, et Rafa crut qu'il allait vomir sur cette pelouse immaculée.

— Il le savait pendant tout ce temps ? Et Maman aussi, n'est-ce pas ?

— Je crois que peu de choses lui échappent. Mais nous n'en avons jamais discuté. Je n'en ai pas parlé avec Ade et Matty, non plus. Mais je crois qu'ils ont probablement des soupçons eux aussi.

— Mon Dieu, je suis un véritable idiot.

Il aurait aimé que la pelouse sud s'ouvre et l'avale tout entier.

— Qu'est-ce que… Qu'a dit Papa ?

— Je n'en sais rien. C'était il y a longtemps. Ça n'a pas d'importance, maintenant.

— Bien sûr que si !

Une idée le heurta alors et il tituba en arrière.

— Le projet de loi. Cette connerie de projet de loi sur le mariage traditionnel qu'il a soutenue.

Chris grimaça.

— Je sais. C'était horrible.

— Il se doutait que j'étais gay. Il le savait et il s'en moquait. Il l'a tout de même fait. Il m'a tout de même obligé à monter sur scène devant tout le monde et à sourire alors qu'il chiait sur les droits des gays.

Un sanglot l'étrangla et brisa sa voix.

— Il le *savait*.

— On n'en est pas sûrs, Raf, ça ne veut rien dire. Tu sais qu'il t'aime.

— Ça veut tout dire, chuchota Rafa. C'était contre *moi* qu'il se battait. Contre mes droits.

Chris posa les mains sur les épaules de son frère.

— Nous t'aimons tous. S'il te plaît, crois-moi, l'implora-t-il. Je…

Une employée féminine les appela depuis le portique.

— Les garçons ! C'est l'heure du gâteau. Il faut que vous rentriez, s'il vous plaît.

— Il est temps de sourire pour les caméras.

Rafa se libéra de la poigne de son aîné et fit volte-face avant que ce dernier ne puisse en dire davantage. En bas des marches, il marqua une pause. Chris s'arrêta ensuite, mais il lui fit signe d'avancer.

— J'ai besoin d'une seconde.

Acquiesçant, son frère monta l'escalier incurvé. Rafa le regarda partir, se concentrant sur ses inspirations et expirations. Alors que Chris disparaissait à l'intérieur avec ses agents de protection rapprochée, le cadet Castillo obligea ses pieds à se mettre en mouvement. En haut des marches, il croisa le regard intense de Shane.

— Ça va ? demanda discrètement celui-ci.

Le cœur de Rafa loupa un battement. Mon Dieu, comme il avait envie de se jeter dans les bras de Shane et d'occulter le reste du monde. Comme il voulait tout raconter à cet agent, entendre ce que celui-ci en pensait et suivre ses conseils. Du coin de l'œil, il vit Alan s'arrêter et l'observer depuis la porte. Rafa hocha la tête, tandis que ses yeux le picotaient, et il se hâta d'entrer.

Pendant que Céline les emportait dans une interprétation vibrante de *Joyeux anniversaire* et que ses parents rayonnaient, Rafa se tint aux côtés de sa famille et sourit, alors même que son âme se calcinait.

Chapitre 12

— C'ÉTAIT QUOI, ça ? demanda Alan pendant qu'ils progressaient dans l'aile ouest pour rejoindre l'endroit où était garé leur véhicule.

— Quoi ? répliqua Shane, comme s'il n'en avait aucune idée.

Le visage de Rafa envahissait ses pensées – ses yeux luisant d'une *douleur* dont Shane souhaitait le débarrasser. Il était peut-être farfelu de vouloir prendre soin de lui, mais c'était son cas. Il avait envie de serrer Rafa dans ses bras. Il avait envie de découvrir ce qui n'allait pas afin de faire souffrir quiconque était responsable. Il avait envie de le faire sourire à nouveau.

Alan haussa un sourcil.

— Poser une question personnelle à Vaillant. Tu sais que nous ne sommes pas censés nous impliquer.

— Je ne me suis pas *impliqué*. Il est évident qu'il était en co-lère. Ce n'était rien.

— Écoute, c'est un bon gamin, mais tu sais que ce n'est pas notre boulot de nous immiscer dans ses malheurs. Tu ne peux pas te rapprocher de lui.

Shane se plaça devant Alan, qui s'arrêta brusquement.

— Tu m'accuses de quelque chose ?

Son collègue ouvrit, puis ferma la bouche.

— Bien sûr que non. Seigneur. Ne te mets pas dans tous tes états.

Tandis que Shane appuyait sur le bouton pour déverrouiller la voiture dans un *bip-bip*, il se mordilla l'intérieur de la joue.

— J'ai posé une simple question. Ça n'arrivera plus.

Alan soupira.

— Je n'essaie pas de te taper sur les nerfs, mec. Mais tu sais qu'ils te vireront de sa protection rapprochée en un clin d'œil s'ils pensent que tu deviens un peu trop amical avec lui. Depuis que je suis revenu, j'ai l'impression qu'il y a une tension étrange entre vous deux.

Il avait parfaitement raison, et Shane ne put que se contenter d'acquiescer.

— Ça ne sera pas un problème.

Alan contourna le véhicule pour rejoindre l'autre côté et monter dans la Suburban.

— Génial.

Tandis qu'ils quittaient la Maison-Blanche, Shane s'agrippa au volant. Il soupira longuement en s'arrêtant à un feu rouge.

— Désolé. Je sais que tu n'essaies pas de te comporter comme un crétin. Et tu as raison. Alors, merci de le souligner.

Alan secoua la tête en riant.

— Non, je n'essaie clairement pas de me comporter comme un crétin, mais j'imagine que j'y arrive malgré moi, parfois.

Shane rit également et la nervosité se dissipa.

— Non, c'est moi le crétin, ici. Ça n'arrivera plus. Comme je l'ai dit… ce n'est pas un problème.

— Clairement, le gamin n'était pas en colère sans raison. J'ai cru qu'il allait fondre en larmes quand ils ont coupé le gâteau.

— Ouais, répondit Shane en haussant les épaules comme s'il ne mourait pas d'envie de savoir ce qui était arrivé avec Christian pour que Rafa soit si furieux.

Il se disait qu'il voulait simplement savoir si le jeune homme allait bien. C'était une gentillesse et une inquiétude humaine ordinaire. Rien de plus. *Parce que ça ne pourra jamais être plus. Je ne devrais pas m'en préoccuper. Je ne peux pas m'en préoccuper.*

—Je pense simplement… à la manière dont il te regarde, parfois. Je sais qu'il a une petite amie, mais je ne sais pas. Il ne serait pas la première personne protégée à avoir un coup de cœur pour un agent. Ce n'est peut-être que le fantasme du héros. Je te préviens seulement que tu dois être prudent. Ne l'encourage pas.

Trop tard.

—Tu as raison. Ça n'arrivera plus.

Ils conduisirent en silence. Shane avait hâte que cette nuit s'achève.

—Alors, euh…

Alan rit sans avoir l'air amusé et se frotta le visage.

—N'aie pas l'impression que tu es obligé, mais je sais que Julianna adorerait si tu venais demain matin. Je me suis dit qu'on pourrait faire une sieste avant le boulot, comme on s'occupe du deuxième service. Et si tu ne peux pas venir, ne t'inquiète pas.

Merde. Il avait totalement oublié. *Voilà que j'ai la tête dans les nuages alors que le gamin d'Al est en train de mourir.*

—Bien sûr que je serai là. Je ne manquerai ça pour rien au monde.

—Merci. Je ne sais même pas pourquoi ils organisent ce petit déjeuner. C'est le groupe de voisinage. Enfin, j'apprécie qu'ils essaient de lever des fonds pour Dylan. Vraiment, expliqua-t-il avant de soupirer lourdement. Simplement, c'est à peine si nous pouvons prier pour avoir la chance d'essayer le traitement. Même s'il était aux États-Unis et pas en Suède, le traitement en lui-même coûtera cher. Il coûte beaucoup plus d'argent qu'on ne pourra jamais en collecter.

—Je serai là, de bonne heure et de bonne humeur. J'adorerai voir Dylan et Julianna. Ça fait trop longtemps.

—D'accord. Tu es un bon ami.

Alan inclina la tête en arrière et ferma les yeux.

—Je croyais que cette fête ne se terminerait jamais. Céline ne sait pas quand s'arrêter, n'est-ce pas ?

Shane gloussa.

— Elle chante pour qu'on l'aime encore.

— Encore et encore et encore, *bordel.*

Ils s'esclaffèrent, et Shane pinça l'épaule d'Alan. Il devait se souvenir que certaines personnes avaient des problèmes bien plus importants que son attachement inapproprié envers Rafael Castillo. Il était temps d'en finir et de se le sortir de la tête une fois pour toutes.

LE SOLEIL APPARUT derrière une bande de nuages blancs, resplendissant sur les banderoles et les ballons décorant le grand jardin. Shane observa les groupes d'invités et se dirigea vers Alan et Julianna, qui étaient en train de parler à certains d'entre eux.

— Tu te souviens de ce trublion qu'on a rencontré à Albany ? demanda Alan à sa femme en faisant un signe de tête en direction de Shane.

— Salut, Al. Jules, c'est bon de te voir.

Shane l'étreignit brièvement et l'embrassa sur la joue. Elle était minuscule et arrivait à peine à hauteur de l'épaule de son mari. Des cernes que le maquillage ne pouvait dissimuler assombrissaient ses yeux.

— Shane. C'est merveilleux de te voir. J'étais si contente d'apprendre qu'Al et toi, vous étiez à nouveau partenaires. Tu lui évites les ennuis ?

Elle fit un clin d'œil à son époux et coinça une mèche de cheveux bruns derrière son oreille.

— C'est plutôt le contraire.

Le couple avec lequel Alan et Jules discutaient précédemment se présenta comme étant les organisateurs de la fête. Ils montrèrent ensuite le buffet du petit déjeuner et les objets mis aux enchères silencieuses posés sur une table, à l'ombre d'un vieux chêne. La femme serra le bras de Julianna avant que son mari et elle ne déambulent au milieu des autres invités. Des enfants criaient et se pourchassaient près du jardin potager.

Shane essaya de retrouver Dylan.

— C'est Dylan qui s'amuse à lancer des fléchettes sur les ballons d'eau ?

— Oui. Il a bien grandi depuis la dernière fois que tu l'as vu, n'est-ce pas ?

Jules sourit, mais cela ne se refléta pas dans ses yeux.

Le garçon était plus grand, en effet, bien qu'il soit remarquablement émacié et que ses cheveux couleur sable soient clairsemés.

— Il a l'air en forme. Comment se sent-il ?

— Bien mieux que le mois dernier, répondit Alan. Il va bien, pour l'instant. Nous en sommes heureux. Nous ne savons pas combien de temps cela va durer, mais j'imagine qu'il n'y a jamais de garantie, n'est-ce pas ?

Il observa son fils et la douleur dans son regard donna envie à Shane de le réconforter. Que pouvait-il dire ?

Julianna sembla lire dans ses pensées.

— Ce n'est rien. Nous avons entendu toute la compassion et les platitudes possibles. C'est comme ça. Nous allons nous battre de toutes nos forces. C'est tout ce que nous pouvons faire.

Shane tendit la main vers sa poche.

— Je lui ai apporté une carte cadeau Amazon. J'ignore totalement ce qui intéresse les gamins, alors je me suis dit qu'il pourrait choisir ce qu'il souhaite.

— Oh, c'était inutile, répondit Julianna avec un signe désinvolte de la main.

— Je suis heureux de le faire. Et bien sûr, je vais faire un don.

Elle ouvrit la bouche, puis la referma. Elle prit la carte et la rangea dans sa poche.

— Merci. Tout le monde est si généreux. Cathy et Bob ont

organisé cette fête et ils ont contacté leurs amis pour récupérer des objets à mettre aux enchères. C'est si gentil.

Elle cligna rapidement des yeux et Alan lui caressa la nuque.

— Oh, je suis dans un sale état, aujourd'hui. Mais assez parlé de nous. Shane, dis-moi tout sur toi.

— Al ne t'a-t-il pas déjà tout dit ? répondit Shane en souriant.

— Pas les trucs importants. Par exemple, tu sors avec quelqu'un ? Et si ce n'est pas le cas, pourquoi ?

Elle enfonça son index dans le polo de Shane.

— Non. Je ne suis pas du genre romantique, il semblerait.

Toutefois, la chaleur monta dans son cou.

Julianna le remarqua, évidemment, et plissa les yeux.

— Ohhh, ce gentleman se défend un peu trop. Il y *a* quelqu'un, n'est-ce pas ? Allez, je ne suis sortie qu'avec celui-là, donc je dois vivre par procuration. Crache le morceau.

— Pourquoi tu dis ça comme si c'était une mauvaise chose ? demanda Alan en lui donnant un coup de hanche malicieux. On a trouvé la bonne combine dès la sortie du lycée. On est des savants des relations amoureuses.

— Effectivement. Mais quand tu t'es engagé dans l'armée plutôt que d'aller à l'université, je n'aurais jamais cru que ça durerait entre nous.

Elle sourit à son mari.

— Enfin, j'imagine que c'était le destin. Ou l'obstination. Tout le monde me disait que je ferais une piètre épouse de militaire. Bien que, parfois, je me dise qu'être la femme d'un agent des services secrets, c'est pire. Merci, mon Dieu, tu as fini avec un bon gamin qui ne part jamais plusieurs jours en voyage. Al dit que c'est un garçon vraiment très gentil. Tu l'aimes bien, Shane ? demanda-t-elle avant de lever les mains. Même si tu n'as pas besoin de l'apprécier pour le protéger. Je sais, je sais. Je suis juste curieuse.

— Je l'aime bien, oui.

Beaucoup trop.

— Oh, ne va pas croire que tu es tiré d'affaire. Je veux toujours savoir qui est cet homme mystérieux, dit Jules avant de se pencher pour murmurer. Est-il dans les services secrets ? Est-il ici, en ce moment ?

Elle jeta un coup d'œil aux invités, dont certains étaient des agents que Shane reconnaissait.

— Allez, donne-moi un indice.

Shane ne put s'empêcher de glousser.

— Il n'est pas ici.

— Ah-ah ! s'exclama-t-elle alors que son visage s'illuminait. Alors, il existe. Très bien, cher mari. J'attends que tu lui fasses cracher le morceau lors de votre prochain service. Utilise toutes les méthodes nécessaires. Le peuple exige la vérité.

De nouveaux invités arrivèrent et Julianna partit les saluer. Alan secoua la tête en souriant.

— Désolé. Mais les ragots sont une bonne distraction. Ça aide de parler de choses normales.

Il observa Dylan, qui mangeait des fraises trempées dans du chocolat avec un ami.

— Même s'il n'y aura plus jamais vraiment de normalité. Plus rien ne sera jamais comme avant.

Il regarda sa femme se diriger vers son fils, l'embrasser sur le front et lui essuyer du chocolat sur la joue.

— Je ne sais pas comment elle peut supporter de me regarder. Elle dit qu'elle ne m'en veut pas. Mais comment pourrait-il en être autrement ? Comment peut-elle ne pas me haïr ?

Shane fronça les sourcils.

— Al, ce n'est pas ta faute. Tu n'aurais rien pu faire. La génétique, ce n'est pas quelque chose qu'on choisit.

Le regard perdu d'Alan était toujours posé sur sa famille, tandis que sa voix était nerveuse et fluette.

— Je ferais n'importe quoi, tu sais ? Pour le sauver. Pour

rendre tout ça plus facile pour elle.

— Bien sûr. Ils le savent tous. Nous le savons tous.

Shane posa la main sur le bras d'Alan et le serra.

Clignant des yeux, celui-ci se reconcentra.

— Merde. Désolé. J'ai laissé mon cerveau m'échapper.

Il sourit et adressa un signe de la main à l'un des invités.

— C'est tellement bizarre, tu vois ? On s'inquiète constamment, mais on veut qu'il soit heureux. On veut qu'il profite de tout ce qu'il peut. On essaie encore de plaisanter et de rester léger à propos de tout ça. Mais quand je ris ou que je me sens bien, je me souviens de Jess et je me dis : comment puis-je rire à ce moment-là ? Comment puis-je ressentir un quelconque bonheur alors que mon bébé est parti ? Et que mon garçon sera le prochain ?

Shane aurait vraiment aimé savoir quoi dire. Les nouveaux invités ne cessèrent d'affluer et ils auraient sûrement envie de discuter avec Alan.

— Allons faire un tour du pâté de maisons. Éloignons-nous de la fête quelques minutes. Pour que tu reprennes tes esprits.

Alan se frotta rapidement le visage et prit une profonde inspiration.

— Non, ça va. Je vais bien. Il vaudrait mieux que j'aille discuter avec les autres.

Il donna une claque dans le dos de Shane.

— Merci de m'avoir écouté. Je vais bien. Vraiment.

— Quand tu veux.

Shane attrapa le bras de son collègue.

— Je le pense vraiment, d'accord ? C'est quand tu veux.

Il hocha la tête.

— Ouais, répondit-il en tentant de sourire. Dis-moi, est-ce que Jules a raison ? Tu fréquentes quelqu'un ?

— Ce n'est rien, répliqua Shane avec un geste dédaigneux de la main.

— Hum. C'est quelqu'un que je connais ?

Shane jeta un coup d'œil dans le jardin, pour regarder n'importe qui sauf Alan.

— Non.

— Si tu le dis.

Il cria ensuite un « bonjour » à un invité et serra le bras de Shane en partant.

Soupirant longuement, ce dernier alla discuter avec d'autres agents et lancer les enchères les plus hautes qu'il pouvait se permettre de faire. Il se servait rarement du dédommagement conséquent qu'il avait reçu de l'assurance après l'incendie, et il ne pouvait imaginer un meilleur moyen de le dépenser.

Chapitre 13

IL ÉTAIT TARD dans l'après-midi quand Rafa émergea de sa chambre. Il avait prétendu avoir une migraine quand sa mère avait frappé à sa porte ce matin-là et, heureusement, sa famille l'avait laissé tranquille. Chris avait demandé à entrer, mais il était parti quand son cadet le lui avait demandé.

Désormais, Rafa était douché et habillé, sa chemise impeccable et ses chaussures de ville vernies. Alors qu'il arrivait au niveau de l'escalier, la femme de Chris se joignit à lui, portant une robe verte fleurie qui faisait parfaitement ressortir ses yeux d'ambre et ses cheveux dorés.

— Salut, Rafa. Tu te sens mieux ?

Son joli minois se pinça sous l'effet de l'inquiétude. Il ne connaissait pas très bien Hadley, mais elle avait toujours semblé sympathique.

— Chris s'inquiétait.

Sait-elle aussi que je suis gay ? Probablement.

— Ouais. Merci.

— Oh, tant mieux. Tu as l'air en forme. Tu es prêt pour la séance photo ? C'est ce que tu préfères, hein ?

— Oui, je suis prêt. C'est plutôt toi, l'experte. D'ailleurs, félicitations pour ce nouveau film.

Les dents de Hadley scintillèrent quand elle sourit.

— Merci, Raf. Je suis tout excitée. Je n'ai jamais eu un rôle aussi dramatique. Je vais réellement devoir jouer et pas simplement bomber la poitrine et attendre que le héros me sauve. En fait, quand tu y penses, dans peu de temps, tu n'auras plus à te préoccuper de *People Magazine* à moins d'en avoir envie.

Au premier étage de la résidence, ils rejoignirent le reste de la famille, à l'exception de leur père. Adriana et Matthew pianotaient sur leur téléphone. Les cheveux de Matty étaient ébouriffés et trop longs, et il ignorait leur mère qui les critiquait.

— Ne devrais-tu pas couper cette serpillière pour une question d'aérodynamisme ? s'enquit Camila.

Matty haussa les épaules.

— Dans la piscine, j'ai un bonnet de bain.

Au moins, il avait abandonné ses habituelles tongs et son short pour enfiler un pantalon et une chemise.

Chris observa Rafa, les sourcils froncés, et leur mère se tourna pour scruter son cadet de près.

— Comment te sens-tu, chéri ? Tu n'avais pas l'air dans ton assiette, hier soir.

Elle se lécha un doigt et aplatit une mèche rebelle de ses cheveux tirés en arrière.

— Je vais bien, répondit-il en s'obligeant à sourire. Tu es belle.

C'était vrai. Elle portait une robe violette au motif discret qui s'évasait au niveau de ses genoux.

— Merci, mon chéri. Ils ont exigé un cliché dans le Bureau ovale. Allons-y.

Ils descendirent l'escalier tous ensemble, suivant plusieurs agents lorsqu'ils arrivèrent au rez-de-chaussée et partirent dans l'aile ouest. Rafa ne s'autorisa qu'à jeter un seul coup d'œil à Shane et maintint son regard rivé sur ses pieds le reste du temps. Shane n'avait pas été en train de le regarder, ce qui n'aurait pas dû être douloureux, mais qui l'était tout de même.

Je suis vraiment dans un sale état.

Il avait voulu appeler Ashleigh, après la fin de la torture

qu'avait été la fête d'anniversaire, mais c'était alors le milieu de la nuit à Paris. Le lendemain matin, il s'était blotti dans son lit avec les rideaux tirés, et même une discussion avec Ash avait été telle une montagne trop difficile à gravir.

Ramon était assis derrière son bureau dans la pièce ovale et discutait avec quelques-uns de ses assistants. L'attaché de presse d'une cinquantaine d'années, précédemment assise sur l'un des canapés, se leva lorsqu'ils entrèrent en file indienne. Leurs agents de protection rapprochée attendirent dans le hall. Trois autres agents étaient déjà postés à l'intérieur et restaient silencieux, dispersés dans le bureau.

L'attachée de presse leur lança un sourire éclatant.

— Bonjour ! Le journaliste et le photographe de *People* sont en train de passer la sécurité. Sommes-nous tous prêts ? Avez-vous des questions sur les sujets que nous allons aborder ?

— Vous aussi, vous savez que je suis gay ? demanda Rafa.

Il n'avait pas prévu de prendre la parole, encore moins de dire ça, mais curieusement, les mots étaient subitement sortis. Les yeux de l'attachée de presse sortirent de leurs orbites alors que tout l'oxygène de la pièce était aspiré dans un souffle.

Le silence régnant, Rafa sentit la chaleur du regard des autres sur sa peau. Il ne respirait plus et, manifestement, personne d'autre ne le faisait.

— C'est pour ça que vous demandez aux journalistes de me poser tant de questions sur ma petite amie ? réussit-il à dire. Pour essayer de convaincre tous ceux qui soupçonneraient mon homosexualité que nous sommes un parfait petit couple d'hétéros ? Parce que, apparemment, je ne dupe pas les gens autant que je le croyais.

Le père de Rafa se leva et aboya sur ses assistants.

— Sortez !

Tandis qu'ils s'en allaient, il ordonna à l'attaché de presse :

— Annulez l'interview.

La femme sortit à toutes jambes et les trois agents échangèrent un coup d'œil. Le visage de Ramon devint écarlate.

— Vous aussi. *Sortez.*

Ils obéirent en silence, le chef de sa protection rapprochée fermant la porte derrière lui.

— Rafael, qu'est-ce que ça signifie ?

Sa mère le dévisageait et c'était la première fois, dans ses souvenirs, qu'elle paraissait réellement sidérée. Le reste de la famille l'observait avec des yeux écarquillés.

— Ne faites pas semblant d'être surpris.

La voix de Rafa était incroyablement sereine, étant donné que son cœur était à deux doigts de battre si fort qu'il sortirait de sa poitrine.

— Si Papa avait des soupçons, vous deviez inévitablement en avoir aussi.

Ses parents échangèrent un regard et Camila soupira.

— Ce n'est pas le moment d'avoir cette discussion et ce n'est certainement pas l'endroit.

Ramon secoua la tête.

— Certainement pas, Rafael. Fils, je ne sais pas ce qui t'est passé par la tête, mais…

— Vous le saviez, depuis toutes ces années, n'est-ce pas ? Des *années.* Vous savez à quel point c'était difficile de tenter de cacher qui je suis vraiment ? Vous savez combien d'efforts j'ai faits ? J'avais si peur de vous le dire. J'avais si peur de tout gâcher pour vous. J'étais terrifié à l'idée que vous ne l'acceptiez pas. Que vous ne m'acceptiez pas. Mais vous le saviez déjà et vous n'en avez jamais dit un mot. Vous ne m'avez jamais… laissé croire que ça ne vous dérangerait pas. Parce que ce n'est pas le cas.

Ses parents débattirent silencieusement. Camila fit ensuite un signe de la main en direction des canapés.

— Pourquoi ne nous assiérions-nous pas afin d'en discuter raisonnablement ?

— Non ! Pourquoi n'avez-vous rien dit ? Pourquoi m'avez-vous laissé faire semblant ? Même si je n'étais pas ouvertement gay aux yeux du monde, j'aurais pu arrêter de vous le cacher, à vous.

Sa mère secoua la tête.

— Chéri, je croyais… Ça ne me semblait pas nécessaire.

— Attends… quoi ? demanda Matthew, bouche bée. Tu es sérieusement gay ? Je pensais que tu avais… oublié ça en grandissant, un truc du genre.

— Oh mon Dieu.

Adriana fusilla son frère du regard.

— Tu as vraiment la tête dans le cul à ce point-là ?

— Baissez tous d'un ton, ordonna leur père. Immédiatement. Et surveille ton langage, jeune fille.

— Merde, Papa, répondit Adriana avant de se tourner vers Rafa. Pourquoi ne me l'as-tu pas dit ? Tu sais que je t'aurais accepté. Ne le sais-tu pas ? J'ai un million d'amis gays. Ce n'est pas un problème, pas même un tout petit.

Elle battit rapidement des paupières et des larmes lui montèrent aux yeux.

— Ne savais-tu pas que tu pouvais me faire confiance ?

— Tu n'es jamais là, chuchota Rafa. On discute à peine. Vous êtes tous partis depuis longtemps.

— Je pensais que tu nous le dirais quand tu serais prêt, poursuivit Adriana. Je voulais te poser la question, mais mon ami Billy m'a demandé de ne pas insister. Je le fais constamment et je gâche tout. Je ne voulais pas gâcher ton annonce.

Elle essuya une larme sur sa joue.

— Mais j'imagine que j'ai quand même merdé.

Rafa eut envie de lui dire que ce n'était rien et qu'il ne fallait pas qu'elle pleure.

— J'aurais dû te le dire. Tu as raison.

Chris s'éclaircit la voix.

— Je crois que nous avons tous commis des erreurs. Pourquoi

nous ne…

— Et Ashleigh ? demanda Matty en fronçant les sourcils. Sérieux, je ne comprends rien. Je suis vraiment désolé, Raf. Je croyais que vous étiez proches.

— Évidemment qu'ils le sont, intervint Camila. Rafa…

Elle marqua une pause et le silence s'étira.

— Ton père et moi soupçonnions que tu avais certaines… inclinations. Mais Ashleigh et toi, vous avez une relation merveilleuse. Une relation très prospère. Comme tu ne nous as jamais dit que tu étais malheureux, nous avons supposé que nous étions tous sur la même longueur d'onde.

— La même longueur d'onde, répéta tristement Rafa.

Il était irréel d'avoir cette conversation et il avait presque l'impression de planer au-dessus de son corps et de regarder la scène.

Son père contourna le large bureau.

— Rafa, de nombreuses personnes entretiennent un mariage respectable tout en gardant un autre aspect de leur vie… privé.

Respectable. Son corps entier souffrait et sa poitrine se creusa.

— Nous ne sommes plus au vingtième siècle, Papa, dit Chris en secouant la tête. Les mariages gays sont tout aussi respectables. Ce ne sont que des *mariages*, maintenant, et peu importe si des politiciens de droite essaient de revenir en arrière. L'égalité n'est peut-être pas populaire parmi tes connaissances républicaines, mais Rafa ne devrait pas être obligé de cacher qui il est.

À côté de lui, Hadley hocha vigoureusement la tête.

— Je ne vais pas épouser Ashleigh, Papa, dit Rafa dont la voix paraissait distante. Je n'ai jamais eu l'intention de l'épouser. Nous comptions faire notre coming-out en janvier, à la fin de ton mandat.

Camila fit un pas vers lui.

— Mon chéri, ne faisons rien d'imprudent.

— Ce n'est pas imprudent, répliqua Rafa à travers ses dents

serrées. Nous planifions ça depuis des années. Tu pensais que j'allais rester dans le placard toute ma vie ?

Alors que ses parents le dévisageaient, il se rendit compte que c'était le cas.

Oh mon Dieu, ils le pensaient réellement, sincèrement.

— Rafa, tu dois songer à ton avenir, déclara discrètement Ramon. À ta carrière.

Adriana leva les yeux au ciel.

— Les gays ont des carrières, Papa.

— Je ne vais pas me lancer dans le business, de toute façon, expliqua Rafa. Je ne vais pas travailler dans un quelconque siège social.

— Eh bien, que prévois-tu de faire, alors ? demanda sa mère d'un ton sec. Tu t'attends à ce qu'on te soutienne, mais que vas-tu faire, exactement ?

— Je pars en Australie.

Un autre silence s'étira dans la pièce. Camila croisa les mains devant elle, ses bagues s'enfonçant visiblement dans ses doigts blêmes.

— Et que prévois-tu de faire en *Australie* ?

Elle prononça ce mot comme si elle l'avait trouvé coincé au fond de l'une de ses chaussures à talons Louboutin.

— Je vais postuler à l'école Cordon Bleu. Je travaillerai dans un restaurant pour payer mes factures.

— Oh, nom de Dieu ! hurla-t-elle tandis que son regard lançait des éclairs. Pourquoi es-tu si obsédé par cette idée ridicule de devenir cuisinier ?

— Pourquoi en as-tu si peur ? cria-t-il en retour. C'est ce que j'aime, Maman. C'est ce que je vais faire. Pourquoi ça te pose problème ? Parce que tu crois que c'est *gay* ? Même s'il y a un million de mecs hétéros qui sont devenus chefs cuisiniers ? Toutes ces années, j'ai joué mon rôle et j'ai fait ce que tu voulais. J'ai vraiment essayé d'être bon. D'être le fils que tu désirais. Mais je ne le serai jamais.

— Rafa, tu sais qu'on t'aime, déclara solennellement son père. Peu importe ce qu'il se passe, nous t'aimons. Nous t'avons toujours aimé et nous t'aimerons toujours.

Les larmes brûlaient les yeux du jeune homme.

— Alors comment as-tu pu faire ça ?

— Faire quoi ? demanda Ramon en secouant la tête.

— Ce projet de loi !

Ses parents échangèrent un coup d'œil perplexe.

— Chéri, quel projet de loi ? demanda Camila.

Ils ne s'en souviennent même pas.

— S.J. Res. 19, cracha Rafa. Une résolution commune proposant un amendement de la Constitution des États-Unis d'Amérique au sujet du mariage.

Ramon se renfrogna viscéralement.

— Ça n'avait rien à voir avec toi.

— Comment peux-tu dire ça ? s'enquit Chris.

Rafa avait l'impression que son crâne allait exploser.

— Ce n'était que de la politique, chéri, expliqua Camila en regardant son cadet avec une confusion sincère. Ça n'avait aucun rapport avec toi.

Rafa serra les poings.

— Comment… comment pouvez-vous me dire ça, sérieusement ? C'était un projet de loi visant à priver les gays de droits. J'ai eu l'impression d'être renversé par un camion, ce soir-là, mais je me suis dit que vous n'étiez pas au courant.

Il regarda son père.

— Je me suis dit que tu n'aurais jamais soutenu cette loi si tu avais su que c'étaient *mes* droits que tu essayais de détruire. C'était déjà assez horrible que tu la soutiennes, pour commencer, mais je me suis convaincu que tu n'aurais jamais fait ça à ton propre fils.

— C'était une décision du parti, Rafa, répondit Ramon en joignant ses index et en les levant vers son menton. C'était à cause de ces gens qui insistent pour…

— *Je suis* ces gens, Papa ! Mais non, tu pensais que je vivrais dans le placard et que j'épouserais une femme. Ça n'aurait jamais été ma vie. Ça ne le sera jamais. Un jour, je veux me marier, et ce sera avec un homme. Au moins, c'est encore légal, même si ce n'est pas grâce à toi. Mais tu m'as obligé à me tenir devant tous ces gens et à sourire, pendant que tu parlais du mariage traditionnel, de Dieu, de la Bible et de toute cette haine dissimulée par la religion.

— Le parti a un programme, Rafa. Ces décisions ne sont pas toujours les miennes, insista Ramon.

— Si tu n'y croyais même pas, c'est encore pire !

Sa mère fit un pas dans sa direction avec un air suppliant.

— Rafa, nous avons toujours essayé de te guider sur le droit chemin. Ashleigh et toi, vous êtes heureux, ensemble ! Nous pensions qu'il valait mieux pour ton avenir que nous…

— Je ne peux pas faire ça. Je ne peux pas.

Sa respiration devenait superficielle et rapide. Rafa avait le vertige. Il ouvrit brusquement la porte ouest et se hâta dans le petit couloir, passant devant le bureau privé de son père, avant d'entrer dans la salle à manger où le président et ses assistants mangeaient souvent. Devant la porte ouverte donnant sur le couloir principal, il interrompit sa foulée. Shane et Alan pensaient indubitablement qu'il était encore dans le Bureau ovale et se trouvaient donc avec la foule d'agents occupant le couloir principal près de la porte nord.

Il était seul.

— Rafa ? l'appela son père.

Il tapota les poches de son chino, son cœur s'envolant lorsqu'il trouva le métal solide de la clé de sa voiture. Il avait envisagé de faire un tour pour s'éclaircir les idées, après l'interview, mais désormais, c'était un besoin brûlant. Que ses parents aillent au diable. Que la Maison-Blanche aille au diable. Que les services secrets aillent au diable. Qu'ils aillent tous au diable.

Il n'avait pas de temps à perdre. Le cœur tambourinant, il sortit de la petite salle à manger et entra dans le couloir principal, marchant aussi rapidement qu'il le pouvait en passant devant le bureau du conseiller principal et du chef de cabinet. Il garda la tête baissée, ignorant tous ceux qu'il croisait et résistant à l'envie de fuir.

Bien sûr, lorsqu'il passa à toute allure devant la sécurité positionnée à la porte extérieure, les agents l'appelèrent. Il se mit alors à courir, se précipitant vers sa voiture et montant dedans alors que Shane et Alan surgissaient de l'aile ouest. Dans le rétroviseur, il les vit se ruer vers leur Suburban, et Rafa écrasa la pédale d'accélérateur. Devant le portail, il hocha la tête et sourit au gardien, qui leva la barrière une seconde avant de recevoir indubitablement un message radio.

— Attendez ! cria-t-il alors que son expression changeait.

Mais Rafa n'attendit pas. Il fit rugir le moteur en s'éloignant et, bien sûr, la Suburban le suivit. L'espace d'un fol instant, il envisagea d'essayer de les semer, mais ça n'apporterait rien de bon et cela leur attirait certainement des ennuis.

— Merde ! lança-t-il d'une voix rauque. Je veux juste être seul !

Il accéléra dans Washington DC, tournant dans diverses rues pour éviter de s'arrêter, quand il le pouvait. Il devait continuer d'avancer. Il le devait. Sept ans qu'il se cachait, il en avait fini.

Dans sa poche, son portable vibra. Il l'ignora. Lorsqu'il fut obligé de s'arrêter à un feu rouge, la Suburban était à deux voitures de lui. Son portable vibra à nouveau et il le sortit. L'identité de l'appelant indiquait simplement : *Services secrets des États-Unis*.

Évidemment qu'ils avaient son numéro de téléphone portable, mais ils n'appelaient que quand ils n'avaient pas le choix. Était-ce Shane ? L'idée d'entendre sa voix fut trop puissante pour y résister et il appuya sur le bouton du haut-parleur quand le feu passa au vert.

— Rafa ?

Il s'agissait effectivement de Shane. Les yeux de Rafa le brûlèrent et son cœur se pinça. Il eut envie de se garer et de tout lui raconter, de déverser tous les mots qui bloquaient sa gorge et menaçaient de l'étouffer.

Mais il ne le pouvait pas, car l'écho sur la ligne indiquait qu'il était sur haut-parleur dans la Suburban. De plus, Shane était son agent des services secrets. Il n'était pas son petit ami. Il n'était même pas son *ami*. Rafa n'était qu'un client, pour lui. Il n'était rien. *Rien.*

— Laissez-moi tranquille, lança-t-il à travers ses dents serrées.

— Je sais que vous êtes en colère. Dites-moi simplement où vous allez. Vous pouvez aller n'importe où. D'accord ?

La douleur, la peur et la rancœur le rongèrent de leurs dents tranchantes.

— Je le sais. Je ne suis pas en prison ! Laissez-moi partir et laissez-moi tranquille. *S'il vous plaît.*

— Vous savez qu'on ne peut pas faire ça.

Il y eut une pause et Rafa entendit le murmure de la voix d'Alan, qui parlait probablement au centre opérationnel. Il appelait sans doute d'autres agents qui viendraient le coincer.

— Nous souhaitons simplement vous aider.

— C'est faux.

Il s'engagea sur l'autoroute, écrasant la pédale d'accélérateur et se dirigeant vers la Virginie.

— Tout le monde veut que je la ferme, que je sourie et que je sois un bon garçon.

— Rafa, je sais que vous avez l'impression que…

— Non !

La rage le consuma, horriblement brûlante.

— Vous ne savez rien de ce que je ressens.

Il raccrocha et s'agrippa au volant. Les kilomètres défilèrent et la Suburban resta derrière lui. Au moins, aucun autre véhicule des services secrets n'apparut. Les nuages gris s'assombrirent et la pluie goutta sur le pare-brise. Rafa ignorait totalement où il allait, mais il continua de rouler vers la Virginie-Occidentale et l'après-midi touchait à sa fin. Il savait qu'il devrait faire demi-tour et retourner à la Maison-Blanche, retourner « chez lui » – quelle plaisanterie –, mais il ne supportait pas de devoir reparler à sa famille. Au moins, dans sa voiture, il était seul. Aussi seul qu'il pouvait l'être jusqu'au mois de janvier.

Son téléphone vibrait de temps en temps. Chris, Adriana, Matty et leurs parents essayaient de le joindre. Finalement, il l'éteignit. Même si ce n'était pas juste, même si c'était égoïste et puéril, la trahison le faisait souffrir.

Ils avaient été au courant.

Ils n'en avaient peut-être pas été *certains*, mais tout de même. Ils l'avaient laissé croire. Ils l'avaient laissé cacher qui il était véritablement, ils l'avaient maintenu enfermé sans laisser personne d'autre qu'Ashleigh voir la vérité. Personne sauf Shane. Il se sentait si bête et blessé que c'en était insupportable.

Ce n'était que de la politique, chéri.

Il prit la prochaine sortie, sans savoir où il était. Il pleuvait désormais des cordes, mais il continua de traverser la forêt et finit le long d'une route secondaire qui serpentait dans les collines. Une voiture passa en sens inverse, ses feux luisant sous la pluie, mais la route fut déserte quand il s'approcha d'un point d'observation et d'une aire de repos. L'envie d'uriner était devenue trop forte pour qu'il l'ignore. Il se gara, faisant crisser les pneus qui glissèrent sur le sol mouillé.

La pluie s'abattait tel un rideau sur les collines. Le monde était gris et glauque alors que le soleil se couchait à l'ouest. Sortant du véhicule, Rafa inclina la tête en arrière et laissa l'eau couler sur son visage, sans se préoccuper du fait qu'il serait trempé. La Suburban se gara ensuite derrière lui et il se hâta vers les petites toilettes en briques.

À l'intérieur, des néons projetaient une lueur tremblotante sur le béton froid et humide. En face d'une rangée d'urinoirs se trouvaient deux cabinets. Rafa s'enferma dans l'un d'eux à l'instant où Shane apparut. Il s'appuya contre la porte et ferma les yeux.

— Allez-vous-en.

— Je veux juste m'assurer que vous allez bien, dit Shane d'une voix aussi grave et sereine que d'habitude.

Elle envoya une chaleur traîtresse dans le corps de Rafa et il la refoula.

— Je ne peux plus pisser en privé ?

Il ouvrit brusquement son pantalon et sortit son membre, ponctuant sa question d'un flot d'urine dans les toilettes. Shane ne répondit pas et quand le jeune homme eut fini, il resta planté là, son torse s'élevant et retombant.

— Vous avez fini ? demanda doucement l'agent.

— Non.

Rafa savait qu'il se montrait irascible et têtu, mais c'était presque comme s'il était hors de son corps et que ce bazar émotionnel avait pris le dessus.

— Seigneur, je veux juste être seul. Vous n'arrivez pas à le comprendre ? Peut-être que j'ai envie de… de… de me branler ! Dégagez.

— Nous savons tous les deux que vous n'allez pas le faire, dit Shane qui était encore si calme que c'en était exaspérant.

— Ah ouais ?

Rafa baissa son pantalon et son boxer sur ses hanches avant d'empoigner son pénis.

Shane soupira.

— Venez. Vous ne feriez pas ça.

— *Tu crois* ?

Qu'il aille se faire voir. Qu'ils aillent tous se faire voir. Ils ne le connaissaient pas. Il en avait assez de tout enfouir en lui.

S'appuyant contre la porte du cabinet, Rafa écarta les jambes et se caressa sans ménagement, le claquement de sa chair faisant écho sur le béton et le métal.

— Peut-être que j'en ai assez d'être le bon garçon qui fait tout ce qu'il est censé faire. Qui saute dans leurs cerceaux et sourit toujours quand il a envie de hurler. J'en ai marre. Qu'est-ce que ça m'a rapporté, hein ?

Il cracha une fois, deux fois dans sa paume et se lubrifia entièrement alors que son membre s'allongeait et gonflait. Son souffle se coupa et il haleta en taquinant la crête sous sa verge. Les mots se déversèrent ensuite et il fut incapable de les interrompre, une part distante de lui l'observant avec horreur alors que le reste de sa personne se laissait totalement aller.

— J'aimerais que ce soit toi, tu sais. J'aimerais que ce soit toi qui me touches. Qui me baises. Je sais que ça ne devrait pas être le cas. Je sais que c'est mal, mais j'en ai terriblement envie. Je veux me mettre à quatre pattes et te prendre en moi. Je veux que tu t'enfonces dans mon cul pour que je le sente encore demain.

Il gémit légèrement alors que son pénis palpitait dans son poing.

Shane n'émettait aucun bruit, mais Rafa savait qu'il était toujours là. Il le sentait comme si des lucioles dansaient dans les airs et bourdonnaient autour d'eux.

— J'ai rêvé de ton corps nu. Es-tu poilu ? Je parie que oui. Je parie que ce serait vraiment bon contre ma peau. Ce serait rêche. Tu serais au-dessus de moi et je ferais tout ce que tu voudrais. Tout ce que tu demanderais.

Il était proche de l'orgasme. Ses testicules le picotaient alors qu'il se masturbait dans un rythme irrégulier.

— Je veux que tu me montres ce que c'est. Je veux que tu me montres tout.

C'était terriblement malsain et le frisson provoqué par cette situation le faisait bander encore davantage. Il avait gardé toutes ses pensées ensevelies si profondément et désormais, ses fantasmes les plus obscènes jaillissaient.

— Je veux avaler ton sperme. Je veux que tu me remplisses jusqu'à ce que ça déborde.

La chaleur montait en lui, ses joues le brûlaient, mais les mots continuaient de trébucher sur sa langue.

— Je sais que je ne suis pas censé le vouloir. Mais c'est ce que je *veux*. Je veux ta semence, Shane.

Rafa entendit une brusque inspiration immanquable de l'autre côté de la porte du cabinet et il jouit, tachant le sol et les toilettes, ses genoux tremblant alors que le plaisir l'incendiait. Haletant, il se mordit la lèvre et profita des vagues de plaisir pendant qu'il se vidait.

Ce fut ensuite terminé. Il se retrouva debout, dans des toilettes immondes sur le bord de la route, avec son sexe sale à la main et Shane toujours hors de portée.

Oh mon Dieu, qu'ai-je fait ?

L'humiliation tourbillonna en lui et Rafa déchira quelques feuilles de papier toilette rêche pour se nettoyer. *S'il vous plaît, faites que je me réveille. S'il vous plaît, faites que ce ne soit pas réel.*

Mais il savait qu'il avait beau espérer et prier, ça n'aiderait pas. Shane l'attendait.

<h1 style="text-align:center">Chapitre 14</h1>

*M*ON *DIEU. SEIGNEUR. Tout puissant.*

Le pouls de Shane tambourinait dans ses oreilles et son pénis appuyait contre son boxer. Il serra les poings, intimant à son corps de se calmer. Il n'avait certainement pas besoin qu'Alan vienne et le découvre avec une furieuse érection. *Reprends-toi, bordel. MAINTENANT.* Il aurait dû quitter le bâtiment dès que Rafa avait commencé à se toucher, mais ses pieds avaient été retenus dans un ciment virtuel.

Dans le cabinet, le jeune homme respirait péniblement, ses petits halètements s'élevant dans l'atmosphère et faisant écho sur les murs et le plafond. Shane n'arrivait toujours pas à croire que Rafa l'avait vraiment fait, et pourtant, il s'en était donné à cœur joie.

Et mon Dieu, les choses qu'il avait dites.

Sa voix avait été rendue rauque par le désir et entendre ses fantasmes avait fait bander Shane de façon plus intense et torride que depuis… peut-être toujours. Shane avait-il réellement cru un jour que Rafa n'avait rien d'extraordinaire ? Qu'il n'était qu'un gamin quelconque ? Le désir brûlait ses veines et, dans un monde parfait, il aurait ouvert brusquement la porte du cabinet et l'aurait baisé si violemment et si totalement que Rafa aurait joui à nouveau.

Mais c'était la réalité. Et la réalité était que, demain, il demanderait un transfert immédiat. Il n'avait aucun doute sur le fait qu'il voulait mettre l'homme qu'il protégeait dans son lit, et ça n'était pas qu'une question de sexe. Oui, Rafa l'excitait, puissamment, mais sous la surface, Shane mourait d'envie de savoir ce qui n'allait pas. Pour arranger les choses. Il voulait le serrer contre lui et le protéger. Pas seulement sur le plan physique, mais dans tous les domaines qui comptaient.

Ça suffit. Reprends le contrôle de la situation. Il inspira profondément et son érection commença à s'estomper. *Le pouvoir de l'esprit.*

La voix d'Alan lui parvint à l'oreille.

— Tout va bien là-dedans ?

Espérant que le bâtiment en briques ait suffisamment étouffé les cris de Rafa, Shane appuya sur le petit interrupteur de son bouton de manchette afin de réactiver son micro, qu'il avait heureusement éteint avant d'arriver sur l'aire de repos, pensant que Rafa voudrait parler en privé.

— Ça va. Vaillant a besoin de quelques minutes. Le périmètre ?

— Sécurisé.

— Bien reçu.

S'éclaircissant la voix, Shane éteignit une nouvelle fois son micro et fit quelques pas pour s'éloigner du cabinet et faire face aux miroirs tachés.

— Tu peux sortir de ta cachette, maintenant ?

Le rire de Rafa fut faiblard et amer.

— C'est la question, n'est-ce pas ?

Après quelques instants, la porte du cabinet s'ouvrit et il en sortit, les joues rouges et ses cheveux mouillés retombant en mèches rebelles sur son front. Il s'était rhabillé, mais son chino et sa chemise bleue semblaient prêts à rejoindre le panier de linge sale. Il ne croisa pas le regard de Shane alors qu'il se précipitait vers le lavabo pour se laver les mains. La tête baissée, il marmonna :

— Je suis désolé.

Shane le regarda dans le miroir.

— Ne le sois pas.

La tête toujours baissée, Rafa rit, dans un éclat rocailleux et staccato.

— Allez. C'était invraisemblable. Je n'aurais jamais dû... Tu essaies simplement de faire ton boulot. Tu n'as pas besoin de ça. Tu n'as pas besoin qu'un petit loser pathétique se branle devant toi.

L'envie de dire à Rafa qu'il le désirait, de le rassurer sur le fait qu'il n'était nullement pathétique, brûlait la gorge de Shane. Il joignit fermement ses mains dans son dos.

— Tu n'es pas un loser. Et je n'aurais pas dû te mettre au défi.

Rafa se frotta à nouveau les mains, le savon moussant.

— J'ai quoi ? Douze ans ? Je suis obligé de relever les défis ? Je suis censé être un adulte. J'ai simplement l'impression de...

— Quoi ? demanda doucement Shane après un instant.

— Oublie. Ils ne te paient pas pour que tu sois mon psy. J'ai juste passé une mauvaise journée.

— C'est à propos de ce qui est arrivé à la fête hier soir ?

La question était sortie avant qu'il puisse la retenir.

Rafa soupira et leva les yeux, hésitant, pour croiser le regard de Shane dans le miroir. Il était toujours rouge et ses iris sombres brillaient.

— Ouais. J'ai passé une mauvaise soirée aussi.

Shane avait désespérément envie de lui poser d'autres questions, mais il avait suffisamment merdé pour la journée.

— Viens. Rentrons. Tu as mangé ? On s'arrêtera sur le chemin. Tu te sentiras mieux.

Rafa acquiesça.

— Tu veux bien monter en voiture avec moi ? Je promets que je ne...

Il rougit davantage.

— Que je ne ferai rien d'inapproprié.

— Bien sûr. Rafa… s'interrompit Shane avant de soupirer. Je sais que c'est difficile à croire pour l'instant, mais tout ira bien.

— Vraiment ? chuchota-t-il.

Il enroula les bras autour de son corps, tremblant.

Tendant la main avant de pouvoir s'en empêcher, Shane la posa sur la joue du jeune homme et le caressa doucement du pouce. Rafa s'appuya contre sa main et l'agent acquiesça.

— Peu importe ce qu'il s'est passé, peu importe ce qu'il va se passer, tu vas y arriver. Tu es plus fort que tu ne l'imagines.

S'éloignant, Shane laissa retomber sa main. Il était temps de retourner au Château avant de faire une autre chose qu'il regretterait. Ses chaussures de cuir s'éraflèrent sur le béton rêche lorsqu'il ouvrit la porte.

Une lumière jaillit dans l'obscurité et l'agonie s'empara de son crâne, un *crac* explosant dans ses oreilles alors qu'il tombait subitement par terre, sans oxygène dans ses poumons.

Rafa !

Il avait un goût de boue sur la langue et un bourdonnement résonnait dans ses oreilles, faisant bien trop écho dans sa tête. Il cligna des yeux, mais sa vision était embuée de blanc. Ses bras et ses jambes ne lui obéirent pas quand il leur ordonna de bouger, *bouger ! Où est-il ? Où est-il ?* Shane ravala une vague de panique, s'obligeant à prendre une profonde inspiration et soupirant brusquement. Le sol vibra et, alors qu'il clignait des yeux, il vit un éclat écarlate.

Non, non, non !

Cette fois-ci, Shane laissa la panique le submerger et l'adrénaline éclaircit son champ de vision alors qu'il se mettait à genoux et poussait sur ses mains. Quelque chose de chaud et de poisseux coulait depuis son oreille gauche et sa tempe le brûlait. Il devait se lever. Il mit une main sur le côté de sa tête, ses doigts trouvant le creux où la balle avait éraflé son crâne. Ça n'avait pas d'importance. Il devait trouver Rafa.

Bouge !

Où était Alan ? Tandis qu'il se concentrait sur ce qu'il voyait, il observa la zone et ne vit que leur Suburban et la Toyota abandonnées de Rafa sous la pluie.

Il baissa ensuite les yeux.

Shane tituba et réduisit la distance entre eux, appuyant immédiatement sur le raccourci d'urgence sur son téléphone, ce qui le mettrait en contact avec le quartier général.

— Agent à terre.

Il entendit à peine sa voix tant le bourdonnement à ses oreilles était puissant.

— Je répète, agent à terre. Demande évacuation médicale immédiate. Vaillant a été intercepté. Besoin de renfort immédiat.

Son esprit s'avéra horriblement vide l'espace d'un instant, puis il transmit leurs coordonnées.

Personne ne répondit. Ne pouvait-il pas les entendre à cause du bourdonnement ? Shane tomba à genoux et appuya ses mains sur la tache rouge grandissante ornant la chemise et la veste de son collègue. Tant de sang. Trop.

Alan tenta de parler, sa pomme d'Adam remuant et ses yeux s'écarquillant.

— Brouillé, dit-il d'une voix rauque.

La confusion commença à s'estomper dans la tête de Shane. Il réalisa qu'il entendait des crépitements dans son oreille. Le signal radio les connectant, Alan et lui, avait été brouillé. Il réessaya son téléphone. Rien. Il appuya fortement sur la blessure d'Alan et tenta le portable de ce dernier. Aucun signal. Aucune connexion satellitaire. Rien.

Alan s'étrangla sur ses mots.

— Dis à Jules…

Il haleta.

— Dis-lui… que je suis désolé de partir comme ça. Je l'aime.

— Tu ne vas nulle part, tu m'entends ?

La gorge de Shane était à vif et les mots paraissaient encore distants dans ses oreilles.

— Tout va bien. Tu as déclaré notre localisation à Harris et aux opérations conjointes quand je suis entré. Ils vont venir quand ils ne pourront plus nous contacter. Tiens bon.

— J'attendrai Dylan.

Déglutissant, Alan frissonna.

— Jess et moi.

Shane regarda désespérément par-dessus chacune de ses épaules, mais il n'y avait rien d'autre que l'aire de repos et la rue déserte, plongée dans le noir des deux côtés, sous la pluie, le brouillard et la nuit. Il retira sa veste de costume et fit un nœud aussi serré que possible avec les manches autour du torse d'Alan, en guise de garrot de fortune. Alan cria quand il appuya le tissu plissé contre la blessure.

Le souffle de son ami sortait en petits gémissements et geignements.

— Van. Ouest.

— Tiens bon. Tu vas t'en sortir, Al.

Tandis que Shane prononçait désespérément ce mensonge, il vit la peur et l'acceptation dans le regard de son collègue.

— Tiens le coup.

Il n'y avait rien d'autre à dire.

Serrant une dernière fois la main de son ami, Shane obligea ses jambes à bouger. Il s'obligea à faire son boulot et à abandonner Alan sur le sol mouillé et boueux, son sang suintant par le trou dans sa poitrine à chaque ultime battement de son cœur.

Montant dans la Suburban, Shane sortit le kit de protection et prit les lunettes de vision nocturne sous le siège du côté conducteur. Éteignant les feux, il passa la première vitesse. Tandis qu'il s'éloignait, il regarda la masse sombre, le corps d'Alan allongé, immobile, dans le rétroviseur. Il détestait ne pas pouvoir rester avec lui jusqu'à la fin.

Il se retrouva alors au niveau du virage. Il n'y avait plus que la route devant lui. Il n'avait qu'une chose à faire : trouver Rafa. La peur, le chagrin et l'adrénaline se fondirent en fureur. *S'ils lui font du mal...*

De sa main gauche, Shane sortit sa chemise de son pantalon et arracha une bande. Du sang chaud trempait son oreille et son cou. Il appuya le tissu froissé sur sa blessure à la tête.

Shane fit appel à sa mémoire pour se rappeler la carte de la zone qu'il avait étudiée lors du trajet depuis Washington DC. Depuis le siège passager, Alan avait affiché la carte sur l'écran de leur tableau de bord et avait transmis leur localisation à Haris et au centre opérationnel.

Les arbres et la route sinueuse défilaient devant lui dans une image claire et thermique. Abandonnant sa blessure un instant, il agrippa le volant de sa main gauche et essaya d'allumer la radio de la Suburban. Le signal était toujours brouillé. Mais le véhicule avait un transpondeur de dernière technologie et il supposa qu'il était donc insensible aux interférences. Harris appellerait ses troupes d'une minute à l'autre. Bientôt, cela ferait trop longtemps qu'ils avaient transmis leur dernier rapport.

L'esprit de Shane tourbillonna. Ils avaient respecté tous les protocoles d'improvisation. Personne ne les avait suivis. *Comment nous ont-ils trouvés ?*

Alors qu'il accélérait dans un virage serré, il secoua la tête. Ça n'avait pas d'importance. Tout ce qui comptait, c'était récupérer Rafa. Il s'agrippa au volant et ses narines se dilatèrent. Le cauchemar de tout agent était d'échouer, mais la peur agonisante de ne plus jamais revoir Rafa était lourde, sous la surface. Ce désespoir déchirant allait bien plus loin que son travail.

Toutefois, la perspective que Rafa soit terrifié endurcit les veines de Shane, pourchassant toute autre émotion, sauf la conviction de devoir le récupérer.

— S'ils voulaient le tuer, ils l'auraient déjà fait.

Sa propre voix paraissait distante. Il recommença à parler, tentant de s'ancrer dans le réel.

— Il est en vie. Je vais le récupérer.

Ces salauds s'étaient enfoncés davantage dans ce bled paumé de Virginie-Occidentale et ils n'avaient que quelques minutes d'avance. De plus, ils croyaient que Shane était mort et, dans l'obscurité et sous la pluie, ils ne le verraient pas arriver. Il se concentra sur sa respiration, vidant son esprit. Ralentissant légèrement, il ouvrit l'étui et sortit le M-16. Il ne savait même pas qui avait abattu Alan et kidnappé Rafa.

Mais il s'agirait du tout dernier acte de cette personne.

Chapitre 15

J E NE VOIS rien.

Battant des paupières, Rafa lutta une nouvelle fois pour ouvrir les yeux. Pourquoi faisait-il si sombre ? Pourquoi ne voyait-il rien ? Où était-il ? Son pouls tambourinait et sa tête était douloureuse comme s'il avait bu trop d'alcool. Les restes d'un puissant produit chimique lui picotaient le nez et s'attardaient dans sa bouche pendant qu'il déglutissait encore et encore. La terreur s'accentuait.

Malgré sa torpeur, Rafa leva les mains vers son visage et écrasa ses coudes contre un métal solide. Sa panique s'amplifia dans cet espace confiné à cause d'un élan de terreur brûlante. Il appuya contre ses yeux, confirmant qu'ils étaient effectivement grand ouverts.

Mais il ne voyait que l'obscurité.

Il était blotti sur son flanc droit. Son épaule et sa hanche étaient collées contre ce métal implacable. Son cœur tambourinait tant que ses tympans vibraient quasiment. Le métal qui l'entourait aurait aussi bien pu encercler son torse, car il avait l'impression d'être enserré par un boa constrictor. Un cri déchira sa gorge sèche alors qu'il aplatissait ses paumes sur la paroi lisse, à quelques centimètres de lui. Ses halètements emplirent l'air froid et humide.

Il était dans une boîte.

Donnant des coups de pied avec ses jambes pliées, il cria tandis que ses pieds heurtaient un métal solide. Les semelles en caoutchouc de ses chaussures de ville couinaient pendant qu'il les faisait glisser sur la surface. La boîte n'était même pas aussi grande qu'un cercueil. Il ne pouvait s'étirer. Retenant son souffle, il gigota pour se mettre du côté gauche et sentir la paroi. Dans le noir, il tâtonna sur la surface lisse et poussa le couvercle de ses mains tremblantes. Il ne bougea même pas d'un pouce.

En hyperventilation, il cria à nouveau, écrasant ses poings contre le rabat.

Je dois sortir. Je suis aveugle. Je n'arrive pas à respirer ! Merde ! Aidez-moi ! Seigneur, s'il vous plaît !

Son corps se paralysa et il réussit de peu à ne pas se faire dessus. Il avait chaud de la tête aux pieds, une bouffée de chaleur écœurante lui mouilla les cheveux et coula le long de sa colonne vertébrale. Il respira difficilement par la bouche, donnant à nouveau des coups de pied et poussant toute surface qu'il pouvait toucher tout en essayant de ravaler ses cris.

Piégé. Mourir. Non non non non non !

Il eut le goût du sel dans la bouche quand les larmes coulèrent sur son visage. L'air semblait rare et ses poumons le brûlaient. Combien d'oxygène lui restait-il ? Avait-il été enterré vivant ? Allait-il mourir ainsi ? Où était-il ? Où était Shane ?

Shane.

Prenant péniblement une inspiration, Rafa se souvint. Un coup de feu. Shane sursautant et tombant à terre comme une marionnette dont on aurait coupé les fils. Un filet de sang coulant de sa tête.

Est-il mort ? S'il te plaît, ne sois pas mort. S'il te plaît, non.

Les sanglots de Rafa envahirent le minuscule espace, emplissant ses oreilles alors que des larmes et de la morve couvraient son visage. Comme sur une vidéo Vine qui se répétait, il rejouait la scène encore et encore dans son esprit – il était resté planté là, vainement, paralysé, quand Shane était tombé.

Il l'avait regardé mourir.

Il n'y avait rien d'autre dans la mémoire de Rafa, après cela. Jusqu'à maintenant, dans cette boîte où il suffoquerait sous peu. À présent, il voyait un éclat du sourire étonnamment large de Shane et la manière dont ses joues se creusaient et dont son visage de marbre s'adoucissait. Il entendit un écho du gloussement rauque de Shane et l'éclat de rire sincère qui avait parfois résonné. La manière dont il gémissait légèrement en goûtant un plat qu'il aimait. La sensation de ses lèvres contre celles de Rafa dans la cuisine et la chaleur mouillée de sa langue lorsque le baiser s'était approfondi. La façon dont son visage s'était illuminé quand il avait parlé de surf et de la sensation quand on prenait une vague – la sensation de s'envoler.

Il ne surfera plus jamais.

Fermant les yeux même s'il faisait tout aussi sombre quand il les maintenait ouverts, Rafa se souvint du souffle de Shane dans son cou, quand il l'avait poussé à terre, ce jour-là, au parc. Il se souvint qu'il s'était senti en sécurité, sous son poids. Que Shane avait tendrement posé sa paume contre la joue de Rafa, ce soir, et que lui-même avait désespérément désiré un autre baiser.

Tu es plus fort que tu ne le crois.

Mais il ne l'était pas. Oh mon Dieu, il était coincé et Shane n'était plus là. Rafa avait envie de lui dire bien plus de choses. Il voulait discuter d'autres sujets. Lui poser des questions qu'il n'avait jamais pu lui poser.

Il se demanda ce que Shane avait pensé, en se réveillant, ce matin, sans savoir que c'était son dernier jour. Qu'il allait mourir en tentant de le protéger. Ce n'était pas censé se passer ainsi. Shane avait dû avoir des rêves, des idées, des espoirs quant à ce qu'il ferait ensuite et, en un instant, tout lui avait été enlevé. C'était terminé.

Il est mort à cause de moi.

Rafa laissa échapper d'autres cris. Il aurait aimé, de tout son soûl, pouvoir prendre la place de Shane.

Quand il ouvrit à nouveau les yeux dans l'obscurité, il ignorait combien de temps s'était écoulé. Probablement quelques minutes, mais il avait l'impression d'être dans un monde onirique. Sa bouche lui faisait mal et il s'étouffa sur une autre vague de panique, s'obligeant à soupirer longuement et lentement. Se concentrant sur ce qu'il y avait au-delà de sa minuscule prison, il se rendit compte que la boîte bougeait légèrement et qu'il y avait un grondement sous lui. Il n'avait pas été enterré vivant, alors. C'était déjà ça.

Un nouveau sanglot se bloqua dans sa gorge. Shane était toujours mort. Rafa se pinça les lèvres et inspira par le nez. Il était temps d'être fort. Il était temps d'être un homme. D'être aussi coriace que Shane le percevait.

Rafa laissa échapper une expiration tremblante, l'air chaud rendant la boîte encore plus poisseuse. La sueur coulait sur sa peau. Il devait arrêter de flipper, sinon il allait gâcher tout son oxygène. Combien lui en restait-il ? Allaient-ils (peu importait qui *ils* étaient) le laisser sortir à temps ? Son pouls accéléra et il tenta de se concentrer.

Il était dans un genre de véhicule, probablement une voiture ou un camion, mais pas un bateau. Maintenant qu'il était capable de réfléchir malgré sa terreur folle, il ressentait les nids-de-poule et les cahots sur la route. Il tendit l'oreille, mais n'entendit pas ses ravisseurs.

Il avait vu des silhouettes d'hommes. Toutefois, il ne s'était concentré que sur l'arme et la balle qui avaient abattu Shane. Il se disait que l'identité de ces personnes n'avait pas d'importance. Ce qui comptait, c'était ce qu'ils prévoyaient de faire de lui.

Comment l'avaient-ils trouvé ? Pourquoi diable quiconque le kidnapperait, *lui* ? Non pas qu'il aurait souhaité que cela arrive à sa sœur ou ses frères. *Oh mon Dieu, est-ce qu'ils vont bien ? S'il vous plaît, faites que ce ne soit que moi. Faites qu'ils aillent bien.*

Tandis qu'il essayait d'étirer ses membres souffrant de

crampes, Rafa fit appel à sa mémoire. Il savait qu'il n'avait plus son portable, à cause de l'absence du poids dans sa poche, mais il se tordit le bras, son cœur hésitant, et essaya de plonger ses doigts dans son autre poche. Il entortilla son poignet vers l'arrière, tâtonnant à la recherche de ce petit morceau de plastique dur. Mais il ne sentit que la couture en coton de son pantalon.

Pas de bouton de panique. Et, évidemment, il n'avait pas appuyé dessus quand il en avait eu l'occasion, lors de ce moment horrible où il avait vu Shane sursauter et tomber au sol. Le coup de feu avait été si bruyant que Rafa était certain que ses oreilles bourdonnaient encore à cause de lui.

L'obscurité le submergeait et il ravala une autre vague de panique. Son cœur tambourina et il glissa une nouvelle fois les mains sur la boîte en métal. Il avait besoin de lumière. Il avait besoin d'air. Il avait besoin de Shane.

L'idée qu'il ne le revoie jamais était douloureuse, et le regret l'étouffait alors qu'il blottissait ses jambes courbaturées contre son torse. Reverrait-il sa famille ? Ou Ash ?

Il avait obtenu ce qu'il avait demandé. Rafa ne s'était jamais senti aussi terriblement seul.

LES DEUX *POP* firent sinistrement écho dans la prison de métal de Rafa et son cœur s'emballa lorsque le véhicule oscilla. *Qu'est-ce que...*

Néanmoins, il n'eut même pas le temps de conclure cette pensée, car la boîte tangua impitoyablement, glissant et s'écrasant contre une barrière avant de s'incliner. Rafa tâtonna pour se tenir, le sang tambourinant à ses oreilles alors qu'il essayait de relever sa tête du côté de la boîte qui était désormais en bas.

Il était à l'envers, et une nouvelle vague de panique le saisit quand il se cogna d'une paroi à l'autre, tentant de renverser la boîte. Son pouls accéléra quand de nouveaux coups de feu résonnèrent dans la nuit. Il avait l'impression que le véhicule s'était arrêté. *S'il vous plaît, s'il vous plaît, s'il vous plaît. Aidez-moi.*

Le poids de son corps appuyait douloureusement sa tête contre le métal et ses doigts le picotaient. Des spasmes élançaient les muscles courbaturés de son cou et il commença à hyperventiler, donnant des coups de pied inutiles et hurlant. La fusillade se poursuivit dans un déluge de coups de feu et de cris étouffés. Il ne pouvait que prier pour que les gentils gagnent.

Il s'exclama quand un bruit qui devait forcément être une explosion fendit l'air. Poussant de toutes ses forces, il se servit de son élan pour renverser la boîte. Au moins, maintenant, il n'était plus sur la tête et il gigota jusqu'à se retrouver allongé sur le côté, sentant les soudures avec le bout des doigts. Il ne savait même pas quel côté était en haut. Une ceinture de fer enserrait sa poitrine lorsqu'il essayait de respirer. Il donna des coups de pied inutiles avec ses jambes pliées et courbaturées.

Mon cercueil. Je vais mourir ici.

Sa gorge et sa bouche lui donnaient l'impression d'être couvertes de sable et de verre. La sueur coulait sur son front. D'autres détonations résonnèrent. Elles étaient plus proches, cette fois-ci. *S'ils comptent me tuer, qu'ils le fassent !*

La boîte bougea et il roula avec elle. Il se retrouva sur le ventre quand elle fut soulevée. Un souffle d'air frais heurta son dos et des mains puissantes s'enroulèrent autour de sa taille.

— Rafa !

La voix ressemblait à celle de Shane, tandis qu'un homme l'aidait à se relever et le faisait sortir d'un van qui s'était écrasé sur le côté. Rafa jeta un coup d'œil par-dessus son épaule, certain qu'il entendait des voix. La vague de soulagement quand il vit le visage mouillé et ensanglanté de Shane lui fit monter les larmes aux yeux.

— *Shane.*

Sa voix fut à peine plus qu'un chuchotement rauque et il ne

put faire fonctionner ses jambes.

Mais Shane le soutenait et il jeta une paire de lunettes brisées alors qu'il retournait Rafa, le serrait contre lui et enveloppait ses bras autour de lui.

— Je te tiens. Tu vas bien. Je te tiens.

Les genoux du jeune homme ne le soutenaient plus. Les muscles de ses jambes étaient courbaturés et engourdis. Il s'affala contre le torse de Shane, enfouissant son visage contre le coton mouillé de sa chemise et s'agrippant à lui grâce à chaque soupçon de force qu'il lui restait. Il s'accrocha au cuir de son holster. La pluie se déversait désormais par torrents et c'était si agréable, après la chaleur confinée de la boîte.

— Je te tiens, dit Shane en le serrant fermement contre lui. Tu es en sécurité, maintenant.

Les jambes de Rafa tremblèrent alors qu'il essayait de retrouver son équilibre dans la boue. Il inclina la tête et croisa le regard scintillant de Shane sous une lumière orange oscillante.

— Ils t'ont tiré une balle dans la tête. Tu étais mort.

— Ils m'ont seulement égratigné. J'ai eu de la chance.

Shane tourna la tête, montrant la blessure à Rafa. La pluie lessivait le sang qui recouvrait l'oreille de l'agent. Rafa l'essuya délicatement avec sa manche.

Tandis que le jeune homme observait les environs, il se rendit compte que la lumière orange provenait d'un véhicule en train de brûler qui était probablement la Suburban. Il cligna des yeux en regardant Shane.

— Et maintenant ?

Shane effleura le crâne de Rafa d'une main et le scruta.

— T'ont-ils fait du mal ?

— Non. Ils m'ont juste mis dans la boîte. Je n'arrivais pas à bouger. C'était si petit.

Il prit une inspiration tremblante.

— Sont-ils tous… ?

— Morts.

Quand Rafa regarda autour de lui, il vit des cadavres éparpillés dans la boue. Ils étaient sur une route de terre, encerclés par les arbres et les ombres projetées par la montagne.

— Alan ? Où est-il allé ?

Le cœur de Rafa accéléra quand le visage de Shane se pinça.

— Il s'est fait tirer dessus.

— Oh mon Dieu. Est-ce qu'il va bien ? Où est-il ?

— Sur l'aire de repos. Ils devraient bientôt le trouver. Il va peut-être…

Shane se tut, sa voix se chargeant d'émotions.

— On ne sait jamais. C'est un dur à cuire.

Les genoux de Rafa cédèrent et il serait tombé dans la boue sans la poigne puissante de Shane.

— C'est ma faute. Je n'aurais pas dû venir ici. Oh mon Dieu. Tu aurais dû rester avec lui. Tu aurais dû le sauver. Et les laisser m'emmener.

Il renifla alors que les larmes inondaient ses yeux.

— Tu sais que je ne les laisserai jamais t'emmener, dit Shane en effleurant les joues de Rafa avec ses pouces.

— Je sais que c'est ton boulot, mais…

— C'est plus que mon travail, chuchota Shane d'une voix rauque en prenant le visage de Rafa entre ses mains.

Leur baiser fut mouillé et violent, leurs bouches s'ouvrant alors qu'elles se rencontraient dans un élan de désespoir, pendant que le vent hurlait et la pluie tombait. Il embrassait Shane et celui-ci était clairement, à cent pour cent, en train de l'embrasser. Mais ce baiser s'acheva en un clin d'œil lorsque Shane s'éloigna, tenant toujours le visage de Rafa.

— Nous devons rentrer. Je ne peux pas…

Il soupira péniblement et caressa les lèvres de Rafa du pouce.

— On ne peut pas.

Avant que Rafa ne puisse espérer protester, le rugissement d'un moteur et l'éclat de feux de voiture transpercèrent le vacarme du déluge. Bondissant sur une arme qui ressemblait à une mitrailleuse, Shane attira Rafa vers les arbres et le poussa brusquement alors qu'ils glissaient en bas d'une colline.

— Et si c'est la police ou d'autres agents ?

— On le découvrira dans une minute, il n'y a pas de mal à se cacher.

Shane le poussa encore plus rapidement.

Les cheveux de Rafa étaient collés sur son front et ses chaussures s'enfonçaient dans la boue. Ses jambes tremblaient et il s'apprêtait à protester quand des cris en langue étrangère explosèrent dans la nuit et que des lumières fendirent l'obscurité. *Oh merde.* Rafa obligea ses jambes à aller plus vite. Ses halètements résonnaient dans ses oreilles. Shane le guidait, sans avoir de peine pour respirer, manifestement. Il avait toujours la grande arme à la main et un visage calme.

Des voix résonnaient derrière eux. Elles s'approchaient. Il y eut d'autres lumières. *Oh merde, ils vont nous rattraper. Non non non !*

— À l'intérieur ! lança Shane en poussant Rafa sur la gauche et en le faisant entrer dans un trou noir sur le flanc de la colline.

Rafa tituba dans la grotte, s'éraflant le sommet de la tête contre le plafond en pierre.

— Recule autant que tu le peux, lui ordonna Shane. Fais attention.

Il retira une lame-chargeur de sa poche arrière et chargea la mitraillette.

— Reste baissé. Mets-toi sur le ventre.

Rafa s'exécuta, tendant les bras dans l'obscurité, et avança avec hésitation. Il s'appuya contre l'une des parois et se mit à genoux, puis sur le ventre. Shane était une silhouette noire dans l'ouverture de la grotte et devant la forêt légèrement plus étincelante, au-delà. Alors que Shane s'allongeait également sur le ventre, ce fut comme regarder différentes nuances de noir. Rafa se frotta les yeux.

Une lumière et un bruit fusèrent quand Shane abattit la personne qui se trouvait à l'extérieur. Dans le lourd silence qui suivit, les oreilles de Rafa bourdonnèrent. Une autre voix cria et Shane se tourna vers Rafa.

— Tu vas bien ? chuchota-t-il.

— Ouais, murmura-t-il avant de prendre une lourde inspiration par la bouche.

Ils attendirent donc. Et attendirent encore. Il enfonça ses ongles limés dans ses paumes, se concentrant sur ses inspirations et expirations. *Tout va bien. Shane est ici. Il est en vie. Il ne les laissera pas me faire du mal. Jamais.*

Quand les autres arrivèrent, Rafa crut que le bruit allait lui éclater les tympans. Le grondement des coups de feu résonna dans sa colonne vertébrale alors qu'il collait ses mains sur ses oreilles. Des pierres s'éboulèrent devant l'entrée de la grotte et dans le silence soudain, quand Shane arrêta de tirer, le crépitement de l'éboulis envahit l'atmosphère. Shane tâtonna vers l'arrière, tendant la main vers Rafa.

— Bouge !

Mais il était trop tard.

Dans un grondement, un barrage de rochers scella l'entrée de la grotte et l'obscurité fut complète. Tout comme dans la boîte, mais cette fois-ci, Shane était là, les mains posées sur lui et le couvrant de son corps alors qu'ils toussaient de la poussière et de la terre. Rafa pensa à ce premier jour, sur le trottoir, quand Shane s'était retrouvé au-dessus de lui. C'était la même chose, à présent. Le souffle de l'agent était chaud sur sa peau.

Mais il faisait si sombre.

Tandis que la poussière retombait, Rafa leva les doigts vers ses yeux pour s'assurer qu'ils étaient ouverts.

— Shane ?

Pourquoi ne disait-il rien ? Oh mon Dieu…

— Tu es blessé ? chuchota Shane en s'éloignant de Rafa et en laissant ses mains le parcourir, s'enfonçant et tâtonnant.

— Je ne crois pas, chuchota-t-il en retour. Et toi ?

— Je vais bien, répondit Shane avant de marquer une pause. Relativement bien.

— Tu les as tous tués ?

— Je crois. Difficile d'en être sûr à cent pour cent.

Shane aida Rafa à s'asseoir.

Ils restèrent assis là, attendant et écoutant. Les minutes s'écoulèrent. Shane tenait toujours fermement les bras de Rafa, comme s'il avait peur de le relâcher. Ses mains puissantes l'ancraient dans l'obscurité.

Ils attendirent. Et attendirent.

Finalement, l'agent soupira lourdement, son souffle effleurant le visage du jeune homme et le traversant d'un frisson.

— S'il en reste, ils doivent se diriger vers les collines, murmura Shane. Les troupes vont arriver. Ils ont brouillé nos signaux, mais la caisse a sacrément explosé. Ils avaient un genre de grenade. C'est bon pour nous, parce que nous sommes peut-être au milieu de nulle part, mais ce sera un signe pour les hélicoptères.

Une lumière jaillit et Rafa cligna des yeux à cause de l'éclat soudain du portable de Shane. Ce dernier secoua la tête en jetant un coup d'œil autour de lui.

— Toujours pas de réseau.

— Tu n'as pas un téléphone satellite ou quelque chose du genre ?

— Si. Ils ont quand même réussi à le brouiller. Ça doit être une nouvelle technologie. Mais les services secrets peuvent tout de même suivre ma localisation.

Tapotant l'écran, il alluma la lampe-torche et éclaira la grotte.

L'espace s'étendait sur trois mètres environ, à l'arrière, où il rétrécissait régulièrement pour se muer en fente dans laquelle ils devraient passer en rampant sur le ventre.

Le pouls de Rafa accéléra.

— Comment allons-nous sortir ?

— Il y aurait trop de variables, si nous essayions de nous enfoncer. Il est peu probable qu'il y ait une sortie de ce côté-là.

Shane s'agenouilla et examina la pile de cailloux dans l'entrée de la grotte, l'éclairant jusqu'au plafond.

— Tout pourrait s'effondrer si nous essayions de creuser.

— Alors, qu'est-ce qu'il nous reste ?

— Nous attendons. Ils vont nous trouver.

Il passa le portable à Rafa.

— Éclaire ici.

À quatre pattes, Shane déplaça quelques cailloux épars près du mur.

— Viens t'asseoir. À moins que tu aies besoin de t'allonger ?

— Non. Je vais bien.

Rafa avança vers lui et s'installa. Shane et lui étaient tous les deux trempés et sales jusqu'à la moelle. L'agent n'avait plus sa veste. Il s'assit à côté du jeune homme et reprit le portable.

Tandis qu'ils se retrouvaient plongés dans l'obscurité, Rafa prit une inspiration.

— On ne peut pas garder la lumière ?

— On en aura peut-être besoin plus tard. Il vaut mieux conserver la batterie, pour l'instant.

Shane trouva la main de Rafa et entrelaça leurs doigts.

— Je suis là, avec toi. Il ne t'arrivera rien.

Rafa s'agrippa à lui.

— Je sais. Merci.

— Enfin, il ne t'arrivera *plus* rien. Je suis désolé. Je ne sais pas comment c'est arrivé.

— Ne sois pas désolé. Ce n'était pas ta faute. Je pensais… Mon Dieu. Je jure qu'ils t'ont tiré une balle dans la tête. Je croyais que tu étais mort.

Il ravala la boule qui grandissait dans sa gorge.

— Quelques millimètres à côté et ça aurait été le cas. Je crois que le saignement s'est arrêté, maintenant.

— Merci, mon Dieu. Si tu étais… Il y a tant de choses que je n'ai jamais…

La peau de Rafa le picotait. *Il m'a embrassé. Ce n'est pas qu'une impression. Il m'a* embrassé.

— Shane…

— Tu devrais essayer de te reposer.

Shane tenta gentiment de repousser sa main, mais Rafa s'agrippa à lui.

— Non. On a failli mourir. On pourrait encore mourir ce soir.

Rassemblant tout son courage, Rafa relâcha la main de Shane et tâtonna jusqu'à se placer sur les cuisses de l'agent et le chevaucher. Rafa n'était pas beaucoup plus petit que lui et ses genoux effleurèrent le sol rocailleux, mais il s'en moquait.

Avec un petit grognement et un soupir qui effleura sa joue, Shane laissa ses mains remonter le long des cuisses du jeune homme et les posa sur ses hanches. Dans le noir total, Rafa lui caressa gauchement les épaules, puis le cou, jusqu'à son visage. Ses doigts frôlèrent la barbe de fin de journée de Shane et il l'explora doucement, trouvant le creux où la balle avait égratigné son crâne.

Shane prit une brusque inspiration. Se penchant en avant, Rafa déposa un baiser sur sa tempe.

— On ne peut pas faire ça, dit l'agent en s'agrippant aux hanches de ce dernier. On ne peut pas. On ne devrait pas.

Rafa colla leurs fronts l'un contre l'autre et caressa les bras de Shane.

— Mais tu en as envie ? murmura-t-il.

— Rafa…

Ses doigts s'enfoncèrent et sa respiration résonna lourdement dans l'obscurité.

— Tu me veux ?

— Oui.

Sa réponse fut à peine plus qu'un souffle et Shane effleura ses lèvres avec les siennes.

— Je te veux.

L'entendre l'admettre envoya une vague de chaleur et de joie en Rafa. Roulant lentement des hanches contre celles de Shane, il tâtonna à la recherche des boutons de sa chemise, ayant désespérément envie de sentir sa peau.

— Comment me veux-tu ?

Shane grogna à nouveau.

— Je ne devrais pas…

— Je t'ai dit ce que je voulais.

Rafa écarta les pans de la chemise de Shane autant qu'il le pouvait, malgré le holster. Il aplatit les paumes sur son torse.

— Hum, tu *es* poilu.

Il décrivit de petits cercles, ses doigts trouvant les bourgeons qu'étaient les tétons de Shane pour les taquiner. Il avait beau vouloir le voir, curieusement, il était plus facile d'être audacieux quand ils étaient invisibles.

— Tout ce que j'ai dit dans les toilettes était vrai. J'ai essayé de ne pas le désirer, mais depuis qu'on s'est rencontrés, je ne peux pas m'en empêcher.

Il frotta sa joue contre celle de Shane dans l'obscurité, leurs barbes se frottant. Son membre était appuyé contre son chino et il roula une nouvelle fois des hanches, sentant l'érection grandissante de Shane. Rafa trembla de tout son long et il allait jouir dans son pantalon s'il ne faisait pas attention. Du bout des doigts, il chercha la cicatrice dans le cou de Shane. Quand il crut avoir trouvé la ligne de peau esquintée, il la lécha. L'agent frissonna et prit une brusque inspiration.

Pinçant les fesses de Rafa, il releva la tête et l'embrassa, le poussant à entrouvrir ses lèvres. Ils rirent tous les deux quand leurs nez se heurtèrent dans le noir. Ils *rirent* et c'était si bon, si normal.

Ils inclinèrent la tête et Shane approfondit le baiser, glissant sa langue dans la bouche de Rafa pour l'explorer. Leurs petits halètements étaient bruyants dans la grotte. Les bruits de baiser mouillé excitaient Rafa encore davantage. Il gémit, des étincelles jaillissant depuis son membre et ses testicules afin de pourlécher l'intégralité de son corps.

Ils s'embrassèrent encore et encore. Rafa crut qu'il pourrait embrasser Shane pour toujours et que ce serait suffisant. Que ce serait *tout*. Toutefois, Shane ouvrit ensuite la chemise de Rafa et ses mains furent à la fois rêches et douces sur la peau du jeune homme. D'accord, peut-être que le baiser était loin d'être suffisant.

Rafa gémit alors que sa verge se crispait. Shane caressa son torse et son dos, titillant sa colonne vertébrale. Il défit ensuite leurs ceintures et leurs braguettes. Rafa se releva et Shane baissa son chino ainsi que son boxer sur ses hanches. Le jeune homme cria quand une paume calleuse s'enroula autour de son sexe.

— Chhut, chhut. Nous devons rester discrets.

— C'est vrai. Il pourrait y avoir… d'autres kidnappeurs.

Il ne voulait pas que d'autres méchants les trouvent. Ou que les services secrets les entendent s'envoyer en l'air – *oh mon Dieu, on s'envoie en l'air* – ou qu'un autre éboulement commence.

Et s'ils ne peuvent pas nous trouver ? Et si nous étions coincés ici pour toujours ?

Rafa repoussa impitoyablement ces idées-là. Bon sang, il avait envie de crier et de hurler, parce qu'un autre homme touchait véritablement son pénis. Et pas n'importe quel homme… *Shane*. Se mordant la lèvre, il s'enfonça aveuglément dans le poing de Shane.

— Tu en es sûr ? Si tu veux que j'arrête… lança Shane à travers ses dents serrées.

Rafa gémit doucement, cherchant la bouche de Shane pour l'embrasser à nouveau et étouffer toute discussion sur un arrêt de leurs ébats, car c'était *hors de question*. Néanmoins, Shane brisa le baiser, une main aplatie sur le torse de Rafa et l'autre tenant toujours son sexe.

— Je ne te vois pas. Tu dois me dire oui. J'ai besoin de l'entendre.

— Oui, oui, oui. N'arrête pas. S'il te plaît.

Rafa s'agrippa aux épaules de Shane.

— À moins que tu n'en aies pas envie…

Faisait-il ce qu'il fallait ? Shane devait être habitué aux mecs expérimentés et non pas à des puceaux impatients.

— Je sais que je ne suis pas… Que je n'ai jamais…

Shane relâcha son membre et le cœur de Rafa plongea dans sa poitrine. Il lui saisit ensuite la main et la guida vers son propre sexe qui palpita dans le poing du jeune homme.

— Tu sens à quel point je bande pour toi ?

Haletant, Rafa hocha la tête avant de se souvenir que Shane ne pouvait le voir.

— Oui.

À l'exception de la fois où il avait joué à un jeu de masturbation dans le sous-sol de Bobby Simpson, au collège, Rafa n'avait jamais tenu un autre pénis. Et Shane était sacrément *viril*. Il le toucha de l'extrémité circoncise jusqu'à la base épaisse. Il aurait aimé voir à quoi cette verge ressemblait. Il glissa les doigts dans les cheveux de Shane avant de le caresser à nouveau.

Shane était chaud dans sa main, léchant et suçant la jonction du cou de Rafa avec son épaule pendant qu'il lui caressait le dos et le torse.

— C'est pour toi, murmura Shane. Je veux te baiser de toutes les façons possibles. Je te veux dans mon lit. Je veux te faire jouir. Tu veux jouir pour moi ?

— Oui, oui.

Rafa gémissait, il ne pouvait s'en empêcher.

— S'il te plaît.

Avec des mains confiantes, Shane rapprocha les hanches de

Rafa. Il lui fallut quelques tentatives avant qu'ils soient parfaitement alignés. Le jeune homme hurla quand il saisit les deux membres dans sa grande main, les caressant en même temps.

La verge de Rafa suintait et Shane se servit de ce liquide pour les lubrifier. Ils gémirent tous les deux légèrement. Rafa cambra les hanches, adoptant le bon rythme alors qu'il glissait les mains sous la chemise pour s'agripper à ses épaules sous le holster. C'était presque comme s'ils flottaient dans l'espace – il ne restait plus rien dans l'univers à part eux deux. Il n'y avait que leur contact, leur goût, leurs bruits, et il embrassa gauchement Shane avant de devoir se contenter de haleter, leurs souffles chauds sortant par bourrasques.

L'autre main de Shane s'enfonça dans le caleçon de Rafa et jusqu'à la fente de ses fesses.

— As-tu déjà été touché ici ?

— Non, haleta-t-il. Pas par quelqu'un d'autre. Je veux que ce soit toi.

Le doux tiraillement de la voix rauque de Shane taquina la colonne vertébrale du jeune homme.

— Je parie que tu es tout serré.

Il fit tourbillonner son doigt sur l'anus.

— Tu t'es déjà pris ?

— Ouais. Mes doigts.

— Combien ?

Shane inclina l'extrémité de son doigt à l'intérieur.

Ce violent élancement fit haleter Rafa.

— Deux, généralement. J'en veux plus.

Son sexe était en feu, ses testicules prêts à exploser. Il voulait que ça dure, mais l'envie de jouir brûlait chacun de ses pores alors que Shane s'affairait sur leurs membres.

— Je parie que tu t'ouvrirais pour moi, n'est-ce pas ? Tu es si beau. Et je lécherais ton entrée jusqu'à ce que tu me supplies de te donner ma queue.

Grognant, Rafa donna des coups de reins désespérés.

— Oui. Mon Dieu, Shane. J'en ai envie. J'ai envie de toi.

Il me *trouve beau.*

— Tu veux toujours avaler mon sperme ?

Hurlant, Rafa jouit, l'orgasme le transperçant si violemment qu'il vit des étoiles dans l'obscurité de la grotte. Il frissonna quand le plaisir le brisa en deux. Lorsque Shane claqua une main sur sa bouche, une autre vague palpita en lui.

— C'est ça, Rafa.

Un bonheur torride le brûla de l'intérieur et l'explosion s'estompa après les contrecoups.

— Oh mon Dieu, marmonna-t-il. *Shane.*

Ce dernier caressait toujours leurs sexes et Rafa baissa la main pour retirer celle de son compagnon. Il voulait être celui qui provoquerait son orgasme. Il leva la main poisseuse de Shane vers sa bouche et suça les doigts un par un, avalant cette saveur amère habituelle.

L'agent grogna.

— Tu aimes ça ? Tu aimes le goût de ta propre semence ?

Soudain, Rafa fut embarrassé et ses oreilles rougirent. Il relâcha le majeur de Shane.

— C'est bizarre, non ?

— Non.

Shane prit son visage en coupe et l'embrassa ardemment, léchant l'intérieur de sa bouche.

— C'est torride, murmura-t-il. Allez. Finis le travail.

Il leva la main vers les lèvres de Rafa et glissa le doigt suivant.

— C'est ça.

Rafa le lécha et le suça. Lorsqu'il eut terminé, il recula, enroulant une main autour du sexe de Shane, se laissant plus d'espace pour s'affairer alors qu'il le caressait. Shane, quant à lui, glissa les mains sur les cuisses de son partenaire. Rafa aurait aimé lui retirer son pantalon afin qu'ils soient nus, mais ils devraient attendre une autre fois.

Parce qu'il y aura une autre fois. Obligatoirement.

— J'ai hâte d'être dans ton lit, murmura-t-il. J'ai hâte que tu me baises. Que tu lèches mon entrée, comme tu l'as dit. Et je le ferai pour toi. Je te lécherai le cul. Je sucerai ta queue. Mon Dieu, je veux te sucer, Shane. Je veux avaler ta semence.

Le grognement de l'agent s'acheva par une brusque inspiration lorsque Rafa recula les fesses et se pencha en avant, guidant aveuglément la verge de Shane dans sa bouche. Tenant la base, Rafa suçota l'extrémité.

Elle avait un goût de musc et de sel – exactement comme il avait imaginé le goût des ébats. Elle était couverte de sueur, sale, et lui donnait l'impression d'être un animal, de la meilleure manière possible. Le membre de Shane était circoncis et Rafa aimait qu'il soit différent du sien. Cela rendait l'accomplissement de cet acte encore plus réel. Il lécha l'extrémité avant de le prendre en bouche.

Shane palpita entre ses lèvres, bandant et tendu. Rafa ne se souvenait plus d'aucun truc et astuce qu'il avait lu en ligne, sur l'ordinateur d'Ashleigh, mais alors qu'il avalait et léchait le membre de Shane, celui-ci ne sembla pas se préoccuper du fait que son partenaire ne savait pas ce qu'il faisait. Les mains de l'agent se glissèrent dans les cheveux du jeune homme, sans le pousser ni le décaler, mais il le touchait, l'ancrait dans l'obscurité.

Les petits gémissements émis par Shane provoquèrent des frissons dans le corps de Rafa. *Il* était à l'origine de ces bruits, *il* lui procurait du plaisir. Une sensation de puissance le traversa, lui donnant suffisamment confiance pour qu'il prenne le membre plus profondément. Ses narines se dilatèrent quand il s'étouffa et tenta de respirer, la salive coulant de chaque côté de sa bouche alors qu'il suçait, les bruits de baisers mouillés résonnant lourdement dans l'obscurité.

— Doucement, dit Shane d'une voix tremblante en caressant la tête de Rafa.

Mais ce dernier ne voulait pas y aller doucement. Il voulait que Shane jouisse, afin qu'il puisse en avaler chaque goutte. Et peut-être aurait-il dû s'inquiéter des préservatifs, lors de leurs ébats, mais il fantasmait sur les fellations depuis des années, alors il n'allait pas reculer maintenant.

Sa mâchoire commença à devenir légèrement douloureuse. Ses lèvres étaient largement étirées autour de l'épais membre de Shane et ses genoux étaient collés contre le sol en pierre, où il chevauchait les cuisses de son partenaire. Mais il s'en moquait. Il était en train de faire une fellation et il allait faire jouir un homme. Il allait faire jouir *Shane*.

Gémissant autour du membre, il tendit aveuglément l'autre main pour jouer avec les lourds testicules de son amant, les poils bouclant contre sa peau.

— Rafa, je vais…

Shane tira sur les cheveux du jeune homme.

Mais il resta en position, suçant ardemment le gland alors que Shane frissonnait et haletait. Un fluide chaud et salé remplit la bouche de Rafa et il aurait aimé voir l'homme en pleine jouissance. Il pouvait au moins le goûter, et il en avala autant qu'il le put avant d'être obligé de reculer pour prendre une profonde inspiration.

Shane releva la tête de Rafa et appuya son front contre le sien. Les petits soupirs de l'agent étaient chauds contre la peau du jeune homme. Ce dernier saisit le membre de Shane pour le pomper un maximum jusqu'à ce que celui-ci tressaille et fige sa main avant de déposer de petits baisers sur son visage.

— C'est si bon, bébé, murmura Shane.

Rafa tenta de lutter, déglutissant difficilement et battant des paupières aussi vite que possible, mais des larmes lui montèrent aux yeux tandis qu'une incroyable chaleur se répandait en lui. Frissonnant, il se souvint quand il était enfermé dans cette boîte de métal. Mais c'était terminé, il était en vie. Et Shane était là. Ils étaient en vie et ils étaient ensemble, voilà tout ce qui comptait.

Ne pleure pas. Ressaisis-toi. Ça va. Il ne peut pas le voir. Respire et…

Shane se figea.

— Rafa ?

Il caressa le visage du jeune homme.

— Qu'y a-t-il ?

— Rien, chuchota-t-il.

— Dis-le-moi. S'il te plaît.

Shane paraissait si peiné que Rafa tomba encore plus amoureux de lui.

Reniflant, le jeune homme rit de lui-même tandis que les larmes se déversaient depuis ses yeux.

— Je suis si heureux. Je suis si heureux d'être en vie et d'être avec toi. J'en ai eu envie pendant si longtemps. Et quand je t'ai rencontré, *merde*, comme j'ai eu envie d'être avec toi. Je n'aurais jamais cru que ça arriverait. Jamais de la vie.

Doucement, Shane sécha les larmes de Rafa.

— Je ne laisserai plus personne te faire du mal. Que Dieu me vienne en aide, je te veux tellement.

Il soupira.

— Rafa…

— Je sais. Je sais. Est-ce qu'on peut simplement… ne pas encore en parler ? Pas encore.

L'embrassant tendrement, Shane se blottit dans son cou.

— D'accord. Repose-toi maintenant.

— Je dois être lourd. Je peux…

— Non.

Shane enroula les bras autour de lui.

— Pas encore.

Soupirant, Rafa posa sa tête contre l'épaule de Shane. Il demeura dans la sécurité de ses bras un peu plus longtemps.

Chapitre 16

— Et s'ils ne viennent pas ?

Glissant les doigts dans les cheveux de Rafa, là où il avait posé la tête sur les genoux de Shane, ce dernier répondit :

— Ils vont venir. Ça fait trois heures qu'ils ont perdu le contact. Ils vont passer ce bled paumé au peigne fin.

Il avait vérifié l'heure et le réseau – toujours inexistant – sur son portable, et désormais, ils étaient replongés dans le noir complet de la grotte et continuaient d'attendre.

Rafa s'était allongé sur le dos et avait posé la tête sur la cuisse de Shane. Ils avaient lissé leurs vêtements et étaient probablement si poussiéreux et sales qu'aucune tache ne pouvait se démarquer.

Lorsque la lumière s'était brièvement allumée afin qu'ils puissent s'habiller, Rafa avait été incapable de croiser le regard de Shane, un sourire nerveux se dessinant sur ses lèvres. L'agent avait incliné son menton vers le haut et l'avait embrassé tendrement jusqu'à ce que le jeune homme le regarde avec des yeux brillants avant de l'embrasser en retour.

Il était vrai que Shane n'avait pas été avec un homme aussi inexpérimenté depuis l'adolescence. Au fil des ans, ses ébats avaient été beaucoup de choses : amusants, torrides, merdiques, bof et occasionnellement géniaux.

Mais ils n'avaient jamais été ainsi.

Le but avait toujours été de prendre son pied – de soulager une démangeaison sur sa peau avec quelques caresses bien placées. Ça n'avait jamais percé sous la surface. Il n'avait jamais eu l'impression d'être obstrué par une affection gluante qu'il ne pourrait expliquer. Il n'avait jamais tant joui à cause de la personne avec laquelle il était.

Après avoir été trempés, les cheveux de Rafa avaient séché et bouclé. Shane caressa les mèches entre ses doigts.

— J'aime tes cheveux, comme ça.

Rafa ricana.

— Tu ne les aimerais pas si nous n'étions pas dans le noir.

Shane continua à caresser Rafa de sa main gauche, posant la droite sur la poitrine du jeune homme. Du bout des doigts, ce dernier dessina maladroitement de petits motifs sur le dos de la main de Shane.

— J'aime tes cheveux naturels. Je les ai vus, cette première soirée, dans la cuisine.

La soirée lors de laquelle il aurait dû savoir qu'il s'empêtrait dans de beaux draps.

— Mais personne ne les aime ainsi.

— Selon qui ?

— Genre… tout le monde. Internet. Le monde.

— Qu'est-ce que tu en dis, *toi* ?

— Je ne sais pas. J'ai l'impression que… si je ne les tire pas en arrière, les gens vont encore plus me dévisager. Parler encore plus. Créer encore plus de photomontages sur moi.

— Qu'ils aillent se faire foutre, ces salauds. Enfin, je sais que c'est facile à dire.

Il caressa la tête de Rafa. Il savait qu'il devrait arrêter de le toucher, mais ici, dans le noir, ils étaient dans leur propre monde et personne ne les voyait. Ce qui ne rendait pas la situation morale, mais il avait déjà franchi la frontière et couru sur des kilomètres.

Il avait cédé à ses faiblesses – à son désir – et ne pouvait plus repousser Rafa, à présent. Chacun de ses instincts lui intimait de s'accrocher. Ils n'allaient peut-être pas s'en sortir. Il serait désolé, mais seulement s'ils survivaient.

— C'est bon d'étirer mes jambes, dit Rafa. Je ne sais pas combien de temps j'ai passé là-dedans. Une heure, sans doute. À ton avis, quel était leur plan ?

— Je n'en sais rien. T'emmener quelque part. Demander une rançon, peut-être. Ou exiger des changements politiques.

Te torturer et te renvoyer à ton père morceau par morceau jusqu'à ce qu'ils obtiennent ce qu'ils souhaitent. Il frissonna intérieurement.

— Est-ce qu'ils semblaient Russes ?

— Ouais. Ou s'ils n'étaient pas Russes, je crois qu'ils venaient de cette région. Ils étaient clairement Européens.

Rafa demeura silencieux quelques instants.

— Tu crois qu'Alan va bien ?

Le chagrin de Shane grandit, le brûlant de l'intérieur. Bien qu'il ne voie rien, il ferma les yeux pour se protéger de l'image d'Alan, allongé par terre, le visage pâle alors qu'il se vidait de son sang. Comment Julianna et Dylan allaient-ils tenir le coup ? Elle allait tous les perdre. Il eut l'impression que sa gorge s'emplissait de cailloux. Comment avait-il pu être captivé par Rafa quand son ami mourait ?

— Je n'en sais rien, réussit-il à dire. Je l'espère, mais…

Appuyant la main de Shane contre son torse, Rafa la serra.

— Je suis désolé. Je suis tellement désolé.

— Ce n'est pas ta faute.

— Mais si. C'est moi qui suis venu ici, au milieu de nulle part. Comment m'ont-ils trouvé ?

— Je ne sais pas. Tu n'as dit à personne où tu allais ?

— Non. Je le jure. Je n'ai parlé qu'à toi, quand tu m'as appelé sur mon portable. Je ne savais même pas où j'allais. Je me contentais de conduire. J'aurais pu aller n'importe où. Je ne sais pas pourquoi j'ai choisi cette sortie sur l'autoroute. C'était un coup de tête. Je roulais sur ces routes secondaires et je me suis arrêté à ce point d'observation… Je n'avais aucune raison de faire tout ça.

Un soupçon terrible commença à poindre et à s'enraciner en Shane.

— Ça devait être une fuite en interne.

— Qu'est-ce que tu veux dire ? Que c'était l'un de vous ?

— Il n'y a aucune autre explication. Je sais que nous n'étions pas suivis sur l'autoroute. Enfin… c'est possible. Mais nous l'aurions remarqué. Pendant des kilomètres, nous n'avons eu personne derrière nous.

Les différentes éventualités défilèrent dans l'esprit de Shane. De nombreux agents du bureau des opérations conjointes et de la Maison-Blanche connaissaient les localisations que Alan avait rapportées lorsqu'ils suivaient Rafa. Le signal fonctionnait encore quand Shane avait quitté la Suburban pour entrer dans les toilettes. Ils avaient contacté Harris. Ils avaient suivi la procédure. Qui les trahirait ? Qui trahirait Rafa ?

— Shane ? Tu vas bien ?

Rafa caressa le dos de la main de Shane.

Celui-ci soupira longuement.

— Ouais. Merde, je n'arrive pas à y réfléchir pour l'instant. C'est inutile. Ils vont découvrir ce qu'il s'est passé.

Il caressa une nouvelle fois les cheveux de Rafa.

— Tu devrais dormir.

— Je ne suis pas fatigué.

Shane sourit.

— Menteur.

— D'accord, d'accord. Mais je ne crois pas pouvoir dormir. Je… Je peux te poser une question ?

— Tout ce que tu veux.

— As-tu déjà tué des gens ?

Rafa ajouta rapidement :

— Je ne te juge pas. Crois-moi, je suis ravi que tu les aies tués. Ce qui fait peut-être de moi une mauvaise personne, mais… j'imagine que ça ne me dérange pas.

— Tu n'es pas une mauvaise personne. Je suis ravi de les avoir tués, moi aussi.

Les souvenirs surgirent dans l'esprit de Shane – il avait tiré dans les pneus du van pour déséquilibrer le véhicule et sur les hommes qui sortaient en tirant des coups de feu, alors qu'ils n'étaient que des silhouettes rouges à travers ses lunettes de vision nocturne. Il les avait abattus, l'un après l'autre, comme il s'était entraîné à le faire des millions de fois. Le service exigeait que leurs aptitudes restent impeccables, avec des exercices d'entraînement réguliers, et cette soirée avait prouvé leur efficacité.

Mais en plus de l'entraînement et des réactions automatiques, Shane avait voulu *détruire* ces hommes, ce soir. Son corps tout entier l'avait voulu. Il tourna sa paume vers le haut et attrapa celle de Rafa avant de la serrer.

— Je tuerais quiconque essaie de te faire du mal.

— Je sais. Enfin, c'est ton boulot. Pas simplement de tuer, mais de mourir. Comment tu gères cette idée-là ? Et si tu ne m'appréciais pas ? Si j'étais un véritable emmerdeur ?

— Je n'ai jamais eu besoin d'apprécier les personnes que je protégeais. C'est hors sujet. Les apprécier ou non n'a rien à voir avec mon devoir. C'est comme…

Shane ricana.

— J'ai toujours cru que c'était comme prendre une balle pour l'Amérique. Pas pour une personne en particulier.

Rafa rit doucement.

— Ils devraient utiliser ce slogan dans leurs brochures de recrutement. « Prenez une balle pour l'Amérique ! » Mais c'est logique. Il faut voir tout le tableau et pas la personne en particulier.

— Ouais. Avant, c'était le cas.

La voix de Shane était à peine un murmure.

— Mais maintenant…

Ferme-la. Arrête de parler. Les mots sortirent tout de même.

— Ce serait pour toi.

Il écarta les cheveux de Rafa de son front.

— Je prendrais une centaine de balles. Je tuerais une centaine d'hommes. Je te protégerais quoi qu'il en coûte.

Laissant échapper un soupir tremblant, Rafa leva la main de Shane et embrassa sa paume. Ses lèvres étaient sèches contre la peau de ce dernier et son souffle chaud.

— Je sais que tu le ferais. Mon Dieu, Shane. J'étais certain que tu étais mort, chuchota-t-il. Je sais qu'on ne peut pas faire ça. Mais…

Ses mains agrippèrent le crâne de Shane et l'attirèrent vers le bas. Lorsque leurs lèvres se rencontrèrent, ils s'embrassèrent doucement.

Quand Shane se redressa pour s'appuyer contre le mur en pierre, il soupira dans le noir. Ses fesses étaient engourdies et sa tête palpitait là où la balle l'avait effleuré. Mais Rafa était en sécurité, vivant et chaud à son contact, voilà tout ce qui comptait. Car il ne pouvait rien faire pour ce qu'il se passait en dehors de la grotte, pour le moment. Pourtant, il avait envie de savoir.

— Que s'est-il passé, hier ? Pourquoi as-tu voulu t'enfuir ?

— J'ai découvert que je suis un idiot. Que je suis bête, marmonna Rafa.

— Ce n'est pas vrai, mais dis-moi pourquoi.

Rafa demeura silencieux quelques instants avant de se redresser. Tâtonnant dans l'obscurité, il s'assit à côté de Shane, contre le mur. Avant de commencer à parler, il posa la main sur la cuisse de l'agent, presque comme s'il s'y accrochait. Shane passa un bras autour de ses épaules et le jeune homme se colla parfaitement contre lui, comme si sa place était là.

— Ils savent que je suis gay. Ma famille. Enfin, apparemment,

Matthew ne le savait pas vraiment, mais il n'a jamais été du genre observateur. En revanche Chris, Adriana et…

Il soupira exagérément.

— Mes parents. Ma mère et mon père le savent. Apparemment, ils le soupçonnent depuis des années. Maman a dit…

Lorsque les secondes s'égrenèrent, Shane caressa l'épaule de Rafa et insista.

— Quoi ?

Sa voix fut si fluette, dans l'obscurité.

— Elle a dit qu'elle pensait que nous étions sur la même longueur d'onde. Que je continuerais de me cacher. Que je serais avec Ash en public. Que je serais uniquement gay « en privé ». Pour toujours, j'imagine. Alors, ils ne pensaient pas que nous avions besoin d'en discuter. C'était comme… comme quelque chose que je pouvais simplement garder dans une boîte et qui n'avait rien à voir avec ma vie. Comme si ce n'était pas *qui je suis*.

Bordel. Les narines de Shane se dilatèrent alors qu'il ravalait un élan de fureur et restait calme. Il caressa doucement le bras de Rafa.

— Je suis désolé.

— Et je me suis rendu compte d'une chose. Tu te souviens de ce projet de loi d'il y a quelques années, sur le « mariage constitutionnel » ? Mon père l'a soutenu. Ils ont attendu qu'il soit réélu et j'imagine qu'ils se sont dit qu'ils n'avaient rien à perdre. Ils nous ont tous fait venir pour l'annonce. C'était quelques jours avant Thanksgiving. J'étais tellement absorbé par mon premier semestre d'université que je n'ai même pas fait attention à ce qu'il se passait à Washington. Alors j'étais là, sous les projecteurs et les caméras, devant de nombreuses personnes, et j'ai dû sourire pendant que papa évoquait la privation des gays de leurs droits civiques.

Alors que Rafa prenait une inspiration tremblante, Shane lui caressa le bras.

— Je suis désolé, répéta-t-il.

Il ne savait pas quoi dire d'autre, à part que Ramon Castillo était un salaud égoïste à l'esprit étriqué.

— Je m'y étais préparé. À faire mon coming-out, je veux dire. J'étais enfin à l'université et il avait été réélu, et je commençais à trouver le courage de le faire. Mais après cette soirée, j'ai juste… J'ai eu envie de disparaître. De me volatiliser. C'est à ce moment-là qu'Ash et moi avons élaboré notre plan. Et je me suis dit qu'il n'en savait rien. Mon père ne savait pas qu'il parlait de moi. Que j'étais l'une de *ces* personnes. Je me suis dit qu'il n'aurait jamais soutenu le projet de loi s'il avait été au courant. Mais il le savait, Shane, ajouta-t-il en chuchotant. Même s'il n'en était pas certain, au fond de lui, il le savait.

Shane embrassa la tempe de Rafa.

— Je suis ravi que tu n'aies pas disparu.

— Je l'ai fait, pourtant. Je n'ai pas été moi-même. Jusqu'à cet été. Jusqu'à ce que je commence à cuisiner pour toi. Quand je suis avec toi, je n'ai pas à me cacher.

— J'aime te regarder cuisiner.

— Ah oui ?

Sa voix avait un soupçon d'espoir qui tirailla le cœur de Shane.

— Oui. Tes plats sont merveilleux, aussi. Tu seras un excellent chef cuisinier.

— Je l'espère. J'aimerais seulement que mes parents le comprennent.

— Peut-être qu'après ça, ils feront plus d'efforts.

— Peut-être.

Il posa sa tête contre l'épaule de Shane.

— Je sais qu'ils m'aiment, murmura-t-il. Ils m'aiment. Mais ça a été si difficile de faire semblant d'être quelqu'un d'autre.

— Je sais, répondit Shane en caressant ses boucles.

Après un silence confortable, Rafa reprit la parole.

— Tu as dit que tes parents l'avaient accepté dès le début.

La vague familière de culpabilité et de chagrin le submergea.

— Oui, j'ai eu beaucoup de chance. Ils étaient surpris, au début, mais ça n'a pas duré longtemps.

— Quel âge avais-tu ?

— Dix-sept ans. Ils se sont contentés de m'écouter et de hocher la tête. Et ma mère a pleuré un peu. Elle a dit que c'était parce qu'elle ne voulait pas que ma vie soit difficile. Mais ensuite, elle a dit que la vie de tout le monde était difficile et que ce n'était pas la peine d'en pleurer.

Il sourit à ce souvenir.

— Elle le faisait souvent. Elle entretenait ces conversations ou ces disputes avec elle-même. Mon père et moi, on se contentait de l'écouter et d'attendre de voir quel côté gagnait. Le lendemain, il m'a conduit jusqu'à Brooks Street pour qu'on surfe et boive un granité.

— À la pastèque et à la pistache ?

— Oui.

— Il surfait aussi ?

Shane rit doucement.

— Non. Il s'en sortait bien dans une piscine, mais il n'était pas un grand fan de l'océan. Il disait qu'il y avait trop de variables. Il était prof de maths et il aimait que tout soit en ordre. Que ce soit net et binaire.

Rafa serra la cuisse de Shane.

— On dirait qu'ils étaient vraiment géniaux.

— Oui.

Son cœur était trop serré, mais il réussit à inspirer.

— Je suis vraiment désolé que tu les aies perdus.

Tandis que ses yeux le picotaient, Shane s'éclaircit la gorge.

— Moi aussi. J'aurais dû être présent. Je les aurais fait sortir. Ils étaient en train de dormir au premier étage. Ça s'est propagé dans les murs. Un défaut électrique. La fumée était trop épaisse. Ils ne sont arrivés qu'en haut des escaliers. La pile du détecteur de fumée était morte. C'est une si petite chose. Elle a fait toute la différence.

— Ce n'est pas ta faute.

Le poids dans son torse appuya sur son sternum.

— J'étais censé leur rendre visite. C'était l'anniversaire de Maman.

Il tenait toujours Rafa par les épaules et, désormais, ce dernier avait passé un bras autour de sa taille pour l'ancrer encore davantage dans le vide de cette grotte.

— Mais mes supérieurs voulaient que j'assure une garde à Washington DC. Une mission spéciale pour l'un des dîners d'État de ton père. Si j'avais refusé, je n'aurais peut-être pas eu de seconde chance. Alors j'y suis allé. Maman était ravie pour moi. Elle a dit que nous mangerions un autre gâteau quand je pourrais aller chez eux. C'était une bonne excuse pour manger du gâteau.

Ses yeux le brûlèrent.

— J'ignore pourquoi je te raconte ça. Je ne parle jamais d'eux.

— Je suis ravi que tu m'en parles.

Rafa se blottit contre la joue de Shane.

— Ce n'était pas ta faute.

— Si j'avais été là…

— Tu serais sans doute mort aussi. Shane, *ce n'était pas ta faute*.

Il l'avait entendu à de nombreuses reprises par le passé. Il avait essayé d'y croire. Pourtant, quand Rafa le déclarait avec autant de conviction, appuyé contre le flanc de Shane et embrassant sa joue si tendrement, les creux dissimulés en lui depuis longtemps commençaient à se combler. Une chaleur se répandit en lui et amenuisa le poids sur sa poitrine, tandis que ses poumons se gonflèrent.

Tâtonnant à la recherche de la bouche de Rafa, il l'embrassa à nouveau. Il mémorisa la courbe de ses lèvres et le glissement de sa langue, à la fois hésitante et impatiente. Il tenta de graver les petits soupirs et halètements de Rafa dans sa mémoire. Il aurait aimé voir son visage pour embrasser ses taches de rousseur et la minuscule fossette causée par son sourire.

Le souffle de Rafa effleura les lèvres de Shane quand ils s'éloignèrent.

— Tu penses vraiment qu'ils vont nous trouver ? Ou tu m'as simplement dit ça pour que je ne passe pas ces dernières heures à flipper ?

Shane gloussa, bien qu'une inquiétude constante et sinistre le tiraille encore, bien sûr.

— Ils vont nous trouver. Le fils du président a disparu ? C'est une urgence nationale. Chaque agent sera sur le terrain. Fais-moi confiance. Et s'ils ne sont pas là demain matin, on creusera pour sortir. Mais le protocole est toujours d'assurer ta sécurité. Il existe encore quelques variables inconnues dehors. Ici, tu es en sécurité, pour l'instant. On attend les renforts.

— Dehors, c'est l'océan et ici, c'est la piscine ?

Shane sourit.

— C'est une bonne manière de voir les choses.

— J'aimerais qu'on ait de l'eau. Le sperme, ça donne soif.

Shane ne put refouler un éclat de rire.

— Tu es un si mauvais garçon.

Rafa s'esclaffa également.

— Je n'arrive pas à croire que j'aie dit toutes ces choses à voix haute.

— J'aime bien.

Imaginant Rafa rougir, Shane glissa une main sur sa cuisse et le caressa à travers son chino.

— Ah oui ?

Rafa déglutit bruyamment et reprit la parole d'une voix grave.

— Qu'est-ce que tu aimes d'autre ?

— Hum. Voyons voir. La pizza, c'est assez génial. La bière. Les vieux épisodes de *X-Files* sur Netflix.

Riant, Rafa lui donna une claque sur le torse.

— Ferme-la.

— Oh, tu veux dire, qu'est-ce que j'aime chez toi ?

Shane frôla la ceinture de cuir de Rafa.

— Hmm-hmm. Non, attends, oublie ça. C'est idiot.

— Qu'y a-t-il d'idiot ?

Il glissa la main contre le pénis de Rafa, dissimulé sous le coton, et le taquina avant de lui caresser à nouveau la cuisse.

— Tu essaies de te cacher, mais je te vois.

— Mais tu es si… Et je suis…

Shane fronça les sourcils.

— Quoi ?

— Je suis un gamin maigrichon et tu es l'incarnation d'un agent des services secrets selon Hollywood.

— Tu as peut-être été un gamin maigrichon par le passé. Plus maintenant. Tu es grand et mince, et hum, ce cul. J'aimerais te voir pour pouvoir lécher tes taches de rousseur.

Rafa éclata de rire.

— Mais… mes taches de rousseur sont si *moches*.

— Il n'y a rien de moche, chez toi.

L'embrassant maladroitement en guise de réponse, Rafa gémit contre la bouche de Shane.

— Shane, veux-tu…

Il saisit le membre de Rafa à travers son pantalon. Ce dernier se cambra, haletant, et Shane brisa leur baiser pour chuchoter à son oreille d'une voix torride.

— Tu veux que je te suce ?

Un nouveau bruit sec fendit l'obscurité et ils se figèrent. Il résonna à nouveau – plus proche, cette fois-ci –, dans un puissant éclat. Shane s'obligea à inspirer.

— Des chiens.

Il tenait toujours la verge de Rafa, il retira donc promptement sa main avant de laisser quelques centimètres entre eux.

— Ils leur ont fait sentir ton odeur. C'est la technique d'extraction habituelle dans une zone boisée.

Il imaginait les malinois reniflant le long de la colline jusque dans la ravine.

— Tu es sûr que ce sont les gentils ? chuchota Rafa.

— On le saura dans une minute.

Effectivement, il entendit les bruits familiers de commandes tactiques lorsque l'équipe arriva au niveau de la grotte. Les chiens aboyèrent avec une détermination certaine. L'homme de pointe cria qu'il avait trouvé d'autres cadavres d'assaillants.

Shane s'éclaircit la gorge.

— Je suis l'agent Kendrick. Vaillant est en sécurité. Pourquoi avez-vous mis si longtemps ?

Ils entendirent un grouillement de voix, puis Brent Harris hurla :

— Kendrick ? Répète, Vaillant est-il en sécurité ?

— Affirmatif. Vaillant est en sécurité. Il est sain et sauf. Vous devez simplement creuser pour nous sortir de là. Prudemment.

— Merci mon Dieu, Kendrick.

— Et Pearce ?

Il connaissait la réponse, mais se sentait obligé de poser la question.

— État critique.

Le cœur de Shane loupa un battement et la joie le transperça.

— Il est toujours en vie ?

— Des passants l'ont trouvé. Il est dans un sale état. Écoutez, tenez bon, on va vous sortir de là.

— Merci, mon Dieu, dit Rafa. Peut-être qu'il ira bien.

Il saisit la main de Shane.

— Quand pourrai-je te revoir ? murmura-t-il urgemment.

— Je n'en sais rien.

S'agenouillant, Shane l'étreignit brièvement et fermement.

— Mais tu sais qu'on ne peut pas faire ça. Ce n'était qu'une histoire d'un soir.

Rafa plongea les doigts dans la chair de Shane.

— Je sais. Je… Merci. De ne pas être mort et de m'avoir sauvé. Et de…

Reculant, Rafa l'embrassa ensuite ardemment.

— Merci pour tout, chuchota-t-il.

— Très bien. Nous avons fait venir des mecs spécialisés dans la démolition pour qu'ils examinent la stabilité.

La voix de Harris fit écho à travers les rochers bloquant l'entrée de la grotte.

— Vous avez de la place pour manœuvrer ?

Shane alluma la lampe-torche de son portable et relaya toutes les informations qu'il possédait. Il poussa Rafa derrière lui, aussi loin qu'ils pouvaient aller. Leurs regards se croisèrent quand les premières pierres furent déplacées et Shane tendit la main pour essuyer de la terre sur la joue de Rafa. Il l'embrassa une dernière fois, l'espace d'une seconde, avant de reprendre sa position et de le protéger de toute blessure alors qu'ils rejoignaient le reste du monde.

Chapitre 17

L E CIEL S'ÉCLAIRAIT sous l'aube alors que Brent et une nuée d'agents guidaient Rafa dans la ravine.

— Attention où vous mettez les pieds. Pouvez-vous remonter la colline ? Nous pouvons…

— Je vais bien !

Rafa savait qu'ils s'inquiétaient simplement, mais il se sentait encore plus claustrophobe que dans la grotte. Il but une autre gorgée apaisante de l'eau fraîche donnée par un médecin, puis il se tordit le cou pour regarder par-dessus son épaule.

— Attendez, où est Shane ? Pourquoi ne vient-il pas ?

— Il doit répondre à de nombreuses interrogations, expliqua Brent. Nous allons vous amener à l'hôpital pour que vous retrouviez votre famille.

— À l'hôpital ? Je n'ai pas besoin d'aller à l'hôpital. J'ai simplement besoin d'une douche.

Rafa fixa du regard le corps de l'un de ses kidnappeurs, couvert d'un plastique noir, lorsqu'il passa devant lui. Des mouches bourdonnaient autour et son estomac se retourna.

En haut, devant les restes fumants de la Suburban, une dizaine d'agents s'affairait et une ambulance attendait.

— Je n'ai vraiment pas besoin de ça, insista-t-il.

Toutefois, Brent et les autres se contentèrent d'acquiescer et de le pousser à l'arrière du véhicule.

Soupirant, Rafa s'étendit sur le brancard. Il dut admettre qu'il était agréable de s'allonger sur autre chose que de la pierre. Bien que la cuisse de Shane utilisée comme oreiller lui manque. Il rougit et jeta un coup d'œil coupable à Brent, qui inclina la tête. Ses cheveux poivre et sel étaient ébouriffés et les rides sur son visage ressortaient vivement.

— Vous allez bien ?

Alors qu'un ambulancier montait derrière eux, Brent ajouta :

— Vérifiez encore ses constantes.

L'ambulance avança sur le chemin de terre et Rafa se laissa faire, grimaçant quand le froid du stéthoscope se posa sur son torse. L'ambulancier le brancha à un tas de petites machines et le jeune homme ferma les yeux.

— Ma famille va bien ?

— L'inquiétude les rendait fous, mais à part ça, oui, répondit Brent. Nous sommes tous soulagés que vous soyez sain et sauf, Rafa.

Il ouvrit les yeux et sourit.

— Merci. Je suis content de rentrer. Shane m'a sauvé.

— On dirait bien, effectivement. Nous sommes ravis que vous alliez bien.

— Vous croyez qu'Alan se rétablira ?

Brent soupira.

— Nous ne le savons pas encore. Mais ne vous inquiétez pas pour ça.

— Bien sûr que je m'inquiète. Il s'est fait tirer dessus à cause de moi.

— Non. Il s'est fait tirer dessus parce qu'il a fait son travail, répondit Brent en tapotant le bras de Rafa. Reposez-vous.

Il ferma à nouveau les yeux et, bientôt, le tangage du véhicule le berça, même si les sirènes résonnaient et que le secouriste continuait de le toucher. Il songea à Shane et se demanda quand il le reverrait.

L'épisode de la grotte ressemblait déjà à un rêve. Mais non, c'était arrivé. Shane l'avait tenu dans ses bras, l'avait embrassé et *désiré*. Il l'avait touché et lui avait permis de se sentir si bien. Rafa avait encore envie de dire tant de choses. De choses qu'il mourait d'envie de...

Lorsqu'ils arrivèrent à l'hôpital à Washington DC, deux heures plus tard, une cacophonie de cris et de bruits emplit l'atmosphère, mais il ne voyait que le tissu noir qui avait été tendu pour empêcher les médias d'entrer, ainsi que les agents en costume alignés dans le couloir quand ils firent rouler le brancard à l'intérieur. Les urgences avaient apparemment été fermées, et derrière un autre mur d'agents, Rafa aperçut sa famille. Il s'assit et l'ambulancier essaya de l'encourager à se rallonger.

— Je vais bien, je vous l'ai dit. Laissez-moi me lever.

— Rafa ?

Sa mère se hâta vers lui et il passa ses jambes sur le côté du brancard. Il se retrouva alors dans ses bras, sentant une faible odeur de lavande et appuyant son visage contre le cou de sa mère.

— Maman, je vais bien. Je le jure.

Il lui caressa le dos et regarda son père, qui se tenait à quelques mètres de là.

Qui se tenait là et *pleurait*.

Le cœur de Rafa tambourina.

— Papa ? Je vais bien. Tu vois ?

Le menton tremblotant, Ramon les rejoignit et attira Rafa et Camila dans ses bras.

— *Dios Mio.* Mon garçon.

En plus de sa famille, la pièce était remplie d'une vingtaine d'agents, au moins, et ils regardaient tous au loin, comme s'ils n'entendaient et ne voyaient rien. Au-dessus de l'épaule de son père, Rafa cligna des yeux en direction de Chris, Hadley, Adriana et Matthew qui s'essuyaient les yeux.

Il avait l'impression qu'aucun d'eux n'avait dormi, et il se rendit compte qu'ils portaient encore tous les mêmes vêtements que pour la séance photo interrompue. Quand Rafa s'éloigna de ses parents, il lissa le haut froissé de la robe violette de sa mère.

— Je vais bien. Vous voyez ?

Adriana et ses frères se précipitèrent vers lui et l'enlacèrent tour à tour. Hadley lui déposa un baiser sur la joue et le gratifia d'un grand sourire quand elle caressa le dos de Chris.

Ramon pleurait toujours et il prit le visage de son cadet entre ses mains.

— Nous aurions dû faire tant de choses différemment.

Sa mère hocha la tête.

— Nous en discuterons une fois que tu te seras reposé. Oh, mon cœur.

Ses yeux étaient secs, mais scintillaient d'inquiétude.

— Nous avons eu si peur de t'avoir perdu, poursuivit-elle. Notre cher garçon. T'ont-ils fait du mal ?

Elle le parcourut du regard.

— Es-tu blessé ?

— Shane m'a sauvé. Je vais bien.

Une femme en blouse s'approcha.

— Rafael, je suis le docteur Kadikar. Nous devrions vérifier que tout va bien pour que vous puissiez rentrer chez vous.

— D'accord.

Il la suivit dans une salle d'examen, Brent et d'autres agents dans leur sillage. Arrivé devant la porte, il se tourna vers sa famille.

— Moi aussi, je vous aime. Vous le savez, n'est-ce pas ?

Ils hochèrent la tête et son père s'éclaircit la voix.

— Nous le savons, Rafalito.

Il n'avait pas entendu ce surnom depuis de nombreuses années et les larmes lui picotèrent les yeux. Il avait envie de dire tant de choses, mais il supposa que cela devrait attendre.

RAFA OBSERVA LE poster encadré de Kelly Slater émergeant du rouleau d'une vague, le soleil luisant sur l'eau. Cela ne faisait que vingt-quatre heures qu'il avait quitté sa chambre, mais il avait l'impression qu'une centaine d'années s'était écoulée. Il ne pensait pas qu'une douche chaude avait déjà été si agréable ni que son peignoir en tissu-éponge avait déjà paru si doux et apaisant. Ses cheveux mouillaient l'oreiller, mais il s'en moquait. Bouger lui demanderait trop d'énergie.

Son portable avait disparu depuis longtemps – probablement jeté par la vitre du van par ses kidnappeurs. Toutefois, il vérifia à nouveau iMessage sur sa tablette. Toujours aucune nouvelle d'Ashleigh, ce qui l'inquiétait. Il avait tant de choses à lui dire et il voulait juste entendre sa voix à nouveau. Fermant les yeux, il laissa une vague de nausée et de peur le submerger.

Je suis en sécurité, maintenant. Je vais bien.

Plus que tout, il avait besoin de revoir Shane. De le toucher et de l'embrasser, de se blottir dans ses bras. Mais Rafa savait qu'il ne pouvait pas le faire et cette perte le faisait déjà souffrir.

On frappa doucement à sa porte.

— Oui ?

Chris passa la tête à l'intérieur. Ses cheveux étaient mouillés et il venait de se raser.

— Tu vas bien ?

— Oui. Je dois juste me détendre. Maman et Papa m'ont quasiment suivi jusque dans la douche.

Chris sourit en fermant la porte derrière lui et traversa la petite entrée pour appuyer une épaule contre le mur.

— Tu as de la chance que nous ne soyons pas tous ici, avec toi. On ne veut plus que tu quittes notre champ de vision.

Une sensation de chaleur le consuma.

— Je vais bien. Vraiment.

— Je sais, mais je crois que tu vas devoir supporter qu'on te colle tous un peu plus. Sans parler des agents. Ça les a franchement bouleversés. Ce que je peux comprendre.

— A-t-on des nouvelles d'Alan ?

— Je n'en suis pas sûr. Je vais me renseigner. Oh, Ashleigh doit arriver dans l'après-midi. L'agent Nguyen a envoyé une équipe la chercher à Dulles.

— Elle est rentrée de Paris ? dit Rafa en s'asseyant. Mais je vais bien. Et pour son stage ?

— Tu plaisantes ? Raf, tu t'es fait kidnapper. Évidemment qu'elle rentre. Elle a pris le premier avion qu'elle a pu trouver. Je lui ai parlé quand elle était à l'aéroport et elle était dans un sale état.

Une tendre affection pour son amie enfla dans sa poitrine.

— C'est ma meilleure amie. Bon sang, ça ne devrait pas me faire du bien que des gens s'inquiètent pour moi, mais c'est un peu le cas.

— Évidemment.

Chris plongea les mains dans ses poches.

— Raf, nous avons tous été absorbés par nos propres vies. Par nos conneries. Nous devons mieux communiquer. Nous devons être de meilleurs frères. Tu devrais venir plus souvent à New York pour nous rendre visite, à Hadley et moi. À Matty aussi, et à Ade. Il faut qu'on se serre les coudes. Et tu sais que Maman et Papa t'aiment, n'est-ce pas ? Ils ne sont pas parfaits, mais qui l'est ?

Rafa hocha la tête.

— C'est ma faute. J'ai enfoui tant de choses, j'aurais dû être honnête.

— C'est notre faute à tous. Nous aurions tous dû être honnêtes.

— J'imagine.

— Écoute, ils t'envoient un plateau avec certains de tes plats préférés et tu devrais dormir quelques heures.

— Je crois que je ne peux pas dormir. Mais je pourrais certainement manger.

Néanmoins, une fois qu'il eut englouti une assiette de pain perdu, de saucisses et d'œufs, ses paupières s'alourdirent de manière incontrôlable et il se blottit sous sa couverture. *Rien que vingt minutes…*

— Raf ?

Il cligna des yeux et découvrit Ashleigh, assise à côté de lui, sur le lit. Ses yeux étaient rouges et bouffis, et ses cheveux blonds étaient attachés en queue de cheval.

— Ash. Tu es arrivée. Quelle heure est-il ?

— Un peu plus de seize heures.

— Tu n'étais pas obligée de venir.

Il s'assit et l'étreignit.

— Bien sûr, j'allais rester à Paris, à boire des cafés au lait et à trimballer des collants et des chaussures pour des séances photo alors que tu venais de souffrir d'une mort horrible aux mains de terroristes.

Elle s'agrippa à lui et renifla.

— Là, là. Je vais bien.

Il recula et posa une main sur sa joue.

— Ne pleure pas.

Elle leva les yeux au ciel.

— Je sais, mais je ne peux pas m'arrêter. Mon Dieu, ces huit heures et demie de vol ont été les plus longues de ma vie. Cet horrible réseau Wi-Fi à bord ne fonctionnait pas et j'ignorais totalement ce qu'il se passait. J'ai mis de la morve sur ces pauvres agents qui sont venus me chercher, quand ils m'ont dit que tu allais bien. Et il y avait des caméras partout, alors je suis sûre que ma tête de pleurnicheuse passera à la postérité.

Il l'embrassa et l'enlaça à nouveau.

— Je suis désolé que tu te sois tant inquiétée. Moi aussi, je t'aime.

— Tu vas vraiment bien ? demanda-t-elle alors que sa voix était étouffée par le peignoir. Merde, Raf. Ça a dû être terrifiant.

Il recula.

— Ouais. C'était terrible.

Sa respiration se coupa quand il se souvint de la boîte, mais son cœur ralentit lorsqu'il revit Shane le soulever.

— Mais Shane m'a sauvé. L'un des agents de ma protection rapprochée.

Elle plissa les yeux.

— Attends… est-il… ?

— Quoi ?

Rafa se rendit compte qu'il souriait, mais il ne pouvait s'en empêcher.

Sa mâchoire se décrochant, Ashleigh s'écria :

— C'est la Harley, n'est-ce pas ?

Rafa hocha la tête en se mordant la lèvre.

— Merde, alors ! s'exclama-t-elle avant de claquer une main sur sa bouche.

Elle baissa la voix.

— Ta famille te tourne autour comme des requins. Enfin, des requins inquiets et bien intentionnés. Ce n'était pas une critique. Ce que j'essaie de dire, c'est qu'ils sont juste dehors. D'accord, raconte-moi tout. *Tout*. C'est le mec que tu as embrassé ? murmura-t-elle enfin.

— Ouais. Shane.

— Et quand tu l'as embrassé, il a recommencé à se comporter comme un agent des services secrets, comme d'habitude ?

— Ouais. C'était ce qu'il y avait de pire.

— Je parie que oui. Mais il t'a sauvé ? C'est assez génial.

— Ils lui ont tiré dans la tête, mais ils l'ont loupé et la balle l'a juste égratigné.

Elle s'exclama.

— Waouh. Et ensuite ?

— Il nous a suivis. J'étais à l'arrière d'un van. Ils m'ont mis dans cette boîte.

Il déglutit difficilement.

— C'était horrible.

— Oh mon Dieu, dit-elle en lui prenant la main et en la serrant. Je suis si contente que tu ailles bien.

— Moi aussi. Donc Shane les a tués et m'a fait sortir de la boîte, continua Rafa avant de baisser encore plus la voix. Et il m'a embrassé.

— Sans déconner ! Merde, alors. Continue !

— Mais d'autres méchants sont arrivés et on a dû courir dans les bois. Il y avait une petite grotte et on s'est cachés à l'intérieur. Shane avait une mitraillette et il les a attendus. J'imagine qu'il les a tous tués, mais il y a eu un éboulement et on s'est retrouvés bloqués dans la grotte. L'entrée était bloquée.

Hochant la tête, Ashleigh écouta, ses yeux bouffis écarquillés.

Rafa se rapprocha et poursuivit à voix basse.

— Et je me suis dit, merde alors. Si j'étais sur le point de mourir, je comptais bien l'embrasser encore une fois. Merde, Ash. C'était merveilleux. J'étais sur ses cuisses et il faisait complètement noir, alors on ne pouvait que se toucher, s'entendre et...

Il frissonna rien qu'en y songeant et son entrejambe se crispa.

— Oh. Mon. Dieu, souffla-t-elle. Tu as couché avec ton agent.

Rafa ne put retenir son sourire.

— Oui, murmura-t-il. Enfin, il m'a masturbé et je lui ai fait une fellation. J'ai vraiment sucé sa queue. C'était génial. Rien que *l'embrasser,* c'était merveilleux. Je l'aime tellement. Parler avec lui, c'est juste... c'est si facile.

Elle lui sourit en retour.

— Tu es carrément amoureux de lui.

— Oui.

Il prit une profonde inspiration et la certitude l'emplit complètement.

— Je le suis vraiment. Est-ce bizarre que la soirée où j'ai été kidnappé ait été à la fois la pire et la meilleure de ma vie ? Je suis une horrible personne. Mon autre agent va peut-être mourir et tout le monde s'inquiétait.

— Tu n'es pas une horrible personne. Tu as le droit d'être heureux pour une bonne chose, même quand le reste craint, lui assura-t-elle avant de l'étreindre. Mais ne te fais plus kidnapper, d'accord ?

— Marché conclu.

Son cœur se serra et il recula.

— Oh, il y a autre chose. J'ai plus ou moins fait mon coming-out à ma famille, mais ils l'avaient déjà deviné.

Elle hocha la tête.

— Chris m'a averti. C'est difficile – c'est le moins qu'on puisse dire – pour ton père et ce foutu projet de loi. Mais je crois que c'est une bonne chose qu'ils en soient certains, maintenant.

— Mais nous avions un plan. Et pour tes parents ?

— J'irai les voir demain, répondit-elle tandis que son sourire faiblissait. Ils réagiront comme ils le voudront. Que ce soit demain ou en janvier. C'est la vie. Peut-être que je devrais me faire kidnapper après pour qu'ils se rendent compte qu'ils m'aiment, même si je ne suis qu'une bonne vieille gouine.

Elle laissa échapper un faible éclat de rire.

— J'imagine que c'est une bonne chose de savoir maintenant si j'aurais encore une famille une fois qu'ils découvriront la vérité.

Elle roula hors du lit et se leva.

— Laisse-moi prendre une douche.

Rafa tira sur sa main.

— Tu auras encore une famille, Ash. Nous sommes une famille pour toujours.

Déglutissant péniblement, elle acquiesça.

— Merde, ne me refais pas pleurer.

Elle essuya ses yeux bouffis.

— La Maison-Blanche a un stock de gouttes pour les yeux ?

— Va te doucher, je vais demander à Henry d'en trouver.

— Merci, chéri. Et… quand le reverras-tu ? La Harley ?

Rafa haussa les épaules.

— J'imagine que je dois être patient. Enfin, ce n'est pas comme si… on ne peut pas.

— Une nuit, c'est mieux que rien, non ? demanda-t-elle en lui souriant tristement.

Rafa tenta de sourire en retour.

— Je l'espère.

ILS SE RETROUVÈRENT dans la salle jaune ovale au premier étage qui était décorée de – vous ne devinerez jamais – différentes teintes de jaune qui portaient probablement des noms tels que « crème au beurre », « tournesol », « citron » et « abricot ». Rafa s'installa sur l'un des canapés, Ashleigh d'un côté et Adriana de l'autre. Ses parents s'assirent sur le second canapé, de l'autre côté de la table basse en marbre rose, tandis que Matthew, Chris et Hadley occupaient les fauteuils.

Des assiettes de mini-sandwichs et de cookies étaient posées sur la table et le majordome leur servit du thé ou du café avant de quitter discrètement la pièce. Tout le monde s'était douché et changé, mais ils étaient clairement épuisés. Quand Rafa s'était regardé dans le miroir, ses taches de rousseur ressortaient encore plus sur sa peau pâle. Mais il avait souri et pensé que Shane voulait les lécher. Il avait laissé ses cheveux boucler et avait enfilé un jean ainsi qu'un T-shirt des Yankees. Au diable son chino.

Il s'éclaircit la voix.

— Je voulais juste vous dire à quel point c'est bon d'être de retour parmi vous tous.

Il avait l'impression d'être en train de conclure un accord de paix avec sa propre famille. Il ne manquait plus qu'une rangée de photographes.

— Je suis désolé d'être parti comme ça. Si je n'avais pas…

— Ne sois pas désolé, répondit Ramon en secouant la tête. Tes agents n'ont pas réussi à te protéger.

— Non !

Rafa sentait déjà sa pression sanguine monter et la conversation ne faisait que commencer.

— Ce n'était pas leur faute. Alan pourrait mourir et Shane m'a sauvé. Il…

Rafa s'éclaircit la gorge.

— Ils ont fait tout ce qu'ils ont pu.

Ashleigh fronça les sourcils.

— Comment les kidnappeurs savaient-ils que tu serais là-bas ? Personne n'aurait pu prédire que tu t'enfuirais ainsi.

Les autres membres de la famille échangèrent des coups d'œil et gigotèrent, mal à l'aise. Camila soupira.

— Eh bien, c'est la question, n'est-ce pas ? Une grande enquête a été lancée. Mais manifestement, quelqu'un des services secrets est impliqué, aussi difficile et douloureux que ce soit de le croire.

— Une fuite interne, dit Rafa.

Ils le regardèrent tous.

— C'est ce que Shane m'a dit. Mais il ne savait pas de qui ça venait.

— Oui, bon, ils vont le découvrir, répondit Ramon, dont les narines se dilatèrent. Avec l'aide de Dieu, ils trouveront.

Il prit une profonde inspiration.

— Mais ne nous concentrons pas là-dessus, aujourd'hui. Nous sommes ravis d'avoir retrouvé notre Rafa. Et…

Il marqua une pause.

— Et nous devons discuter de choses importantes.

— Es-tu sûr d'être prêt pour ça, Raf ? demanda Matthew en fronçant les sourcils. Bon sang, moi, j'aimerais dormir pendant une semaine après un truc comme ça.

— J'en suis sûr. Je ne veux pas attendre. Donc, comme vous le savez, je suis gay.

Il fit un signe de la main en direction d'Ashleigh.

— Nous sommes gays. Et nous nous rendons compte maintenant que vous le supposiez, mais vous ne pensiez pas que nous allions faire notre coming-out. Vous imaginiez que nous allions vivre nos vies en secret.

Camila joignit fermement ses mains, le tissu de son pantalon-tailleur bruissant alors qu'elle croisait les jambes.

— Tu n'en as jamais soufflé mot. Nous avons supposé que les choses se déroulaient comme tu le souhaitais.

— Eh bien, nous avons essayé, mais ce n'était vraiment pas le cas, répondit Rafa avant de se frotter le visage. Enfin, c'était notre décision de faire semblant. Vraiment. Je ne dis pas que tout est votre faute. Ou même un tant soit peu votre faute. Pas réellement. Mais si c'est le moment où vous essayez de nous convaincre de rester ensemble et d'avoir un mariage « respectable »...

— Non, Rafael. Tes décisions t'appartiendront.

Son père tira sur sa cravate, un geste nerveux que Rafa n'avait pas vu depuis des années.

— Mais pourquoi ? Pourquoi ne nous as-tu pas parlé ?

— Tu es assez occupé, Papa, répondit Rafa en secouant la tête. Attends. Non, ce n'est pas juste de tout te mettre sur le dos. Si j'avais essayé de vous parler, vous m'auriez écouté. Je ne sais pas comment tu aurais réagi, mais je ne peux pas me servir de ton boulot comme d'une excuse. Je...

Ses sentiments s'emmêlèrent et il eut du mal à trouver les bons mots.

— Je voulais véritablement vous le dire. Je comptais le faire.

Ramon se renfrogna.

— Quand ?

Rafa souffla longuement et sentit le regard des autres rivés sur lui. Ashleigh lui serra brièvement la main.

— Après la réélection. Quand je suis allé à l'université, je me suis rendu compte que c'était le bon moment.

— Quand as-tu pensé pour la première fois que tu étais…

Camila agita la main.

— *Gay*, Maman, lança Adriana en levant les yeux au ciel. *Gay*. Ne pas prononcer le mot ne retirera pas toute sa véracité. Tu vois ? C'est la raison pour laquelle il ne t'en a pas parlé. C'est la raison pour laquelle aucun de nous ne te parle des choses qui comptent.

Leur mère tressaillit et récupéra sa tasse de café afin d'en remuer le contenu avec de petits cliquètements de cuillère.

— Ade, allez, dit Chris. Le but n'est pas de se rallier contre Maman.

— C'est facile à dire, pour toi. Tu es parfait, cracha Adriana.

Chris s'enfonça sur le canapé.

— Qu'est-ce que c'est censé vouloir dire ?

— Oh, *allez*, répliqua-t-elle en secouant la tête. Tu es leur fils parfait, l'aîné qui ne fait jamais rien de travers.

Tandis que Chris levait les mains d'un geste défensif et ouvrait la bouche, Hadley le fit taire en posant une main sur son bras.

— Je crois que nous devrions reconcentrer cette discussion sur Rafa.

— Oui. Bien dit, répondit Camila, qui redressa les épaules et n'hésita pas, cette fois. Quand as-tu pensé pour la première fois que tu étais gay, Rafa ?

Il gigota quand tous les regards se posèrent sur lui.

— Je ne me souviens pas d'un jour où je ne l'ai pas su. C'était comme… si je le savais, au plus profond de moi. Je ne le comprenais pas vraiment, mais je le savais. Et en sixième, j'ai su ce que ça signifiait. Et j'ai su que c'était moi.

Il regarda ses parents.

— Quand avez-vous pensé pour la première fois que j'étais gay ?

Ils se jetèrent un coup d'œil et Ramon remua sur le canapé, mal à l'aise.

— J'imagine que c'est au moment où tu es entré au collège. Tu avais cet ami. Bradley.

Rafa fronça les sourcils.

— Brad ? Il ne s'est jamais rien passé, avec lui.

— Oui, mais ta manière de le regarder… dit Camila. Tu n'as jamais regardé les filles de cette manière. Tu étais différent de tes frères.

— Oh.

Il était vrai qu'il avait eu un énorme coup de cœur pour Brad Newton. Imaginer que ses parents l'avaient remarqué toutes ces années auparavant lui brûla l'estomac.

— Et tu comptais nous le dire, reprit Ramon. Après être parti à l'université ?

— Je me préparais à le faire, expliqua Rafa en jetant un coup d'œil à Ashleigh. Ash et moi en discutions beaucoup. Je pensais aux vacances de Noël, mais quand je suis rentré à la maison pour Thanksgiving, tu as fait cette annonce sur ce projet de loi. Le mariage constitutionnel. *Mon* mariage potentiel ne serait pas réglo aux yeux de la Constitution. Il ne vaudrait rien. Après ça, je n'ai pas pu vous le dire. Ash et moi, nous avons décidé de faire semblant. Au début, c'était juste pour éviter les questions de ceux qui nous demandaient pourquoi on ne sortait avec personne. Ensuite, on a élaboré notre plan qui consistait à attendre notre remise de diplôme. C'était plus facile de ne pas se faire remarquer, en tant que couple. C'est… c'est plus ou moins ce que j'ai toujours essayé de faire. Ne pas me faire remarquer.

Le silence dans la pièce était lourd et écœurant.

— Passer inaperçu, reformula Ramon d'une faible voix.

— Euh, ouais.

Rafa maintint son regard sur la table et sur les délicats petits sandwichs sans croûte.

— Chris a été nommé parmi les hommes les plus sexy de l'année et a épousé Hadley. Matty tentait de se qualifier pour les Jeux olympiques et Ade… vivait sa vie. Elle faisait les titres des journaux. Quant à Maman et Papa, vous aviez évidemment beaucoup de pain sur la planche. Moi je… faisais profil bas. J'essayais d'être quelqu'un de bien. De tout faire correctement. Comme ça…

— Quoi ? demanda Camila d'un air tendu.

La gorge de Rafa semblait à vif.

— Comme ça, aucun de vous ne me remarquait vraiment. Ne pensait vraiment à moi. Comme ça, vous ne me voyiez pas réellement.

— J'imagine que c'est vrai, répondit doucement Matthew. Et même si on te voyait, on te laissait croire que tout allait bien.

— Mais Raf, comme tu l'as dit, c'est toi qui as fait ce choix, dit Chris en faisant un signe de la main vers Adriana. Nous ne voulions pas te pousser. Ce n'était pas parce qu'on s'en moquait. Ou parce que nous ne voulions pas accepter ton homosexualité. Nous pensions t'offrir l'espace dont tu avais besoin. Et le temps.

— Je sais. J'ai fait le choix de rester dans le placard. Je ne peux pas vous en vouloir. Mais Papa…

Rafa ferma les yeux, la douleur et l'humiliation dont il se souvenait le submergeant.

— Me tenir sur cette scène, ce soir-là, pendant que tu évoquais la privation de mes droits, c'était…

Il s'obligea à regarder ses parents.

— Ça a brisé quelque chose en moi. J'ai toujours été le moche gênant.

Alors qu'une vague de protestation envahissait la pièce, il leva les mains.

— S'il vous plaît, laissez-moi parler.

Son cœur tambourina et la sueur s'accumula sur son front, mais alors qu'il prenait une profonde inspiration, Rafa se sentit assez fort pour prononcer ces mots pour la première fois.

— C'est ce que j'ai toujours ressenti. J'étais le boutonneux, le *Chia Pet* trop maigre avec un appareil dentaire. Et quand je suis arrivé à l'université, j'ai commencé à penser que peut-être, je pouvais être quelqu'un d'autre… Mais ce soir-là…

Son souffle se bloqua dans ses poumons quand il se rappela s'être blotti dans son lit, dans le noir.

— J'ai eu envie de mourir.

Sa mère haleta légèrement.

— Non, Rafael.

— Ne t'inquiète pas. Je ne me serais pas vraiment suicidé. Mais pour la première fois, j'ai su ce que c'était de vouloir vraiment abandonner.

Il baissa les yeux vers ses mains et entrelaça ses doigts si fermement qu'ils s'engourdirent.

— Me tenir là et sourire, pendant que tout le monde regardait… je n'ai jamais autant eu l'impression d'être inutile. Comme si je n'étais pas assez bien pour être votre fils. Je n'étais pas aussi bien que Chris, Ade et Matty. J'étais différent. Et je ne serais jamais celui que vous vouliez, dit-il avant de prendre une inspiration tremblante. Donc, j'imagine que j'ai abandonné. J'ai décidé de me cacher, au moins jusqu'à la fin de la fac. Jusqu'à ce qu'on en ait fini avec la Maison-Blanche. Jusqu'à ce que je puisse m'enfuir. Et en Australie, je pourrais être qui je suis vraiment. Je serais tellement loin que si vous ne m'aimiez pas, ce ne serait pas aussi douloureux.

Prenant une profonde inspiration, Rafa s'obligea à lever les yeux. Son cœur loupa un battement lorsqu'il vit les larmes briller dans les yeux des membres de sa famille. Dans les yeux de *sa mère*.

— Mais on s'est disputé avec Papa, à ce sujet, dit Adriana en reniflant. Tu ne savais pas qu'on te soutiendrait ?

— Vous n'étiez presque jamais là. J'aurais dû vous en parler, mais j'avais encore peur.

Ramon demeura silencieux quelques longues secondes.

— À de nombreuses occasions, j'ai eu envie de remonter dans le temps pour changer l'une de mes décisions, mais ça n'a jamais été aussi fort que maintenant, Rafalito. Je suis désolé, déclara-t-il en levant les mains. Je sais que ça te semble superficiel. Dérisoire. Mais je suis vraiment désolé. J'ai laissé le parti tirer les ficelles. Je ne croyais même pas un mot de ce que je disais. Tu sais ce que je crois vraiment ? Que la Bible est un livre de contes écrit par des hommes et utilisé par des hommes pour accomplir leurs buts égoïstes.

— Ramon, murmura Camila.

— Ne me suis-je pas retenu de parler, toutes ces années ? Si je ne peux pas être honnête, ici, avec ma famille, alors où ?

Il jeta un nouveau coup d'œil à Rafa.

— Je suis vraiment, vraiment désolé.

Il se leva et contourna la table basse, relevant son cadet pour l'attirer dans une étreinte à lui en briser les côtes.

— Tu es exactement celui que nous voulons. Celui que tu étais censé être.

Il embrassa le crâne de Rafa et celui-ci renifla quand son père le garda dans ses bras.

— Tu as quelque chose à ajouter, Maman ? demanda sèchement Adriana.

— Rafa sait que je suis désolée.

Camila cligna des yeux et une larme coula sur sa joue.

— Évidemment que je le suis.

— Maman, on ne le sait pas toujours, répondit doucement Chris. Parfois, c'est très agréable de l'entendre.

Camila se leva et Ashleigh en fit de même, se décalant sur le côté du canapé et disant :

— Je vais juste…

Rafa tourna le dos à son père pour tomber dans les bras de sa mère.

— Je suis désolée, Rafael. Je voulais ce que je pensais être le meilleur pour toi. Ça m'a aveuglée.

Camila se pencha en arrière et l'embrassa sur le front.

— Quand j'ai cru que je t'avais peut-être perdu… Rafa, rien d'autre ne compte tant que tu es en bonne santé et heureux. Rien.

— Même si je veux déménager en Australie et devenir chef cuisinier ?

Elle soupira et écarta ses boucles relâchées.

— Si tu y es obligé, mon chéri.

— Tu n'auras pas mieux, comme bénédiction, frérot. Prends le magot et fuis, dit Matthew en jetant un cookie dans sa bouche.

La lourde tension s'estompa et il fut agréable de rire. Même leur mère sourit ironiquement.

— Vous savez que je ne veux que ce qu'il y a de mieux pour vous tous, dit-elle alors que son sourire disparaissait. Je me rends compte que je ne suis pas toujours la plus facile à supporter. Mais j'aime ma famille.

— Bien sûr que nous le savons, murmura Ramon en l'embrassant sur la joue et en glissant un bras autour de ses épaules. Rafa, si la cuisine est ta passion, alors c'est ce que tu feras.

Il s'éclaircit la voix.

— Mais tu dois d'abord obtenir ton diplôme à UVA. Je ne veux pas de « si » ou de « mais ».

— Absolument. Je te le promets, répondit Rafa alors qu'il réalisait qu'il souriait. Merci.

On frappa doucement à la porte et quand Ramon invita la personne à entrer, son proche collaborateur arriva dans la pièce.

— Je suis navré de vous interrompre. Monsieur, les médias commencent vraiment à s'agiter, comme ils n'ont toujours eu aucune déclaration directe de votre part.

— Oui, oui, répondit Ramon en hochant la tête.

— Rafael est prêt à passer devant les caméras ?

Cette chaleur réconfortante qui avait empli Rafa s'évapora.

— Ils veulent que *je* passe à la télé ?

— Tu plaisantes ? rétorqua Adriana. Tu es à la une de tous les journaux du monde. Le fils du président kidnappé par des terroristes manifestes ? Les médias perdent tous la tête.

Il se souvint de ce qu'Ashleigh lui avait dit concernant les caméras à l'aéroport, quand elle était arrivée, et son estomac se retourna.

— Oh. Je ne veux vraiment pas… suis-je obligé ?

— Non, répondirent ses parents à l'unisson.

Camila s'adressa au collaborateur.

— Le président et moi ferons une déclaration dans la roseraie. Nous arrivons dans deux minutes pour un briefing.

Après l'avoir enlacé une dernière fois, ses parents partirent et Rafa s'affala sur le canapé, Ashleigh à ses côtés. L'espace d'un instant, il resta simplement là.

— Waouh. Alors, c'est arrivé. Mon Dieu. Je crois que j'ai besoin d'un verre.

— *Oh que oui.*

Chris frappa dans ses mains tandis qu'Hadley et Matthew riaient.

— Petit frère, il est grand temps que tu t'enivres à la Maison-Blanche. On va te montrer comment faire. On surveille tes arrières.

Rafa hocha la tête en riant.

— Allons-y.

— Ohhh, on doit discuter des garçons, s'exclama Adriana avant de se tourner vers Ashleigh. Et des filles. Nous avons tant de choses à rattraper.

Rafa songea à Shane et rougit furieusement. Il ne pouvait en souffler mot pour l'instant, et il n'en ferait rien. Mais un jour, Shane ne serait plus son agent et il s'autorisa à imaginer que cet homme serait alors bien plus.

Chapitre 18

Alors qu'on frappait à nouveau, Shane soupira et enfila un T-shirt. Son bas de pyjama en flanelle avait un trou au niveau des fesses, mais la personne qui voulait lui parler pouvait très bien faire avec. La main sur la poignée, il jeta un coup d'œil à travers le judas, au cas où un journaliste aurait obtenu son adresse, ce qui n'était plus qu'une question de temps.

— C'est moi. Sésame, ouvre-toi.

Gloussant, Shane laissa entrer Darnell et ils s'étreignirent.

— Je vais bien.

Son ami lui asséna une claque dans le dos.

— On dirait que tu viens de dévaler une côte dans un tube rempli de cailloux.

— Merci. C'est aussi l'impression que j'ai.

Darnell recula et l'embrassa légèrement.

— Tu as réussi à dormir ?

— Non.

Shane fit rouler son cou et grimaça quand les os craquèrent.

— Je viens juste de rentrer et de me doucher. Merde, la journée a été longue. Et la nuit d'avant l'a été, aussi.

— Je veux bien te croire. Je ne resterai pas longtemps. Je voulais juste m'assurer que tu allais bien.

— Merci, mec.

Shane alla dans la cuisine et retira la capsule d'une bouteille de bière pour la passer à Darnell, puis il en fit de même pour la sienne. Il semblait infiniment assoiffé et devrait probablement plus boire de l'eau, mais tant pis. Il avait mérité une bière. Il commençait à faire sombre, il alluma donc quelques lumières, s'assurant de bien fermer les stores.

Darnell s'assit sur le canapé et tapota le coussin à côté de lui.

— Parlons de toi.

— On est obligés ?

— J'en ai peur. Le docteur Darnell commence sa session. Crache le morceau.

Shane se laissa tomber à côté de lui et tendit les jambes sur la table basse, croisant ses chevilles.

— Bon sang, je n'arrive pas à croire que c'est arrivé. On s'est tant entraînés pour ça, mais une part de toi n'imagine jamais que ça se produira pour de vrai, tu vois ? On n'imagine jamais que quelqu'un s'en prendra à la personne qu'on protège. Je n'ai jamais eu aussi peur de ma vie.

Darnell montra la blessure creuse sur la tempe de Shane, là où la balle l'avait effleuré.

— Ça n'est pas passé loin.

— Ouais. Les médecins ont mis un bandage, mais il est tombé sous la douche. Ce n'est pas grave.

— Ça te fait quand même penser à la vie, non ? Tu te souviens quand j'ai pris une balle dans la jambe, il y a quelques années ? Elle n'a touché que de la chair, mais les « et si » ont été assez bruyants pendant un moment.

— Ouais. J'imagine que je n'ai pas vraiment eu le temps d'y réfléchir. J'ai passé une bonne partie de la matinée sur site, à leur raconter ce qu'il s'était passé. Ensuite, je suis allé au quartier général. Et je ne compte pas. Tout ce qui compte, c'est que Rafa aille bien. Merci, mon Dieu, Alan a survécu à son opération, aussi. Je ne peux pas encore le voir. Je voulais quand même y aller pour être avec sa femme, mais ils l'ont renvoyée chez elle avec du

Valium. Demain, j'espère.

— C'est un dur à cuire. Il va s'en sortir. Et tu comptes aussi, mais je comprends ce que tu veux dire. Tu as une idée de la manière dont ses salauds ont pu vous atteindre ? La rumeur, dans les journaux, dit qu'il s'agit de radicaux caréliens. Ils étaient énervés à cause de l'implication de Castillo dans le traité avec la Russie.

— Ça pourrait être le cas. Ils parlaient comme des Européens de l'est. Ou plutôt des Scandinaves. Le carélien, ça ressemble au finnois, non ?

Shane cligna des yeux quand des images de cadavres dansèrent devant ses yeux.

— Je crois. C'est la première fois que tu tires sur quelqu'un, pendant un service ? Ou même sans être en service.

— Ouais. C'était… Je ne sais pas. Bruyant. Sinistre. J'imagine que je devrais être furieux d'avoir tué des gens.

— Tu as fait ton boulot. Tu as fait ce qu'il fallait faire pour récupérer Rafa. Ces hommes ont pris une décision et ils en ont payé le prix. C'est ce pour quoi nous nous entraînons. Ce n'est pas facile pour autant. Je suis sûr que les services secrets vont t'envoyer voir un psy pour que tu parles de tous tes sentiments.

Shane grimaça.

— J'en suis certain. C'était bizarre, tu vois ? Je me suis entraîné tant de fois, au fil des ans. On va régulièrement au centre d'entraînement et on revoit les protocoles, on imagine des scénarii. L'instinct, quand une personne entend un coup de feu, c'est de se mettre au sol. Nous devons nous entraîner à rester debout et à protéger notre client. À prendre une balle pour lui, si nécessaire. On s'est entraînés encore et encore à rester calme et à employer une force mortelle quand il le faut. Alors, je l'ai fait. Ce n'était pas comme pendant l'entraînement, mais je n'ai toujours pas l'impression que c'était réel.

— Je suis sûr que tu vas encaisser le choc. Mais tu sais, il est inutile de te mettre en colère pour ça. Il n'y a pas de règle. Comme je l'ai dit, ces hommes ont pris leur décision.

— Je les tuerais à nouveau sans y réfléchir. Quand je pense à ce qu'ils lui auraient probablement fait…

Shane s'agrippa à sa bouteille de bière et s'obligea à respirer.

— Je ne sais pas comment ils ont pu nous suivre. Comment ils ont su que nous quittions le Château, déjà. C'était une improvisation. Rafa a dû se disputer avec ses parents et, même nous, nous avons eu du mal à le suivre. Je ne l'ai jamais vu comme ça. Si furieux.

Shane secoua la tête et repoussa toute pensée sur Rafa.

— Je crois que c'était une fuite en interne. Je leur ai dit que ça l'était forcément.

— Tu as une idée de la personne ?

— Absolument aucune. Je ne veux pas penser que c'était quelqu'un avec qui je travaille. Nous surveillons les arrières des autres. Nous n'avons pas le choix. Si nous ne le faisons pas… eh bien, j'imagine que c'est ce qui se produit.

— Quelqu'un d'autre recevait les rapports, quand vous étiez sur la route ?

— Bien sûr. L'équipe du Château et un bon nombre de personnes au centre opérationnel, celles qui s'occupent des opérations conjointes. Il y a une communication régulière, et comme les kidnappeurs ont réussi à bloquer nos téléphones satellites après s'en être pris à nous, il me paraît logique qu'ils aient pu les pirater avant. N'importe qui aurait pu faire ça. Pour tout un tas de raisons. L'argent. La vengeance. Qui sait ?

— Ouais. Je n'envie pas les enquêteurs sur cette affaire. Ça va barder pour les services secrets.

Shane sirota sa bière.

— Au bout du compte, c'était notre faute. *Ma* faute.

— Hé, tu es humain. Et tu l'as récupéré. J'ai vu Castillo et sa femme à la télé avant de venir. Ils ont dit que le gamin se reposait.

C'est la première fois, dans mes souvenirs, que je la vois… je ne sais pas. Bouleversée, j'imagine. Je suis ravi qu'il aille bien. Il y a peu d'agents de protection, mais on dirait que tu étais une armée à toi tout seul, là-bas. L'Agent Sans Nom. Ça sonne bien.

Il haussa les épaules.

— Je devais le récupérer. C'est mon boulot.

— Oui. Mais tes sentiments vont plus loin. Ça n'a pas dû être facile d'essayer de garder ton calme quand quelqu'un à qui tu tiens était en danger.

Shane reposa sa tête contre le dos du canapé et fixa le plafond.

— Je n'ai jamais ressenti ça. Ce genre d'inquiétude. Je… Merde, D. Je n'ai jamais ressenti ça avec quiconque. Je suis trop impliqué.

Il ferma les yeux.

— Je me suis laissé aller trop loin.

— Comment ça, trop loin ?

Il se pinça les lèvres et ouvrit les yeux.

— Il y a eu des orgasmes.

Darnell siffla légèrement.

— Merde alors. Quand ?

— Hier soir.

Il haussa les sourcils.

— Quand avez-vous trouvé le temps de caser ça ? demanda-t-il avant de lever les mains. Façon de parler.

Shane fut obligé de rire, rien qu'un peu.

— Quand la menace a été éliminée, nous nous sommes retrouvés dans une grotte. Les coups de feu ont causé un éboulement. Tenter de creuser était trop risqué. Je savais que les autres nous trouveraient en peu de temps. Rafa était en sécurité et maîtrisé. Alors on s'est assis et on a attendu.

— Et vous vous êtes occupés.

Il soupira.

— C'était mal. Je le sais. Mais à ce moment-là… je m'en moquais. Il était *vivant* et il m'embrassait. Et je l'ai peut-être embrassé en premier, quand je l'ai trouvé. Le revoir en un seul morceau, c'était… puissant.

Le cœur de Shane accéléra quand il y songea, son estomac se retournant sous l'effet de l'angoisse et du soulagement qu'il avait ressentis.

— Je ne savais pas si nous allions nous en sortir. Je me suis dit : tant pis.

Il se frotta le visage.

— C'était incroyablement irresponsable.

— Ouais, mais c'était aussi une situation incroyablement farfelue et effrayante. Vous aviez une montée d'adrénaline. Vouloir s'envoyer en l'air, c'est une réaction assez ordinaire, pour réaffirmer qu'on est vivant. En plus, c'est plus que du sexe. Shane, si tu voulais simplement te taper Rafael Castillo, je te dirais d'oublier, d'aller chercher un jeune beau Latino en boîte de nuit pour oublier cette idée.

— Peut-être que je devrais le faire.

— Non. Parce que ce n'est pas que du sexe.

Shane but une gorgée de bière, sa paume moite à cause de la condensation, là où il s'agrippait à sa bouteille.

— Comment le sais-tu ?

— Parce que je te connais. Et tu dors debout depuis un long moment, maintenant. Mais ce garçon t'a réveillé.

— Je ne dors pas debout, ricana Shane. J'étais occupé. Les services secrets en demandent beaucoup. C'est un boulot exigeant.

— Abruti, tu crois que je ne m'y connais pas en boulot exigeant, alors que j'attrape des meurtriers et des violeurs ?

Shane rétropédala.

— C'est vrai. Alors, tu devrais comprendre pourquoi je n'ai pas le temps de sortir avec qui que ce soit ou de faire d'autres trucs.

— D'autres trucs, répéta Darnell. Te faire des amis, par exemple.

— J'ai des amis.

— Tu connais quelques mecs du boulot et tu m'as, moi. Et tu sais pourquoi tu m'as ? Parce que je suis un salopard têtu et que je suis resté en contact avec l'être pitoyable que tu es pendant qu'on te transférait dans tout ce foutu pays. Je ne t'en ai pas voulu, quand tu as pris deux mois pour répondre à un e-mail.

— Oui, je vois ça, répondit sèchement Shane. Ça ne t'a pas du tout dérangé.

Il but une autre gorgée de sa bière.

— Je sais que je n'ai pas été le meilleur dans ce domaine.

— Et quand tes parents sont morts, tu t'es complètement replié sur toi-même.

Darnell leva la main alors que Shane ouvrait la bouche.

— Je comprends pourquoi. Vraiment. Je comprends pourquoi tu t'es encore plus acharné sur ton travail, et les services secrets étaient bien trop ravis de te saigner à blanc. Mais parfois, la vie nous met une claque en plein visage quand nous nous y attendons le moins. Tu as pris une sacrée claque, Shane. Admets-le.

Tandis que Darnell attendait, il eut du mal à trouver ses mots.

— Je ne comprends pas pourquoi je ressens cela. J'ai envie de me le taper. Mon Dieu, j'en ai envie. Mais c'est plus que ça. J'aime lui parler. Il est amusant et malin. Je veux le protéger. Non pas parce que c'est mon boulot. Mais parce que je déteste l'imaginer malheureux ou blessé. Je veux le voir sourire. Quand il sourit pour de vrai, je vois la différence. Je veux qu'il sourie constamment comme ça.

— Tu veux voir ce visage tous les matins en te réveillant ?

Shane retourna la question dans son esprit, son cœur battant bruyamment dans ses oreilles. Il soupira.

— Oui. J'en ai terriblement envie. C'est fou. Je suis taré.

— Ça arrive aux meilleurs de nous, Shane.

Darnell lui tapota le bras.

— Ohh, mon garçon, laisse-moi te dire que je savais que ce

serait différent. Je l'ai vu dans tes yeux quand tu m'as parlé de ce premier baiser. Si je te proposais de te vider la tête de toutes tes inquiétudes, là, que dirais-tu ?

Les ébats avec Darnell avaient toujours été amusants et bon enfant. Pas d'attache. Pas de stress. Mais plus maintenant.

— Je te dirais non. Je te dirais que j'aurais l'impression de le tromper. De le trahir. Seigneur, ça n'a aucun sens. Je suis bien trop vieux pour lui. Dix-huit ans. C'est… l'âge d'une autre personne. Mon Dieu, je pourrais quasiment être son père.

— Depuis quand l'amour a-t-il du sens ? demanda Darnell en sirotant sa bière. Et bien sûr, tu es techniquement assez vieux pour être son père, tout juste, mais tu ne l'es pas. Il n'y a rien de mal à sortir avec quelqu'un de plus jeune ou de plus vieux, qui apporte une toute nouvelle perspective dans ta vie. Une nouvelle énergie. N'est-ce pas tout l'intérêt ? Trouver des gens qui rendent nos vies meilleures ? Des amis, des amants, peu importe. Des gens qui nous réveillent follement.

— Ouais.

Shane joua avec l'étiquette de sa bouteille de bière et l'arracha d'un trait.

— Je repense à surfer à cause de lui. Je pense à chez moi. À Maman et Papa.

Ses yeux le picotèrent et il secoua la tête.

— Merde. Je vais commencer à pleurnicher. Je suis dans un sale état.

— Tu es épuisé. Sans parler du fait que tu refoules tes émotions. Hé, tu peux pleurnicher autant que tu le veux, mon ami. Si tu as ce gamin dans la peau et qu'il te permet d'oublier une partie de cette tonne de culpabilité et de chagrin que tu t'es forgée ? C'est un sacré bon point, selon moi.

Prenant une profonde inspiration, Shane se reprit.

— J'imagine que oui. Mais ça n'a pas vraiment d'importance. C'est impossible. Même si je ne faisais plus partie de sa protection rapprochée, ce n'est pas comme si nous pouvions commencer à *sortir ensemble.*

Il éclata de rire.

— J'imagine la tête qu'ils feraient, au centre opérationnel. Ça ne peut pas se produire. Je ne peux même pas l'appeler. J'avais son numéro sur mon téléphone professionnel, mais ils me l'ont pris sur la scène de crime comme preuve. C'est une procédure de routine. Il pourrait aussi bien être sur la lune.

— L'année prochaine, Castillo aura terminé son mandat. Rafael ne sera plus qu'un citoyen ordinaire.

Shane étouffa rapidement cet éclat d'espoir.

— Il déménage en Australie pour rejoindre l'école Cordon Bleu, là-bas. Ça n'arrivera pas, c'est tout. Ce n'est pas faisable, pour un million de raisons.

— Hum. Peut-être pas. Mais des choses plus étranges se sont déjà produites, mon ami.

— J'en doute.

Alors que Shane finissait sa bière, il sut que c'était impossible. Il y avait les fantasmes et il y avait la réalité. Rafa et lui n'avaient pas d'avenir. Ils ne pouvaient en avoir.

Cependant, une petite partie de lui continuait de chuchoter : *peut-être.*

IL AVAIT L'IMPRESSION d'avoir à peine posé la tête sur l'oreiller, mais quand Shane plissa les yeux en direction du réveil, il était cinq heures du matin. Il tâtonna pour récupérer son portable personnel sur la table de nuit.

— Kendrick.

— C'est Nguyen. Nous avons besoin de vous au centre opérationnel pour une déposition officielle. Sept heures zéro-zéro.

— Très bien. Des nouvelles de Pearce ?

— Il est stable. L'opération a été un succès. Ça prendra du temps, mais les médecins s'attendent à ce qu'il se rétablisse.

Merci, mon Dieu. Shane respira un peu plus facilement.

— Ravi de l'entendre. À très vite.

Il sortit du lit et rejoignit péniblement la salle de bain. Après s'être aspergé le visage d'eau froide, il étudia son reflet vaseux dans le miroir. Il avait envie de dormir pendant des jours, mais ce n'était même pas une option. Son estomac bouillonnait tant il était acide alors qu'il se hâtait pour effectuer sa routine matinale et enfiler un costume propre. Son revolver avait été empaqueté comme preuve, tout comme son M-16. Il se sentait nu sans son arme, mais il accrocha rapidement son badge et ses menottes à sa ceinture.

Dans le quartier général, au sein d'un bâtiment sans aucune inscription, ils se réunirent dans une salle du conseil sans fenêtre, autour d'une table ovale. Harris, Nguyen et cinq autres agents qu'il ne connaissait pas étaient assis d'un côté. Shane s'installa sur l'une des chaises vides, face à eux. Il se doutait qu'ils n'avaient pas dormi.

— Bonjour, dit Nguyen. Je suis désolée de vous faire revenir si tôt, mais vous connaissez la routine.

À vrai dire, il n'avait jamais été impliqué dans un incident concernant l'une des personnes protégées, mais Shane imaginait qu'il serait là pour d'innombrables questions.

— Pas de problème.

Il inspira et adopta un ton calme.

— Comment va Vaillant ?

Ne pas pouvoir lui parler le torturait de plus en plus chaque minute. Sans compter l'envie douloureuse de reprendre Rafa dans ses bras.

— Il va bien, répondit-elle. Il est bouleversé, mais il gère bien la chose. Il va suivre une thérapie, bien sûr. Mais ce gamin est un dur.

— Ravi de l'entendre.

Il était à deux doigts de demander s'il pouvait le voir, mais résista. Ce n'était pas ainsi qu'ils opéraient. Il n'était pas censé se préoccuper de lui.

— Alors, vos questions ? Visez dans le mille.

Il grimaça.

— Ce n'est probablement pas la bonne formulation, se reprit-il.

Nguyen sourit, un tiraillement momentané de ses lèvres scellées, avant de désigner l'homme à sa droite.

— Je vous présente l'agent Blonsky. Il a quelques questions préliminaires.

L'intéressé hocha sèchement la tête et se référa à une feuille de papier dans un dossier ouvert.

— Vos parents sont décédés ?

— Oui. Dans l'incendie de leur maison, il y a six ans. *Mais vous le savez déjà.*

— Vous n'avez pas de frère ni de sœur ?

— Non.

Blonsky regarda encore son papier.

— Êtes-vous proche d'un autre membre de votre famille ?

— Non. Ma mère était fille unique et mon père n'était pas proche de ses frères. Je n'ai pas parlé à mes oncles ou à mes cousins depuis que j'ai rejoint les services secrets, même avant ça.

La rancœur bouillonna dans son ventre. *Non, je n'ai aucun lien familial. Oui, ça fait de moi une meilleure cible pour les ennemis qui voudraient que je retourne ma veste. Qui que soient les ennemis, cette semaine.*

— Vous êtes homosexuel et vous n'avez pas d'enfant. C'est exact ?

— C'est exact.

Shane savait qu'il devrait arrêter de parler, mais il n'y arrivait manifestement pas.

— Ça n'a jamais été un souci, par le passé. C'en est un, maintenant ?

Blonsky leva les yeux.

— Pas du tout, répondit-il calmement. Nous réunissons simplement les faits qui nous aideront dans notre enquête.

Nguyen intervint.

— Voilà le problème, Kendrick. C'était forcément une fuite en interne. Aucune autre piste n'est logique.

— Je suis d'accord. Je vous l'ai dit hier matin, sur la scène du crime.

— Oui, vous l'avez dit. Et nous devons simplement évoquer quelques-unes de vos actions et celles de l'agent Pearce.

Une colère brûlante le transperça.

— Alan n'a rien à voir du tout avec ça.

— Pourquoi dites-vous cela ? demanda-t-elle sereinement.

— Qu'insinuez-vous ? Je le connais. Je sais qu'il ne ferait jamais une telle chose. Bon sang, ils ont failli le tuer.

— C'est vrai, répondit Nguyen. Pearce serait sûrement mort s'il n'avait pas été découvert par hasard. Vous, en revanche, vous n'avez pas été sérieusement blessé.

Shane glissa les doigts sur la blessure de son crâne.

— Parce que j'ai eu bêtement de la chance. J'ai failli mourir.

— Beaucoup de chance, confirma-t-elle.

Harris et le reste des agents l'observèrent avec des visages maussades, et Shane aurait aimé avoir un verre d'eau. *Je suis innocent. Pourquoi suis-je si nerveux ?*

— Ce serait vraiment difficile de réussir un tel tir, si la personne avait fait exprès de me louper.

— Effectivement.

Elle jeta un coup d'œil à Harris et se retourna ensuite vers Shane.

— Voilà le problème. Nous n'avons pas envie de croire que vous avez quoi que ce soit à voir avec ça. Mais il y a eu une brèche majeure dans le protocole. Et celle-ci a mis Vaillant dans une situation dangereuse dans laquelle il a pu être kidnappé.

— Quelle brèche ?

Shane rejoua dans son esprit les heures qui avaient suivi leur départ du Château.

— Nous avons suivi les protocoles d'improvisation à la lettre, dit-il en regardant Harris. Alan a relayé notre localisation toutes les trente minutes.

— Toutes, sauf la dernière, répondit Harris.

— Quoi ? Non. Ça n'est pas vrai.

Shane eut le vertige. Mais de quoi parlait-il, bon sang ?

— Lorsque nous avons déterminé que le contact avait été perdu et que la localisation de Vaillant nous était inconnue, nous étions brouillés. Vous avez suivi le protocole, sauf au moment crucial.

— Non. Tu te trompes. Pearce a appelé pour transmettre notre dernière localisation. Je l'ai entendu quand j'ai quitté le véhicule pour suivre Vaillant dans l'aire de repos.

— Pourquoi c'est vous qui êtes entré ? demanda Nguyen.

— Il n'y avait aucune raison particulière.

Reste calme. Respire.

— Vaillant était plus habitué à moi. Nous savions qu'il était troublé et furieux. Pour moi, il était logique que j'essaie de le calmer. De le convaincre de retourner au Château.

Personne ne prenait de notes, mais Shane savait qu'il était sans aucun doute enregistré.

Harris et Nguyen échangèrent un regard.

— Nous n'avons reçu aucune communication de la part de Pearce sur l'aire de repos, dit Harris.

— Il a appelé. Je sais qu'il l'a fait.

Shane regarda Harris de l'autre côté de la table.

— Je l'ai entendu prononcer ton nom.

Harris secoua la tête.

— Kendrick, je n'ai pas reçu de coup de fil.

Sa voix était calme, mais son ton d'acier. Une phrase que Harris lui avait dite lui revint en mémoire.

Je commence à en avoir assez de tout cet endroit. De tout ça.

Non.

Le cœur de Shane tambourina. Ce n'était pas possible. Aussi désabusé que Harris soit apparemment devenu, il ne ferait pas ça. Il ne sacrifierait pas Rafa et ne ferait pas tuer deux agents. C'était quelqu'un de bien. Il devait s'agir d'une autre personne. *Merde. Merde, merde, merde.* Shane gigota sur sa chaise. Nguyen, Harris, Blonsky et les autres le dévisageaient.

Soudain, l'entretien ressembla beaucoup plus à un interrogatoire.

— Je ne sais pas quoi vous dire.

Il était à deux doigts de lancer cette accusation envers Harris, mais il la ravala. *Le chef était aigri, mais l'était-il à ce point-là ?* Il le regarda de l'autre côté de la table. Cet homme était-il en train de mentir en ce moment même ? Le connaissait-il vraiment ?

Shane s'éclaircit la voix.

— Avez-vous vérifié les enregistrements d'appels entrants ?

La mâchoire de Harris se crispa.

— Je m'en souviendrais, si j'avais reçu cet appel.

— Peut-être qu'il a été mal dirigé ou que…

— Pearce et toi, vous avez une ligne directe pour me contacter. Je m'en souviendrais si l'appel avait été passé. Ça n'a pas été le cas.

Harris n'éleva pas la voix, mais il croisa les mains sur la table.

— Nous allons vérifier les données pour éliminer l'éventualité que l'appel ait été détourné d'une manière ou d'une autre, répondit Nguyen. C'est une bonne suggestion, Kendrick. Dès que les médecins le permettront, Pearce sera interrogé. Nous espérons qu'il pourra l'être dans la journée, mais ce sera plus probablement demain. Je suis sûr que vous comprenez que les gradés sont extrêmement alarmés par cet incident et par les brèches potentielles dans la sécurité, si un agent a été compromis. Comme

Pearce et vous, vous étiez les agents présents, l'investigation doit commencer avec vous.

Shane prit une profonde inspiration en hochant la tête.

— Bien sûr.

— Arrêtons-nous là pour l'instant, dit Nguyen. Nous allons retourner sur les lieux et vous allez pouvoir nous raconter les événements en temps réel, à commencer par l'aire de repos.

Leur raconter les événements. Comme lorsque Rafa s'est branlé et que je l'ai écouté. Je devrais peut-être leur dire la vérité tout de suite.

Toutefois, il ne trouvait pas les mots. Il avait bien trop l'impression de trahir la confiance de Rafa en partageant un moment si intime. Et c'était peut-être simplement une preuve de sa propre faiblesse, mais Shane garderait leur secret aussi longtemps qu'il le pourrait.

SE RETROUVANT À l'intérieur de l'aire de repos, cette fois-ci avec un groupe d'enquêteurs dans son sillage, Shane récita la litanie d'événements – bien sûr, il n'évoqua ni la masturbation ni sa réaction peu professionnelle dans cette situation. Son crâne tambourinait, et ce bâtiment en béton froid et humide lui donnait l'impression d'être claustrophobe.

— Vaillant était furieux à cause d'une dispute avec ses parents. Nous en avons brièvement discuté. Je l'ai convaincu de rentrer au Château. Lorsqu'on a franchi la porte, je me suis fait tirer dessus.

Il montra sa tempe.

— J'ai été brièvement abasourdi par le choc. Ma vue et mon audition ont été temporairement perturbées. Vaillant a été kidnappé. J'ai découvert que nos radios et nos téléphones étaient brouillés. L'agent Pearce était sérieusement blessé.

Il chassa de sa mémoire le souvenir du visage pâle et effrayé d'Alan.

— Je suis immédiatement parti à la recherche de Vaillant.

Un enquêteur fronça les sourcils.

— Vous n'avez pas entendu le van approcher ? demanda-t-il.

— Non.

— Et l'agent Pearce ne vous a pas alerté de sa présence ?

— Les radios étaient brouillées.

L'enquêteur jeta un coup d'œil vers la porte.

— Ce n'est qu'une question de mètres. L'agent Pearce aurait certainement pu crier, non ?

— Je… oui, il aurait pu.

Pourquoi Al n'a-t-il pas crié ?

— Et vous n'avez pas entendu qu'ils avaient tiré sur l'agent Pearce ?

— Pas quand j'étais dans le bâtiment, répondit Shane. Je suppose que c'est arrivé quand ils m'ont tiré dessus, aussi. Il y avait beaucoup de bruit. Ou je suppose qu'ils avaient un silencieux.

— Et vous dites que c'est l'agent Pearce qui avait pour mission de communiquer sa localisation au chef de la protection rapprochée ? demanda un autre homme.

— Oui. Il appelait Harris quand je suis sorti de la voiture et que je suis entré dans le bâtiment.

Ils griffonnèrent quelques notes et le menèrent à l'extérieur. Tandis que Shane leur racontait les événements suivants, il commença à avoir le vertige.

Harris a insisté sur le fait qu'il n'avait pas reçu cet appel.

Pourquoi Al n'a-t-il pas crié ?

Pourquoi n'ai-je pas entendu le van ?

Pourquoi Harris n'a-t-il pas reçu cet appel, bordel ?

La peur grandit dans l'estomac de Shane et parcourut tout son corps.

S'ils avaient brouillé le signal quand il était entré, Alan l'aurait appelé et alerté. Et le réseau fonctionnait encore clairement, car son collègue lui avait demandé un rapport quelques minutes plus tard – environ sept minutes. Oui, la radio fonctionnait encore certainement.

À ce moment-là, il discutait avec Rafa à côté des lavabos. Il avait eu beau être occupé, il aurait entendu un moteur en approche. Après des années de travail, c'était une seconde nature, chez lui. Il n'avait même pas besoin de penser qu'il fallait repérer les dangers et problèmes potentiels. Il le savait par cœur.

Il n'y avait eu aucun bruit de moteur. Le van avait dû s'approcher en silence. Il faisait nuit et il pleuvait, mais Alan l'aurait vu. Même sans les feux, il aurait remarqué du mouvement. Son collègue était hors de la Suburban quand on lui avait tiré dessus. À quelques mètres. Il aurait dû klaxonner ou crier quand ils s'étaient approchés.

Pourquoi n'a-t-il pas crié ?

Shane finit de tout raconter et resta sur le parking de l'aire de repos, qui était délimité par un cordon jaune. Les enquêteurs prirent encore quelques notes alors qu'il patientait. Il essayait désespérément de trouver des réponses à ses questions qui ne retombaient pas sur cette même conclusion terrible.

— On y va, dit l'un des enquêteurs. Vous êtes prêt ?

Shane hocha la tête, mais son estomac se retourna alors que les horribles pièces du puzzle se mettaient inexorablement en place.

Il n'était pas prêt du tout.

Chapitre 19

— TU AS remis ton uniforme, hein ?

Rafa sortit de sa chambre et cilla en regardant Matthew, dans le hall, avant de baisser les yeux vers son pantalon et sa chemise. Il glissa une main sur ses cheveux domptés.

— J'imagine.

— Désolé, c'était salaud de ma part. Il n'y a rien de mal dans ta façon de t'habiller. Comment te sens-tu ?

— Bien, mentit Rafa. Un peu secoué, j'imagine. Mais je vais bien.

Sauf que j'ai besoin de revoir Shane tout comme j'ai besoin d'oxygène.

Les lèvres de Matthew se gonflèrent quand il soupira et se dandina d'un pied sur l'autre, frottant ses baskets sur la moquette.

— Je vais à l'aéroport. Je dois reprendre l'entraînement. Mais je voulais juste te dire que je suis désolé. J'aurais dû faire plus attention à toi. Tu sais que j'avais hâte de m'en aller quand je suis allé à la fac. Je vivais ma vie là-bas et tu vivais ta vie ici. Je me suis dit que tu allais bien. Je n'aurais pas dû faire de supposition.

— Ce n'est pas ta faute. J'aurais pu te parler. Ça va dans les deux sens. La communication, je veux dire. J'avais pris ma décision.

— J'ai quand même l'impression d'être un salopard. Tu es mon petit frère.

Matthew déglutit péniblement et coinça une mèche de ses cheveux ébouriffés derrière son oreille.

— Tu sais que je t'aime et toutes ces conneries, hein ? Que je me fiche de ton homosexualité ? Je trouve ça génial. Alors, je voulais être certain que tu le savais.

— Je le sais, Matty, répondit Rafa en battant rapidement des paupières. Mais merci de l'avoir dit. Je t'aime aussi. Et toutes ces conneries.

— Cool. Il vaudrait mieux que j'y aille.

Il parcourut les quelques mètres qui les séparaient et attira Rafa dans une étreinte.

— Sois toi-même. Tous les autres peuvent aller se faire foutre, dit-il en mettant une claque dans le dos de son frère.

Lorsqu'il fut parti, Rafa déambula dans la véranda, attendant ses parents. Ils avaient demandé à parler avec lui et, même s'il comprenait pourquoi ils avaient déterminé une heure et un endroit, cela rendait toujours la conversation si officielle qu'elle en devenait stressante.

Il songea à la fois où son père s'était dégagé du temps pour discuter des notes de mi-semestre de Rafa, peu de temps après leur emménagement à la Maison-Blanche. Il s'en était inquiété pendant deux jours, sûr que sa majorité de A n'était pas suffisante et qu'il serait puni pour les deux B+ obtenus en maths et en science, lors de son année de troisième. Toutefois, son père l'avait seulement félicité pour son dur labeur et l'avait emmené dans la cuisine pour des milkshakes surprises.

Alors qu'il faisait les cent pas près de la baie vitrée incurvée, Rafa regarda cette journée ensoleillée par la fenêtre. Le Washington Monument contrastait avec le ciel bleu, et les voitures et les habitants continuaient leur vie.

Il se demanda où se trouvait Shane. Il avait de nouveaux agents et avait hoché poliment la tête dans leur direction quand il était allé dans la cuisine pour demander de la coriandre et de l'avocat à Magda. Il avait demandé si Alan allait bien et quand Shane reviendrait, mais ils n'avaient eu aucune réponse à cette dernière question. Au moins, Alan se rétablissait, manifestement. C'était déjà ça.

Son nouveau portable vibra dans sa poche et il grimaça en lisant le SMS d'Ashleigh.

A : *Ils sont au boulot jusqu'à ce soir. Dis-moi que c'est une mauvaise idée de boire de l'alcool cet après-midi avant de leur avouer.*

Il écrivit rapidement : *C'est une mauvaise idée. Tu es sûre que tu ne veux pas que je sois là ?*

Les trois points apparurent, suivis par son message.

A : *J'en suis sûre. Tu dois gérer tes propres problèmes. Je peux le faire. Je ne te promets pas de ne pas boire après. Tu as déjà parlé aux médias ? Ils n'arrêtent pas de m'appeler. Je vais devoir changer de numéro. Les gens me supplient de faire une interview avec toi.*

Pfff. Il avait brièvement regardé la couverture médiatique à la télé et sur Internet, mais c'était trop irréel. Toutes ces années, il était passé inaperçu et soudain, il était le fils de président le plus célèbre depuis des décennies. Il tapota sur le clavier.

R : *Les attachés de presse écrivent une déclaration pour moi. J'espère que ça sera vite oublié et qu'une star de télé-réalité fera quelque chose d'idiot et/ou de vexant.*

Elle répondit : *On peut espérer. À plus tard, chéri.*

Rafa rangea son portable dans sa poche. Il avait tapé le nom de Shane sur Google et avait tenté de consulter l'annuaire ainsi que tout autre endroit où il pourrait trouver son numéro de téléphone. Il n'avait pas eu de chance, et ce n'était pas comme s'il pouvait se rendre chez lui avec ses nouveaux agents dans son sillage. À supposer qu'il puisse trouver l'adresse de la maison de Shane. C'était peut-être un appartement ou un immeuble en copropriété, ou Dieu seul savait quoi.

L'éventualité qu'il ne revoie plus jamais Shane était une peur constante, vive et douloureuse. Il devait trouver un moyen. Il avait simplement besoin de lui parler et d'entendre le grondement de sa voix. Bon sang, il se contenterait d'un SMS ou d'un foutu message sur Snapchat. Mais Shane était… parti. Et ce n'était pas comme si Shane pouvait l'appeler non plus, ou passer lui dire bonjour.

Mais est-ce que je lui manque comme il me manque ? Est-ce qu'il veut me revoir ? Est-ce qu'il tient encore à moi ?

Il avait vraiment eu l'impression que Shane tenait à lui. Quand il fermait les yeux, il imaginait qu'il était de retour dans la grotte, la tête sur la cuisse de Shane et les doigts de ce dernier brossant rythmiquement ses cheveux. Il avait été si agréable d'être seulement tous les deux et de discuter, d'être capable de toucher Shane et de s'accrocher à lui. Tout cela avait été si… *intime*. Désormais, il avait l'impression qu'il connaissait réellement la signification de ce mot et pas seulement en théorie.

Et s'envoyer en l'air pour la première fois avait été spectaculaire. Même s'ils n'étaient pas allés jusqu'au bout, il était presque sûr que les orgasmes comptaient.

Devant l'une des fenêtres, il appuya son front contre le verre. Le besoin d'être avec Shane était comme la faim, mais c'était plus qu'un sentiment physique. Bien plus.

— Rafa ?

Il s'éloigna d'un bond de la fenêtre et fit volte-face. Il découvrit que ses parents l'observaient, fronçant tous les deux les sourcils.

— Tu vas bien ? Tu as déjeuné ? demanda Camila. Nous pouvons leur demander d'apporter quelque chose.

Elle tourna les talons, sa jupe noire voletant autour de ses genoux.

— Tout va bien, Maman. J'ai mangé. Ça va, je rêvassais un peu, j'imagine.

— Asseyons-nous.

Son père fit un signe de la main en direction du canapé, retirant sa veste de costume et la pendant prudemment sur une chaise en bois non loin de lui.

Rafa tenta de se détendre sur le canapé et s'assit entre ses parents.

— Alors, dit-il.

— Eh bien, nous devons évidemment discuter de beaucoup de choses, déclara Ramon en posant les doigts sur ses tempes. Tout d'abord, une psychologue viendra demain pour te rencontrer.

— Je vais bien. Sincèrement ! dit-il en regardant ses parents tour à tour. Ça va.

— Chéri, tu as vécu un événement traumatique, expliqua Camila. Ça ne peut pas faire de mal d'en discuter avec une professionnelle. Nous la rencontrerons tous séparément. Tu ne seras pas le seul.

— Oh. C'est d'accord, j'imagine.

— Très bien, confirma Ramon avant d'hésiter. Nous devons ensuite discuter de ta sexualité.

Rafa se crispa.

— Je croyais que nous en avions déjà parlé.

— Oui, mais nous devons discuter de tes plans pour ton aveu public.

Le cœur de Rafa tomba dans ses talons et il tira sur l'extrémité irrégulière de l'un de ses ongles, son regard se focalisant dessus.

— Ne t'inquiète pas. Ça restera privé jusqu'à ce que tu quittes la Maison-Blanche. Ça a toujours été le plan. Je ne veux pas tout gâcher pour toi.

— Rafa.

Le ton de son père fut sévère.

— Tu veux bien me regarder, s'il te plaît ?

Quand Rafa leva la tête, Ramon poursuivit.

— Je m'inquiète seulement pour toi. Il me reste moins de six mois à la Maison-Blanche, et je ne veux pas que tu vives dans le secret un jour de plus si ce n'est pas ce que *tu* souhaites. Je me fiche de ce que pense le parti. Je me suis plié à leurs envies assez longtemps. Nous avons lu des articles sur ça…

Il agita une main.

— Le *coming-out*. Les experts disent qu'il devrait toujours se produire selon tes propres exigences.

Rafa sourit, hésitant.

— Oh. Ça ne vous dérangerait vraiment pas si je disais à tout le monde que j'étais gay ? Je pensais… Enfin, vous vouliez que je reste dans le placard. J'ai supposé que ce serait le cas.

Le visage de Camila se pinça.

— C'est vrai. Et nous nous sommes rendu compte que c'était une erreur de faire une telle supposition. De conjecturer que, comme tu n'en avais jamais parlé, tu étais ravi de ce statu quo. Si tu veux faire ton coming-out en public, nous te soutiendrons totalement.

Alors que son père hochait la tête, Rafa y songea.

— Diriez-vous la même chose si je n'avais pas été kidnappé ?

Ses parents échangèrent un regard et Ramon répondit tristement.

— Je ne sais pas, Rafa. Peut-être pas. Peut-être qu'il nous aurait fallu plus de temps pour atteindre cette conclusion. J'aime croire que nous en serions tout de même arrivés là, quoi qu'il arrive. Mais nous avons été à deux doigts de te perdre… ça remet les choses en perspective. C'était la nuit la plus horrible de toute notre vie. On a eu l'impression d'attendre une éternité avant de savoir si notre fils était vivant ou mort. De savoir si nous te reverrions un jour.

Il frissonna.

— Peut-être qu'un jour, tu auras toi-même un enfant et tu seras capable d'imaginer cette terreur qu'on a ressentie.

Sa mère resta assise, bien droite, aux côtés de Rafa. Il tendit la main vers la sienne.

— Maman…

Son sourire fut fragile quand elle lui serra les doigts.

— J'ai passé un marché avec Dieu. J'ai juré que si tu nous

revenais en un seul morceau, plus rien d'autre n'aurait d'importance. Ni mes ambitions pour toi, ni mes attentes, ni mes désirs. Seulement ton bonheur. Et je tiens toujours mes promesses, Rafa.

— Je le sais, dit-il avant de l'embrasser sur la joue. Merci.

— Alors, c'est à toi de voir, Rafalito, renchérit son père. On peut t'organiser une interview avec une chaîne d'informations ou un magazine. Ou alors, tu peux simplement commencer à vivre ouvertement et à fréquenter des garçons. Les rumeurs se répandront et nous pourrons simplement dire : oui, notre fils est gay. Et ce sera terminé. Ou alors, tu peux ne rien faire du tout. Le choix t'appartient.

— Je n'ai pas vraiment envie de donner une interview, mais ce serait sympa de ne plus faire semblant. Je peux y réfléchir ?

— Bien sûr, répondit Camila. Inutile de se précipiter. Nous voulions juste que tu saches que tu as tout notre soutien.

— C'est plus important pour moi que je ne pourrais l'exprimer. Merci, répondit Rafa en s'essuyant les yeux. Pfff. Je crois que j'ai plus pleuré en quelques jours que pendant toute ma vie.

Ramon rit légèrement.

— Oui, je crois que c'est vrai pour nous tous.

— Si vous soutenez mes choix, vous êtes toujours partants pour l'Australie et l'école Cordon Bleu, quand j'aurai eu mon diplôme à UVA ?

— Oui. N'est-ce pas, ma chérie ? demanda Ramon en regardant son épouse.

Touchant ses perles, elle hocha la tête.

— Si c'est ce que tu souhaites vraiment.

— Oui. La prochaine session pour obtenir le Haut Diplôme est en juillet. C'est la rentrée d'hiver, pour eux. Je pense que je vais emménager là-bas à la fin du mois de janvier, après l'investiture. Trouver un boulot dans un restaurant. M'installer et m'habituer à la vie quotidienne avant que les cours commencent.

— Et combien de temps dure cette formation ? demanda Ramon.

— Deux ans et demi.

Camila fronça les sourcils.

— Mais il y a certainement des écoles de cuisine plus proches de la maison ?

— Maman, j'ai vraiment envie d'aller en Australie. Ça ne veut pas dire que je pars pour toujours. Mais j'en rêve depuis des années.

Elle baissa les yeux vers ses mains et joua avec le diamant sur sa bague.

— Vraiment ? Depuis des années ?

— Oui.

— J'aurais aimé que tu nous en parles.

— J'en avais envie, dit Rafa en haussant les épaules. Mais vous avez toujours détesté l'idée que je cuisine. Même quand c'était un hobby.

Camila pinça ses lèvres rouges.

— Oui.

— Mais pourquoi ? Il y a un million de chefs cuisiniers qui ne sont pas gays, Maman.

— Bien sûr que oui, ce n'était pas le problème, répondit-elle en secouant la tête. Tu étais toujours différent, à ta manière, et j'avoue que ça me faisait peur.

Elle jeta un coup d'œil à Ramon.

— Nous avons travaillé si dur pour effacer les parts de nous qui étaient différentes. Pour nous intégrer.

— Des républicains peuvent être chefs cuisiniers, Maman.

Camila soupira et croisa à nouveau ses jambes.

— Tu sais ce que ton grand-père faisait dans la vie ?

Perplexe, Rafa hocha la tête.

— Il était homme d'affaires. Entrepreneur.

— C'est ce qu'on racontait aux gens. Il était cuisinier. Pas chef. Loin de là. Il cuisinait dans un *diner*. Et son business, c'était de nettoyer la graisse. Il avait une petite machine sur roues qu'il traînait partout. Après une journée derrière le grill, à faire des burgers et des frites, il nettoyait les cuves. Ensuite, il allait dans d'autres restaurants du coin et nettoyait aussi leurs cuves. On n'arrivait jamais à se débarrasser de l'odeur de graisse dans notre petit appartement. Même après sa mort, c'était comme si la graisse s'accrochait, tel un film qui recouvrait tout. L'idée que tu cuisines… me faisait honte. Comme si nous revenions en arrière alors que nous en étions arrivés là.

Rafa dévisagea sa mère.

— Je… je ne sais pas quoi dire.

— Tu n'as rien à dire, répondit-elle en lui tapotant le genou. Comme le dirait Adriana, c'est mon problème. Je suis désolée que ça t'ait tant affecté. C'est bête, maintenant que je le dis à voix haute.

— J'imagine que nous avons tous des problèmes.

Rafa tenta d'imaginer sa mère en petite fille, mais il n'y arrivait pas vraiment.

— Rafa, on se demandait…

Camila marqua une pause.

— Enfin, nous voulions savoir… Y a-t-il quelqu'un de spécial ? Un jeune homme que tu as réussi à nous cacher ?

Son cœur loupa un battement.

— Non, répondit-il bien trop rapidement. Pas encore. J'étais trop occupé par l'école.

— Eh bien. Oui, il faut beaucoup de temps pour… ça.

Elle gigota, mal à l'aise.

Rafa tenta d'imaginer ce qu'ils diraient s'ils apprenaient pour Shane. La nausée le submergea. Non, il vaudrait mieux surmonter cet obstacle plus tard. Bien, bien plus tard. *À moins que Shane raconte la vérité aux services secrets.* Rafa ne voyait pas pourquoi il ferait une telle chose, mais plus il passait de temps sans pouvoir lui parler, plus son imagination s'emballait. Il était sûr que Shane n'en dirait rien. Il avait plus à perdre que Rafa.

— Encore une chose, fils.

Ramon posa la main sur le bras de Rafa.

— Nous savons que ce ne sera pas agréable, mais tu vas devoir répondre à quelques questions pour les services secrets.

Le pouls de Rafa tambourina.

— À quel sujet ?

Ramon fronça les sourcils.

— Le kidnapping, bien sûr. Nous les avons tenus à distance, jusqu'à maintenant, mais tu as rendez-vous avec eux, demain matin. C'est nécessaire, j'en ai peur. Tu as peut-être vu ou entendu quelque chose qui pourrait les aider.

— Je ne crois pas.

Rafa se reconcentra sur son ongle et en arracha une partie.

— J'étais plus ou moins dans la boîte de métal jusqu'à ce que Shane me sauve.

Camila frissonna.

— Oh, chéri. Je n'imagine même pas.

Elle glissa une main sur les cheveux de son fils.

— C'était… terrible.

Il frissonna en se souvenant de la sensation d'être aveuglé et écrasé dans cette boîte, avec ses muscles souffrant de crampes.

— Pourquoi me feraient-ils une telle chose ? Enfin, quel était leur plan ?

Son père lui serra l'épaule.

— Les terroristes veulent bouleverser nos vies. Nous inculquer leur peur. Ce sont des lâches. Et quand tout est terminé, le « pourquoi » ne compte même pas. Ces personnes-là ne valent pas la peine qu'on pense à eux.

Il grimaça.

— Bien sûr, c'est plus facile à dire qu'à faire, concéda Ramon.

S'ils avaient réussi… à t'emmener…

— Tout va bien. Shane m'a sauvé. Je vais bien, Papa. Vraiment.

Ramon l'embrassa sur la tempe.

— Tu es un garçon courageux.

— Euh, merci.

Les paumes de Rafa étaient couvertes de sueur, mais il réussit à garder un ton nonchalant.

— Je pourrais avoir le numéro de Shane ? Je veux vraiment le remercier encore une fois.

— Oh, je suis sûr que nous pourrons le faire une fois que l'enquête sera terminée, répondit Ramon en tirant sur sa cravate.

Rafa se redressa.

— Pourquoi ne pourrais-je pas le remercier maintenant ?

— Chéri, je suis certaine qu'il est très occupé, expliqua Camila en lui caressant le bras. Bien, parlons de…

— Pourquoi ne me le dites-vous pas ?

Il regarda ses parents tour à tour.

Son père soupira.

— Rafa, nous ne savons pas encore comment c'est arrivé. Ni qui était impliqué.

— Je croyais qu'il s'agissait de Caréliens.

— Oui, les kidnappeurs. Mais pour t'atteindre comme ils l'ont fait, ils ont reçu de l'aide.

— Oui, mais…

La bouche de Rafa s'assécha.

— Attendez. Pas de la part de Shane. Est-ce ce que pensent les services secrets ?

Il bondit.

— Il ne les a pas aidés ! Ils ont failli le tuer ! J'ai vu la balle toucher sa tête ! Le sang. Et il m'a *sauvé*. Il les a tous tués !

— D'accord, d'accord.

Ramon se leva également et posa les mains sur les épaules de Rafa.

— Nous n'accusons l'agent Kendrick de rien. Ils mènent une enquête, et je suis sûr qu'ils découvriront la vérité très bientôt.

Rafa s'obligea à inspirer et expirer lentement.

— D'accord.

Calme-toi. Ne les laisse pas voir ce que tu penses. Shane est innocent. Tout va bien, pour lui.

— Allons chercher de quoi grignoter dans la cuisine.

Camila éloigna son fils du canapé.

— Ne t'inquiète pas à propos de tout ça pour l'instant, d'accord ? Tu as un avenir à planifier. Tu peux nous en dire plus sur l'Australie. Nous y étions il y a… quoi ? Cinq ans, Ramon ? Nous avons porté un koala. Je crois qu'il était aussi défoncé qu'un hippie.

Alors que sa mère parlait, Rafa suivit ses parents au rez-de-chaussée et s'intima de ne pas s'inquiéter. Et alors qu'il envisageait de planifier son avenir, il sut sans l'ombre d'un doute qu'il ne voulait pas d'un futur sans Shane.

Chapitre 20

Shane s'obligea à sourire quand il écarta les bras. Il commençait à se faire tard et l'hôpital était tranquille. Nguyen et Harris l'avaient conduit jusqu'ici et désormais, ils attendaient au bout du couloir.

— Comment va-t-il ? demanda Shane en serrant Jules contre lui, les cheveux noirs de cette dernière arrivant à peine au niveau de son épaule.

Elle recula et hocha la tête.

— Bien mieux qu'hier. Il a pu parler. Il ne se souvient de rien.

Elle frotta ses yeux rouges et bouffis.

— Mais il va s'en sortir.

— Merci, mon Dieu.

Le soulagement lutta avec l'horrible suspicion qui devenait de plus en plus forte. La gorge de Shane était sèche.

— Comment va Dylan ?

— Aussi bien qu'on pourrait s'y attendre. Je le tiens éloigné de l'hôpital.

Elle se pinça les lèvres.

— Il a déjà fréquenté suffisamment d'hôpitaux, et il le fera encore plus à l'avenir.

— Et toi, comment tu vas ? demanda-t-il en lui serrant le bras.

Elle haussa les épaules.

— J'avance un jour à la fois, toutes ces conneries-là.

Elle fit un signe de tête en direction d'un homme plus âgé, au bout du couloir.

— Mon père va me ramener à la maison pour que je dorme. Tu peux aller voir Alan une minute. Il m'a demandé de tes nouvelles.

Elle le gratifia d'un sourire tremblant.

— Je suis ravie que tu ailles bien et que tu aies récupéré ce pauvre garçon. Quand je pense à la manière dont ça aurait pu tourner, je…

Elle frissonna.

— Merci, mon Dieu, ça s'est bien terminé.

— Je sais.

Mais le pire reste peut-être encore à venir.

— Repose-toi. Je te revois bientôt.

Il l'étreignit à nouveau et elle l'embrassa sur la joue avant de s'éloigner. Shane prit quelques inspirations profondes. Nguyen et Harris étaient toujours en train de discuter au bout du long couloir. Ayant l'impression d'être spectateur de son corps, Shane avança.

Au seuil de la chambre d'hôpital 21C, il s'arrêta. Le *bip-bip-bip* régulier des battements de cœur d'Alan résonnait dans cette immobilité.

La bile monta dans la gorge de Shane. Ça ne pouvait pas être vrai. Il devait y avoir une autre explication. Il était impossible qu'Alan soit impliqué. Impossible. Totalement impossible. Aurait-il vraiment pu faire ça ? Seigneur, pas Al.

S'il vous plaît, faites que je me trompe.

Les yeux d'Alan étaient fermés, mais il dut sentir la présence de quelqu'un, car il cligna péniblement des yeux, un sourire tentant d'étirer ses lèvres. Toutefois, quelque chose vacilla sur son visage et ses yeux s'écarquillèrent.

Il s'agissait de peur, de honte. C'était inratable.

Shane fut alors privé d'oxygène et il secoua la tête en avançant et en fermant la porte derrière lui.

— Dis-moi que ce n'est pas vrai.

Sa voix se brisa et ses mots furent aussi tranchants que du verre brisé.

— S'il te plaît, Al.

Déglutissant difficilement, Alan s'humidifia les lèvres. Sa peau était presque aussi pâle que les tubes transparents dans son nez.

— Quoi ? demanda-t-il d'une voix rauque.

Shane s'arrêta à côté du lit. Des fleurs étaient posées sur chaque surface disponible et une vieille photo encadrée de la famille Pearce avant qu'ils perdent Jessica était sur la table la plus proche. Ils avaient tous de larges sourires et s'enlaçaient.

— Tu sais exactement de quoi je parle, n'est-ce pas ?

— Kenny…

— Comment t'ont-ils contacté ? Tu sais, ça n'a même pas d'importance. Tu l'as fait pour l'argent ? Rafa valait combien ? Et pour ma vie, combien t'ont-ils donné ? Si la balle m'a manqué, c'est uniquement parce que j'ai eu une chance folle. Se sont-ils retournés contre toi ou c'était la balle qui t'était destinée qui était censée manquer son coup ?

Alan secoua la tête et ses lèvres tremblèrent. Sa barbe de quelques jours luisait sur son visage, rendant sa peau encore plus pâle.

— Ouais, j'imagine qu'ils t'ont trahi. Le centre opérationnel pense que c'était moi. Et je me suis creusé les méninges pour tenter de comprendre qui aurait pu faire ça. Mais maintenant, je le vois. C'était forcément toi. Quand nous sommes arrivés sur l'aire de repos et que je suis entré, tu n'as pas appelé Harris. J'ai cru que c'était peut-être lui. Qu'il mentait. Parce que je savais que tu avais appelé. Je t'ai entendu au téléphone quand je suis parti. Mais ce n'était pas du tout lui, que tu appelais. Tu leur donnais le signal pour qu'ils s'approchent. Comment nous ont-ils suivis ?

Les lèvres entrouvertes, Alan respira péniblement, les yeux écarquillés.

La propre voix de Shane paraissait distante.

— Avais-tu un traceur caché quelque part ? Ou t'es-tu contenté de les appeler ? Tu avais un téléphone que le centre opérationnel ne pouvait pas tracer ? J'étais si focalisé sur Rafa que je ne l'ai pas remarqué. Ils ont pu nous suivre et rester à quelques kilomètres de distance. Assez loin pour que je ne les voie pas. Ils sont restés en attente et ils attendaient ton coup de fil et l'opportunité ? Je parie que c'est ça. Ces salauds sont particulièrement patients, hein ?

Alan se contenta de le fixer et le *bip* rapide de son moniteur envahit la pièce d'un bruit staccato.

— Tu allais aussi les laisser me condamner pour ça ?

— Non !

Alan toussa violemment avant de se calmer. Sa voix était éraillée.

— Ce n'était pas censé se passer comme ça.

— C'est vrai. Parce que j'étais censé mourir.

— *Non.* Tu ne vois pas ce qu'il se passe ?

— Qu'est-ce que je ne vois pas ? hurla Shane. Bordel, qu'est-ce que tu as foutu, Al ?

— J'étais le seul qui devait mourir. C'était le marché.

Une infirmière âgée ouvrit la porte et entra dans la pièce.

— Alan ? Tout va bien ?

Elle contourna le lit pour aller se pencher au-dessus de lui.

— Très bien, vous êtes suffisamment agité. Monsieur, les heures de visite sont terminées. Vous devez partir.

— Non, répondit Shane en la regardant à peine.

— Excusez-moi ? Ne m'obligez pas à appeler la sécurité. Je me fiche de savoir qui vous êtes ou quel badge vous portez. Je ne vous laisserai pas perturber mon patient.

Shane prit une profonde inspiration pour apaiser l'envie de hurler et de jeter l'un des vases dans la fenêtre.

— Tout va bien, lui assura Alan d'une voix rauque. S'il vous plaît. Il doit rester.

L'infirmière se renfrogna et mit les mains sur les hanches.

— Encore quelques minutes, mais vous devez vous calmer.

Elle l'aida à boire un peu d'eau, puis jeta un coup d'œil à la poche de perfusion rattachée à son bras.

— Il est peut-être temps de vous donner une autre dose de morphine.

Alan secoua la tête.

— J'ai besoin de réfléchir.

— Tout ira bien, répondit Shane.

Il fut surpris de paraître aussi serein. L'infirmière ne sembla pas convaincue, mais elle partit quand Shane tourna le dos à cet inconnu qui avait pourtant le visage de son ami.

Serrant les poings, Shane garda une voix calme.

— Parle-moi du marché.

Alan demeura silencieux quelques instants. Il porta ensuite son regard vers le plafond avant de murmurer :

— Dix millions sur un compte offshore. Intraçable. La moitié avant.

Il inspira et expira, inspira et expira, son torse s'élevant et retombant difficilement.

— Jules aurait touché le reste, comme un don anonyme, dans un mois. Même si l'autre moitié n'était jamais réglée, ce que j'ai maintenant suffit pour que Dylan et elle partent en Suède pour le traitement expérimental. Et avec mon indemnité de décès aussi, elle n'aurait pas eu à s'inquiéter. J'aurais pu prendre soin d'eux.

— En *mourant* ? En les abandonnant ?

Shane aurait tant aimé être en train de dormir, que ce soit un cauchemar.

— Quel bien leur ai-je fait ? demanda Alan tandis qu'une larme coulait sur sa joue. J'ai tué Jessica et Dylan la suivra dans peu de temps. Je devais arranger ça. C'était mon seul moyen de sauver mon fils et de les protéger. Le gouvernement fait des coupes budgétaires avec les vivants, mais un agent des services secrets mort rapporte encore beaucoup.

— Et si je mourais aussi, tant pis ?

— Non !

Alan secoua violemment la tête, croisant enfin le regard de Shane.

— Je devais être le seul. Je te le jure. Ils devaient seulement t'assommer. Nous avions un marché !

— Et si on ne peut pas faire confiance à ces ordures de terroristes pour qu'ils tiennent parole, à qui peut-on faire confiance de nos jours, hein ?

La peau de Shane le picotait et il enfonça ses ongles dans ses paumes.

— Ils étaient à deux doigts de me faire griller la cervelle, sur cette aire d'autoroute.

— Ça n'était pas censé se passer comme ça. Pas du tout !

Shane dut prendre une inspiration et ravaler son cri avant de pouvoir demander calmement :

— Et comment c'était censé se passer pour Rafa ?

Alan ferma les yeux alors que de nouvelles larmes s'échappaient.

— Ils avaient promis de ne pas le tuer, chuchota-t-il. Ils devaient l'échanger contre des prisonniers de guerre, en Russie. Et demander à Castillo d'organiser la transaction.

— Et nous savons ce que valent leurs putains de promesses !

Shane écrasa son poing contre le matelas et se pencha au-dessus d'Alan.

— Tu l'as abandonné à ces salauds. Ils l'ont mis dans une petite boîte en métal. Dieu seul sait où ils l'emmenaient et ce qu'ils allaient faire. Combien de parties de son corps ils allaient couper pour les envoyer par colis au président tout en formulant leurs exigences.

Des postillons voletaient depuis ses lèvres et la chaleur le consumait.

— Comment as-tu pu lui faire ça ? Il n'a jamais fait de mal à personne. C'est un bon gamin. Un homme bon. Notre boulot était de le protéger. De *mourir* pour lui. Tu l'as trahi. Qu'a-t-il fait pour mériter ça ?

Les lèvres d'Alan tremblaient.

— Ce n'était pas personnel. Je…

— Et pour moi ? Ce n'était pas personnel pour moi non plus ? *Je* t'ai fait confiance.

Shane essuya furieusement ses yeux mouillés.

— Tu étais mon frère, Al. Même s'ils ne m'avaient pas tué, tu sais ce que ça m'a fait de te voir avec une blessure par balle ? De savoir que Rafa avait disparu ? Nous consacrons nos vies à ce boulot. Échouer, c'est la pire des choses qui puissent nous arriver. Tu m'as trahi. Tu as trahi les services secrets. Tout ce que nous défendons.

— Oui, nous y consacrons nos vies, cracha Alan alors que sa respiration devenait plus rapide et que ses joues rougissaient. Et que nous donnent-ils en retour ? J'ai fait un tour dans ce bac à sable qu'est l'Afghanistan. Ensuite, je me suis engagé pour protéger les chefs de l'Amérique. Pour protéger l'Amérique depuis chez moi. Et quand Jessica a été diagnostiquée, que m'ont-ils donné ? Ils m'ont refusé une pension. Ils ont trouvé une faille. J'ai tout tenté. J'ai parlé à une centaine de personnes. Personne ne pouvait m'aider. Ils avaient les mains liées.

Il empoigna les draps.

— Je l'ai entendu encore et encore. Tout le monde, que ce soit la compagnie d'assurance ou le bureau des pensions, était *désolé*. Ils étaient *désolés*, putain de merde. Mais ils n'ont rien fait.

La fureur, le chagrin et la compassion écorchèrent et vidèrent Shane.

— Ça ne veut pas dire que c'était bien.

— Qu'y a-t-il de bien dans ce monde ? Nous avons hypothéqué notre maison autant de fois que nous l'avons pu. Nous avons récolté chaque centime de nos crédits. J'ai regardé ma petite fille mourir et mon pays est resté planté là, sans rien faire. *Rien* ! Ce salaud de Castillo a approuvé les coupes budgétaires. Au conseil, il a validé la diminution des dépenses de santé pour les employés du gouvernement. Oh, mais pas pour les sénateurs ou les députés du Congrès. Non, eux, ils ont encore tout le package, des jours de vacances et leur bon gros salaire, alors qu'on nous a saignés à blanc, expliqua-t-il avant de grincer des dents. Je ne pouvais pas regarder Dylan mourir aussi. Je ne pouvais pas. Quand les Caréliens m'ont contacté, j'ai... j'ai eu l'impression que c'était un signe. Comme le destin.

— Tu n'aurais pas dû t'y prendre ainsi, Al. Comment as-tu pu croire que c'était le bon moyen d'y arriver ?

Toute sa colère s'était épuisée. Shane voulait se rouler en boule et s'endormir, pour se réveiller et découvrir un monde dans lequel nous étions encore ce matin, avant qu'il soit au fait de cette terrible vérité.

— Je sais que la mort de Jessica n'était pas juste. Que Dylan a la même maladie. Ce n'est pas juste. Et ce n'est pas juste que la compagnie d'assurance ne paie pas. Mais ce n'est pas la bonne façon de s'y prendre. Ça n'a jamais été le cas.

— J'étais censé être le seul à mourir, insista Alan alors que de nouvelles larmes tachaient son visage. J'étais censé être le seul.

L'infirmière entra.

— Ça suffit. Monsieur, vous partez. *Maintenant.* Dois-je appeler la sécurité ?

Shane ne put que secouer la tête.

Alan tendit la main.

— S'il te plaît.

Malgré tout, Shane se surprit à prendre la main tendue de son collègue.

— Je vais tout leur raconter, dit-il en regardant nerveusement l'infirmière. C'était moi. Ce n'était pas Shane. Il n'en avait aucune idée.

Fronçant les sourcils, elle appuya sur un bouton de la perfusion.

— Très bien. Il est temps de vous reposer.

— Dis à Vaillant que je suis désolé.

Les yeux d'Alan étaient déjà vitreux lorsque la morphine se répandit dans son organisme, mais il s'accrocha à la main de Shane avec une force surprenante et l'attira jusqu'à son visage pour murmurer :

— Et fais attention quand tu es avec lui. Sinon tout le monde le verra.

Shane reposa la main de son collègue sur le matelas et ses yeux dévièrent en direction de la photo encadrée. Elle avait été prise à l'époque de Noël, avec le sapin scintillant derrière eux et du papier cadeau froissé à leurs pieds. Julianna, blottie sous le bras d'Alan, avait son sourire étincelant et un chapeau de père Noël sur la tête. Les enfants étaient devant eux, Jessica avec son pyjama de foot, montrant fièrement l'espace entre ses dents, et le petit Dylan applaudissant, ses joues rouges tant il était enthousiaste.

— Je suis désolée, mais vous devez vraiment partir, maintenant, lui expliqua l'infirmière en faisant un signe de la main vers la porte.

Alan dormait déjà, son torse s'élevant et retombant régulièrement, les lèvres entrouvertes. Une part de Shane avait envie de planter ses talons dans le sol et attendre le réveil de son collègue, parce qu'ils avaient encore tant de choses à se dire – et il devait encore évacuer tant de douleur et de fureur. Toutefois, Shane se dit qu'il en avait dit suffisamment, après tout.

Il parcourut le couloir, où Nguyen et Harris attendaient. Lorsqu'il s'approcha et ouvrit la bouche, l'agente parla en premier.

— Nous avons tout capté, Kendrick, dit-elle en hochant sinistrement la tête. Bon travail.

Harris lui claqua une main sur l'épaule, ses traits tirés et cha-
grinés.

— Quel enfer, Shane.

Ce dernier resta planté là, clignant des yeux, complètement
épuisé. Il ne savait pas où ils avaient caché la caméra, mais il aurait
dû s'en douter. Bien sûr qu'ils les avaient soupçonnés. Au moins,
c'était fait, maintenant.

Harris lui serra l'épaule.

— Rentre chez toi et repose-toi.

— Allez-vous le dire à Vaillant avant qu'il le découvre au jour-
nal ?

— Bien sûr, répondit Harris. Et il a extrêmement hâte de te
revoir. Il veut te remercier. Peut-être demain, d'accord ? Il est
comme un chien avec son os. Il raconte à tout le monde que tu l'as
sauvé et que tu n'avais rien à voir avec son kidnapping.

Il gloussa.

— Je n'ai jamais vu cette poule mouillée si énergique. Mais il
est clair qu'il veut te voir. C'est sympa de protéger des personnes
qui nous sont reconnaissantes, hein ?

N'ayant pas assez confiance en lui pour parler, Shane hocha la
tête. Alors qu'il prenait l'ascenseur pour descendre et entrer dans
une voiture qui l'attendait, il s'appuya contre la paroi. Malgré
tout, il ne put refouler un sourire éclatant.

ARRIVANT À PIED dans le Château, Shane eut l'impression que cela
faisait des semaines, alors que seuls quatre jours s'étaient écoulés
depuis qu'Alan et lui étaient sortis précipitamment pour pour-
suivre Rafa. Lorsqu'il s'était réveillé ce matin, l'espace d'un instant,
il ne s'était souvenu de rien. Puis la sensation écœurante – la peur
et le chagrin – avait à nouveau pris ses quartiers et ce qu'Alan avait

fait lui était revenu.

Désormais, il empruntait le même chemin que le premier jour, quand il avait eu son ami à ses côtés. Il passa l'aile ouest et traversa l'ancienne serre pour pénétrer dans la résidence principale. Il n'était pas en service. Il portait donc son costume sans son badge, sans ses menottes ou son arme de remplacement. D'autres agents lui adressèrent un signe de tête compatissant tandis que les domestiques murmuraient et le fixaient du regard. Harris et Nguyen se tenaient devant le bureau des services secrets au sous-sol de la résidence.

— Comment allez-vous, Kendrick ? demanda Nguyen.

— Bien, j'imagine. C'est encore difficile de croire que tout ça était réel.

Elle hocha la tête.

— Je comprends. Au moins, Pearce coopère. Ils l'ont mis sous surveillance pour éviter qu'il se suicide et les charges contre lui seront formulées plus tard dans la semaine. Il nous raconte ce qu'il sait à propos des Caréliens. On dirait que c'est un petit groupe dissident qui l'a contacté. Le FBI s'occupe de cette partie de l'enquête, expliqua-t-elle avant de soupirer. J'imagine qu'un enfant mourant pousse un père au désespoir. Il nous a dit qu'il avait une fenêtre de deux semaines pour organiser le kidnapping. Si cette improvisation ne s'était pas produite, il y aurait eu une embuscade la semaine prochaine.

— Qu'arrivera-t-il à sa femme et à son fils ? s'enquit Shane. Et pour les factures médicales ?

Nguyen secoua la tête, son visage teinté par le regret.

— Je n'en sais rien. Pearce est évidemment licencié, avec effet immédiat. Il a laissé sa famille dans une mauvaise situation, pour ne pas dire plus.

Shane avait essayé d'appeler Julianna, mais personne n'avait décroché à la maison. Il avait appelé à plusieurs reprises et avait enfin laissé un message, simplement pour dire qu'il était désolé et qu'il voulait les aider. Dylan et elle ne méritaient pas de souffrir à cause des choix désespérés d'Alan, mais ce serait indubitablement le cas, et Shane avait l'impression de ne rien pouvoir faire à ce sujet.

Harris soupira.

— Je n'arrive toujours pas à accuser le coup. Mais à quoi pensait-il, bon sang ?

— Il n'a pas réfléchi. Je crois qu'il est entré dans un tunnel de chagrin et de rage et que le désespoir l'a frappé en plein visage. Et il ne trouvait aucune porte de sortie. Il ne pouvait distinguer le bien du mal dans cet état d'esprit. Bien que ce ne soit pas une excuse, ajouta-t-il rapidement.

— Non, confirma Nguyen. Il n'y a aucune excuse. Nous sommes simplement ravis que ce coup de feu vous ait manqué et que vous ayez pu retrouver Vaillant. En parlant du loup…

Shane se retourna et vit Rafa en train de s'approcher, dans le couloir, avec ses parents et ses agents dans son sillage. L'estomac de Shane vrilla véritablement, comme s'il était un adolescent retrouvant son rencard, avec un enthousiasme nerveux et une affection impatiente.

Agis normalement. Sois normal.

Rafa portait sa tenue BCBG ordinaire et avait tiré ses cheveux en arrière, comme d'habitude. Son regard était rivé sur le sol poli, et lorsqu'il arriva devant Shane et leva les yeux, souriant, son nez se froissa. Shane hocha la tête, gardant une expression sereine.

Le président fit un pas en avant avec la main tendue.

— Monsieur Kendrick. Je voulais vous remercier personnellement d'avoir sauvé la vie de mon fils.

Shane lui serra la main.

— Je ne faisais que mon travail.

Castillo gloussa.

— Eh bien, Rafael était résolu à nous faire comprendre que vous n'aviez rien à voir avec cette malheureuse affaire.

La première dame lui serra également la main.

— Oui, Rafa a beaucoup insisté sur le fait que vous aviez remué ciel et terre pour le protéger. Alors merci. Vous avez notre gratitude éternelle.

Shane ne cessa de regarder Rafa.

— Je vous en prie. Comme je l'ai dit, je ne faisais que mon travail.

Un conseiller apparut.

— Monsieur le Président, la réunion commence bientôt.

— Le devoir m'appelle.

Castillo serra une nouvelle fois la main de Shane et serra l'épaule de son fils.

— À ce soir.

Tandis que le président partait dans l'aile ouest avec sa protection rapprochée, Rafa prit la parole d'une voix volontairement nonchalante.

— Je dois aller goûter la sauce. Shane, voulez-vous venir avec moi ? Je voulais vous dire quelques petites choses. Je sais que vous faisiez votre travail, mais c'est tout de même très important pour moi.

— Bien sûr, répondit Shane, dont le pouls tambourinait.

— Oui, Rafa cuisine pour nous, déclara Camila avec un sourire tendu. Encore merci, monsieur Kendrick.

Elle ajouta, pour son fils :

— Chéri, je te retrouve dans quelques heures pour le dîner. J'ai hâte.

— Merci, Maman.

Rafa hocha la tête en direction de Harris, Nguyen et sa protection rapprochée.

— À plus tard.

Il se retourna vers l'escalier et Shane le suivit, avec quelques marches de retard.

Tandis qu'ils passaient le premier étage pour se rendre au

deuxième, Shane regardait ses pieds et non les fesses de Rafa devant lui. Ils étaient désormais dans la partie privée de la résidence, mais des employés de maison pouvaient toujours être présents.

Reste professionnel. Calme.

Ils passèrent devant la blanchisserie et parcoururent le petit couloir menant à la cuisine. Rafa fit signe à Shane de passer devant lui, sans croiser son regard. Lorsqu'il entra, il entendit le *clic* de la porte qui se refermait. Se retournant, il vit Rafa près de lui, les lèvres entrouvertes et son torse s'élevant et retombant rapidement.

— Shane…

Ils s'entrelacèrent comme s'ils étaient faits pour ça, tant ils se collaient naturellement l'un contre l'autre. Rafa pencha la tête, appuyant son visage contre le cou de Shane. La sensation mouillée de sa respiration fut chaude, douce et *agréable*. Shane le serra contre lui et n'avait plus envie de le relâcher. Il savait qu'il le ferait – qu'il le devait – mais l'espace d'une minute, il s'autorisa à s'accrocher.

— J'avais peur de ne plus jamais te revoir, marmonna Rafa. Tu m'as tellement manqué.

— Toi aussi, tu m'as manqué.

Levant la tête, Rafa recula, l'espoir brillant dans ses yeux.

— Vraiment ?

Shane sourit, glissant les mains le long de la colonne vertébrale du jeune homme.

— Vraiment.

Rafa l'embrassa, doucement et gentiment au début, puis plus profondément. Shane s'imprégna de lui, mémorisant chaque soupir, halètement et glissement de la langue rêche de Rafa contre la sienne. Il avait un goût de tomate et d'origan. L'air était lourd entre eux.

Shane voulait rester, mais il devait être fort. Il brisa tendrement le baiser.

— Tu prépares le dîner pour tes parents ?

Rafa rayonna.

— Pour Chris, Hadley et Adriana aussi. Je suis stressé. Je fais seulement des spaghettis, mais je veux que ce soit bon.

— Ça sent très bon.

Shane ne put résister et lécha une nouvelle fois la bouche de Rafa.

— Ça a un très bon goût.

— J'aimerais que tu puisses rester pour le dîner, murmura Rafa en riant.

— Mais nous savons tous les deux que je ne le peux pas.

Soupirant, Shane recula et posa les mains sur les épaules de Rafa, car il ne voulait pas encore qu'ils arrêtent de se toucher.

Le sourire du jeune homme s'estompa.

— Je sais.

Son regard inquiet scruta le visage de l'agent alors qu'il serrait les bras autour de sa taille.

— Tu vas bien ? Ils m'ont dit pour Alan. Je n'arrive pas à y croire. Pas même une seconde je n'aurais pensé que…

— Moi non plus. J'aurais dû. Je le connais depuis des années. J'aurais dû me rendre compte que quelque chose clochait.

— Non ! Je t'interdis de rejeter la faute sur toi. Tu ne lis pas dans les pensées des gens, Shane. Ce n'était pas ta faute.

Il posa la main sur la joue de Rafa.

— Tu sais que si j'avais supposé quoi que ce soit, je l'aurais arrêté. Je ne les aurais jamais laissés t'emmener. Je ne les aurais jamais laissés te faire du mal.

— Je sais.

Rafa frotta sa joue lisse contre la paume de Shane, qui avait déjà posé sa main chaude sur le dos du jeune homme en se rapprochant.

— Je leur ai dit que ce n'était pas toi. Ne pas te voir, ça m'a tué. Est-ce qu'on peut s'envoyer des SMS ? Ou je pourrais t'appeler du téléphone d'Ash, si tu me donnes ton numéro. Comme ça, ce ne sera pas si horrible d'attendre de te revoir.

— Raf… on ne peut pas faire ça. Tu sais que je ne peux pas.

Shane laissa tomber les mains le long de son corps et recula, maintenant Rafa à distance avec une main sur son torse.

— Ce n'est pas possible.

— Nous trouverons un moyen !

Il jeta un coup d'œil vers la porte et baissa la voix.

— J'ai besoin de te voir. J'ai besoin d'être avec toi.

Shane baissa la main, car plus il le touchait, plus c'était difficile.

— Tu es jeune et…

— Ne fais pas ça ! N'utilise pas cette excuse merdique, dit-il en le fusillant du regard. Je suis peut-être plus jeune que toi, mais je sais ce que je veux. Je sais ce que je ressens. Ne me rejette pas comme si j'étais un gamin idiot.

— Tu as raison. Mais tu le ressentiras encore. Pour l'instant, c'est nouveau, grisant et interdit. Mais ça finira par passer. Tu te lances tout juste. Tu vas en Australie, n'est-ce pas ?

Une part égoïste de sa personne voulait que Rafa dise non, même si ça ne changeait rien. Il ne pourrait jamais rester dans les services secrets et sortir avec un ancien client.

Alors, quitte ce satané boulot.

Shane secoua mentalement la tête, choqué par cette idée. Il avait travaillé presque dix-sept ans en tant qu'agent. Il obtiendrait sa pension après vingt-cinq ans de service. C'était sa carrière. Sa *vie*.

Non ?

— Même si je vais en Australie, nous pourrions toujours… Il y a Skype, les portables et tout ça.

— Tu dois explorer le monde entier. Tant d'expériences t'attendent. Même si nous le pouvions, tu ne voudrais pas être lié à un vieux.

Les narines de Rafa se dilatèrent.

— Tu n'es pas vieux. Alors, tu crois que je devrais me taper un tas d'autres gars ? Que je ne te désirerai plus ? Que c'est juste… quoi ? Un coup de cœur ?

Shane s'obligea à mentir.

— Oui.

— Tu as tort. Tu as terriblement tort.

— Même si nous n'étions que deux personnes libres de nous fréquenter, je suis trop vieux pour toi. Nous le savons tous les deux.

Rafa secoua la tête.

— Conneries. Je ne l'accepte pas.

Il n'avait jamais entendu Rafa si déterminé et cela enflamma ses veines. Mon Dieu, il voulait le plaquer contre la porte et se frotter contre lui. Mais Shane se força à dire ce qui devait être dit.

— Je ne peux plus te voir. Que j'en aie envie ou non. J'ai eu tort de franchir cette ligne. Tu le sais.

— Mais…

Les épaules de Rafa s'affaissèrent.

— Je vais demander un transfert, expliqua Shane d'une petite voix.

— Tu t'en vas ? demanda Rafa dont les yeux brillaient.

— C'est pour le mieux. Si je reste à Washington DC, les choses n'en seront que plus difficiles.

— Je pars d'ici en janvier. Plus personne ne me surveillera.

— Si jamais ils découvrent ce qu'il s'est passé pendant que je te protégeais…

Rafa plongea les mains dans ses poches.

— Ouais. Je sais. Simplement, si…

Sa pomme d'Adam remua.

— Mais j'imagine qu'avec des si, on met New York en bouteille, ou un truc du genre.

Shane sourit légèrement.

— Oui, un truc du genre.

Rafa inspira et expira quelques instants.

— Où vas-tu aller ? demanda-t-il d'une voix à peine plus forte qu'un murmure.

— Je pense au bureau délocalisé de Santa Ana. C'est dans le comté d'Orange, où j'ai grandi. Il est temps que je rentre chez moi un petit moment. Grâce à toi, j'y pense de plus en plus. Quand mes parents sont morts…

Il prit une brusque inspiration avant de s'obliger à continuer.

— Quand ils sont morts, je ne pensais pas vouloir retourner chez moi, un jour. Ni surfer ni aller sur la plage… rien de tout ça. Parce qu'à l'époque, ça m'aurait fait penser à eux et au fait que je n'avais pas été là pour les sauver.

— Tu ne peux pas sauver tout le monde, répondit doucement Rafa en lui prenant la main. Je sais que tu penses que tu le devrais, à cause de ton travail, mais tu ne pouvais rien faire.

Shane s'agrippa à ses doigts, voulant terriblement l'attirer contre lui.

— Je sais qu'en toute logique, tu as raison. Mais je dois encore travailler pour l'accepter, répondit-il en tentant de sourire. Je dois patauger dans mes conneries.

— Alors, c'est décidé.

Il était si tentant de laisser Rafa le convaincre de ne pas partir, mais Shane hocha la tête.

— Généralement, c'est compliqué de se faire transférer, mais après ce qu'il s'est passé, je crois qu'ils seront accommodants. J'ai simplement besoin de fuir Washington DC. Ça va me faire du bien de rentrer chez moi. De reprendre mes esprits. De déterminer mes priorités.

D'essayer de t'oublier.

Rafa fixa leurs pieds du regard.

— Je ne veux pas que tu t'en ailles, mais je comprends pourquoi tu le dois. J'imagine que c'est facile pour moi de dire que nous pourrions trouver une solution. Ce n'est pas ma carrière qui est dans la balance.

Il croisa le regard de Shane avec ses grands yeux marron, ses cils noirs brillant à cause des larmes retenues.

— Mais je déteste l'idée.

Cédant et l'attirant contre lui, Shane enlaça une dernière fois Rafa.

— Moi aussi, chuchota-t-il avant de l'embrasser sur la tempe. Tu ferais mieux de goûter cette sauce. Je suis ravi que ta mère ait accepté l'idée. Tu vas très bien t'en sortir.

Rafa ignora la déclaration de Shane et l'embrassa férocement. La pression douloureuse dans la poitrine de l'agent menaça d'exploser lorsqu'il l'embrassa en retour. Il aurait aimé qu'ils soient à nouveau dans l'obscurité de la grotte, où le reste du monde avait paru si lointain. Il inhala l'odeur de Rafa, leurs corps se collant l'un contre l'autre alors qu'ils en voulaient encore plus. Ils eurent besoin de plus quand ils haletèrent et s'agrippèrent l'un à l'autre.

Avec tout ce qu'il lui restait de self-control, Shane s'arracha à lui. Devant la porte, il se retourna une dernière fois. Rafa se tenait au milieu de la cuisine, son torse s'élevant et retombant alors que la sauce rouge bouillonnait sur la gazinière derrière lui.

Shane s'éclaircit la gorge.

— Souviens-toi que certaines vagues… ne peuvent être domptées. Il vaut mieux plonger et attendre la suivante. Il y en a toujours une autre.

Rafa resta planté là, mélancolique et les bras passés autour de son corps.

Prenant une inspiration tremblante, Shane réussit à s'en aller, adressant des signes de tête aux employés du rez-de-chaussée qui lui parlèrent, bien qu'il n'entende rien à cause du bruit du sang battant dans ses oreilles. Il ne s'arrêta pour personne et se hâta vers le parking. Il continua d'avancer jusqu'à accélérer sur Pennsylvania Avenue et d'abandonner son cœur.

Chapitre 21

Cinq mois, dix-sept jours et vingt heures plus tard.

RAFA PRIT UNE profonde inspiration, le sel dans l'air accompagnant la lourde odeur de pastèque et de pistache sur sa langue. Le soleil de janvier brillait étonnamment sur la plage tranquille de Brooks Street, en cette fin de matinée, ce samedi. Les vagues de plus d'un mètre emportaient les loyaux surfeurs dans leurs combinaisons noires. Rafa les regardait avancer sur leur planche, attendre leur tour et se relever gracieusement sur leur surf alors que les vagues se brisaient.

Il avait oublié ses lunettes de soleil sur la table basse d'Adriana et mit donc sa main au-dessus de ses yeux en observant Shane prendre une vague jusqu'au rivage. C'était la troisième sur laquelle il surfait depuis que Rafa était arrivé. Il aurait pu patienter joyeusement sur le sable, l'attendre pendant des heures, sans ses baskets et avec son sac posé à ses pieds, le sable granuleux entre ses orteils. Voir Shane à nouveau suffisait pour le moment.

Mais avec sa planche sous le bras, celui-ci dépassait maintenant quelques rochers sur le rivage et traversait la plage. Peu de personnes y lézardaient. Étourdi et fourmillant, Rafa s'apprêtait à l'appeler quand Shane s'arrêta brusquement et le dévisagea.

Au loin, Rafa ne pouvait pas vraiment distinguer son expression et sa bouche s'assécha. Shane voudrait-il le voir ? Il était probablement passé à autre chose. Ce serait gênant, étrange, et ce serait une terrible erreur. Son pouls tripla quand Shane changea de direction et se dirigea vers lui en ligne droite, marchant calmement alors que sa planche était toujours attachée à sa cheville par le cordon. Il était trop tard pour fuir, à présent, et Rafa attendit.

Lorsqu'ils ne furent qu'à quelques mètres, Shane jeta sa planche dans le sable et ouvrit l'attache en Velcro autour de sa cheville. Ses cheveux bruns étaient toujours presque rasés sur son crâne luisant et l'eau coulait au bout de son nez. Rafa voyait qu'il ne s'était pas rasé depuis plusieurs jours et il se rappela la sensation de la barbe de Shane sur sa peau, dans la grotte, cette nuit-là.

Il se tient vraiment là. C'est en train d'arriver. C'est la vraie vie.

— Tu es venu prendre une vague ? demanda nonchalamment Shane, le grondement de sa voix grave si merveilleux à entendre.

— Je… euh…

Ils restèrent plantés là à se regarder, et soudain, tous les mots qu'il avait prudemment répétés s'évaporèrent de son esprit. Il lui tendit brutalement le verre de granité.

— Je suis passé chez Maddie pour toi. C'est vraiment bon. J'espère que ça ne te dérange pas, j'ai bu une gorgée.

— Bien sûr que non.

Shane lui prit le verre des mains et leurs doigts s'effleurèrent. Il but une gorgée avec la paille.

— Merci.

Reste cool. Ne fais pas le débile.

— Tu étais génial, là-bas. Je suis content que tu surfes à nouveau.

— Merci. C'est vraiment bon d'avoir repris. Maintenant, je me dis que je ne sais pas du tout comment j'ai réussi à tenir de nombreuses années sans surfer, expliqua-t-il avant de boire une autre gorgée. J'ai vu une partie de l'investiture de Livingston, l'autre jour. Tu es officiellement débarrassé, hein ?

— Ouais.

Souriant, Rafa regarda autour de lui.

— Pas de protection rapprochée. C'est bizarre de me promener tout seul. Mais c'est aussi merveilleux. Jusqu'ici, les gens ne semblent pas trop me reconnaître.

Les lèvres de Shane se tordirent.

— C'est à cause des cheveux.

Il baissa les yeux vers le jean de Rafa et son pull violet Ripcurl.

— Et des vêtements. Ça te va bien. Tu t'intégreras parfaitement avec les autres passionnés de surf.

Rafa passa une main dans les boucles lâches qui retombaient sur son front.

— Merci.

— J'ai vu l'interview que tu as donnée avec tes parents, il y a quelques mois. Tu as été génial.

Rafa haussa les épaules et rougit légèrement.

— Je me suis dit que je le devais à tous les petits gays. Et je me suis rendu compte qu'il était plus facile de dire ce que je voulais dire afin que les gens puissent gérer ça et passer à autre chose. Comme ça, il n'y a pas eu toutes ces interrogations : est-il ou n'est-il pas gay ?

— C'est logique, répondit Shane en buvant une autre gorgée de granité. Alors. Tu es juste de passage et tu continues ton voyage vers le sud ? demanda-t-il nonchalamment.

Les paumes de Rafa étaient moites et il les plongea dans ses poches.

— Non. Enfin, si. Je suis en route pour l'Australie.

— Tu voyages léger, constata Shane avec un signe de tête vers le sac marin.

— Le reste de mes affaires est chez Adriana, à Los Angeles. J'ai juste… Il fallait que je te trouve. Je dois te parler et je ne m'attends à rien, de ta part.

Il avait tout parfaitement planifié, mais désormais, son esprit bourdonnait, et Shane était juste là, devant lui, attendant et le regardant avec une expression indéchiffrable.

Merde alors.

— Je voulais te dire que je suis véritablement amoureux de toi. Et c'est peut-être fou. Je sais que je suis jeune et que tu es plus âgé que moi, que tu as une vie ici, mais je veux être avec toi.

Les mots se déversaient et Rafa se dit qu'il ferait aussi bien de tous les prononcer, maintenant qu'il avait commencé.

Il s'obligea à soutenir le regard de Shane et poursuivit.

— Ce que je veux plus que tout, c'est que tu viennes en Australie avec moi. Et je suis certain que ce n'est pas possible, avec ton travail, et que tu ne viendrais sans doute même pas, mais je n'arrête pas de penser à toi. Tu me manques sans cesse. Et tu as probablement tourné la page depuis longtemps et…

Les lèvres mouillées de Shane furent salées et sa barbe égratigna la peau de Rafa quand il prit son visage en coupe et l'embrassa passionnément, le granité abandonné et étalé à leurs pieds. Rafa ouvrit la bouche sous celle de Shane, gémissant dans le baiser alors qu'il l'attirait contre lui sans se préoccuper d'être mouillé. Il enfonça les doigts dans le néoprène épais lorsque leurs langues entrèrent en contact.

Shane appuya son front contre celui de Rafa et respira péniblement quand ils s'écartèrent.

— Tu en es sûr ?

— Sûr à propos de quoi ? Oui. Je suis sûr de tout ça. Est-ce que… ? Tu… ?

Rafa avait du mal à respirer.

Avec un sourire qui creusait des fossettes dans ses joues et illuminait son visage, Shane se pencha en arrière pour le regarder.

— Je t'aime, Rafa. Je le savais déjà à l'époque, mais quand j'ai emménagé ici, c'est devenu de plus en plus clair. Je veux être avec toi. En Australie ou à Tombouctou. Je m'en moque. N'importe où. Je veux surfer avec toi et manger tout ce que tu veux cuisiner. Je veux me réveiller à tes côtés tous les matins.

— Ah oui ?

Rafa aurait pu croire qu'il était en train de flotter, qu'il avait été projeté dans le ciel californien, si Shane n'avait pas posé les mains sur ses épaules. Il eut envie de rire, de crier et de chanter.

— Mais pour ton travail ?

— Mon dernier jour était il y a une semaine. Travailler dans un bureau délocalisé, ici, c'était sympa. Je bossais plus ou moins de neuf à dix-sept heures et j'enquêtais sur les contrefaçons, dans le coin. Tous ces trucs du ministère de l'Économie auxquels les services secrets ne s'intéressent pas vraiment. J'allais finir mes vingt-cinq ans et obtenir ma pension, avant de passer dans le privé. Je serais devenu consultant en sécurité, ce genre de choses. Mais j'aurais dû attendre six ans et demi et j'ai décidé que c'était bien trop long. Alors que je pouvais passer ce temps avec toi.

Rafa était presque certain que son cœur allait exploser dans un jet de substance rouge visqueuse.

— Tu le veux ? Tu me veux vraiment ?

Shane posa une main sur sa joue et le regarda avec ses yeux d'acier.

— Oui. Je te veux, Rafa. Peut-être que nous sommes fous, mais je suis malheureux sans toi.

Il secoua la tête et rit doucement.

— J'ai quitté mon boulot et signé un contrat de sécurité avec une entreprise de Sydney. Je comptais te retrouver là-bas. Frapper à la porte du Cordon Bleu, si je le devais. J'espérais que tu me désirais toujours.

Il soupira.

— J'avais peur que ce ne soit pas le cas, mais je devais essayer. Mon ami a dit que je traversais ma vie en dormant et il avait raison. Tu m'as réveillé. Je suis totalement impliqué, Rafa.

Souriant, le jeune homme l'étreignit fermement dans ses bras et blottit son visage dans le cou mouillé de Shane. *Il me veut. Nous nous aimons. C'est réel.*

— Je suis en train de te mouiller, murmura Shane.

Rafa recula.

— Alors, il vaudrait mieux que tu m'enlèves ces vêtements. Ta maison n'est pas loin, n'est-ce pas ?

— Comment le sais-tu ? Je sous-loue la maison d'un vieil ami.

— J'ai obtenu ton adresse grâce à Brent Harris. Je lui ai dit que j'avais envie de te remercier à nouveau en personne de m'avoir sauvé la vie.

Sa joie s'estompa.

— J'ai entendu dire qu'Alan avait plaidé coupable.

Shane hocha la tête.

— Discutons-en plus tard, répondit-il en souriant légèrement. On a le temps, n'est-ce pas ?

L'excitation ondula dans le corps de Rafa et il s'humidifia les lèvres.

— Autant de temps que nous le souhaitons. Personne ne nous dit qu'on ne peut pas le faire.

Le regard de Shane passa de sa bouche à ses yeux.

— Alors qu'attendons-nous ?

— WAOUH. CETTE maison est géniale. Juste au bord de l'eau.

Rafa retira ses baskets couvertes de sable et entra dans le salon du petit bungalow pour rejoindre la fenêtre coulissante menant à la terrasse, directement sur la plage.

Il jeta un coup d'œil aux vagues qui scintillaient à la lumière du soleil. Le trajet depuis Brooks Street n'avait pas été long, et Shane avait seulement posé une serviette sur son siège et conduit son pick-up dans sa combinaison. Rafa avait posé des questions insignifiantes sur la zone, rien que pour combler le lourd silence et calmer ses nerfs.

— Ça doit être agréable de…

Alors que Rafa se retournait, les mots se flétrirent et moururent dans sa gorge sèche. Shane avait baissé la fermeture de sa combinaison et désormais, il la retirait de ses bras, puis de ses jambes. Il fut alors nu.

Et il était *merveilleux.*

Des poils noirs tapissaient son torse – pas trop, mais suffisamment. Le duvet était parfaitement viril, du moins, selon les estimations de Rafa. Il avait également des poils sous le nombril, qui menaient à un buisson taillé au niveau de son entrejambe. Son membre était long et épais, alors qu'il gonflait sous le regard avide du jeune homme. Les testicules de Shane étaient gros et lourds, pendant entre ses cuisses puissantes parsemées de poils bruns.

Rafa ouvrit la bouche pour dire quelque chose – que disaient généralement les gens dans de telles circonstances ? Quelque chose de séduisant ou de sexy ? Il devrait dire quelque chose de ce genre.

— Euh…

Un sourire étira les lèvres de Shane et il tendit la main.

— J'ai du sable partout. Rinçons-nous et réchauffons-nous.

Traversant la pièce pour rejoindre Shane, qui se tenait dans la jonction avec le couloir, Rafa hocha la tête, car il ne se faisait pas confiance pour parler. Il saisit la main de Shane et le suivit dans la salle de bain. Tandis que ce dernier tournait les boutons dans la cabine de douche en verre – offrant une vue incroyable sur ses fesses fermes –, Rafa prit une profonde inspiration et retira ses vêtements humides.

Il aurait aimé que l'obscurité règne autour d'eux, mais il obligea ses bras à retomber le long de son corps afin de ne pas avoir l'air d'un gamin nerveux. Son membre était déjà dur comme de la pierre, sans même qu'il tire dessus.

Shane se plaça sous le jet d'eau et Rafa le suivit, se logeant dans la cabine et fermant la porte. La douche était relativement grande, et Rafa avait une vue excellente sur le corps de Shane pendant que celui-ci faisait mousser un pain de savon vert et se frottait avec des mains savonneuses. Shane le lava alors. Ils étaient nus, tous les deux, et Shane le touchait partout. Rafa espérait pouvoir finir cette douche sans jouir.

Glissant des mains mousseuses sur le dos de son amant, Shane l'attira contre lui.

— Nous ne sommes pas obligés de faire quoi que ce soit. Nous pouvons y aller lentement, murmura-t-il.

Rafa se frotta contre lui, tressaillant quand leurs pénis se heurtèrent.

— Je ne veux pas y aller lentement. Je veux tout faire.

Il jeta un coup d'œil à la cicatrice dans le cou de Shane et glissa un doigt dessus, ce qui fit frissonner ce dernier.

Shane sourit ironiquement.

— On fera tout, ne t'inquiète pas. Mais je t'entends réfléchir et t'inquiéter.

— Je ne m'inquiète pas pour ça.

Rafa ravala un halètement tandis que Shane glissait une main sur ses fesses.

— Alors quoi ? demanda-t-il en fronçant les sourcils. Je ne veux pas que tu t'inquiètes à propos de quoi que ce soit.

— C'est juste que…

Rafa tenta de trouver les mots.

— Tu es… *toi* et moi je suis…

Il se renfrogna davantage.

— Tu es quoi ?

— Euh, comme ça. Tu vois, répondit Rafa en haussant les épaules et en tentant de rire. C'était plus facile dans l'obscurité.

— Hm-hmm.

Shane secoua la tête tout en caressant le corps de Rafa, alors que la vapeur s'élevait autour d'eux.

— Je veux te voir. Je veux voir comme tu es beau.

Rafa ricana.

— Je ne…

Ses mots furent avalés quand Shane l'embrassa passionnément, léchant sa bouche et l'appuyant contre le carrelage froid. Quand il l'éloigna, ses yeux bleus s'étaient assombris.

— Je veux voir comme tes lèvres se gonflent et se mouillent.

Il y glissa un pouce, puis descendit vers le torse de Rafa.

— Je veux voir comme ta peau rougit lorsque je te touche. Lorsque je te regarde.

Il passa le pouce sur l'un de ses tétons et Rafa s'exclama.

— Je veux voir comme tes tétons durcissent quand je les taquine.

Il pencha la tête et s'accrocha à la gorge de Rafa, la suçotant avec force tout en s'agrippant à ses hanches. Mettant fin à ce suçon, il mordit la peau sensible.

— Je veux voir mes marques sur toi.

Haletant, Rafa était en feu.

— Eh bien, quand tu le formules ainsi…

Shane rit, dans un bruit rocailleux et *glorieux*. Toutefois, son sourire disparut.

— Mais je ne veux pas aller trop vite pour toi. Dis-moi si c'est le cas, d'accord ?

Il se pencha et embrassa doucement Rafa, glissant les mains dans son dos.

— Parce que je serais heureux de te tenir simplement contre moi. Tu es si bon. Je pourrais faire ça toute la journée.

S'appuyant contre lui, Rafa frissonna de plaisir et caressa son large dos.

— Je sais. Mais ce n'est pas trop rapide. J'en ai envie. Je te veux.

Rafa l'embrassa encore et la langue de Shane vint rencontrer la sienne, le taquinant et le goûtant. Rafa avait le tournis et il était surpris de pouvoir encore tenir debout. Mais il se souvint qu'il avait des choses importantes à dire, alors il s'éloigna.

— J'ai apporté des préservatifs et du lubrifiant, mais je veux vraiment… Je ne sais pas si tu as été testé, dernièrement ? Il n'y a qu'avec toi que j'ai fait des choses. Je me suis fait tester, au cas où. Tu vois, pour que ce soit officiel, et tout est négatif.

— Tu n'es sorti avec personne, à la fac, après avoir fait ton coming-out ?

Shane paraissait agréablement surpris.

— Non. Je n'ai été qu'avec toi.

Il rit, gêné.

— Je sais… c'est nul.

Shane secoua la tête, son regard intense, alors qu'il prenait la tête de Rafa entre ses mains et l'embrassait ardemment.

— Ce n'est pas nul, marmonna-t-il contre sa bouche.

Rafa se retrouva à radoter tandis que les mains de Shane parcouraient son corps.

— Je suis allé dans des bars, à des fêtes, et tout. J'étais comme le gay célèbre de Charlottesville. Les mecs me draguaient, mais c'était… aucun d'eux n'était toi. Je *te* voulais. Mais je suis sûr que tu as fréquenté un tas de mecs depuis, non ? Ce qui ne me dérange pas. Évidemment que ça ne me dérange pas. Et si tu n'es pas sûr de toi, alors on utilisera des préservatifs. La sécurité passe avant tout. C'est important.

Shane décrivit de petits cercles sur les hanches de Rafa.

— Mais si mon bilan de santé est clean, tu veux que je te prenne à nu ?

Le souffle de Rafa se coupa et il rejeta la tête en arrière pour le confirmer, tandis que son membre gonflait encore plus maintenant qu'il l'entendait.

— J'ai été testé et je n'ai fréquenté personne depuis toi.

Le cœur de Rafa loupa un battement.

— Ah bon ? Pourquoi ?

Shane s'appuya contre lui, son membre rigide heurtant celui de Rafa.

— Parce qu'ils n'étaient pas toi.

Il se pencha et son souffle fut chaud à l'oreille de Rafa.

— Parce que je voulais m'assurer que ce serait sûr pour nous. Parce que je veux jouir en toi.

Un frisson parcourut la colonne vertébrale de Rafa et ses testicules le picotèrent.

— Oh mon Dieu.

— Tu en as toujours envie ?

Shane glissa ses doigts couverts de savon dans le creux des fesses de son amant.

— Tu veux que je remplisse ton trou serré de mon sperme ?

— Oui, oui, oui, haleta Rafa. Maintenant. S'il te plaît. Fais-le, Shane.

L'intéressé décrivit un cercle autour de l'anus du jeune homme.

— Pas encore. D'abord, je veux te sucer.

Glissant ses lèvres sur le torse et le ventre de Rafa, il s'agenouilla et se blottit contre sa verge.

Voir son érection tendue claquer contre la joue de Shane fut presque suffisant pour le faire jouir. Shane taquina ses fesses du bout des doigts et saisit son pénis de sa main libre, glissant le pouce sur l'extrémité et abaissant le prépuce. Levant les yeux vers lui, Shane lécha sa longueur et sa langue taquina la crête en bas.

Lorsqu'il prit Rafa dans sa bouche et avala tout le gland, les cuisses de Rafa tremblèrent.

— Merde, Shane. Je ne peux pas…

Shane le libéra dans un bruit sec.

— Tout va bien. Ne te retiens pas. Je veux que tu jouisses pour moi.

Il avala alors Rafa presque jusqu'à la base, ses joues se creusant et sa main glissant pour jouer avec les testicules.

Cette succion chaude était meilleure que ce que Rafa avait pu imaginer sur les fellations. C'était si mouillé, serré et *agréable*. Il glissa une main sur la tête de Shane, ayant besoin de le toucher alors qu'il jouissait déjà et se déversait dans sa bouche avec des jets de plaisir si intenses qu'il écrasa son crâne contre le mur carrelé en hurlant.

Shane s'affaira doucement sur lui tandis qu'il pompait les quelques dernières gouttes, et les jambes de Rafa flageolèrent.

— Oh, prends-moi.

Shane sourit en se levant.

— C'est ce que je prévois de faire, Raf.

Ils se séchèrent rapidement, respirant tous les deux péniblement et se volant des baisers par la même occasion tout en allant dans la chambre. De grandes fenêtres donnaient sur l'océan. Les draps étaient chauds sous le corps de Rafa lorsqu'il s'allongea. Shane jeta la couverture par terre et se plaça au pied du lit pour le regarder. Son membre était rouge et tendu, et il le caressa, une fois, deux fois.

— Seigneur, tu es beau. Et avant que tu dises quoi que ce soit pour te dénigrer, écoute-moi. Tu es beau et je t'aime. Je te veux.

Il caressa à nouveau son membre.

— Tu vois à quel point tu me fais bander ?

Entrouvrant les lèvres, Rafa hocha la tête.

Il se redressa et se mit à quatre pattes. Baissant la tête, il tourna son visage vers le matelas et tendit la main vers ses fesses. Son pouls tambourinait alors qu'il attendait.

Shane prit une brusque inspiration.

— Regarde comme tu es beau. Tu t'ouvres pour moi comme je le voulais. Tu veux que je te lèche ?

Le matelas s'enfonça sous son poids.

— Tu veux ma bouche ? Ma langue ?

Il glissa ses doigts le long de la colonne vertébrale de Rafa.

— Oui.

La voix du jeune homme était rauque. Il regarda au loin les vagues derrière les fenêtres, sa joue appuyée contre les draps chauds et ses fesses en l'air. Il plongea les doigts dans sa chair alors qu'il s'ouvrait et il n'avait jamais eu l'impression d'être aussi exposé. Se tordant le cou pour regarder derrière lui, il vit Shane agenouillé derrière, et il aurait aimé que celui-ci dise quelque chose, tandis que les secondes s'égrenaient. Peut-être n'en avait-il pas envie ? N'était-ce pas ce qu'il fallait faire ?

— Je t'entends, tu réfléchis encore, dit Shane.

Son souffle effleura l'anus de Rafa et il lui couvrit les mains avec les siennes pour les poser sur le matelas.

— Je m'occupe de toi.

Shane ouvrit encore une fois Rafa et quand il lécha sa fente, de ses testicules aux fossettes au-dessus de ses fesses, le jeune homme émit un bruit qui fut à la fois un hurlement, un geignement et un gémissement. La barbe de Shane érafla l'intérieur de ses cuisses ainsi que ses fesses. Le contraste entre sa langue mouillée et ses poils secs engendra des étincelles qui électrifièrent Rafa jusqu'au bout de ses orteils. Il empoigna les draps alors que Shane léchait le contour de son ouverture.

Pendant qu'il gémissait et tremblait, Shane se pencha en arrière et cracha sur son anus. Pour une raison quelconque, cette salive parut si *obscène*. Le membre de Rafa tressauta quand Shane recommença et qu'il sentit le crachat mouillé et entendit le bruit. Shane le lécha et plongea son visage dans ses fesses, l'étirant avec ses mains puissantes. La bouche du jeune homme s'ouvrit dans un grognement et il frotta sa joue contre les draps en fermant les yeux.

Quand Shane recula, Rafa ne put retenir un geignement. Shane gloussa légèrement.

— Ne t'inquiète pas. Il y a plus. Tu en veux plus ?

— Oui. Tout. Donne tout. Tout ce que tu as. Maintenant.

— Patience, Rafa-San.

De ses mains douces, Shane le poussa sur le dos et glissa un coussin sous ses hanches pour lui écarter davantage les jambes. Il posa les mains sur ses genoux. Exposé ainsi, Rafa aurait pu se sentir idiot, mais alors qu'il observait le regard affamé de Shane le parcourir, il se sentit *bien*. Puissant. Désiré. Et pas simplement pour le sexe. Il était désiré pour bien plus que ça. Shane avait prévu de déménager à l'autre bout du monde pour avoir la *chance* d'être avec lui.

— Tu me désires vraiment.

Ce n'était pas une question, cette fois-ci.

Le regard de Shane se riva sur celui du jeune homme et il lui caressa les cuisses avec ses paumes.

— Plus que je n'ai jamais désiré quiconque.

Il tendit la main vers la table de nuit et sortit une bouteille de lubrifiant du tiroir. Il en versa une bonne dose sur ses doigts et entra l'extrémité de l'un d'eux dans l'anus de Rafa.

— Je veux voir ton visage pendant que je t'étire.

Il s'enfonça davantage.

— Je veux te voir t'ouvrir pour moi.

Il décrivit des va-et-vient avec ce doigt et Rafa s'exclama.

— C'est comment ?

— Chaud. Ça… brûle. Ça fait un peu mal. Mais n'arrête pas.

— Ça ira mieux.

Shane caressa les cheveux de Rafa de sa main libre.

— Je vais faire en sorte que ce soit bon pour toi, chéri. Détends-toi pour moi, d'accord ?

Il entra un deuxième doigt et grogna.

— Tu es si serré.

— Ça va rentrer ?

La question échappa à Rafa avant qu'il puisse la retenir. Ses joues s'enflammèrent.

Toutefois, Shane se contenta de sourire tendrement, explorant toujours l'orifice de Rafa de ses doigts.

— Ça va rentrer. Et quand tu y seras habitué, je m'enfoncerai si fort dans ton cul que tu le sentiras pendant des jours. Tu en as envie ?

— Oui. Mon Dieu, oui.

La bouche de Rafa était si sèche qu'il déglutit convulsivement.

— Je le veux maintenant.

Il se resserra autour des doigts de Shane et celui-ci grogna.

— Tu n'imagines même pas l'effet que tu me fais.

Il se pencha, les doigts toujours dans le canal de Rafa, et l'embrassa maladroitement.

Rafa goûta sa saveur musquée qui s'attardait sur la langue de Shane et ses testicules le picotèrent.

— S'il te plaît, Shane. Je suis prêt.

Celui-ci se blottit contre sa joue.

— Je ne veux pas te faire de mal.

Il rapprocha un troisième doigt et Rafa se crispa. Même s'il se l'était déjà fait, ce n'était pas la même chose quand quelqu'un d'autre le lui faisait. Shane allait plus profondément et la brûlure se mua en douleur.

— Respire, insista Shane. Je te tiens. Je ne te donnerai que ce que tu peux prendre.

Inspirant par le nez, Rafa finit par soupirer et se concentrer pour relâcher ses muscles contractés.

— Je veux ta queue, Shane. J'ai attendu si longtemps.

— Oh, ne t'inquiète pas.

Souriant, Shane l'embrassa légèrement sur les lèvres.

— Tu l'auras.

Il sortit ses doigts et déversa plus de lubrifiant dans sa main.

Rafa arrivait à peine à battre des paupières, les yeux rivés sur le membre de Shane alors que celui-ci se lubrifiait, assis sur ses talons entre les jambes écartées du jeune homme.

C'était réellement en train d'arriver.

Une impatience nerveuse fit ricochet en Rafa. Cela faisait des années qu'il avait envie de le faire – depuis qu'il était assez âgé pour savoir que c'était possible. Le faire avec un homme qu'il aimait tant rendait la chose plus parfaite qu'il n'aurait osé l'imaginer. Sa respiration se coupa et ses yeux le brûlèrent.

Essuyant une main sur l'une des serviettes blanches qu'ils

avaient rapportées de la salle de bain, Shane se figea et l'observa de près. Se penchant au-dessus de lui, il effleura sa joue de ses articulations.

— Qu'y a-t-il ?

— Je suis heureux. Désolé. Apparemment, j'ai la gorge qui se serre quand je suis très, très heureux.

Les joues de Shane se creusèrent lorsqu'il sourit.

— Ne sois jamais désolé pour ça.

Il embrassa le nez de Rafa et remonta ensuite ses genoux qu'il poussa vers l'arrière pour passer ses jambes au-dessus de ses propres épaules.

— Respire pour moi.

Lorsque le gland émoussé de Shane l'ouvrit, la brûlure fut intense – bien plus que celle qu'il avait ressentie avec ses propres doigts. Rafa se mordit la lèvre, tentant de respirer malgré l'impression d'être brisé en deux. Il serra les bras de Shane, les muscles se contractant sous ses doigts. Il ferma les yeux.

— Regarde-moi.

Rafa s'exécuta et croisa le regard stable de Shane.

Celui-ci le pénétra et la sueur perla sur son front.

— C'est ça, chéri. Respire. Détends-toi.

Il ne le devrait sans doute pas, mais Rafa adorait quand Shane l'appelait ainsi. Il avait chaud, se sentait protégé et chéri. Il inspira péniblement et pendant qu'il soufflait, Shane se glissa davantage en lui.

Centimètre par centimètre, cela devint plus facile et le membre ramolli de Rafa recommença à durcir. Baissant les yeux, il se rendit compte que Shane était entièrement en lui et avait les hanches contre ses fesses. La verge de Shane était telle une barre de fer qui le calcinait et Rafa inclina la tête en arrière sur l'oreiller, la bouche ouverte.

Shane releva la tête de son amant, les doigts enroulés dans ses cheveux. Quand il l'embrassa, il commença à se balancer d'avant en arrière avec de petits coups de reins.

— Tu es si serré, Raf. C'est si bon.

— Ah oui ? demanda Rafa avant de pouvoir s'en empêcher.

Les coups de reins de Shane ralentirent et il lui caressa la joue.

— Merveilleux. Encore mieux que je l'avais imaginé. Tu vas bien ?

Rafa hocha vigoureusement la tête.

— Ne t'arrête pas.

— Oh, je ne vais pas le faire. Je vais te remplir jusqu'à ce que tu débordes.

Shane donna des coups de reins un peu plus violents et grogna.

— Je vais te faire mien.

— Je ne suis à personne d'autre. Jamais.

Rafa attrapa la tête de Shane et l'embrassa en retour, leurs dents se heurtant.

— Remplis-moi.

Leurs ébats étaient encore douloureux, et il savait que son amant se retenait, mais alors que ce dernier enroulait une main autour de la verge de Rafa, tout ne devint qu'un pur plaisir brûlant. Son amant le masturbait et le prenait.

Les pieds de Rafa étaient en l'air, au-dessus des larges épaules de Shane, et il adorait la sensation d'avoir son corps au-dessus de lui. Il le pliait en deux jusqu'à ce qu'il puisse à peine respirer, leur peau humide se collant et se frottant. Il le *prenait*, mais lui donnait tant en même temps.

Shane donna un nouveau coup de reins contre un point qui devait être la prostate gonflée de Rafa et ce dernier hurla lorsque son sexe tressaillit.

— Là, gémit-il. S'il te plaît.

Shane l'effleura une nouvelle fois et caressa son érection plus rapidement.

— C'est ça. Je veux te voir jouir avec ma queue nue en toi. Je n'ai jamais pris quelqu'un comme ça, par le passé. Il n'y a que toi.

Ses testicules se crispèrent et l'orgasme transperça rapidement Rafa, le brisant comme une vague sur le récif. Il cria et se déversa sur le torse de Shane qui le pompait. Celui-ci haleta et grogna en plantant ses mains dans le matelas à côté de la tête de Rafa, les hanches claquant contre ses fesses pendant qu'il le baisait.

— Allez, marmonna Rafa en glissant les mains sur les épaules de Shane et dans son dos. J'en ai besoin. J'ai besoin de tout. Je t'aime tant.

Les lèvres entrouvertes, Shane jouit, tressaillit et frissonna tout en se déversant profondément en Rafa qui était chaud et mouillé. Celui-ci réussit à reposer ses jambes désarticulées dans le dos de Shane et il le maintint alors que ce dernier se détendait au-dessus de lui, la bouche ouverte contre sa clavicule. Le souffle de Shane sortait par petits à coups pendant que son membre ramollissait.

— Merde, marmonna-t-il. Rafa.

Il déposa des baisers sur la peau de son amant.

— Tu es génial.

Le visage du jeune homme se réchauffa quand il rougit à nouveau.

— Tu as fait tout le boulot.

Levant la tête, Shane sourit tendrement en écartant les mèches de cheveux de Rafa.

— Que vais-je devoir faire pour que tu acceptes un compliment ?

— Je n'en sais rien. J'imagine que tu pourrais encore me baiser et voir ce qu'il se passe ?

Grognant, Shane se redressa, retirant doucement son membre et tendant la main en direction de la serviette.

— Je suis vieux, tu te souviens ? J'ai quarante ans, maintenant. Tu dois m'accorder quelques minutes, au moins.

Riant, Rafa leva la jambe et laissa son amant le nettoyer. Il était étrange de ne *pas* se sentir embarrassé quand Shane caressait son anus après lui avoir essuyé le torse, l'intérieur des cuisses et les fesses.

— Ça ne fait pas trop mal ?

Il secoua la tête.

— Je le sens, mais… j'aime bien. Je me suis toujours demandé comment ce serait d'être vraiment baisé.

— Et ?

Shane haussa un sourcil, caressant les fesses de Rafa d'une paume.

Le jeune homme sourit.

— C'est spectaculaire.

Shane s'étendit à ses côtés. Le soleil brillait par les fenêtres et Rafa soupira, satisfait, tandis que son amant relevait la tête sur sa main et lui traçait le contour du ventre. Être ensemble, sans avoir besoin de regarder derrière eux, était merveilleux. Rafa se pencha et l'embrassa légèrement, parce qu'il le pouvait.

Un sourire se dessina sur les lèvres de Shane.

— Je n'arrive pas à croire que tu sois là.

— Moi non plus, répondit Rafa en secouant la tête. Pendant tous ces mois, j'aurais au moins aimé t'appeler. Mais je ne voulais pas tout gâcher avec ton travail.

Il glissa la main sur ses cheveux rasés.

— Tu es vraiment prêt à déménager à l'autre bout du monde avec moi ?

Shane n'hésita pas.

— Oui.

— Tu n'as pas aimé revenir ici ?

— Ce n'est pas ça.

Il demeura silencieux quelques instants en faisant tourbillonner son doigt autour du nombril de Rafa.

— Je devais revenir. Me reconnecter avec de vieux amis. Surfer à nouveau. Juste… être chez moi, même si ce n'est pas chez moi.

Il se tut. Sa voix fut à peine plus qu'un murmure lorsqu'il

reprit la parole.

— Il m'a fallu un mois pour avoir le courage de retourner dans mon ancienne rue. Pour conduire jusqu'à la maison. Enfin, bien sûr, ce n'est plus notre maison. Elle porte le même numéro, le quatre-vingt-trois, mais l'incendie a détruit la nôtre. Ce n'était plus qu'un tas de cendres noires. La nouvelle maison qui a été construite là ne ressemble pas du tout à l'endroit que je connaissais.

Il dessina des cercles sur la peau de Rafa.

— Je crois que je devais revenir pour que ça n'ait plus aucun pouvoir sur moi. J'ai eu si peur de ce lieu pendant longtemps, mais maintenant, je peux passer à autre chose. Me trouver une autre maison.

— Ça ressemble à quoi, maintenant ? Là où se trouvait ton ancienne maison ?

— C'est joli. C'est habité. Il y a un étage. De jolies fleurs sur la pelouse. Un panier de basket a été installé au-dessus du garage. Une marelle a été dessinée à la craie sur le trottoir. Ils aimeraient ça. Mes parents.

Il se pencha et embrassa Rafa sur la joue.

— Ils t'aimeraient aussi.

— J'aurais aimé pouvoir les rencontrer.

Rafa caressa le torse de Shane, s'émerveillant toujours de pouvoir le faire. Il pouvait rester allongé au lit avec lui, le toucher, lui parler, et c'était autorisé.

— Tu devras tout me raconter sur eux.

— J'aimerais bien le faire.

D'autres pensées refirent inévitablement leur apparition et Rafa soupira. Il n'y avait pas de bon moment pour l'évoquer, et il ferait aussi bien d'en finir maintenant.

— Je suis désolé pour Alan. Je sais que ça a dû être très difficile pour toi. C'était ton ami.

La mâchoire de Shane se contracta et il regarda ses doigts sur le ventre de Rafa.

— Ouais. Mais c'est toi qui as été blessé à cause de lui. Tu aurais pu te faire tuer. Pire encore.

Il aplatit une paume sur le ventre de Rafa, comme s'il pouvait le retenir ici et le protéger.

— Je vais bien. La psy dit que j'ai une capacité remarquable à voir le verre à moitié plein. Étrangement, je suis ravi que ce soit arrivé. Autrement, je ne serais peut-être pas ici, en ce moment. *Nous* ne serions peut-être pas ici, ensemble.

— Peut-être pas, répondit Shane en soupirant. J'imagine que de bonnes choses peuvent découler du mal. J'aurais simplement espéré que ce soit différent.

— Moi aussi.

Il hésita.

— Tu as parlé à sa femme ?

— Julianna s'en sort aussi bien que possible, j'imagine. Son mari va être emprisonné à vie et il faudra du temps pour qu'elle accepte ce qu'il a fait. Mais elle a suffisamment d'argent pour emmener Dylan en Suède afin d'essayer le nouveau traitement. C'est déjà ça, au moins.

— C'est génial. Comment a-t-elle réussi à l'obtenir ? J'imagine que ce n'est pas grâce aux kidnappeurs.

— Non, le FBI a rapidement retrouvé la trace du paiement.

Shane haussa les épaules, caressant le ventre de Rafa et glissant les doigts dans la traînée de poils.

— J'imagine qu'elle a récolté suffisamment d'argent.

— Comment as-tu pu donner une telle somme ?

Shane releva les yeux.

— Pourquoi penses-tu que c'était moi ?

Levant les yeux au ciel, Rafa tira sur la main de Shane et la leva pour embrasser sa paume.

— Tu ne peux pas me berner.

Un petit sourire étira les lèvres de Shane l'espace d'un instant avant que la tristesse prenne le dessus.

— J'ai reçu de l'argent de l'assurance à cause de l'incendie. J'y ai à peine touché. Ça ne me paraissait pas moral. Je n'ai jamais été un grand dépensier. J'ai une tonne d'économies et maintenant, je peux toucher un bon salaire en tant que consultant. Faire mon propre emploi du temps. Je n'ai pas besoin d'un million de dollars d'une compagnie d'assurance. Et Alan a beau avoir eu tort, Dylan mérite une chance.

Il fronça les sourcils.

— Ça te dérange ? Que j'ai aidé sa famille ? Après ce qu'Alan a fait ?

— Bien sûr que non.

Rafa joua avec les doigts de Shane.

— Il ne faut pas leur en vouloir. Et il était désespéré. Suicidaire. Je suis peut-être un pigeon, mais je le pardonne.

Shane se pencha et l'embrassa tendrement.

— Tu es quelqu'un de bien.

Il se blottit davantage contre lui et glissa pour poser la tête sur le torse de Rafa, et leurs jambes s'emmêlèrent.

Souriant, Rafa glissa une paume sur la tête de Shane. Le soleil de l'après-midi réchauffait la pièce. Ses paupières devinrent lourdes.

Il ignorait combien de temps s'était écoulé quand Shane dit :

— Il faut qu'on parle à tes parents.

Oh, c'est vrai. *Ça.* Ils allaient clairement protester. Rafa rejeta la vague d'anxiété.

— Ils devront faire avec. Ils ont accepté mon homosexualité. Ils peuvent aussi supporter ça. Je suis adulte. Je peux prendre mes propres décisions, dit-il en souriant dans sa barbe. En plus, j'aurai mon propre garde du corps. Comment peuvent-ils refuser ?

Shane se retourna et grimpa sur le corps de Rafa, le couvrant et lui rendant son sourire.

— Eh bien, je ne suis plus dans le monde de la protection

rapprochée, mais j'imagine que je peux faire une exception. Quel sera ton nom de code ?

— Je n'en sais rien.

Un tourbillonnement étourdissant de bonheur enfla en lui.

— J'ai toujours cru que ça aurait dû être Vierge, mais j'imagine que ça ne convient plus.

Shane l'embrassa en souriant.

— On va devoir se contenter de Vaillant.

— Non, répondit Rafa en ricanant. Ça n'a jamais été approprié.

Shane le regarda sérieusement.

— Si.

Et alors que Shane l'embrassait à nouveau, Rafa put réellement le croire.

Chapitre 22

CLIGNANT DES YEUX, Shane se réveilla et étira ses jambes, ses pieds se frottant contre une chair chaude. Alors qu'il se concentrait sur Rafa, allongé sur le dos à côté de lui, les lèvres entrouvertes pendant une sieste bien méritée, la chaleur le consuma. Les boucles de Rafa rebiquaient et retombaient sur son front. Shane posa sa tête sur sa main, résistant à peine à l'envie de le toucher.

Que Rafa soit dans son lit – rien que ça – était plus qu'il n'en avait jamais rêvé. Sous le soleil de ce milieu d'après-midi, il observa le torse de Rafa s'élever et retomber. Des flocons de sperme séché étaient coincés dans les poils épars sur ses pectoraux. Shane sourit en se demandant combien de fois il pouvait le faire jouir avant la tombée de la nuit.

Une part de lui voulait prendre une photo pour l'envoyer à Darnell, afin de partager à quel point son... Qu'était Rafa, à présent ? Son petit ami ? Son amant ? Son partenaire ? Il se moquait du qualificatif donné, mais il voulait partager à quel point son Rafa était magnifique et parfait.

Bien sûr, c'était une mauvaise idée, bien qu'il fasse explicite-ment confiance à Darnell. Rien de ce qui se trouvait sur un portable ne restait privé et ils devraient faire attention à ne procurer aucune munition aux tabloïds. Ce serait déjà assez terrible de gérer les parents de Rafa sans qu'ils aient à voir des photos post-coïtales de leur fils.

Lorsqu'il se souvint des Castillo, son éclat de joie s'atténua sur les bords. Rafa serait évidemment obligé de leur dire et Shane ne souhaitait pas avoir de secrets. Toutefois, il devait bien admettre qu'il ne se délectait pas de l'idée de parler de leur relation aux parents de Rafa. À leur place, il se demanderait ce qui clochait chez un mec d'une quarantaine d'années qui sortait avec quelqu'un qui avait presque la moitié de son âge.

Alors qu'il regardait Rafa murmurer et s'humidifier les lèvres dans son sommeil, Shane se dit qu'il pourrait le transposer avec des mots. Il s'était dit que Rafa était certainement passé à autre chose. Il avait vu quelques photos de lui, dans un bar, à la fac, avec de jeunes hommes qui bavaient devant lui. Les tabloïds avaient sans cesse spéculé sur la personne avec qui il sortait, maintenant qu'Ashleigh et lui avaient fait leur coming-out.

Il s'était torturé en se demandant qui Rafa fréquentait. Il avait détesté l'idée qu'il soit avec n'importe qui d'autre, même s'il voulait qu'il soit heureux. Savoir maintenant qu'il était toujours l'unique homme à l'avoir touché emplissait Shane d'une fierté primitive. Peut-être était-ce un instinct qui datait de l'époque des hommes des cavernes, mais il ne pouvait nier l'élan de satisfaction possessive que cela lui procurait.

Se penchant pour réveiller Rafa avec des baisers, un mouvement devant la fenêtre attira son attention. Il se glissa hors du lit et se hâta vers la vitre, pieds nus, et se maudit de ne pas avoir pris le temps de fermer les volets. Il avait également été trop négligent, à la plage, trop accaparé par la présence de Rafa pour faire attention comme il aurait dû le faire.

Un homme disparut sur le côté de la maison depuis la plage qui courait depuis la terrasse jusqu'à la droite de la chambre. En une demi-seconde, Shane calcula le temps qu'il faudrait pour atteindre la boîte verrouillée sous le lit et charger son arme. L'homme réapparut alors, soulevant une balle pour enfant.

— Papa ! Lance ! ordonna un petit garçon en arrivant précipitamment dans son champ de vision sous le porche.

À travers la vitre, Shane entendit la réponse étouffée de l'homme.

— D'accord, mais fais attention ! Nous devons rester loin des maisons.

Il rejeta la balle vers la large étendue publique de sable, au loin.

Soupirant, Shane tenta de se débarrasser de sa nervosité. Il baissa les stores, mais les ouvrit afin que la lumière du soleil continue d'entrer. Derrière lui, Rafa murmura et gémit, entrelaçant ses orteils avec les draps alors qu'il donnait de fébriles coups de pied. Il se réveilla ensuite subitement.

— Shane ?

Il cligna des yeux, groggy.

Remontant sur le lit, Shane s'autorisa à sourire en embrassant Rafa.

— Salut, la marmotte. Tu as fait un cauchemar ?

— Non. C'était un rêve étrange. Pas un cauchemar. Pas comme…

Il secoua la tête et attira Shane contre lui.

— Peu importe.

Shane se glissa à ses côtés et releva les draps au-dessus d'eux.

— Non, non.

Rafa rejeta le coton en souriant.

— Je veux te regarder.

Il s'allongea sur le flanc et passa une main sur le torse de Shane, le griffant légèrement avec ses ongles limés.

— J'aime pouvoir le faire, maintenant.

— Moi aussi.

Shane passa une main sur le flanc et la hanche de Rafa, voulant le toucher, le toucher, le toucher.

— Alors, ce n'était pas comme quoi ? Tu allais dire quelque chose à propos de tes rêves.

Rafa baissa les yeux.

— Rien d'important. Je fais parfois des cauchemars. La psychologue a dit que c'était normal.

— Des cauchemars qui concernent quoi ?

Shane garda une voix calme alors que des éclats de colère faisaient leur apparition. Il pouvait très bien le deviner.

Le long souffle de Rafa était chaud.

— La boîte.

Shane fut déchiré par les envies contradictoires de tenir Rafa contre son torse ou de donner un coup de poing dans le mur. Se calmant, il embrassa Rafa sur le front et les joues.

— Je suis vraiment désolé.

Le jeune homme le regarda alors en plissant les yeux.

— Ne le sois pas. Enfin, tu peux l'être, parce que c'est arrivé, que c'était effrayant et qu'il est parfois difficile de le supporter, mais ne sois pas désolé comme si c'était ta faute.

Il toucha la joue de Shane.

— D'accord ? Parce que ce n'était pas ta faute. C'était celle d'Alan et celle des putains de terroristes. Tu m'as sauvé. Si j'en fais des cauchemars, quand je me réveille, je me souviens que tu m'as sorti de là, je me souviens de ta voix et de la sensation quand tu m'as embrassé, quand j'ai su que j'irais bien parce que tu étais là.

Shane déglutit péniblement.

— Mais si je…

Rafa s'agrippa à la nuque de Shane, son regard ne tressaillant nullement.

— Pas de mais. Tu as fait tout ce que tu pouvais. Ils étaient à deux doigts de te tuer, Shane. C'est vraiment passé à *ça*.

Il glissa les doigts sur la tempe de son amant, là où la balle avait creusé une légère cicatrice.

— Rien de tout ça n'était ta faute. Arrête de t'en vouloir pour des choses que tu ne peux contrôler.

— Je vais essayer. C'est…

Shane haussa faiblement les épaules.

— C'est compliqué. Je veux te protéger. Toi et les gens à qui je tiens. J'ai détesté ne pas être avec toi, ces derniers mois, et faire confiance à d'autres agents pour te protéger. Après Al, je n'arrêtais pas de me dire « et si ».

— Mais je suis là. Moi aussi, je m'inquiète pour toi, tu sais, dit Rafa en souriant. On va se protéger l'un l'autre, d'accord ?

— D'accord.

Shane frotta leurs nez l'un contre l'autre.

Continuant de sourire, Rafa se mordit la lèvre.

— Tu comptais vraiment aller en Australie pour moi ?

— Oui. Je me suis dit que même si tu me demandais de partir, je pouvais surfer un peu.

Il parlait d'un ton léger, mais même avec Rafa dans son lit, il souffrait en imaginant ce qu'il aurait ressenti si celui-ci n'avait pas voulu de lui.

— Impossible.

Rafa sourit et l'embrassa tendrement.

— J'ai rêvassé un million de fois de la manière dont ça se produirait. Mais j'ai ensuite décidé de me lancer. De ne pas attendre que tu viennes me charmer.

— Je suis ravi que tu n'aies pas attendu.

— Je n'arrive pas à croire que tu viennes avec moi.

Il rit, clairement étourdi.

— J'ai attendu si longtemps, j'ai l'impression que ma vie commence enfin.

Il tendit la main et appuya son doigt contre les lèvres de Shane.

— Et avant que tu le dises, oui, je souhaitais être avec toi et non, je me fiche que tu sois plus âgé.

Touché.

— Comment as-tu deviné ce que j'allais dire ?

Rafa ricana.

— Tu crois que tu es stoïque et indéchiffrable, mais je vois clair dans ton jeu. Laisse tomber, d'accord ? Je suis exactement où je veux être.

Mais pour demain ? Ou le jour suivant ? Dans un an ? Dans cinq ans ?

Shane s'obligea à chasser toute inquiétude. Il avait également l'impression que sa vie commençait enfin. Il était temps d'être optimiste.

— D'accord.

Le regard de Rafa parcourut le corps de Shane et il le caressa paresseusement, envoyant des frissons dans sa colonne vertébrale. Shane se rapprocha, coinçant sa cuisse entre les siennes.

— Alors… est-ce que tu… euh…

— Quoi ?

Shane traça le contour du téton de Rafa.

— Tu peux tout me demander.

— Est-ce que tu… tu t'es déjà fait baiser ? demanda Rafa dont les joues rougissaient.

— De temps à autre. Tu veux le faire ?

Shane n'avait jamais passé un bon moment en étant pris, mais pour Rafa, il ferait n'importe quoi.

— Je ne sais pas. Peut-être ? répondit-il avant de rire nerveusement. Je n'y ai jamais vraiment pensé. J'ai toujours fantasmé l'idée d'être pris. C'est bizarre ? Je sais qu'être passif c'est…

Il agita la main, son visage devenant plus écarlate.

— C'est quoi ? Efféminé ?

Quand Rafa acquiesça, Shane secoua la tête.

— Ce ne sont que des conneries. Tous ceux qui pensent ça doivent gérer leurs propres problèmes, à commencer par la misogynie.

— Alors, tu ne crois pas que… Je ne sais pas. Tu n'as pas une mauvaise opinion de moi ? Parce que je le veux ?

Il baissa la tête.

Shane inclina le menton de Rafa vers le haut.

— Tu as une mauvaise opinion de moi parce que je veux te baiser ?

— Bien sûr que non.

— Alors pourquoi ce serait une bonne chose que je veuille te prendre, mais une mauvaise chose que tu aies envie de te faire prendre ?

Riant, Rafa secoua la tête.

— Je ne sais pas. J'imagine que… Je veux m'assurer de faire ce qu'il faut.

— Oh, tu fais ce qu'il faut. Fais-moi confiance.

Shane glissa les doigts sur le nez de Rafa, effleurant ses taches de rousseur qui ressortaient encore plus quand il rougissait.

— Ton cul est fait pour être baisé.

Il tendit la main derrière lui pour taquiner sa fente. Rafa leva la jambe au-dessus des hanches de Shane.

— Hum. Tu vois ? Ça te vient naturellement, n'est-ce pas ?

Il décrivit un cercle sur l'anus sensible de Rafa, prenant soin de ne pas appuyer.

— Tu as aimé prendre une queue ?

Hochant la tête alors qu'il avait le souffle coupé, Rafa se mordit la lèvre.

— C'est vrai, tu n'as jamais fait ça ? Prendre quelqu'un sans protection, je veux dire.

Il secoua la tête.

— Tu es le premier.

Le dernier. Mon tout.

— Tu n'imagines pas combien de fois je me suis branlé en imaginant ça.

Rafa inspira alors que son regard s'illuminait.

— Je peux voir ?

Shane gloussa alors que la chaleur le consumait.

— Tu veux me voir en train de me toucher ?

Même s'il rougissait furieusement, Rafa maintint son regard sur celui de Shane.

— Ouais. J'en ai envie.

Shane se démêla du corps de son amant afin de pouvoir atteindre le lubrifiant sur la table de nuit. Il plia la jambe gauche, se donnant suffisamment de place sans se cacher de Rafa, sur la droite. Lubrifiant sa paume, Shane caressa sa verge, qui s'était éveillée quelques minutes plus tôt et gonflait désormais dans sa main. Il grogna et Rafa en fit de même.

— Oh mon Dieu, je vais jouir dans cinq secondes.

Rafa tira sur son membre, qui était effectivement déjà tendu.

— Ne te touche pas. Je te ferai jouir après.

Acquiesçant impatiemment, Rafa se redressa avant de se rasseoir sur ses talons, gardant les mains derrière lui. Son pénis se redressa, luisant, et Shane se lécha les lèvres. Rafa le scruta avidement, entrouvrant les lèvres alors que Shane tordait ses tétons et donnait un coup de reins dans sa main.

Shane ne pensait pas que qui que ce soit l'avait vu se masturber depuis l'adolescence, quand il s'était amusé avec d'autres garçons à la plage. La manière dont Rafa le regardait était la chose la plus sexy et la plus merveilleuse qu'il ait jamais vue. Cette idée propulsa un élan d'énergie possessive en lui.

Il voulait tout montrer à Rafa. Lui apprendre comme cela pouvait être bon, sans honte, sans complexe ou sans les conneries des autres. Écartant davantage les jambes, Shane baissa la main pour taquiner ses testicules.

— C'est entièrement pour toi, Rafa. Pour personne d'autre.

Tandis que Shane se caressait en respirant difficilement, Rafa le regardait. Il était si beau. Shane avait l'impression d'être le salaud le plus chanceux du monde.

—Ne jouis pas tout de suite, murmura Rafa d'une voix essoufflée, le regard rivé sur l'entrejambe de Shane. Je te veux en moi.

Shane sourit en entendant Rafa lui donner un ordre.

— Ah oui ? Tu sais ce que tu veux ?

— Ouais.

Sa pomme d'Adam remua et son membre suinta.

L'envie de s'enfoncer en Rafa de toutes les manières possibles ne cessait de croître, mais Shane s'obligea à respirer profondément.

— Je ne veux pas te faire de mal, chéri. Ça ne fait que quelques heures et…

— Je sais ce que je veux.

Rafa se mit à quatre pattes.

— Comme ça. S'il te plaît. J'ai toujours… Je veux que tu me prennes par-derrière.

Grognant, Shane se mit à genoux. Ils gémirent tous les deux quand il se pencha au-dessus de Rafa et lécha sa colonne vertébrale. Il lui écarta les fesses et souffla sur son orifice. Il était rouge et serait certainement douloureux demain, mais le jeune homme se repoussait désespérément contre lui.

Shane prit son temps, utilisant tant de lubrifiant qu'il coula sur les cuisses de Rafa. Ce dernier haleta et grogna. Quand Shane le pénétra, aussi doucement que possible, Rafa s'écria et se poussa en arrière.

— Merde, Shane. C'est tellement mieux que…

Il s'enfonça plus profondément.

— Que quoi ?

— Que lorsque j'utilisais mes doigts et que je faisais comme si c'était toi.

Shane grogna en pénétrant le corps de Rafa.

— Est-ce que mon moi imaginaire baisait bien ton cul serré ?

— Oui. Ne t'arrête pas.

Shane ne pensait pas le pouvoir, même s'il essayait, surtout que Rafa se contracta autour de lui. C'était si bon, sans latex entre eux, et il était ravi qu'ils puissent s'en priver.

— Je ne laisserai plus personne te faire du mal, dit-il alors que les mots se déversaient. Jamais.

Il glissa les mains dans le dos de Rafa.

— Je sais, Shane.

Le jeune homme tourna la tête dans sa direction et la confiance brilla dans ses yeux.

— Moi non plus.

Quand Shane sortit de quelques centimètres et s'enfonça à nouveau, Rafa cria joliment avant de baisser la tête. Merde, il était tout ce que Shane avait imaginé, même bien plus. Il était si libre, si généreux, et il gémissait son plaisir tandis que la sueur mouillait leur peau.

Ses hanches heurtèrent les fesses de Rafa et il le regarda en décrivant des va-et-vient. Merde, à ce rythme-là, il ne tiendrait pas longtemps. Emmêlant ses doigts dans les boucles de Rafa, il se pencha et leva la tête du jeune homme pour l'embrasser maladroitement.

Lors de la caresse suivante, il trouva la prostate de Rafa et se frotta contre le bourgeon enflé. Rafa cria, haleta et gronda. Shane plongea les doigts dans ses hanches, ayant terriblement envie de se vider, mais pas avant que son partenaire ait joui.

Tendant la main, il masturba l'érection de Rafa, chuchotant à son oreille des mots que celui-ci voulait entendre.

— Je vais te remplir de mon sperme jusqu'à ce qu'il déborde. Tu en as envie ?

— Oui, oui, oui.

C'était comme une prière. Rafa écarta davantage les genoux et se laissa retomber sur ses coudes, tressaillant tandis qu'il éjaculait sur les draps froissés.

Il se resserra autour de la verge de Shane et ce fut au tour de celui-ci de jouir, la bouche ouverte alors qu'il se vidait. La sensation de jouissance fit rouler les yeux de Shane dans leurs orbites et il donna un coup de hanches pour décrire de violents va-et-vient en Rafa.

Haletant, Shane se pencha en avant et posa les mains sur le matelas. Il déposa des baisers dans le dos et sur les épaules de Rafa, le sel de sa sueur picotant ses lèvres. Il était toujours en lui et la sensation était mouillée, bordélique et *merveilleuse.*

Des boucles chatouillant son nez, il embrassa la nuque humide de Rafa.

— C'était comment ?

— Pas mal, j'imagine, répondit Rafa d'une voix rauque.

L'éclat de rire, la joie et la chaleur de Shane firent trembler ses membres quand il s'effondra. Il se retira et tendit ses jambes, les soulevant suffisamment pour que Rafa se couche également, avant de couvrir son corps à nouveau. Tendrement, il appuya le bout de ses doigts contre l'orifice poisseux de son amant.

— J'essaierai de faire mieux, la prochaine fois.

— Hum. Tu le pourrais ? marmonna Rafa. Ce serait génial.

— Tu es un petit malin, au lit, hein ?

Rafa tourna la tête.

— J'imagine que je le suis, parfois.

Il fronça les sourcils.

— C'est bizarre ?

Déposant un baiser sur sa joue, Shane murmura :

— C'est parfait.

<h1 style="text-align:center">Chapitre 23</h1>

UN VENT PUISSANT dansait sur les vagues et Rafa frissonna en arrivant sous le porche à l'arrière de la petite maison de Shane. Le sable était froid alors que le soleil pointait au-dessus de l'horizon. Néanmoins, il y plongea tout de même les orteils alors qu'il s'approchait du bord du Pacifique, son jean retroussé au-dessus de ses chevilles. S'arrêtant juste avant que le sable soit mouillé, il alluma son portable et rit à cause du long SMS d'Ashleigh.

Je vais prendre ton silence pour un signe positif indiquant que ton homme et toi, vous baisez dans tous les sens. Quand tu pourras redescendre de cette queue indubitablement bien bâtie quelques minutes, envoie-moi de tes nouvelles. Les choses se passent assez bien, à New York. Mon boulot à l'agence de mannequinat aspire toute mon âme, mais ta belle-sœur reste la plus gentille des patronnes et elle m'a emmenée à une fête, pour que je me fasse un réseau avec d'autres personnes travaillant dans la mode. Mes parents m'ont à peine souhaité mon anniversaire, mais tant pis. Oh, et il y a quelque chose de nouveau. J'ai rencontré une fille, dans un bar, hier soir. C'est un De Vinci, voire mieux. Elle s'appelle Penelope. (Sérieusement.) Chéri, je suis amoureuse.

Il tapa rapidement une réponse.

En fait, on a fait encore plus que de baiser dans tous les sens. On a passé quasiment toute la journée et la nuit au lit. J'ai mal au cul et je n'ai jamais été aussi heureux de toute ma vie. Il vient avec moi en

Australie. C'est vraiment en train d'arriver, Ash. Amuse-toi bien avec Penelope, je te raconterai les détails plus tard. Je t'aime. Je vais l'annoncer à Maman et Papa, maintenant. Allume une bougie pour moi.

Prenant une profonde inspiration, il appuya sur leur numéro dans son répertoire. Quand la tonalité sonna, il écouta les mouettes endormies crier au-dessus des vagues qui s'écrasaient sur le rivage.

— Rafa ? Bonjour, chéri. Nous avons reçu ton message hier, indiquant que tu allais bien. L'hôtel te convient ? Tu es sûr qu'il n'est pas dans une zone mal fréquentée ?

La voix de sa mère devint distante.

— Ramon ! C'est Rafa.

Elle parla à nouveau dans le combiné.

— Il rentre tout juste, il a pelleté la neige dans l'allée.

Rafa sourit.

— Vous êtes vraiment de retour dans le monde réel, hein ?

— Effectivement. Enfin, nous avons toujours une protection rapprochée, dehors. L'un des agents a aidé à pelleter. Un adorable jeune homme.

— Comment est la nouvelle maison ?

— On prend encore nos marques. C'est... eh bien, ce sera parfait. La propriété est assez grande pour que nous ne voyions pas la route ou les voisins. C'est agréable de retrouver de l'intimité. Enfin, presque. Oh, voilà ton père. Laisse-moi mettre le haut-parleur.

— Il n'y a personne d'autre ? Pas d'agent à l'intérieur ?

— Non, ils n'entrent pas dans la maison. Ils se sont installés dans un vieux cottage derrière et ils patrouillent autour de la propriété. Il y a aussi des caméras sur le périmètre, bien sûr. Mais la plupart du temps, j'oublie que les agents sont là.

Sa voix devint nasillarde.

— Tu nous entends ? Tu es sur haut-parleur.

— Oui. Salut, Papa.

— Bonjour, Rafa.

La riche voix de baryton de son père fit écho au bout du fil.

— Comment s'est passé le vol ? Je vois qu'il fait vingt-neuf degrés à Sydney, aujourd'hui. J'espère que tu apprécies, parce que le New Jersey, c'est froid comme une… chose froide.

Rafa s'esclaffa en imaginant le regard noir de sa mère. Son sourire disparut ensuite et il ravala une boule de nerfs tandis que les papillons s'installaient dans son ventre.

— En fait, je ne suis pas en Australie.

Silence.

— Qu'est-ce que tu veux dire ? demanda ensuite sa mère. Où es-tu ?

— À Laguna Beach. J'ai changé mon vol pour séjourner à Los Angeles. Pour ne pas avoir une simple escale.

— D'accord, répondit-elle.

Il imagina ses parents en train de s'échanger des regards et de discuter silencieusement.

— Tu rends visite à ta sœur ? Ni l'un ni l'autre, vous ne l'aviez mentionné.

— J'ai dormi chez elle vendredi soir.

Plongeant ses orteils dans le sable froid, il inspira et expira profondément. Ses épaules effleurèrent quasiment ses oreilles avant de retomber.

— Maintenant, je suis avec Shane Kendrick.

Le silence se poursuivit. Cette fois-ci, il dura.

Rafa se lança.

— Euh, c'était l'agent des services secrets qui…

— Nous savons de qui il s'agit, déclara Ramon d'une voix tendue. Que fais-tu là-bas avec lui ?

De sa main libre, Rafa tira sur les cordons de son pull à ca-puche.

— Nous sommes… eh bien, je suis venu le voir. Il a demandé un transfert ici, après le kidnapping. Je… J'ai des sentiments pour lui, et je voulais voir s'il ressentait la même chose.

C'était assez véridique. Sans parler du fait qu'il s'était déjà passé quelque chose à Washington DC.

— Des sentiments, répéta Camila.

— Euh, ouais. Je sais que ce doit être surprenant pour vous. Ça nous a surpris aussi.

— Nous. Il y a un « nous » ? demanda Ramon. Il partage les mêmes… sentiments ?

Rafa s'agrippa aux cordons et les tira.

— Oui. Et je sais qu'il est plus âgé que moi…

— Oui, il l'est, sans aucun doute ! dit Camila en élevant la voix. Quel âge a cet homme, exactement ?

— Quarante, mais ça n'a pas d'importance. Nous tenons vraiment l'un à l'autre.

— Ça a clairement de l'importance, crachota-t-elle.

— Rafael, je veux une réponse honnête, lui ordonna Ramon. Cet homme a-t-il fait quoi que ce soit pour profiter de toi pendant qu'il te protégeait ?

— Non ! Je vous promets que non.

C'était la vérité, Shane n'avait jamais profité de lui.

— Écoutez, je comprends pourquoi vous penseriez une telle chose, mais ce n'est pas ça. Je ne suis plus un enfant. J'ai vingt-deux ans, maintenant. Vous étiez quasiment mariés, à mon âge. Je sais ce que je veux. Et je veux être avec lui.

Sa mère soupira lourdement.

— Alors, tu abandonnes tes projets pour l'Australie ? L'école Cordon Bleu ? Tu jettes tes rêves aux oubliettes ?

— Non ! Bien sûr que non. Shane vient avec moi. Il a démissionné. Il aura un boulot dans la sécurité, là-bas.

Après un autre silence, son père lui demanda :

— Ça dure depuis longtemps ? Combien de temps comptais-tu attendre avant de nous en parler ?

— Nous n'avions rien prévu. Honnêtement. Je me suis pointé

là-bas hier et nous avons discuté. Nous nous sommes rendu compte que nous voulions tous les deux la même chose. Tenter notre chance. Tenter d'être ensemble. Ça ne marchera peut-être pas, mais si nous n'essayons pas, nous ne le saurons jamais. Et je sais que je l'aurais regretté pour toujours.

— Alors, vous vous êtes rendu compte que vous aviez des sentiments pendant qu'il te protégeait, dit Ramon.

— Eh bien… ouais. Et après le kidnapping, il a demandé un transfert, parce qu'il savait que ça créait un conflit d'intérêts. Il savait que nous ne pouvions plus nous voir. Il n'est pas… Je comprends pourquoi vous imaginez qu'il profite de moi, mais c'est quelqu'un de bien. Et il tient vraiment à moi. Il… il m'aime. Et je l'aime.

Son cœur tambourina alors qu'un autre silence pesait entre eux.

— Chéri, dit Camila qui semblait peinée. Je crois que c'est probablement normal de développer de forts sentiments après une expérience de mort imminente. Mais…

— Ce n'est pas ça, Maman. Vraiment pas. Je sais que c'est bizarre pour vous, que je sorte réellement avec un mec.

— Un *homme*, Rafa ! s'exclama-t-elle.

— Mais moi aussi, je suis un homme, Maman. Je ne suis plus un enfant.

Elle soupira.

— Nous avons tant essayé de te soutenir et de t'encourager à être heureux. Vraiment, chéri. Mais tu devrais fréquenter des garçons de ton âge !

— Ce n'est pas ce que je veux. J'ai essayé, le semestre dernier. J'ai rencontré d'autres mecs, à la fac. Mais je ne veux personne d'autre. J'aime Shane. Je l'*aime*.

Après une autre pause, Ramon prit la parole.

— Eh bien. Ce n'était certainement pas un coup de fil auquel nous nous attendions.

— Je sais. Je suis désolé de vous balancer ça. Mais j'avais besoin de voir s'il voulait être avec moi.

Une vague puissante s'écrasa en haut de la plage et Rafa recula juste à temps pour éviter d'être mouillé. Il sourit.

— Et il veut être avec moi. C'est juste que… Je ne peux pas vous dire à quel point je suis heureux.

— Les choses peuvent être merveilleuses quand elles sont nouvelles, expliqua son père. Mais quand l'éclat commence à s'estomper…

— Nous verrons ce qu'il se passe dans ce cas-là, insista Rafa. Nous nous aimons et nous allons faire en sorte que ça fonctionne. Nous ne le saurons jamais si nous n'essayons pas. Vous vous souvenez, quand vous êtes tombés amoureux au début ?

— Vaguement, répondit sèchement Camila. Mais l'amour, ça demande beaucoup de travail, Rafa.

— Je sais. Mais je ne vais pas abandonner quelque chose que je veux, quelque chose qui me rend si heureux, rien que parce que ça ne sera pas toujours facile. Vous ne nous avez pas appris à être des lâches. Vous dites toujours que les choses qui valent la peine nécessitent beaucoup de travail.

— J'imagine que tu nous as coincés, là, répondit son père en laissant son sourire transparaître dans sa voix avant de soupirer. Et j'imagine que nous n'avons pas d'autre choix que de l'accepter.

Souriant, Rafa échappa à une nouvelle vague, sans se préoccuper de ses pieds désormais glacés.

— Vous avez dit que vous vous inquiétiez à l'idée que j'aille en Australie tout seul. Eh bien, non seulement j'aurai de la compagnie, mais il me protégera aussi.

— Il vaudrait mieux, bordel, cracha Camila.

— Surveille ton langage, Maman, répliqua Rafa en riant.

— Oui, oui. Alors, quand vas-tu à Sydney, maintenant ?

— Bientôt. Shane a quelques affaires à régler.

— Peut-être que nous devrions vous rendre visite en Californie avant que vous partiez, dit Ramon. Nous apprendrions à mieux connaître cet homme.

Rafa prit une brusque inspiration.

— Oh, euh, je ne crois pas que nous ayons le temps.

Il s'imagina, assis en face de ses parents, dans le salon de Shane, les services secrets patientant dehors pendant leur conversation gênante. *Merde, on partira demain, si possible.*

— En plus, vous n'avez pas cet événement, pour la fondation ?

— Si, répondit Camila. Tu es tiré d'affaire. Pour l'instant. L'Australie, ça n'est pas si loin.

— Ce serait génial, si vous pouviez nous rendre visite.

Au moins, il aurait quelques mois pour planifier les sujets de conversation gênants. Jetant un coup d'œil par-dessus son épaule, Rafa vit Shane sous le porche avec une tasse. Son amant leva son café et fit un signe de tête vers la maison.

— Je dois y aller. Mais on se reparle bientôt, d'accord ? Je vous donnerai mon nouvel itinéraire quand je l'aurai. Et merci. De ne pas avoir totalement flippé.

— Oh, nous flippons totalement, chéri. Mais tu as de la chance. Avoir Adriana comme fille nous a appris à prendre des coups, donc ça aussi, on va le supporter. Quoi qu'il arrive, nous t'aimons. On se reparle bientôt. Cette conversation n'est pas terminée. Et dis à Shane Kendrick que nous le ferons tuer s'il te fait du mal.

— Je vous aime, répondit Rafa en souriant.

Éteignant son téléphone, il le glissa dans la poche de son pull à capuche et se précipita vers Shane, qui l'attendait avec un café et un lent et doux baiser pour lui souhaiter le bonjour.

— C'EST ÇA. Rame. Rame !

De l'eau glacée éclaboussa le visage de Rafa alors qu'il agitait les bras dans sa combinaison flambant neuve. La vague se brisa et il put la prendre juste à temps avant de s'accroupir sur sa planche. Elle gonfla sous lui et il poussa, tentant de se servir de son équilibre et de se lever…

Chutant dans l'eau cristalline, il ferma les yeux et laissa la vague l'emporter. Sa planche de location le heurta quand il se releva. Toussant, il vit Shane prendre la vague suivante et tenir si aisément en équilibre qu'il traça une ligne droite jusqu'à lui. Il sauta de sa planche et la récupéra en secouant la tête pour chasser l'excès d'eau.

— Tu vas bien ? demanda-t-il en serrant l'épaule de Rafa.

— Ouais.

Il frissonna. Le soleil se couchait déjà et il n'était même pas encore dix-sept heures.

— Tu veux arrêter pour aujourd'hui ?

— Non, encore une fois.

À plat ventre sur leur planche, ils ramèrent avec leurs mains. Ses épaules le brûlaient et Rafa savait que ses bras seraient douloureux le lendemain matin, mais il était déterminé. Ils avaient passé la majeure partie de la matinée sur le sable, pendant qu'il s'exerçait à passer de la position allongée à accroupie. La plage Saint-Anne avait de plus petites vagues et Shane avait insisté pour qu'ils y aillent. Plus tôt, il y avait eu quelques surfeurs du coin, mais alors que l'après-midi touchait à sa fin, ils avaient presque cet endroit pour eux.

Lorsqu'ils passèrent au-delà du récif, ils s'assirent sur leurs planches et se mirent à califourchon en attendant une vague. Shane plissa les yeux vers l'horizon.

— Il va peut-être falloir une minute.

Rafa inspira l'air saumâtre en jetant un coup d'œil autour de lui. Il ferma les yeux en flottant sur l'eau.

— Ces plages doivent être bondées en été, non ?

— Ouais. J'aime bien l'hiver. Même si l'eau est un peu frisquette.

— Rien qu'un peu, répondit Rafa en frottant ses mains engourdies l'une contre l'autre. J'imagine que nous n'aurons pas ce problème à Sydney.

L'excitation le traversa.

— J'ai lu des articles sur toutes les plages. Peut-être que nous pouvons trouver une maison au bord de l'eau. Quelque chose comme la maison de ton ami, si nous avons les moyens. Ce qui n'est probablement pas le cas, je le sais. Mais ce serait merveilleux de voir l'océan et d'entendre les vagues. Tu ne crois pas ?

Shane sourit légèrement.

— Oui. Je crois que ce serait génial.

Tendant la main, il tira sur celle de Rafa et le rapprocha pour le gratifier d'un baiser salé. Il jeta ensuite un coup d'œil par-dessus son épaule.

— La voilà. Rame ! C'est la tienne !

L'adrénaline le transperçant, Rafa se mit sur le ventre et rama, sentant la puissance de l'océan s'accumuler sous lui. Tout autour de lui. *En* lui. Criant, il s'accroupit et tendit les bras pour retrouver son équilibre alors que la vague le soulevait.

L'espace d'un instant glorieux, il réussit. Il était debout sur sa planche et *surfait*, le rugissement de l'océan envahissant ses sens.

Il vacilla ensuite terriblement et tomba à l'avant de sa planche, heurtant le sable au fond et glissant avec le courant jusqu'à être déposé sur le rivage. Roulant sur le dos, il resta allongé là tandis que sa planche le heurtait, et une autre petite vague le fit presque arriver au bord de l'eau. Frissonnant, il cligna des yeux alors qu'un filet orange se dessinait dans le ciel bleu pâle.

Il entendit un bruit d'éclaboussures.

— Rafa !

Shane s'agenouilla à côté de lui, son visage déformé par l'inquiétude et les mains serrées autour des épaules de Rafa.

Il sourit.

— J'ai réussi, Shane. Tu as vu ?

Soupirant vivement, le visage de Shane se fondit dans un sourire.

— J'ai vu.

Il effleura les boucles maintenant mouillées de son homme.

— Ta première vague. Tant d'autres suivront.

Il se pencha et l'embrassa.

— Maintenant, débarrassons-nous de ces vêtements mouillés, tu veux bien ? En plus, je crois que quelqu'un m'a promis de préparer le dîner. D'après ce que j'ai compris, c'est déjà un chef incroyable.

Se levant, alors que le soleil couchant brillait derrière lui, Shane lui prit la main.

Rafa la saisit, pour ne plus jamais la relâcher.

FIN

Suivez Rafa et Shane au pays des kangourous pour la conclusion pétrifiante de la duologie *Vaillant* !

Ils ont quitté la Maison-Blanche, mais leur romance interdite peut-elle survivre au monde réel ?

Son père n'étant plus président, Rafa Castillo, vingt-deux ans, peut enfin être avec son ex-agent des services secrets, Shane Kendrick. Shane a abandonné sa carrière pour lui, décision à cause de laquelle ses collègues remettent en question sa santé mentale et sa moralité. Impatients de s'éloigner des questionnements et des jugements, Rafa et Shane construisent une nouvelle vie ensemble, en Australie. Bien que ce dernier fasse des cauchemars et ait des instincts excessivement protecteurs et bien que Rafa combatte ses propres incertitudes, ils s'aiment plus que jamais.

Désormais, ils doivent endurer une visite de l'ancien président et de l'ancienne première dame.

Les parents de Rafa n'approuvent certainement pas cette relation avec Shane, qui a quarante ans, et ils sont déterminés à lui faire entendre raison. Ils ne voient pas comment leur fils pourrait être heureux en s'installant avec un homme plus âgé, et ils se posent des questions sur les motivations de Shane. Rafa et lui ne veulent qu'une vie ordinaire, ensemble, mais lorsqu'ils doivent subitement se battre pour leur survie, ils luttent pour prouver que leur amour acharné peut surmonter n'importe quelle menace.

Cette romance gay de Keira Andrews conclut la duologie *Vaillant*. Elle inclut une différence d'âge, l'amour à la plage et, bien sûr, une fin heureuse.

Lisez maintenant !

Bonjour ! Je vous remercie d'avoir lu ce livre et j'espère qu'il vous a plu. Je vous en serais très reconnaissante si vous pouviez prendre quelques minutes pour laisser votre avis sur Amazon, Goodreads, BookBub, sur les réseaux sociaux, ou vous le voudrez. Juste quelques petites phrases qui pourront aider d'autres lecteurs à découvrir le livre. Je vous souhaite beaucoup de fins heureuses !

Keira

<3

La lettre d'information mensuelle de Keira vous tiendra informé de ses dernières sorties et des nouvelles sur le monde de la romance MM. Vous aurez également accès à des extraits exclusifs, des lectures gratuites et bien plus. Rejoignez sa liste aujourd'hui et vous serez automatiquement inscrit pour l'un de ses concours mensuels.

www.subscribepage.com/KAnewsletter

Vous pouvez me trouver en ligne ici :
Site web: keiraandrews.com
Facebook: facebook.com/keira.andrews.author
Groupe de lecture Facebook: http://bit.ly/2gpTQpc
Instagram: instagram.com/keiraandrewsauthor
Goodreads: http://bit.ly/2k7kMj0
Page Amazon: http://amzn.to/2jWUfCL
Twitter: @keiraandrews
BookBub: bookbub.com/authors/keira-andrews

Également Par Keira Andrews

En Français
Rivalité sur glace
Kidnappé par un pirate
Un Daddy pour Noël
Un faux petit ami pour Noël
Lune de miel en solitaire
Huit Nuits en Décembre
Quand l'amour brille de mille feux…
Transfert à Ottawa
Au Pied du Sapin
Par-delà l'océan
Si ce n'est qu'un rêve
Rumspringa Interdit
Un Nouveau Départ
Trouver son Chez-soi
Le Voeu de Noël
Passion en Arctique
Vaincre les Ténèbres
Combattre la Marée

En Allemand
Kalter Krieg
Im Notfall
Jenseits des Ozeans
Geisel des Piraten
Codename: Valor
Testphase Valor

En Italien
Fuoco nel ghiaccio
Luna Di Miele Per Single
Il Patto Di Natale
Rapito dal Pirata
Segni d'intesa
In Capo Al Mondo

Beyond the Sea (Italian Translation)
Sogno di Natale
The Next Competitor (Italian Translation)
Valor on the Move (Italian Translation)
Test of Valor (Italian Translation)
Contro La Tenebra
Contro La Marea
Rise: Una favola gay
Una Passione Proibita
Una Nuova Vita
La Strada Verso Casa
Semper Fi (Italian Translation)

En Anglais

Contemporary
Honeymoon for One
Beyond the Sea
Ends of the Earth
Arctic Fire
The Chimera Affair

Holiday
The Christmas Deal
The Christmas Leap
The Christmas Veto
Only One Bed
Merry Cherry Christmas
Santa Daddy
In Case of Emergency
Eight Nights in December
If Only in My Dreams
Where the Lovelight Gleams
Gay Romance Holiday Collection
Lumberjack Under the Tree (free read!)

Sports
Kiss and Cry

Reading the Signs
Cold War
The Next Competitor
Love Match
Synchronicity (free read!)

Gay Amish Romance Series
A Forbidden Rumspringa
A Clean Break
A Way Home
A Very English Christmas

Valor Duology
Valor on the Move
Test of Valor
Complete Valor Duology

Lifeguards of Barking Beach
Flash Rip
Swept Away (free read!)

Historical
Kidnapped by the Pirate
Semper Fi
The Station
Voyageurs (free read!)

Paranormal
Kick at the Darkness Trilogy
Kick at the Darkness
Fight the Tide

Taste of Midnight (free read!)

Fantasy
Barbarian Duet
Wed to the Barbarian
The Barbarian's Vow

À propos de l'auteur

Keira cherche le parfait mélange de personnages, d'intrigue et de fougue dans ses romances MM. Elle écrit de tout, des pirates flamboyants aux escapades bouillantes et émouvantes. Ses sujets préférés sont les ennemis qui deviennent amants, la différence d'âge, la proximité forcée, et les vierges passionnés. Bien qu'elle aime une angoisse délicieuse en cours de route, Keira garantit les fins heureuses !

Découvrez plus sur son site :

keiraandrews.com